ullstein

MIRIAM MUNTER ist das Pseudonym von Mirjam Müntefering. Obwohl sie Filmwissenschaftlerin ist und einige Jahre als Fernsehredakteurin arbeitete, wandte sie sich ihren beiden Leidenschaften zu: Dem Schreiben und den Tieren. Mehr als zwanzig Jahre betrieb sie ihre eigene Hundeschule, konzentriert sich inzwischen jedoch ganz aufs Schreiben - vielseitig, genrepolygam und für alle Altersklassen. Sie lebt mit ihrer Ehefrau, Hunden, Pferden, Katzen, Meerschweinchen und Hühnern am grünen Rand des Ruhrgebiets und treibt sie täglich in Hattingen, Sprockhövel und Witten herum - in direkter Nachbarschaft zu den Figuren ihres Krimis.

Mirjam Munter

MORD UND WISCHMOPP

Der erste Fall für Pamela Schlonski

Ullstein

Besuchen Sie uns im Internet:
www.ullstein.de

Wir verpflichten uns zu Nachhaltigkeit
- Klimaneutrales Produkt
- Papiere aus nachhaltiger Waldwirtschaft und anderen kontrollierten Quellen
- ullstein.de/nachhaltigkeit

MIX
Papier
FSC FSC® C083411

Originalausgabe im Ullstein Taschenbuch
1. Auflage März 2022
© Ullstein Buchverlage GmbH, Berlin 2022
Umschlaggestaltung: zero-media.net, München
Titelabbildung: © Michael Flippo / alamy images (Wischmopp in der Hand); FinePic®, München (Hintergrund)
Gesetzt aus der Quadraat Pro powered by Pepyrus
Druck und Bindearbeiten: CPI books GmbH, Leck
ISBN 978-3-548-06538-0

PROLOG

4. Mai, Dienstag, abends

Im Rotlicht der Dunkelkammer tippte er mit der Fotozange das letzte Bild noch einmal in die Fixierflüssigkeit und hängte es dann zu den anderen an die Schnur, die zwischen den Wänden gespannt war. Dieses letzte war besonders gut getroffen. Ihre nackten Beine. Der volle Busen unter dem engen T-Shirt. Wie ihre roten Lippen sich in Erwartung des Kusses gierig öffneten. Auf dem Rechner war die Szene so unwirklich. Auch wenn die digitale Version für seine Zwecke vollkommen ausgereicht hatte, wollte er sie auf Papier bannen. Für sich selbst. Und das Resultat war mehr als überzeugend. So wirkte es echter. Real. Beinahe greifbar. Langsam, Schritt für Schritt ging er an den Abzügen entlang, betrachtete jeden einzelnen mit geschultem Auge. Bei einem hatte er den oberen Teil offenbar nicht richtig belichtet. Er nahm das Bild ab, zerriss es und ließ es auf dem Tisch liegen. Aber die anderen waren alle überaus gelungen. Beinahe ... magisch. Da kam ihm eine Idee. Wenn sie gleich käme, würde er sie hier hineinführen. Dieses Wort, *hineinführen*, löste eine feine Gänsehaut auf seinen Unterarmen aus. Er schmunzelte.

Ja, nach einem ersten gemeinsamen Glas Wein würde er ihren Arm nehmen. Ihren Arm. Jetzt schauderte es ihn. Und sie hier hineinführen. Er war auf ihr Gesicht gespannt. Die großen blauen Augen, die sich weit öffnen würden. Ihr Atem, der rascher gehen würde. Würde sie ihn ansehen? Würden ihre zarten Wangen erröten? Er musste schlucken. Neben der Tür legte er den Lichtschalter um. Das Rotlicht schwand, weißes Deckenlicht strahlte auf die Szenerie des unpersönlichen Labors. Reihen weißer Tische an den Wänden. Die Regale mit den Chemikalien. Der Papierabfalleimer. Nein, das war nicht schön. Lieber wieder das rote Licht. Ja, das war besser. So ... passend. Er öffnete die Tür und hielt augenblicklich inne. Waren da Schritte? Er lauschte. Das konnte nicht sein. Dienstagabend war nie jemand hier. Es war der Wochentag, an dem sämtliche der achtzig Klubmitglieder anderes zu tun hatten. Noch nie war dienstags jemand hier aufgetaucht. Deswegen hatte er diesen Abend ausgesucht. Er musste sich getäuscht haben. Die Uhr an der Wand verriet, dass er noch eine Viertelstunde Zeit hatte. Andererseits. Sie war immer sehr pünktlich. Eher zu früh als zu spät. Vielleicht war sie der Einladung der entriegelten Tür unten im Hof einfach gefolgt?

Leise ging er hinaus in den großen Eingangsbereich der Altbauwohnung. Er warf einen kurzen Blick in die kleine Teeküche und ging in den großen Besprechungsraum, an den sein Büro grenzte. Auch hier war niemand zu sehen. Die Tür zum Studio war nur angelehnt. Hatte er sie nicht geschlossen, als er hinausgegangen war? Langsam öffnete er die Tür und erwartete halb, nein, erhoffte, sie dort stehen zu sehen. Ob sie die rote Bluse trug? Und die knallenge Lederhose? Doch sein Blick fiel lediglich auf den kleinen Tisch, der von den Klubmitgliedern häufig für Requisiten genutzt wurde. Dort stand der teuerste Rotwein aus seinem Sortiment, bereits geöffnet, damit er atmen konnte, neben den beiden wertvollen Kristallgläsern von zu Hause. In dem wunderschön gedrechselten Kerzenleuchter steckte als einzige Lichtquelle in dem verwinkelten Raum eine cremeweiße Kerze, die ein warmes Licht auf den kleinen Tisch, die tiefrote Rose und einen Teil des Bodens warf. Die Ecken des Studios lagen im Dunkeln. Er liebte dieses Licht. Nicht nur, weil es im Gegensatz zum künstlichen seinem ganz besonderen Gehirn guttat. Es verbreitete auch diesen gewissen Touch an Romantik, den Frauen doch so liebten. Sie würde es bestimmt registrieren, dass er sich darum Gedanken gemacht hatte. So feinfühlig und sensibel, wie sie war. Versonnen stand er da und blickte auf das kleine Stillleben auf dem mit schwarzem Samt bezogenen Tisch.

Er stellte sich vor, wie sie hier mit ihm stehen würde. Nervös, natürlich. Aufgeregt. Vielleicht würden ihre Hände ein wenig zittern. Das war nur verständlich. Deswegen würde er es ganz langsam angehen lassen. Erst ein Schluck Wein, ein wenig plaudern, bis das erste Glas geleert war. Das machte locker. Er würde allmählich näher an sie herantreten, ihren Duft einatmen, seinen Blick über die feine Linie ihres Halses wandern lassen wie eine erste sanfte Berührung. Sie hatten schließlich Zeit. Er lächelte.

Ein leises Geräusch hinter ihm ließ ihn aus seinen Gedanken aufschrecken. Er drehte sich um. Nein, er wollte sich umdrehen. Doch er spürte nur Schmerz, heftig und unerwartet. Ihm wurde schlagartig übel. Nach einem festen Halt tastend, erwischte er das Samttuch auf dem Tisch. Lautes Klirren. Die Weinflasche. Die Kristallgläser, verdammt, die waren noch von seiner Mutter. Ihm wurde schwarz vor Augen.

Als er wieder zu sich kam, blinzelte er zunächst nur mühsam. Er saß in dem Lehnstuhl, der gern für Porträts benutzt wurde. Sein Schädel brummte. Als er den Kopf hob, fuhr ein scharfer Schmerz durch seine Schläfen. Er stöhnte, wollte die Hand an die pochende Stelle legen. Doch es ging nicht. Verwirrt sah er hinunter. Seine Unterarme waren mit Gaffaband an die Armlehnen des Stuhls fixiert.

»Was ...?«, brachte er heraus. Wollte aller Vernunft zum Trotz aufstehen. Merkte, dass auch seine Fußgelenke gefesselt waren.

Da. Eine Gestalt huschte im dämmrigen Licht der Kerze an ihm vorbei. Es roch säuerlich. Der Wein, fiel ihm ein. Die Gläser.

»Hilfe«, sagte er mit seltsam rauer Stimme. Ehe ihm die Erkenntnis kam, dass von dieser Person wahrscheinlich kein Beistand zu erwarten war. Was sollte das? War das ein schlechter Scherz? Ein danebengegangener Streich, den ihm jemand spielen wollte? Sie fiel ihm ein. Wie viel Zeit war vergangen?

»Was soll das?«, krächzte er. Er wollte ärgerlich klingen, nicht ängstlich, so wie er sich fühlte. Er versuchte, den Kopf zu drehen, zu sehen, wer ihn derart überfallen hatte. Doch die Gestalt stand hinter ihm. Er konnte ihre Gegenwart spüren. Er hörte jemanden atmen, ruhig und besonnen. Nicht hektisch und ... nein, er durfte nicht panisch werden. Keine Panik. Niemals. Das hatte man ihm von Kindheit an eingeschärft. Panik wäre das Schlimmste. Fast so schlimm wie ... Ein hohes Piepen ertönte. Einmal. Zweimal. Er kannte das Geräusch, wenn auch nur durch die schalldämpfende Tür. Dreimal. Immer schneller. Intuitiv wusste er, was es war, ehe er tatsächlich begriff, was geschah. Das Piepen wurde zu einem Dauergeräusch und gipfelte in einem schrillen Ton. Licht. Licht. Und Licht. So hell. Es stach ihm in die Augen. Fuhr in seinen Kopf. Seinen ungeschützten zerbrechlichen Kopf. Licht von allen Seiten. Grell. Erbarmungslos.

Er spürte es heraufziehen. Nein, nur das nicht. Da flog sein Kopf schon nach hinten. Unkontrolliertes Zucken. Krämpfe in den Beinen. Mit einem Schlag sehnte er sich nach nichts mehr als nach Dunkelheit. Und er bekam sie.

1. Kapitel

5. Mai, Mittwoch, morgens

»Boah, Leia, wie oft soll ich das noch sagen? Nicht beim Essen! Weg mit dem Ding!« Pamela Schlonski knallte zwei Müslischalen, Löffel und Hafermilch auf den kleinen Tisch neben der Küchenzeile, und ihre Tochter beeilte sich, ihr Smartphone in Sicherheit zu bringen.

»Menno. Ich wollte nur schnell meine Rezi zum neuen Buch aus der Stachelkronen-Reihe posten, bevor Sandy sich da wieder draufsetzt«, maulte sie. Wie grundsätzlich alle Vierzehnjährigen ordnete sie die Prioritäten im Leben anders an als ihre Erziehungsberechtigte.

»Es gibt Wichtigeres, als die Erste vor Sandy-ich-kenne-alle-neuen-Bücher zu sein«, kommentierte Pamela das. »Ein ordentliches Frühstück gehört dazu. Hier, schäl schon mal den Apfel. Aber die Kitsche nicht wieder in mein Müsli, klar? Ich mach den Kaffee.«

Während Leia nach dem Obst und dem Küchenmesser griff, erklärte sie: »Bei Sandy ist das was anderes, Mama. Prettysandy_buchkritik ist schon siebzehn, wohnt in München und hat über elftausend Follower. Aktuell sind es elftausendzweihundertunddrei!« Leia seufzte tief, was Pamela wohl die bewundernswerte Unglaublichkeit einer solchen Zahl vor Augen führen sollte. »Wenn sie das Buch vor mir bespricht, sieht das so aus, als hätte ich das abgeguckt.«

»Beachte ihre Seite doch einfach nicht mehr«, schlug Pamela vor.

»Ich soll Pretty Sandy nicht mehr folgen? Aber dann krieg ich doch gar nicht mit, was die postet!«, empörte Leia sich und holte bereits Luft für weitere Argumente.

»Das wäre der Sinn der Sache«, brummte Pamela, während sie mit Filtertüte und Kaffeedose hantierte. Doch ihre Worte verhallten ungehört im Schwall der hohen Teenagerstimme. Im Kopf ging Pamela bereits die Jobs des heutigen Tages durch. Blick zur Küchenuhr. Wie jeden Wochentag würde sie sich in einer halben Stunde mit Ahsen in der Basis treffen. So nannten sie den von ihnen angemieteten Abstellraum unten im Garagenhof, in dem sie alles lagerten, was die kleine Firma *Sauberzauber* für ihre Arbeit so benötigte. *Sauberzauber* bestand nur aus ihrer Kollegin und besten Freundin Ahsen und Pamela selbst. Die Bezeichnung *Basis* stammte natürlich von Ahsen, die als leidenschaftlicher Fernsehkrimifan gern so tat, als gehöre sie selbst zu einem Ermittlerteam. Auch wenn sie bei Tatort und Co. nie erriet, wer der Mörder wirklich war. Pamela liebte ihre morgendlichen Zusammenkünfte. Ohne die Runde Klatsch und Tratsch wäre der Arbeitsalltag nur halb so schön. Meist besprachen sie, was bei ihnen am jeweiligen Tag anlag.

Für Pamela stand heute der Fotoklub ganz oben auf der Liste. Der machte in der Regel nicht viel Arbeit. Nur nach diesen Vernissagen alle paar Wochen war immer mal wieder mehr zu tun, vor allem in der Teeküche und auf den Toiletten. Aber heute war nur die übliche wöchentliche Grundreinigung dran. Danach Ehepaar Kerstin und Olga in Bredenscheid. Und nach der Mittagspause noch Opa Klöke. Für den würde sie auf dem Hinweg schnell in den Rewe springen und ein bisschen frisches Gemüse einkaufen. Natürlich gehörte das nicht zu ihrem eigentlichen Job, aber der zerknitterte Alte war Pamela in den letzten Jahren ans Herz gewachsen. Und bis Opa Klöke mit seinem Rollator mal in Gang käme, wäre er schon an Vitaminmangel dahingesiecht.

» ... deswegen ist es total wichtig, dass ich schon gleich morgens meinen Post absetze. Das musst du doch verstehen«, schloss Leia gerade ihre Argumentationskette und schnipste das letzte Apfelstückchen in Pamelas Müslischale.

»Dann stellst du dir morgen den Wecker zehn Minuten früher. So hast du auf jeden Fall Zeit, um das vor dem Frühstück zu erledigen, okay?«, schlug Pamela vor. Verfügten eigentlich alle Alleinerziehenden über die Fähigkeit, das Frühstück vorzubereiten, über die anstehende Arbeit nachzudenken und im richtigen Augenblick in die selbstreflektierenden Monologe ihrer pubertierenden Nachkommen hineinzugrätschen?

Leia überlegte kurz. Der Kampf des Teenagerschlafmonsters in ihr gegen den Bloggerinnenehrgeiz war ihrem stupsnasigen Gesicht deutlich anzusehen. Doch schließlich siegte der Eifer, die weltbeste Buchbesprecherin auf Instagram zu werden. »Gut. Mach ich«, entschied sie nickend. »Aber heute darf ich noch mal ganz schnell ...?« Sie zog ihr

Handy unter dem Tisch hervor, und ihre Finger flogen über das Display.

Pamela seufzte und goss sich Hafermilch über ihr Müsli. Manchmal kam ihr das Leben der heutigen Halbwüchsigen um Meilen entfernt vor von dem, was sie damals am Rand des Ruhrgebiets erlebt hatte. Sie war hier in Hattingen aufgewachsen, nahe Bochum und Essen, hatte immer im Stadtteil Holthausen gewohnt und kannte die Umgebung wie ihre Westentasche. In ihrer Kindheit und Teeniezeit hatte es Abenteuerspiele auf dem Hüttengelände gegeben. Osterfeuer bei der Landjugend. Kino und Eisdiele und Freibad. Paddeln auf der Ruhr. Rollschuhlaufen am Kemnader Stausee. Die Vergnügungen damals kamen ihr im Gegensatz zu diesem ganzen Social-Media-Gedöns von Leia und ihren Freundinnen reichlich naiv und kindlich vor. Aber es hatte seinen ganz eigenen Reiz gehabt. Kindheit am Rande des Potts, wo der Himmel abends rot aufglühte, wenn die Hochöfen abgestochen wurden.

Zwanzig Minuten später verabschiedete Pamela sich vor der Haustür mit einem »Vergiss nicht, nach der Schule bei Papa vorbeizugehen!« von ihrer Tochter.

Leia schwenkte die Handyhand und rief: »Kann ich nicht vergessen. Mike schickt mir bestimmt noch zwanzig Messages als Erinnerung.« Damit war sie verschwunden.

»Mike?«, ertönte hinter Pamela die vertraute tiefe Stimme ihrer liebsten Freundin.

Sie wandte sich um; Ahsen stand bereits an der Tür zur Basis. Ihre Kollegin war einen Kopf kleiner als sie, mit strah-

lenden Augen im schönen Gesicht und anziehenden Run-
dungen.

»Morgen, Süße«, begrüßte Pamela sie, während Ahsen
die Tür aufschloss.

»Was soll denn dieses Ge-Mike deiner Kleinen?«, erkun-
digte Ahsen sich, während sie drinnen routiniert Eimer,
Putzmittel, Mikrofasertücher und Baumwolllappen in ihre
Putzboxen packten, die sie heute für ihre Jobs benötigten.

»Das ist jetzt ganz neu«, erklärte Pamela. »Leia findet es
erwachsener, wenn sie ihren Vater beim Vornamen nennt.«

Die sieben Jahre jüngere Ahsen, deren Kinder Abdi und
Kaya noch im Grundschulalter waren, rollte mit den dunkel-
braunen Augen. »Und wie nennt sie dich?«

»Mama«, erwiderte Pamela. Sie mussten lachen.

»Meine Mutter würde mir was tuten, wenn ich sie plötzlich Aisha nennen würde«, erklärte Ahsen. Durch das
schmale Fenster der Basis sah Pamela kurz zu dem fünf-
stöckigen Wohnhaus hinüber, in dem sie mit Leia in der
dritten Etage wohnte. Oft erschien ihre eigene Mutter um
diese Uhrzeit hinter dem Küchenfenster der Erdgeschosswohnung und winkte ihnen zu, mit dem ersten starken Kaffee in der anderen Hand. Doch heute ließ sie sich nicht blicken. Vielleicht war sie auch schon mit den Mädels von der
AWO zum Frühstück unterwegs.

»Ja, ich werd auch immer Mama zu meiner Mama sagen
und nicht Marlies«, stimmte Pamela ihrer Freundin zu. Und
ihr Vater, setzte sie still für sich in Gedanken hinzu, würde
für sie niemals etwas anderes sein als *Papa* – wenn er doch
noch da wäre.

»Ich wette, du errätst nicht, wie viel Trinkgeld ich gestern von der Doktor Hahnenfuß-Weipeler bekommen habe«, flötete Ahsen und läutete damit die tägliche, von beiden heiß geliebte Runde Klatsch und Tratsch ein. Frau Dr. Hahnenfuß-Weipeler und ihr Mann Prof. Dr. Hahnenfuß waren beide Dozenten an der Bochumer Uni und stets darauf bedacht, auch für Sonderleistungen wie Fensterputzen einen möglichst geringen Aufpreis auszuhandeln. Pamela legte den Kopf schief. »Wenn du das so sagst, mit diesem …«, sie warf ihrer Freundin einen Seitenblick zu, »triumphierenden Grinsen, tippe ich mal auf … einen Zehner?«

»Es war ein Hunni!« Ahsen freute sich.

Pamela klappte der Unterkiefer runter. »Darf ich fragen …?« Ahsen hob in theatralischer Geste die Hände. »Es war mal wieder Bettenbeziehen dran. Dr. Hahnenfuß, also sie, war im Arbeitszimmer mit ihrem Diktiergerät zugange. Das konnte ich hören, weil sie die ganze Zeit vor sich hin näselte. Jedenfalls, wie ich so die Decke vom Ehebett zurückschlage, liegt da so ein Ding. Wie heißt das noch?« Ahsen wandte sich zu ihr um und machte mit der Hand vorm Schritt eine eindeutige Geste.

»Ein Dildo?«, riet Pamela und musste sich jetzt schon ein Grinsen verkneifen.

»Genau. Mit so einem Gürtel dran.« Wieder die Geste rund um ihren Unterleib. »Du weißt schon.«

»Ein Harness?«

Ahsen sah sie für einen Moment mit großen Augen an. »Woher weißt du, wie die Dinger alle heißen – so als geschiedene Singlefrau?« Pamela hob die Brauen. Ahsen winkte ab. »Ist ja egal. Jedenfalls, ich denk so: Was mach ich jetzt damit? Stört doch beim Bettenmachen. Hab es dann auf die Kommode gelegt. Mit der war ich schon fertig. Bett beziehen, Bad machen, gesaugt, gewischt. Alles wie immer. Ehrlich, ich hab an das Ding gar nicht mehr gedacht. Kann mir doch egal sein, was die Doktorin und der Professor so machen. Als ich mit meinem ganzen Kram dann runtergehe, ruf ich zu Dr. Hahnenfuß rein: ›Hier oben bin ich fertig. Das Bett ist auch bezogen. Ich mach dann unten weiter.‹ Sie so: ›Ja, danke.‹ Aber dann. Dann ist da plötzlich so 'ne Stille. Und ich meine Totenstille, verstehst du? Nix mehr Näseln oder Telefonieren oder Tastaturgeklapper. Und als ich dann zwei Stunden später unten auch fertig bin, liegt da neben meiner Tasche im Flur ein Hunni. Ich ruf so zu ihr hoch, die haben oben ja die Galerie, ›Ähm … Frau Dr. Hahnenfuß-Weipeler, hier liegt Geld‹, ruf ich so. Sie so aus dem Arbeitszimmer: ›Ein bisschen Trinkgeld für Sie, Ahsen.‹ Sie sagt Ahsen immer so, als wollte sie eigentlich *Arsch* sagen, aber gerade noch die Kurve kriegen, zum Piepen, oder? Ich wieder: ›Haben Sie sich da vielleicht beim Schein vergriffen? Das ist ziemlich viel.‹ Da kommt sie ans Geländer von der Galerie und lächelt mich ganz freundlich an – obwohl man doch sonst immer denkt, die kann gar nicht lächeln. ›Ein kleiner Bonus, weil Sie immer so *diskret* sind‹«, ahmte Ahsen ein von klimpernden Wimpern begleitetes Säuseln nach. Sie prusteten beide los und mussten so sehr lachen, dass für ein paar Minuten nichts mehr ging.

»Das bleibt unter uns, klar?!«, mahnte Ahsen, als sie sich schließlich die Tränen aus den Augen wischten und ihre Boxen noch einmal überprüften. »Nicht Marlies erzählen!« Pamela würde einen Teufel tun und Ahsens betuchte Kunden ihrer klatschsüchtigen Mutter zum Fraß vorzuwerfen und hob die Hand zum Schwur. »Versprochen! Aber danke für den Lachflash des Morgens.«

»Gern. Dann haben wir das auch schon erledigt«, sagte Ahsen, und sie wieherten wieder los.

2. Kapitel

5. Mai, Mittwoch, morgens

Der Fotoklub in der Südstadt lag in einem schick renovierten Altbau. Pamela stellte ihren kleinen Fiat auf dem ansonsten leeren Parkplatz ab, winkte der neugierigen Sekretärin hinter dem Fenster des Immobilienbüros im Erdgeschoss fröhlich zu und marschierte, mit der Putzbox auf der Hüfte, die Treppe hinauf. Sie schloss die Tür der geräumigen Wohnung auf und stellte die Box gleich daneben unter der Garderobe ab.

Aha, neue Ausstellung an den Wänden des riesigen, fast quadratischen Eingangsbereiches. Alle paar Wochen hängten die Klubmitglieder neue Kunstwerke auf – jeweils thematisch zusammenpassend. Pamela betrachtete ein paar der Bilder eingehend. Da gab es welche in Schwarz-Weiß, die qualmende Schlote, kohlschwarzgesichtige Bergleute, Fördertürme und Hochöfen zeigten – genau das, was auch heutzutage noch viele Menschen außerhalb der Region vor sich sahen, wenn sie ans Ruhrgebiet dachten. In Farbe dann: Das alte Hüttengelände, auf dem schon seit 1987 kein Stahl mehr hergestellt wurde, sondern Museumsführungen und Großveranstaltungen stattfanden. Brautpaare posierten.

Kinder tobten. Ein Hund schnappte eine Frisbeescheibe aus der Luft. Es gab auch Bilder der grün bewaldeten Hügel, die die Stadt umgaben. Frühlingshaft leuchtendes Laub, durch das Sonnenlicht brach. Geheimnisvoller Morgennebel stieg über den Ruhrauen mit ihren Vögeln auf und am Ufer des Flusses, der heute als einer der saubersten Deutschlands galt. Jo, das hatten sie wirklich gut hingekriegt, die Fotoleute. Pamela verspürte dieses Heimatgefühl, zusammen mit der Lust zum Wandern in den Hügeln, Paddeln auf der Ruhr oder Ausreiten in der sogenannten Elfringhauser Schweiz. In Gedanken strich sie das Ausreiten wieder. Sie konnte nicht reiten, und obwohl sie keine kleine Frau war, schüchterten Pferde sie mit ihrer Größe und Kraft irgendwie ein.

Gut, dass sie nichts musste. Noch nicht mal die großen aufgehängten Fotorahmen abstauben. Die fielen nämlich nicht in ihren Zuständigkeitsbereich, hatte ihr der damals frisch in seine Position gewählte Vorsitzende des Klubs erklärt, als er sie vor drei Jahren in ihre Aufgaben hier einwies. Peter Neumann hatte dabei sanft über einen Rahmen gestrichen.

»Die Pflege ihrer Werke übernehmen die Künstler selbst. So können sie die notwendige Vorsicht walten lassen.«

Pamela hatte sich eine Bemerkung darüber verkniffen, dass sie in den zehn Jahren ihrer Selbstständigkeit als Reinigungskraft nicht ein einziges Glas, keine Vase oder Sonstiges auf dem Gewissen hatte. Schon von Haus aus war sie kein Tollpatsch, aber besondere Vorsicht im Umgang mit den Besitztümern anderer Menschen gehörte zu ihrer Arbeit automatisch dazu und war ihr in Fleisch und Blut übergegangen. Doch die Entscheidung des Klubs konnte ihr nur recht sein. All diese Rahmen der wechselnden Ausstellungen in der Eingangshalle und im großen Besprechungssaal gründlich zu säubern würde bestimmt viel Zeit kosten. So erwartete Pamela jeden Mittwoch der gleiche Ablauf: Zuerst nach links in die Teeküche abbiegen, um dort nach dem Rechten zu sehen. Wie immer standen dreckige Tassen, Teller und Limoflaschen direkt unter dem Computerausdruck BITTE DAS BENUTZTE GESCHIRR IN DIE SPÜLMASCHINE RÄUMEN!. Pamela füllte die Maschine, stellte sie an und putzte dann die Oberflächen. Anschließend reinigte sie die Tische und Ablagen in dem großen Besprechungsraum am Ende der Eingangshalle und dem kleinen angrenzenden Büro des Vorsitzenden. Auf dem Weg zurück öffnete sie routinemäßig die Tür der Dunkelkammer, die zwischen Teeküche und den Toiletten lag. Na ja, Kammer traf es nicht ganz. Es war ein durchaus großer, wenn auch fensterloser Raum, in dem es immer nach Chemikalien roch. Üblicherweise gab es hier außer der Bodenreinigung nichts zu tun, da die Mitglieder für die Ordnung der Schalen und Behälter auf den Tischen selbst zuständig waren. Üblicherweise herrschte hier drinnen aber auch Dunkelheit. Heute jedoch brannte das Rotlicht an der Wand. In diesem unwirklichen Schein sah Pamela ein paar Wannen auf dem hinteren Tisch nahe dem breiten Spülbecken stehen.

Sie ging hinüber und blickte hinein. Bei dem stechenden Geruch rümpfte sie die Nase. Hm, hier hatte offenbar jemand gearbeitet und nicht hinter sich aufgeräumt. Sie zögerte, beschloss dann aber, die Plastikschalen zu ignorieren. Sie gehörten nicht zu ihren Aufgaben, selbst dann nicht, wenn sie gewusst hätte, in welche der auf dem Regal stehenden Kanister sie die Flüssigkeiten hätte schütten sollen. Im Hinausgehen fiel Pamela ein Papierschnipsel auf, der neben der Tür unter ein Stuhlbein gerutscht war und sich dort verklemmt hatte. Er war in diesem roten Licht kaum zu sehen, doch Pamelas geschultes *Sauberzauber*-Auge hatte ihn dennoch erspäht. Sie hob ihn auf und warf einen kurzen Blick darauf. Es war der Rest eines Fotos, das offenbar zerrissen worden war. Zwei Paar Beine. Frauenbeine, die schlank und nackt in einen Cordrock mündeten. Das andere Beinpaar steckte in langen Hosen. Mehr war nicht zu sehen. Aber das Bild sah irgendwie schlierig aus. Wahrscheinlich hatte es den Ansprüchen des Fotografen nicht genügt. Tz, aber musste man das dann so in die Gegend pfeffern? Für so was stand doch der Papierkorb da, oder? Pamela steckte den Fetzen in die Tasche ihrer Jeans, um ihn gleich ordnungsgemäß zu entsorgen, und knipste das Licht in der Dunkelkammer aus. Mit dem Wischen würde sie in der Küche anfangen. Dann war der Boden trocken, wenn die Spülmaschine fertig zum Ausräumen sein würde. Die Toilettenräume kamen immer ganz zum Schluss dran. Jetzt musste sie nur noch im Fotostudio die Oberflächen abwischen.

Pamela griff den kleinen Eimer, steckte sich ein frisches Tuch in den Bund ihrer Hose und marschierte durch die Eingangshalle zur Studiotür. Die war schwer und von innen mit schalldämpfendem Material gepolstert.

»Damit die Künstler bei ihrer Arbeit nicht gestört werden, wenn hier im Klub Betrieb ist«, hatte Neumann ihr damals erklärt.

Pamela drückte die Klinke herunter und stemmte die Tür auf. Und augenblicklich war ihr klar, dass hier etwas nicht stimmte. Die Rollläden vor den beiden großen Fenstern waren ohne den geringsten Schlitz heruntergelassen. Obwohl draußen die Sonne schien, war es stockdunkel im Raum und roch... Wonach genau? Pamela schnüffelte. Doch ehe sie noch weiterdenken konnte, hatte sie bereits das Licht eingeschaltet.

Pamela Schlonski war keines von den schreckhaften Weibchen, die bei herumschwirrenden Wespen in schrilles Kreischen ausbrachen oder im Wald hinter jedem Baum einen Überfall witterten. Doch der Anblick, der sich ihr bot, ließ auch sie erstarren. Der kleine Tisch, auf dem oft Requisiten für die Fotos drapiert waren, lag in einer Pfütze aus eingetrockneter Flüssigkeit. Der Hals einer Weinflasche ragte aus den Scherben auf dem Boden, direkt neben einem Kerzenhalter samt abgebrochener Kerze. Eine kleine Vase war heil geblieben, doch die einzelne Rose darin war hinüber. In einem weiten Bogen waren auf der Kopfseite des Zimmers Stative aufgestellt. Das waren Blitzlichter, oder? Einfach nur Blitzlichter, die durch Kabel miteinander verbunden waren. Sie alle waren ausgerichtet auf einen Lehnstuhl, der beinahe mittig im Raum stand. Und in diesem Stuhl saß mit weit aufgerissenen Augen: Peter Neumann.

Pamela hatte keine Ahnung, wie lange sie dort stand. Vielleicht ein paar Sekunden. Oder eine Minute. Schließlich schluckte sie und ging näher an den Stuhl heran.

»Herr Neumann?!«, sprach sie den Mann an. Aber seine starren Augen verrieten, dass er sie nicht mehr hören konnte. Seine Unterarme und Fußgelenke waren mit silbernem Klebeband an den Stuhl fixiert. Seine blau schimmernden Hände waren um die Lehnen gekrampft. Aus seinem leicht geöffneten Mund war ein Rinnsal Blut gelaufen und hinunter auf seine Brust im unangebracht schick wirkenden Hemd und auf die helle Hose getropft. Doch die Spur war eingetrocknet und begann bereits zu bröckeln.

Pamela wandte sich ab und ging hinaus in den Flur, jede Bewegung seltsam eckig, jeder Schritt sonderbar surreal. Ihr Handy? In der Tasche an der Garderobe. War es 112 oder 110? Verdammt, sie hatte sich das noch nie merken können, weil sie bisher weder das eine noch das andere hatte wählen müssen.

Da fiel ihr ein, dass ihr Smartphone die Notrufnummer gespeichert hatte, und sie lauschte auf das Freizeichen. Fast unmittelbar meldete sich jemand.

»Ja, hallo? Hier ist Pamela Schlonski«, hörte sie sich mit ungewohnt hölzerner Stimme sagen. »Ich glaube, ich muss einen Mord melden.«

3. Kapitel

5. Mai, Mittwoch, morgens

Die Polizei hatte nur ein paar Minuten gebraucht. Schon hatten die Uniformierten den Treppenaufgang mit Flatterband abgesperrt, die glotzende Sekretärin des Immobilienmaklers unten in ihre Schranken gewiesen und mehrmals auf diese gewisse routinierte, wichtige Art von Sicherung des Tatorts gesprochen. Der Notarzt war hereingerauscht, hatte einige Minuten im Studio verbracht und war dann wieder verschwunden.

Eine junge Beamtin mit knallkurzer peppiger Frisur und Regenbogenbändchen am Handgelenk stellte sich vor, Kommissaranwärterin Tina Bruns, und bot ihr im großen Besprechungssaal einen Platz an. Sie holte ihr sogar ein Glas Wasser aus der Küche. Vielleicht dachte sie, Pamela stehe unter einer Art Schock oder so was. Aber war Schock nicht immer so ein Nebel, in dem alles unterzugehen schien? Nein, dann hatte sie sicher keinen Schock, denn es fühlte sich eher wie das Gegenteil an. Pamela hatte den Eindruck, alles noch sehr viel deutlicher wahrzunehmen als üblich. Die Stimmen der Polizisten, ein entferntes Martinshorn, eine schwere Autotür auf dem Parkplatz.

»Sie machen das großartig«, sagte Tina Bruns mit einem mitfühlenden Lächeln. »So ein Fund ist nicht einfach zu verdauen.«

Pamela verzog das Gesicht zu einem schiefen Grinsen. »Ich bin nur froh, dass heute nicht Montag ist. Montags geht so was gar nicht, oder? Die Woche könnte man dann in die Tonne kloppen.« Die Beamtin lachte kurz, riss sich aber sofort wieder zusammen.

In diesem Moment tauchte im Flur ein großer, schlaksiger Kerl auf, der aus dem Bild der Uniformierten herausstach. Seine gebügelten Chinos und das ordentlich in den Bund gesteckte Hemd standen in seltsamem Kontrast zu dem zerknittert wirkenden Blouson, der seine besten Tage hinter sich hatte. Der Fremde warf kurz einen Blick ins Studio und kam dann durch die weit offen stehende Schiebetür in den Besprechungsraum. Bei seinem Eintreten sprang die Polizistin auf.

»Das ist der Erste Kriminalhauptkommissar«, raunte sie Pamela zu und rief dann: »Guten Morgen, Lennard.«

Er kam auf sie zu und blieb vor ihnen stehen, während hinter ihm in der Eingangshalle mehrere Personen in weißen Anzügen, deren Kapuzen bis weit in die Stirn reichten und die Pamela deswegen an Teletubbies erinnerten, Kurs auf das Studio nahmen.

»Moin, Tina! Tötungsdelikt, wie es scheint?«, begrüßte der Hauptkommissar die junge Frau.

Die nickte eifrig. »Der Notarzt hat eindeutig unnatürlichen Tod bestätigt. Ich habe bereits die Staatsanwältin benachrichtigt. Sie wird gleich hier sein.«

»Sehr gut gemacht!«

Tina Bruns errötete leicht vor Freude über das Lob.

»Diese Bürgerin hier hat das Opfer gefunden«, teilte sie dem Kommissar mit.

»Moin, Frau ...?!«

»Schlonski. Pamela Schlonski.« Sie hielt ihm die Hand hin, die er ruhig ergriff.

»Kriminalhauptkommissar Vogt, Kripo Hattingen.« Warme Handfläche, geschmeidige Finger, angenehmer Druck von nicht zu kurzer, nicht zu langer Dauer. Sein Handschlag wollte irgendwie nicht zu dem reservierten Gesicht passen. Er nickte ihr von dort oben zu. Schien zu zögern.

In dem Augenblick, in dem Pamela aufstand, weil sie sich neben dem großen Mann so unangenehm winzig vorkam, zog er sich einen Stuhl heran, um sich zu setzen.

»Wunderbar«, sagte sie und ließ sich wieder auf ihrem Platz nieder. »Auf Augenhöhe redet es sich doch irgendwie leichter, oder?« Er setzte sich und sah sie fragend an. »Na, Sie werden mir doch bestimmt jede Menge Fragen stellen wollen, oder? Ach so, ich bin übrigens die Reinigungskraft«, setzte sie hinzu. Vielleicht war ihm das nicht klar, denn sie trug natürlich keinen Kittel oder so was, sondern ihre bequeme verwaschene Jeans und ein rotes T-Shirt.

Er nickte kurz. »Na, dann erzählen Sie mal. Was hat sich hier abgespielt, bevor Sie uns gerufen haben?« In seiner dunklen Stimme schwang eine ungewohnte Melodie. Norddeutsch, entschied Pamela.

»*Abgespielt* kann man das echt nicht nennen. Ich meine,

ich war schließlich allein hier, zum Putzen, und der einzige andere im Klub konnte auch nicht mehr viel abspielen lassen, wenn Sie verstehen, was ich meine. Am Anfang wusste ich gar nicht, dass heute was anders war als sonst. Sah schließlich alles wie immer aus. Ich bin wie immer um halb neun hier aufgeschlagen, hab in der Teeküche und dem Besprechungsraum Ordnung gemacht ...«

»Ist Ihnen beim Hereinkommen etwas aufgefallen? Stand vielleicht die Tür offen?«

Pamela sah ihn mit exakt dem Augenaufschlag an, der ihrer Tochter signalisiert hätte, dass höfliche Menschen einander ausreden lassen. »Nein. Wie ich schon sagte: Es war alles wie immer. Ich hab aufgeschlossen wie jeden Mittwoch. Etwas Besonderes aufgefallen ist mir erst, als ich nach den Oberflächen in Küche, Besprechungsraum und Büro in die Dunkelkammer kam. Da war nämlich das Rotlicht an. Und diese Plastikwannen mit den Chemikalien zur Entwicklung standen da. Das ist sonst nie. Die Klubmitglieder räumen selbst auf, wenn sie das Labor benutzt haben.« Sie hielt kurz inne, um ihm die Gelegenheit zu geben nachzuhaken.

»Das Rotlicht war eingeschaltet, und die Wannen standen dort«, wiederholte Vogt mit Blick auf seine Kollegin Tina Bruns, die sich Notizen machte.

»Wie ich sage«, bestätigte Pamela. War er schwer von Kapee? Oder dachte er, sie sei es? Er wäre nicht der Erste, der dachte, eine Putzfrau könne ja nicht viel auf dem Kasten haben. »Sonst war aber nichts ungewöhnlich. Ich dachte noch, da war jemand aber flott unterwegs, hat es wohl eilig gehabt gestern und ist raus, ohne sauber zu machen. Na ja, und dann bin ich rüber ins Studio ...« Der Stift der Polizistin kratzte über das Papier.

»Sie haben beim Anruf in unserer Zentrale angegeben, Sie hätten einen Mord zu melden«, sagte Vogt. »Wieso haben Sie dieses Wort verwendet?«

Pamela starrte ihn einen Moment lang an. »Was? *Mord?* Wieso ich gesagt hab, dass ich einen *Mord* melden muss? Ich sach ma so: Der Neumann war an den Stuhl gefesselt und, jetzt mal ehrlich, Herr Kommissar, sieht das Ganze für Sie nach einem Unfall aus?«, erwiderte sie dann. Wenn die Kripo sich mit solchen Fragen aufhielt, war es kein Wunder, dass ein hoher Prozentsatz der Mörder erst gar nicht vor Gericht kam, weil ihre Tat schlicht und ergreifend nicht als solche entdeckt wurde. Vogt antwortete nicht, doch seine Brauen konnte er nicht kontrollieren. Eine wanderte ein Stückchen nach oben. »Sie kannten *Herrn* Peter Neumann?«, erkundigte er sich dann und betonte das *Herrn* besonders.

»Klar. Er war der Vorsitzende vom Klub. Hat mich vor drei Jahren eingestellt. Früher hat die Frau vom ehemaligen Vorsitzenden geputzt, ohne Bezahlung, zumindest wurde mir das so gesagt.« Sie hob ebenfalls die Brauen. »Aber als dann der Vorsitz wechselte ... tja, da kam ich ins Spiel.«

»Sind Ihnen sonst noch Mitglieder des Fotoklubs bekannt?« Pamela überlegte kurz. »Ein paar, ja. Manchmal ist hier mittwochmorgens jemand im Studio, oder die Ausstellung wird von mehreren Leuten ab- und eine neue aufgehängt. Also, so eine Handvoll kenn ich vom Sehen. Aber mit Namen? Doch! Den Thomas Ruh, mit dem quatsch ich hin und wieder ein bisschen. Der ist Frührentner und kommt öfter nach dem Zeitungsaustragen gleich rein, um im Labor zu arbeiten. Manchmal ist er dann noch da, wenn ich hier aufschlage. Oder dieses junge Studentenpärchen, Dina und Max, die verschanzen sich im Studio, wenn ich da fertig bin. Ich glaub, die machen so Kostümbilder mit Elfenohren und so. Aber sonst ...« Pamela legte den Kopf schief. »Nein, sonst wüsste ich keinen. Aber vorn in der Eingangshalle hängt ein großes Plakat, da sind alle Mitglieder drauf, mit Namen.«

Vogt deutete mit dem Finger auf den Notizblock seiner Kollegin, die sogleich eifrig kritzelte.

»Sorgst du dafür, dass der Fotograf auch eine Aufnahme vom Plakat macht?«, bat er sie und wandte sich dann an Pamela: »Wissen Sie, ob sich beispielsweise im Büro größere Mengen Geld befanden? Mitgliederbeiträge? Spenden? Etwas in der Art?«

»Wenn, dann im Schreibtisch, in den guck ich nicht rein. Mein Job sind der Boden und die Oberflächen, und das ist schon schwer genug bei dem ganzen Papierkram, der da immer rumliegt. Da muss ich immer um die Ordner rumfuckeln. Ach so, und in der Teeküche steht die Getränkekasse«, antwortete Pamela zögerlich, doch dann konnte sie einfach nicht anders und setzte hinzu: »Aber das war doch kein Raubüberfall. Ich meine, so wie das Studio aussieht? Ein schlichter Räuber hätte dem Neumann ... ähm, Herrn Neumann, doch einfach eine übergebraten und dann nichts wie weg mit den Moneten, oder?«

Wieder sah der Kommissar sie so seltsam an. Seine Augen, die im Kontrast zu dem ultrakorrekt geschnittenen dunklen Haar irritierend hell waren, richtig grün waren die, wirkten irgendwie … müde und tatsächlich ein wenig ratlos.

»Dann frage ich anders: Wissen Sie von irgendwelchen Befindlichkeiten hier im Klub? Gab es Auseinandersetzungen zwischen den Mitgliedern? Neid? Missgunst? Eifersucht?« Aha, jetzt kam er auf den Punkt.

»An so was hab ich auch gleich gedacht«, sagte Pamela. »Ich mein, das sieht man doch, dass da einer so richtigen Brast auf Herrn Neumann hatte. Aber ganz ehrlich? Um da eine Idee zu haben, dazu kannte ich die Leute hier nicht gut genug. Also: Leider nein.«

Vogt nickte, als habe er nichts anderes erwartet. »Ist Ihnen denn sonst noch etwas aufgefallen, als Sie den Toten gefunden haben? Als Reinigungskraft kennen Sie die Räume doch gut.«

Pamela schloss kurz die Augen, um sich an die Szene im Zimmer gegenüber zu erinnern. Der Lehnstuhl, das silberne Klebeband, Neumanns weit aufgerissene Augen.

»Die Rollläden waren unten«, sagte sie. »Das ist sonst nie, wenn ich morgens komme. Manchmal macht die jemand zum Fotografieren runter. Wenn sie kein Tageslicht wollen, verstehen Sie? Aber danach ziehen sie die immer wieder hoch.« Die Polizistin machte sich eine Notiz. »Und der Wein. Mit Rotweinflecken kenn ich mich aus, wissen Sie. Das war bestimmt was Teures. Die Gläser wohl auch. Vielleicht hatte Herr Neumann jemanden … zu Besuch?«, mutmaßte Pamela.

Die Beamtin warf dem Kommissar einen fragenden Blick zu. »Wie kommen Sie darauf?«

»Bei der Menge an Scherben?! Das müssen mindestens zwei Gläser gewesen sein. Kristall oder so was Edles. Und dann war da ja noch die rote Rose.«

Vogt schwieg. Vielleicht wartete er, ob sie noch etwas hinzufügen wollte? Wieder senkte sie kurz die Lider. Der Raum, der umgekippte Tisch. Der Lehnstuhl inmitten etlicher Stative. Sie schlug die Augen wieder auf, runzelte die Stirn.

»Noch etwas? Irgendwas, was Sie irritiert hat?«, fragte der Kommissar, ihr Zögern richtig deutend.

»Da war keine Kamera«, erklärte Pamela entschlossen.

»Die Kamera wurde gestohlen?«

»Nein, nein. Ich meine nicht gestohlen. Ich meine, da war einfach keine. Und das, obwohl doch so viele Blitzlichter aufgebaut waren. Ist doch komisch, oder?«

Vogt war nicht anzusehen, ob er es auch komisch fand. In diesem Moment tauchte einer von den Teletubbies in der Tür zum Besprechungsraum auf. Vogt stand auf und ging zu ihm hinüber.

»Ich nehme noch Ihre Personalien auf, und dann dürfen Sie gehen«, sagte Tina Bruns zu Pamela. Sie notierte Adresse und Telefonnummer, dann erhoben sie sich. Tina Bruns' Handy klingelte, und sie schaute aufs Display.

»Darf ich?«

»Klar. Ich find ja selbst raus.« Sie lächelten sich noch einmal zu, und die Beamtin ging, das Gespräch annehmend, hinüber zum Fenster.

Als Pamela sich der Tür näherte, in der immer noch der Kommissar mit dem in seinen Aufzug eingeschweißten Mitarbeiter der Spurensicherung stand, verstand sie noch, wie der Mann im weißen Papieranzug etwas von »genetischem Abgleich« sagte. »Das Stativ, mit dem wahrscheinlich die Kopfwunde zugefügt worden ist, ist sehr sorgfältig abgewischt worden. Auch an den aufgestellten Stativen und den Blitzlichtern ist nicht der Hauch eines Fingerabdrucks zu finden. Wahrscheinlich Handschuhe. Aber sonst wimmelt es im Raum von DNS. Ist nur die Frage, ob das hilfreich ist.«

Der Kommissar wandte sich ruckartig zu ihr um.

»Frau ... ähm ...?« Er blinzelte konzentriert, kam aber nicht drauf.

»Schlonski«, half Pamela ihm. »Pamela Schlonski. Mit Mädchennamen hieß ich Ewing. Meine Mutter hatte eine Schwäche für diese Serie, *Dallas*. Sie wissen schon, die Ehefrau von Bobby hieß doch so: Pamela Ewing.« Diesmal sprach sie es nicht deutsch, sondern breit amerikanisch aus. Der Teletubby prustete kurz los und verbarg dann sein Grinsen, indem er sich über sein Klemmbrett beugte.

Doch Vogt verzog keine Miene.

»Frau Schlonski, wissen Sie, ob nur bestimmte Mitglieder des Klubs das Studio nutzen? Sie erwähnten gerade ein Studentenpärchen. Gibt es noch andere, die sich regelmäßig in dem Raum aufhalten?«, erkundigte er sich. Pamela winkte ab.

»Klar, da wuseln alle Mitglieder irgendwann mal durch. Gucken Sie mal auf die Liste an der Innenseite der Tür. Die ist pickepacke voll. Und immer andere Namen. Nee, im Studio macht hier jeder mal was. Wäre ja auch schön blöd, das nicht zu machen, oder? Ich meine, die latzen hier einen ordentlichen Klumpen jeden Monat. Muss ja auch. Das kostet ja alles, was die so auffahren.« Wieder dieser merkwürdige Blick aus den hellen Augen. Ein wenig Verwunderung und jede Menge Skepsis lagen darin. Der würde doch wohl nicht denken, dass sie irgendwas mit dieser unappetitlichen Sache mit dem Neumann zu tun hatte?

»Alles klar. Heißt also, wir konzentrieren uns mal besser aufs Opfer selbst. Sonst kommen wir mit genetischem Abgleich nicht weiter«, meinte der Mann in Schutzkleidung und verschwand wieder. Einen Augenblick standen Pamela und der Kommissar nebeneinander und sahen dem geschäftigen Treiben im Studio zu.

»Wie ist das jetzt mit meiner Box mit den Reinigungssachen?«, wollte Pamela schließlich wissen. Vogt zuckte zusammen, als habe er vergessen, dass sie neben ihm stand.

»Hm?«

»Mein Möppel und die Putzbox? Kann ich die mitnehmen?«

Kurz starrte er sie an, als hätte sie Chinesisch gesprochen, doch dann schien er den Inhalt ihrer Worte zu begreifen.

»Da dürfte nichts dagegensprechen. Sind das die Sachen vorn neben der Eingangstür? Ja? – Tina?« Er winkte die Beamtin heran, die das Handygespräch gerade beendet hatte. »Wirf doch bitte kurz einen Blick auf die Arbeitsutensilien von Frau Schlonski? Sie darf die Sachen dann mitnehmen.« Tina Bruns nickte und schob sich an ihnen vorbei.

»Und was ist mit meiner Arbeit hier?«, setzte Pamela hinzu. Vogt sah sie ratlos an. Herrje, ein Ass im Kombinieren schien der ja nicht zu sein. Pamela sah für den Mordfall die Felle schwimmen. »Na, ich hab ja noch nicht gewischt. Die Toiletten sind noch dran. Und die Spülmaschine räum ich auch immer aus, wenn ich mit allem anderen fertig bin.«

Der Kommissar betrachtete sie mit einem Ausdruck in den hellen Augen, bei dem Pamela sich plötzlich ein bisschen unbeholfen fühlte. Das kam nicht oft vor. Sie hatte schließlich ein Standing. So leicht brachte niemand sie aus dem Konzept. Seine offensichtliche Irritation begann sie zu ärgern.

»Das hier ist ein Tatort. Solange wir nicht alle Spuren genommen haben, darf nichts verändert werden.«

»Na, das hätte ich lieber mal schon gewusst, als ich vorhin hier reinkam. Dann hätt ich mir das ganze Gerödel gespart und Ihnen noch ein paar Spuren mehr dagelassen«, erwiderte sie.

»Sie konnten ja nicht wissen, dass das besser gewesen wäre«, erwiderte Vogt. Der Typ war wirklich staubtrocken. Hatte der überhaupt kapiert, dass sie einen Scherz gemacht hatte? »Wenn Sie meiner Kollegin Ihre Personalien gegeben haben, haben Sie frei.«

Ein leises Schnauben konnte sie nun wirklich nicht unterdrücken.

»Frei? Nee, ganz sicher nicht. Ich hab noch den ganzen Arbeitstag vor mir. Meine Frage war, wann ich hier den Rest erledigen kann.« Sie warf einen Blick auf einen der Männer in den Teletubby-Anzügen, der nun mit einem feinen Pulver und Pinsel an der Türklinke zum Studio beschäftigt war. Wahrscheinlich würde sie eher noch mal ganz von vorn be-

ginnen müssen, wenn diese Beamtenhorde hier durchge-
walzt war.

4. Kapitel

5. Mai, Mittwoch, abends

Lennard Vogt blieb am Abend so lange im Kommissariat, wie es irgendwie vertretbar war, ohne merkwürdig zu wirken. Dieser Mordfall spielte ihm dabei in die Hände, da gab es viel zu tun.

Als Sonderermittlungsteam hatte er sich die Kollegin Tina Bruns und den Kollegen Thilo Schmidt ausgewählt, beide waren fleißig und angenehm im Umgang. Sie hatten hier in seinem unpersönlichen Büro mit den abgestoßenen Möbeln das White Board aufgebaut und mit allem bestückt, was sie bisher hatten: Neumanns familiäre und private Kontakte, die Liste der Klubmitglieder neben dem Bild des abfotografierten Plakats aus dem Klub, Fotos vom Tatort. Bei Tötungsdelikten gab es anfangs immer jede Menge zu sortieren, um Klarheit zu bekommen, in welcher Reihenfolge Angehörige, Freunde und Nachbarn befragt werden sollten. Den ganzen Tag über war ihr Team also sehr beschäftigt gewesen. Trotzdem hatte Lennard die verstohlenen Blicke der Kolleginnen und Kollegen registriert, die vergeblich versuchten, ihre Verabredung zum Grillen am kommenden Wochenende vor ihm geheim zu halten. Jetzt am Abend fand er zum ersten Mal die Zeit, daran einen ernsthaften Gedanken zu verschwenden. Störte es ihn, dass sie ihn nicht dazu einluden? Er entschied, dass es ihm nichts ausmachte. Es war ja nicht so, dass ihn hier niemand mochte. Nein, er hatte durchaus einige gute Bekannte gewonnen, seit er vor drei Jahren der Liebe wegen aus Bremerhaven ins Ruhrgebiet gekommen war. Das gesamte Team hatte ihn gut aufgenommen. Wenn ein neuer Chef von außerhalb ins Amt gesetzt wurde, hätte es durchaus anders laufen können. Aber nein, sie respektierten ihn. Nur der persönliche Kontakt, der war noch nicht so recht in Schwung gekommen. Aber das konnte durchaus an ihm selbst liegen. Er war nun mal nicht der Gesprächigste. Das Schnacken auf dem Gang oder in der Kantine lag ihm nicht, und die Redseligkeit der meisten hier war ihm anfangs sogar regelrecht aufdringlich erschienen. So ganz kam er auch heute noch nicht klar mit der unverstellten Art der Menschen dieser Region, die geradeheraus immer sagten, was ihnen in den Sinn kam. Tja, und privat hatten Sandra und er sich ganz auf den Hauskauf, die Einrichtung und ihre Zweisamkeit konzentriert. Nach zwei Jahren Fernbeziehung hatten sie einiges nachzuholen gehabt. Vielleicht hatten sie einander ja erst durch das Zusammenleben richtig kennengelernt. Ja, so war das wohl gewesen. Er lauschte seinem eigenen Seufzen nach, das in dem unpersönlichen Büro ansonsten ungehört verklang. Alle anderen waren bereits nach Hause gegangen. Nur unten in der Wache waren die Kolleginnen und Kollegen der Spätschicht eingetroffen. Deswegen hob Lennard verwundert den Kopf, als er jetzt Schritte auf dem Gang vernahm. Kriminaloberkommissar Thilo Schmidt schob den Kopf zur angelehnten Tür herein. Er war einer jener, die ihm in den Sinn gekommen waren, als er an die hier gewonnenen Bekannten gedacht hatte.

»Lennard.« Thilo hatte die Angewohnheit, erst einmal den Vornamen des Angesprochenen zu sagen, ehe er ein Gespräch begann. »Du bist ja noch hier. Ich wollte nur schnell was am Board eintragen.« Er kam herein und zog einen neutralen blauen Pfeil vom Foto Neumanns auf dem Lehnstuhl zu dem Wort Ex-Frau. Dort notierte er ein paar Stichworte und erzählte dabei: »Tina hat sie kurz vor Dienstschluss noch ausfindig gemacht, und ich hab sie gerade endlich erreicht. Frau Huber, ehemals Neumann, lebt mit ihrem jetzigen Mann in Österreich und hatte zu Neumann seit der Scheidung vor siebzehn Jahren keinen Kontakt mehr. Mein Anruf schien sie nicht besonders aus dem Gleichgewicht zu bringen. Sie meinte, die Trennung wäre unschön gewesen, aber sicher kein Grund, um ihren Ex nach so langer Zeit ... wie hat sie sich ausgedrückt? ... kaltzumachen.« Als er sich umwandte, musterte er Lennard. »Willst du nicht auch Feierabend machen?«

Lennard sah auf den Schreibtisch, auf dem sich Notizzettel zum aktuellen Fall, Hefter, Ordner und der Kassenbericht des Fotoklubs türmten.

»Doch. Wird Zeit«, erwiderte er, stand auf und reckte sich. Thilo lächelte ihn an. Er war ein sanfter, freundlicher Mann, der seine Arbeit gut und zuverlässig verrichtete. Ein paar Jahre jünger als er, mit seinen schwarzen Locken und den dunklen Augen, die sein marokkanischer Vater ihm vererbt hatte, ausnehmend gut aussehend. Immer sehr gepflegt und trotzdem auf diese gewisse Art lässig gekleidet, die Lennard an anderen nur bewundern konnte.

»Macht dir der Fall zu schaffen?«, wollte Thilo wissen.

Lennard griff nach seinem Blouson, der über der Stuhllehne gehangen hatte und ihm plötzlich gegen Thilos geschmackvolle Kleidung ziemlich schäbig vorkam. Sandra hatte über dieses Kleidungsstück immer gemeckert, jetzt fand er plötzlich, dass sie recht gehabt hatte. Mit Unbehagen schlüpfte er hinein und gesellte sich zu seinem Kollegen.

»Könnte man sagen. Ungünstig, dass die Rechtsmedizin gerade viel auf dem Tisch hat. Es liegt immer noch kein Bericht von der Staatsanwaltschaft vor. Wir wissen ja noch nicht mal, woran genau der Mann gestorben ist«, erklärte er.

Thilo legte den Kopf schief und sah zum Board hinüber, wo auch Fotos vom Tatort hingen. »Was ist mit dem Blut? Diese heftigen Spuren am Mund? Vielleicht wurde er vergiftet? Weißt du noch, der Giftpilz-Unfall letztes Jahr? Der Typ hat zuletzt sogar aus den Augen geblutet.«

»Fehlanzeige. Zumindest das hab ich schon rausbekommen: Das Blut stammt von Neumanns Zunge. Durchgebissen.«

»Autsch.«

»Hm.«

»Wart ab. Morgen können wir bestimmt schon jemanden ins Auge fassen.« Tröstete Thilo ihn gerade? Es klang fast so. »Die Ex können wir mit an Sicherheit grenzender

Wahrscheinlichkeit ausschließen. Ich tippe auf Zusammenhänge im Klub, darauf deutet ja der Tatort, oder im Beruf.«

Lennard schüttelte den Kopf. »Sein Vertriebschef im Weingroßhandel war erschrocken, aber nicht persönlich betroffen. Ich hab nur wenige der Vertreterinnen und Vertreter gesehen. Die begegnen sich eher selten, alles Einzelkämpfer. Niemand, der den Toten besser gekannt zu haben scheint. Alle haben auf meine Frage nach seinen Freunden und privaten Kontakten auf den Fotoklub hingewiesen. Mein Bauchgefühl sagt mir, dass wir am Tatort suchen müssen. Fotografie scheint in den letzten Jahren Neumanns einziges Steckenpferd gewesen zu sein. Immer auf der Jagd nach dem perfekten Bild. Ausstellungen. Klubabende. Exkursionen.«

»Jeder, wie er will«, sagte Thilo mit einem Grinsen. »Aber für mich klingt das ziemlich öde.«

Sie gingen nebeneinander den Gang entlang und dann die beiden Treppen hinunter. Schon nach wenigen Metern bemerkte Lennard, dass Thilo sich seiner Geschwindigkeit anpasste. Das Klappern ihrer Absätze hallte im Gleichschritt durch die leeren Gänge. Irgendwie tat es gut, so gemeinsam ein lautes Geräusch zu verursachen.

Thilo gehörte zu den Beliebtesten in der Dienststelle, kam bei allen gut an. Bestimmt hatte er eine Einladung zum Grillen erhalten. Verständlich. Er war witzig, zu allen freundlich und hilfsbereit, Fußballfan und Sportskanone, und hatte auch für die privaten Belange der Kolleginnen und Kollegen immer ein offenes Ohr.

Ob Lennard etwas sagen sollte? Warum er am liebsten

heute Abend gar nicht heimgegangen wäre in das kleine Fachwerkhäuschen in der Altstadt, das alle so putzig fanden? Der Gedanke, sich seinem Lieblingskollegen anzuvertrauen, ließ in ihm zwei Gefühle wild miteinander ringen: Erleichterung und Entsetzen. Sekundenschnell überwog mal das eine, dann wieder das andere. Es brachte ihn beinahe außer Atem. Der Zwiespalt ließ ihn zu lange zögern.

Sie erreichten das Parterre des Polizeigebäudes und bogen durch die Feuerschutztür nach rechts in den Bereich der Wache. Einer der uniformierten Kollegen an den Schreibtischen bat gerade das ältere Ehepaar zu sich, das auf der Bank an der Wand gesessen hatte. Der alte Mann presste sich ein Taschentuch an die Stirn. Ansonsten war nichts los. Hattingen war in Sachen Straftaten gewiss kein Moloch. Und Tötungsdelikte kamen selten vor. Doch jetzt hatte Lennard eines auf dem Schreibtisch liegen. Und worüber dachte er nach? Grillabende, bei denen er nicht dabei sein würde. Um sich davon abzulenken, was ihn zu Hause erwartete. Beziehungsweise nicht erwartete. Er war wirklich ein feiner Hauptkommissar. Hinter dem Ausgang wandte Thilo sich gen Parkplatz.

»Soll ich dich mitnehmen?«

»Nein, danke, ich laufe lieber. Dabei kann ich gut nachdenken«, erwiderte Lennard.

Thilo sah ihn unentschlossen an. »Lennard. Kann es sein …? Ich meine, wenn du etwas auf dem Herzen hast, kannst du mit mir drüber reden. Das weißt du, oder?«, sagte er schließlich.

Lennard zögerte. Er könnte es einfach sagen. Raus damit, na los! Was war schon dabei? Das passiert ständig allen möglichen Männern. Und Frauen. Einfach allen, die das große Abenteuer der Zweisamkeit gewagt hatten. Aber da war dieser vertrackte Kloß im Hals, an dem die Worte nicht vorbei wollten.

»Danke, Thilo. Es ... es geht schon«, antwortete er ausweichend. Er klopfte seinem Kollegen auf die Schulter und ging davon. Als er aus der Einfahrt des Präsidiums noch einmal zurückschaute, stellte er fest, dass Thilo immer noch neben seinem Wagen stand und ihm nachblickte. Ihre Blicke trafen sich. Thilo nickte kurz, wandte sich ab und verschwand im Wagen. Und nun? Sollte er noch auf ein Bier in die *Eckige Kneipe*, in der er in der letzten Zeit abends gern saß? Doch da fiel ihm ein: Mittwoch war der einzige Ruhetag, den der in die Jahre gekommene Betreiber des alteingesessenen Lokals sich gönnte. Also schlug er den Weg ein, der ihn direkt nach Hause führen würde. An dem grauenhaft hässlichen Einkaufszentrum vorbei, das im Wesentlichen aus Ein-Euro-Shops, Handyläden und Fingernagelstudios mit jungen asiatischen Angestellten bestand und mit dem die Stadt vor ein paar Jahren leider die Chance vertan hatte, sich von all den anderen kleinen Städten mit hässlichen Shoppingzentren zu unterscheiden.

»So was ist doch keine Konkurrenz für mich!«, hatte Sandra behauptet, als sie einmal gemeinsam daran vorbeigegangen waren. »Bei mir kriegen die Kundinnen mehr als den schlichten Service. Sie können mir während der Maniküre ihr Herz ausschütten. Und zwar ganz ohne Berechnung. Manchmal denke ich, eine Kosmetikerin ist für

Frauen das, was für euch Männer der Barmann ist.« Sie hatten gemeinsam gelacht, und Sandra hatte sich bei ihm eingehakt.

Das musste zwei Jahre oder länger her sein. War da noch alles in Ordnung gewesen? In seiner Erinnerung war dieser Tag ein glückliches und harmonisches Miteinander. Aber vielleicht war ihm einfach nur entgangen, was zwischen ihnen womöglich damals schon nicht gestimmt hatte? Sandra hatte behauptet, dass er viel zu lange Zeit gar nicht registriert habe, dass etwas zwischen ihnen schieflief. Einfach, weil er nicht zuließe, dass neben seiner Arbeit noch andere Dinge im Leben eine Rolle spielten. An ihre Worte zurückzudenken löste in ihm einen Gefühlscocktail aus, der ihm gerade heute Abend nicht bekommen würde: Wut über ihre Ungerechtigkeit, denn schließlich hatte er nur wegen ihr Bremerhaven verlassen. Verzweiflung, weil er keine Ahnung hatte, ob sie nicht doch recht hatte. Beklemmende Trauer über Verlorenes. Nagende Sehnsucht – die schlimmste der Zutaten, weil er nicht einmal wusste, wonach es ihn so sehr verlangte.

Er versuchte, diese toxische Mixtur in Kopf und Eingeweiden zu ignorieren und stattdessen an den Fall Neumann zu denken. Wenigstens war ihm erspart geblieben, einer geschockten Lebensgefährtin vom unerwarteten gewaltsamen Ableben ihres Gatten berichten zu müssen. Peter Neumann lebte allein. Keine Kinder. Keine bekannte Partnerin. Beruflich war der Einundsechzigjährige Großhandelsvertreter für verschiedene Weine. Sein Chef hatte ausgesagt, dass Neumann die Probekisten für seine Fahrten stets Anfang der

Woche abholte und die Bestellungen abends per Mail übermittelte. Das hatte er gestern Abend noch getan. Und da er die Geschäfte seiner heutigen Route nicht zu festgelegten Zeiten ansteuerte, hatte ihn heute Morgen niemand vermisst.

Traurig irgendwie. Dass niemand merkte, wenn man nicht mehr auf dieser Welt war, hatte etwas Tragisches.

Neumanns Tod, zumindest das hatte der Gerichtsmediziner sagen können, war eindeutig bereits am gestrigen Abend eingetreten, zwischen zwanzig und zweiundzwanzig Uhr.

Woran er wohl gestorben war? Sein Anblick war alles andere als schön gewesen. Der Ausdruck in den weit aufgerissenen, wässrig schimmernden Augen wirkte, als habe er sich vor irgendetwas zu Tode geängstigt. Und was hatte es mit den vielen Blitzlichtern auf sich, die rund um den Lehnstuhl aufgestellt gewesen waren?

Die Putzfrau ... Reinigungskraft korrigierte er sich im Geiste. Das war korrekter und passte auch besser zu dieser Frau, dieser ... Pamela Schlonski. Meine Güte, Werner von der SpuSi hatte später immer noch gekichert und ihn in den Witz mit dem Nachnamen eingeweiht. Pamela Ewing war demnach eine fiktive Figur in der amerikanischen Kitschserie *Dallas* rund um das Ekel J.R., die in den Achtzigern sehr populär gewesen war. Lennard erinnerte sich dunkel, dass auch seine Mutter abends gern vor dem Fernseher gesessen und diese Seifenoper geguckt hatte. Aber wie konnten denn Eltern nur ihr Kind nach einer Serienfigur benennen? War ihnen nicht klar, dass sie ihre Tochter damit zu einer Witzfigur machten? Das war doch typisch Ruhrpott, oder? Da konnte die Frau geradezu froh sein, dass sie durch ihre Heirat einen anderen Nachnamen angenommen hatte. Pamela Schlonski. Er schüttelte leicht den Kopf. Klang auch nicht viel besser. Aber die Person an sich war … Lennard erinnerte sich an die aufgeweckten graublauen Augen.

Wie sie ihn angesehen hatte. Irgendwie beunruhigend durchschauend hatte ihr Blick gewirkt. Als wisse sie genau, dass er hier in einem Revier unterwegs war, das nicht seinem natürlichen Habitat entsprach. Ganz im Gegensatz zu ihr selbst. Sie hatte sich benommen wie ein Fisch im Wasser. Klug? Ja, war sie bestimmt. Auf so eine Art, die nicht gleich ins Auge fällt. Was vielleicht auch an ihrem Job liegen konnte. Aber dem Klischee einer Reinigungskraft entsprach sie nun wirklich nicht. Sie war ganz sicher kein verhuschtes Mäuschen, das sich dafür schämt, diese niedere Arbeit verrichten zu müssen, und deswegen lieber so tut, als sei sie nicht anwesend. Nein, Pamela Schlonski war ganz eindeutig anwesend gewesen. Ihr ganzes Auftreten hatte selbstbewusst gewirkt.

Nach diesem grausigen Fund war sie überraschend aufgeräumt gewesen. Und ihr Erinnerungsvermögen an die Details im Studio … also, so was würde Lennard sich von seinen Leuten mal wünschen. Laut ihrer Aussage war sie nur etwa eine Minute im Studio mit dem Toten allein gewesen. Dann war sie in den Eingangsbereich gegangen und hatte per Handy die Polizei gerufen. Eine einzige Minute. Den Schock über den Fund mal eingerechnet. Und trotzdem war ihr die Sache mit der fehlenden Kamera sofort aufgefallen.

Während Lennard darüber nachdachte, lenkte er seine Schritte durch die schmalen Straßen der Altstadt, in der sich Fachwerkhaus an Fachwerkhaus reihte. Er kam an dem berühmten Bügeleisenhaus vorbei, das an seiner schmalen Kopfseite im Parterre nur zweieinhalb Meter breit war, während es sich nach oben verbreiterte und so tatsächlich wie ein altertümliches Plätteisen wirkte. Die Schaufenster der Bekleidungsgeschäfte und Dekoläden interessierten ihn nicht. Seine Gedanken kreisten um den Fall.

Schließlich erreichte er den äußeren Häuserring, der sich an der erhaltenen Stadtmauer entlangzog. Der Fußweg war kopfsteingepflastert und sehr schmal. Lennard schritt an den Kübeln an der Hauswand vorbei, in denen Sandra weiß und rosa blühende Kosmeen und lavendelfarbene Katzenminze gepflanzt hatte, von deren aktueller herrlicher Blüte er sich beim Vorbeigehen stets verspottet fühlte – obwohl das natürlich Unsinn war. Die Blumen konnten nichts für seine missliche Lage. Er sollte sie also mal wieder gießen. Als die Haustür hinter ihm ins Schloss fiel, blieb er einen kurzen Augenblick stehen. Wider besseres Wissen lauschte er auf Geräusche aus der Küche. Ein kurzes Rufen: »Endlich zu Hause? Zieh dich um! Es gibt Pasta.« Doch es zog kein verlockender Essensgeruch durch den schmalen Flur mit der niedrigen Decke. Im Haus war es still.

5. Kapitel

5. Mai, Mittwoch, abends

»Ich fass es immer noch nicht! Ich meine, stell dir vor, du wärst heute mal früher zur Arbeit gegangen. Vielleicht wärst du dann dem Mörder direkt in die Arme gelaufen!« Ahsen schüttelte sich und nahm einen weiteren Möhrenschnitz. Leia quietschte wohlig schaudernd auf, während Marlies sich die Hand vor den Mund schlug und Totti ein nervöses Husten mit einem Schluck Cola runterspülte. Sie saßen in Pamelas Küche und beratschlagten sich: Ihre beste Freundin, ihre klatschbegeisterte Mutter, ihre aufgedrehte Teenietochter und ihr bester Freund seit Kindertagen. Totti war nach Feierabend aus seiner Bude in der Nordstadt sofort hergeeilt. Der Leichenfund im Fotoklub hatte sich nämlich bis in seinen florierenden Kiosk herumgesprochen – und Totti hatte gleich zwei und zwei zusammengezählt, als es hieß, dass die Putzfrau den Toten entdeckt habe. Da hatte er sich mit eigenen Augen und Ohren von der Geschichte überzeugen wollen.

»Quatsch«, sagte Pamela jetzt und tauchte einen Paprikastreifen tief in den Aioli-Dip. »Der Neumann war längst tot. Bestimmt schon seit gestern Abend. Ich hab doch gesagt, der Wein und das Blut und so waren schon getrocknet.«

»Dann erst recht«, meinte Totti jetzt und nickte Ahsen eifrig zu. »Ich hab mal gelesen, dass die Täter gern am nächsten Tag an den Tatort zurückkommen.«

»Stimmt!« Ahsen deutete mit dem Finger auf ihn. »Das ist bei Inspektor Barnaby auch ganz oft so.«

»Und der neue Hauptkommissar, dieser Vogt, wie ist der so?«, wollte Marlies wissen.

Pamela blinzelte irritiert. Nach einundvierzig Jahren müsste sie eigentlich wissen, wie sehr es ihre Mutter nach solchen Details verlangte – trotzdem versetzte deren Hang zu unter der Hand weitergegebenem Insiderwissen sie auch heute noch in Erstaunen.

»Der Vogt? Na ja, wie so ein Polizist eben.«

»Kind!«, empörte Marlies sich. »Komm schon! Sieht der wirklich so gut aus? Carolas Schwiegertochter ist doch in der Wache und hat erzählt, dass der neue Chef der Kripo wegen seiner Frau aus Bremerhaven hierhergezogen ist. Ist wohl ein echtes Nordlicht. Und sie meint, er wär heftig attraktiv.«

Totti setzte sich auf dem Küchenstuhl ein wenig aufrechter hin. Manchmal erinnerte er Pamela noch heute an den Teenager mit den roten Locken, mit dem sie damals die ersten Küsse ausprobiert hatte. Sein vertrauter Blick aus braunen Augen ruhte ein wenig beunruhigt auf ihrem Gesicht. Pamela schüttelte energisch den Kopf.

»Überhaupt nicht. Gut, er ist groß und schlank, und wahrscheinlich sportlich. Aber der zieht vielleicht einen Flunsch. Wie sieben Tage Regenwetter. Und dann immer diese kurz angebundene Art.« Dass er sie mit seinen überraschend grünen Augen mehrmals so seltsam gemustert hatte, ließ sie beiseite.

»So sind die aus dem Norden eben. Kurz und knackig. Aber die meinen das nicht so.« Marlies, die seit zwanzig Jahren Urlaub in Norddeich machte und somit als Expertin in Sachen Norddeutschland galt, nahm noch einen Schluck Kaffee. Schwarz. Es war schon nach acht. Wenn sie das nächste Mal über Einschlafprobleme jammerte, würde Pamela ihr mal den Marsch blasen.

»Und was ist jetzt mit der Arbeit im Klub?« Wenigstens Ahsen wusste, worauf es wirklich ankam. »Hast du schon jemanden erreicht, den du fragen kannst, wann du da weitermachen kannst?«

»Pff«, machte Pamela. »Ich denke eher, ich muss noch mal von vorn anfangen. Die Polizei hat da überall dieses Pulver verteilt.«

»Für die Fingerabdrücke?«, warf Leia ein, gespannt wie ein Flitzebogen.

»Das heißt ›wegen der Fingerabdrücke‹«, korrigierte Pamela sie. Ihr war wichtig, dass ihr Kind richtig sprach – wenn Leia schon den halben Tag über ihr Handy gebeugt zubrachte. »Aber ja, stimmt. Deswegen.« Sie wandte sich an Ahsen. »Ich hab vorhin den Klappert erreicht. Das ist der Zweite Vorsitzende vom Klub«, erklärte sie den anderen. »Früher war er der Erste Vorsitzende, hat den Klub damals gegründet, vor fünfzehn Jahren oder so. Bevor ich anfing, hat seine Frau da geputzt. Angeblich ohne Bezahlung.«

Sie sah alle in der Runde mit hochgezogenen Brauen an.

Ihre Mutter schnaufte: »Ha.«

»Jedenfalls hab ich seine Nummer für den Notfall ...«

»Na, wenn das jetzt kein Notfall ist!«, kommentierte Totti.

»Er meinte, morgen früh würde gehen. Ich hab schon alles umgelegt. Die Hagenkamps sind doch in Urlaub, da krieg ich das hin.«

»Morgen Vormittag? Ach, da kann ich dir leider nicht helfen. Ich muss zum Elternsprechtag.« Ahsen zwinkerte mit den beneidenswert dichten schwarzen Wimpern und bemühte sich vergeblich, ihre Erleichterung zu verbergen. So gern sie im Fernsehen Mord und Totschlag verfolgte, so ungern wollte sie offenbar im echten Leben damit konfrontiert werden.

»Dann komm ich mit!«, bot Totti schnell an. »Ich mach die Bude einfach für ein paar Stunden zu. Dann kriegen die Blagen vom Gymi mal morgens keine Schaumkussbrötchen. Schadet denen bestimmt nicht. Der ganze Süßkram immer. Ich kann zwar nicht so gut putzen wie du, aber wenn du mir zeigst, was ich tun soll, krieg ich das bestimmt hin. Hauptsache, du bist nicht allein da.«

»Das ist superlieb von dir«, Pamela legte eine Hand auf seine, und Totti strahlte sie an. »Aber ich werd nicht allein sein. Der Klappert ist auch da. Muss wohl ein paar Unterlagen für die Polizei raussuchen und einfach im Büro nach dem Rechten schauen. Der wird ganz schön was zu tun haben, so wie es da immer aussieht. Also alles prima.«

»Oh. Okay. Na ja, dann ...« Ihr bester Freund sah beinahe ein bisschen enttäuscht aus.

»Wie war der Klappert denn so drauf?«, wollte ihre Mutter wissen. »Geknickt, odda?«

Pamela wiegte den Kopf. »Ja, klar. Was auch sonst. Ich meine, ein echter Mord in einem Raum, in dem die Fotoklubleute sich ständig aufhalten, um ihre Bilder zu machen. Das ist doch echt spooky.« Alle im Kreis nickten heftig. Leia zeigte ihre Gänsehaut am Arm vor. »Frau Klappert war auch völlig durch den Wind. Ich hatte zuerst sie an der Strippe, und sie hat gemeint, dass sie einfach nur happy ist, dass sie den Laden nicht mehr putzt. Sie meinte, sie hätte wahrscheinlich einen Herzanfall bekommen, oder so was.«

»Hätte ich auch!«, sagten Marlies und Totti gleichzeitig.

»Sie war so durcheinander, dass sie die ganzen Wochentage durcheinandergebracht hat«, fuhr Pamela fort. »Hat davon gesprochen, dass doch dienstags normalerweise der Abend mit der Bildbesprechung ist, wo ganz viele Klubmitglieder teilnehmen. Und dass es doch ein Riesenzufall ist, dass ausgerechnet da, wo diese Versammlung einmal ausfällt, gleich ein Mord passiert. Dabei ist dienstagabends im Klub nie irgendwas. Weiß ich zufällig.«

»Die arme Frau. Wenn ich mir vorstelle, bei Tarik im Taxiunternehmen würde einer der Fahrer umgebracht ... ich wüsste nicht mehr, ob ich Männlein oder Weiblein bin, von Wochentagen mal ganz zu schweigen«, beteuerte Ahsen.

Marlies war offenbar der Meinung, dass sie nach all der Aufregung mal zum gemütlichen Teil übergehen sollten.

»So, wer will jetzt noch was Richtiges zum Knabbern?«, trompetete sie und zog aus ihrem Jutebeutel eine Chipstüte. Alle stürzten sich darauf, als hätten sie nicht in der letzten halben Stunde munter Möhren, Gurke und Paprika in sich hineingestopft.

Pamela überließ die anderen ihrem Geschmacksverstärkerrausch und ging hinüber ins Bad, um endlich ihre Arbeitsklamotten gegen den Freizeitdress einzutauschen. Als sie auf der Toilette saß und die Jeans abstreifte, knisterte etwas in der Tasche. Sie griff hinein und zog einen Papierschnipsel heraus.

Einen Moment lang starrte sie verwirrt darauf. Doch dann fiel es ihr wieder ein. Diesen Teil eines zerrissenen Fotos, den sie in der Dunkelkammer aufgehoben hatte, um ihn zu entsorgen, hatte sie über den Ereignissen des Tages glatt vergessen. Sie hielt ihn ins Licht. Zwei Paar Beine. Das eine gehörte eindeutig einer Frau, die zu einem kurzen Rock hohe Schuhe trug und sich offenbar an die andere Person, Pamela vermutete einen Mann, lehnte. Das zweite Beinpaar in langer Hose sagte nicht viel aus. Aber die Frau trug am rechten Knöchel ein Tattoo. Pamela dreht den Fetzen hin und her. Das war eine Rose, eine gerade erblühende Blüte. Und dieser Papierschnipsel war wohl Grund genug, um jetzt doch noch nicht in ihre Jogginghose zu schlüpfen.

»Guckt mal!« Als sie wieder in der Küche auftauchte, hielt sie den Papierschnipsel in die Höhe. Alle beugten sich vor, um besser sehen zu können. »Das hatte ich ganz vergessen. Hab ich aufgelesen, bevor ich den Neumann gefunden hab. Mehr war von dem Foto nicht da, nur das Stückchen hier. Aber ich hab euch ja erzählt, dass im Labor das Rotlicht noch an war.«

»Wer ist das?«, wollte Marlies wissen.

»Omma! Das weiß Mama doch nicht!«, erwiderte Leia ganz richtig. »Aber, Mama, das musst du unbedingt zur Polizei bringen. Das ist bestimmt wichtig!«

Pamela sah sich im Kreis ihrer Lieben um. Alle nickten.

»Aber es ist Viertel nach acht. Der Kommissar wird bestimmt nicht mehr da sein«, gab sie zu bedenken.

»Bring ihm das doch schnell nach Hause«, schlug ihre Mutter vor. Die Köpfe in der Runde wandten sich ihr zu. Sie zuckte mit den Achseln. »Das weiß doch halb Hattingen, dass der in dem kleinen, schnuckeligen Häuschen an der Stadtmauer wohnt. Gleich neben Aditi und Sahin vom Gewürzladen.«

Nun sahen alle Pamela an.

»Aber ich kann doch jetzt nicht ...«, begann sie zögernd.

»Das ist bestimmt wichtig!«, wiederholte Leia mit Nachdruck.

»Je mehr Zeit vergeht, desto eher kann der Mörder seine Spuren verwischen«, fügte die TV-Krimiexpertin Ahsen hinzu.

»Wahrscheinlich können die mit deiner Hilfe einen weiteren Mord verhindern«, meinte Totti, als handele es sich bei ihr um eine Art Superwoman, die nur ihren Umhang auffalten und losfliegen müsste, um die Welt zu retten.

»Ist noch nicht neun. Da geht das noch«, verkündete Marlies den Leitspruch ihrer Kindheit.

Pamela stand vor dem Küchentisch, und alle sahen sie an. Erwartungsvolle Stille breitete sich aus.

»Na gut«, sagte sie. »Dann fahr ich da schnell hin. Hoffentlich erwisch ich den Kommissar nicht im Pyjama.«

6. Kapitel

5. Mai, Mittwoch, abends

Es dauerte ein paar Minuten, ehe die Tür geöffnet wurde. Vor ihr stand Kriminalhauptkommissar Vogt, zwar nicht im Pyjama, aber in schlabbrig sitzender Jogginghose, verwaschenem T-Shirt und mit vom Duschen noch feuchten Haaren. In diesem Home-Outfit sah er so überraschend privat aus, dass Pamela kurz stutzte, ehe sie sich auf das konzentrieren konnte, weswegen sie hergekommen war.

»Da bin ich noch mal!«, verkündete sie und setzte ein strahlendes Lächeln auf. Die Hoffnung, dass es prompt erwidert würde, verpuffte augenblicklich wieder. Kommissar Vogt starrte sie ratlos an.

»Pamela Schlonski, die Reinigungskraft aus dem Fotoklub«, erinnerte sie ihn.

Er blinzelte und fuhr sich durch das verstrubbelte Haar.

»Natürlich«, sagte er und räusperte sich. »Ich hatte Sie nur nicht ... Kann ich Ihnen helfen?«

Kann ich Ihnen helfen? war die höfliche Form von: *Du störst! Hau ab!*

Pamela dimmte ihr Lächeln herunter und hielt ihm eine Klarsichthülle hin, in der sich der Fotoschnipsel befand.

Ahsen hatte darauf bestanden, das *Beweisstück*, wie sie es nannte, derart zu präsentieren, und Leia hatte großzügig eine Hülle aus einem Schulordner gespendet.

»Das hab ich heute Morgen in der Dunkelkammer gefunden.«

Der Kommissar blickte auf die Klarsichthülle, dann sie an, dann nach rechts und links den kopfsteingepflasterten Fußweg an der Stadtmauer entlang, der an dieser Stelle nicht breiter als knappe zwei Meter war.

Hielt der Kommissar nach einer versteckten Kamera Ausschau, weil er sich auf den Arm genommen fühlte? Oder … Halt, nein! Er dachte doch nicht, dass irgendjemand Pamela heimlich gefolgt war, sie als eine mögliche Mordzeugin beschattete? Eine feine Gänsehaut überzog prompt ihre Unterarme.

Vogts Angebot »Kommen Sie doch rein!« folgte sie daher so schnell, dass er überrumpelt einen großen Schritt zurück tun musste, und schloss die Tür hinter sich.

Drinnen übernahm ihr Reinigungskraft-Autopilot, und sie sah sich um. In dem schmalen Flur mit der niedrigen Decke war an der rustikal verputzten Wand eine Hängegarderobe angebracht, an der ein seriöser Trenchcoat, eine knallrote Outdoorjacke und der knittrige Blouson von heute Morgen hingen. Keine Damenjacke, Handtasche, Seidenschal. Auch neben dem schmalen Schuhschrank unter der Garderobe standen nur jeweils ein Paar Sport- und seriöse Herrenschuhe, beides mindestens Größe 46. Hatte Marlies nicht gesagt, der neue Hauptkommissar sei verheiratet?

Geradeaus vor ihnen führte eine schmale, fachwerkhaustypisch steile Eichenholztreppe mit hübsch gedrechseltem Geländer hinauf in den ersten Stock.

Neben der Treppe erweiterte sich der Flur etwas. Dort vermutete Pamela instinktiv die Küche, denn es roch leicht nach … Tiefkühlpizza?

Direkt rechts vor ihnen stand eine Tür offen, und Kommissar Vogt wies darauf.

»Bitte.«

»Danke.« Pamela ging hinein, schöne Tür, sicher alt, aber gut in Schuss, und war beinahe überrascht, einen behaglichen, im Shabby-Chic-Look eingerichteten Raum vorzufinden. Die Steinfliesen des Flures wechselten auf der Schwelle zu breiten Holzdielen, auf denen ein blassbunter Teppich unter einem gläsernen Couchtisch lag. Zwei bequeme Sofas standen übereck und boten den Blick auf das gut gefüllte Bücherregal, das die gesamte linke Wand einnahm – die einzige, in der sich weder Fenster noch Tür befand. Obwohl um diese Uhrzeit jetzt im Juli durch die Holzsprossenfenster noch Tageslicht hereinfiel, brannte die Leselampe in der Zimmerecke neben dem einen Sofa, auf dem ein aufgeschlagenes Buch lag. Ein Krimibestseller, wie Pamela nebenbei bemerkte, den sie auch in Leias Zimmer bereits hatte herumliegen sehen.

»Sehr gemütlich«, kommentierte sie.

Der Kommissar bedachte zuerst sie und dann sein eigenes Wohnzimmer mit einem irritierten Blick. Daher hielt sie ihm rasch wieder die Klarsichthülle entgegen. Diesmal nahm er sie entgegen und betrachtete mit gerunzelter Stirn den Teil des zerrissenen Fotos darin.

Augenblicklich schaltete er auf dienstlich. Das konnte Pamela daran erkennen, wie er sich sehr gerade aufrichtete und die Augen verengte.

»Warum haben Sie mir das heute Morgen nicht gegeben?«, wollte er tatsächlich ein wenig streng wissen.

»Weil ich nicht daran gedacht habe. Ich hatte gerade eine Leiche gefunden«, antwortete sie mit feiner Spitze in der Stimme. »Den Fetzen da hatte ich vorher aufgehoben und eingesteckt, weil ich ihn in den Müll tun wollte. Und da hab ich ihn später einfach vergessen.«

Kommissar Vogt strich die durchsichtige Plastikhülle über dem halbierten Foto glatt und betrachtete es genau.

Pamela stellte sich auf die Zehenspitzen und spähte mit auf das Papierstück.

»Sieht nach 'nem Liebespaar aus, wenn Sie mich fragen. So wie sich die Rockbeine an die Hosenbeine randrücken. Der Schnipsel lag unter einem Stuhl, und ich hab mich noch gewundert, wieso jemand so ein Foto erst zerreißt, es dann aber nicht ordentlich wegschmeißt. Passt aber irgendwie zu den nicht entsorgten Entwicklungsflüssigkeiten, finden Sie nicht? Da hat es jemand wohl zu eilig gehabt, um noch mal gründlich in alle Ecken zu gucken, ob er was übersehen hat.«

Der Kommissar bedachte sie mit einem seiner forschenden Blicke.

Also, wenn er Verdächtige nicht durch ein geschicktes Verhör zum Sprechen bringen könnte, denn Reden schien ja nicht sein Ding zu sein, dann konnte er sie ganz sicher zu einem Geständnis niederstarren.

»Gibt es noch etwas anderes, das Ihnen heute Morgen

im Fotoklub aufgefallen ist und das Sie dann vergessen haben zu erwähnen?«

»Nein.« Pamela überlegte kurz. »Obwohl ...«

»Hm?«

»Ich wüsste schon gern, woran der Neumann ... der Herr Neumann gestorben ist. War in dem Wein, der da verschüttet war, Gift oder so was?«

Wie kühl so richtig grüne Augen wirken konnten.

»Selbstverständlich darf ich Ihnen keine Auskunft über Details der Ermittlung mitteilen«, antwortete er sehr steif, und Pamela war verblüfft, als er beinahe ärgerlich hinzusetzte: »Aber tatsächlich wissen wir noch nichts über die Todesursache.«

»Ist bestimmt noch zu früh, wie? Im *Tatort* geht das immer so hopplahopp.« Pamela schnipste mit den Fingern. »Aber wahrscheinlich dauert das im wahren Leben einfach viel länger. Ich meine, da war ja auch kein Gerichtsmediziner im Klub heute Morgen, so wie das im Fernsehen immer ist. Da wird bestimmt viel verfälscht, ne? Nicht so wie im echten Leben, meine ich. Oder?«

Der Kommissar nickte nur.

»Sehen Sie. Dachte ich mir. Tja, ich hoffe, es war in Ordnung, dass ich einfach vorbeigekommen bin? Ich wollte erst eigentlich nicht, aber dann dachte ich: Wer weiß, vielleicht ist es unglaublich wichtig und hat bis morgen früh gar keine Zeit.«

»Woher wussten Sie, wo Sie mich finden würden?«

»Och, das ...« Was hatte ihre Mutter noch gesagt? »Das weiß halb Hattingen.«

»Tatsächlich?«

»Ja, wir kaufen alle im Gewürzladen von Aditi und Sahin ein. Ihre Nachbarn.« Sie deutete mit dem Daumen Richtung Flur, auf dessen anderer Seite das schiefe Häuschen des Ehepaars Bulfati lag. »Wirklich hübsche Häuser hier an der Stadtmauer. Dass die alle so krumm und bucklig sind, find ich gerade schön. War bestimmt nicht leicht, das hier zu ergattern, hm? Ist größer als die anderen, die ich hier so kenne.«

»Hm, ja. Vielleicht ein bisschen zu groß«, sagte er und setzte hinzu: »Für mich allein, meine ich. Seit meine Frau nicht mehr hier wohnt.«

Er erstarrte für einen kurzen Moment und wirkte plötzlich verstört.

Oje, etwa ein Frischgetrennter? Das würde erklären, wieso er ein bisschen abwesend wirkte. Dafür hatte Pamela vollstes Verständnis. Auch nach zehn Jahren konnte sie sich noch gut an das Gefühl erinnern, das sie damals den ganzen Tag beherrscht hatte, als ihre Ehe mit Mike zu Bruch ging.

»Putzen Sie denn selbst?«, fragte sie den Polizisten.

»Bitte?«

Trennung hin oder her. Wieso machte er bei jedem zweiten ihrer Sätze ein Gesicht, als glaube er, seinen Ohren nicht trauen zu können?

»Sauber machen. Erledigen Sie das selbst? Neben Ihrem Job, meine ich. Schließlich haben Sie bestimmt jede Menge zu tun mit den ganzen Verbrechen und so. Ich habe gerade was frei. Einmal die Woche drei Stunden oder zweimal die Woche zwei.«

»Vielen Dank, sehr freundlich von Ihnen, aber nein.«

»Okay. Wenn Sie es sich anders überlegen, Sie haben ja meine Adresse.«

Pamela hielt es für das Beste, dieses sonderbare Gespräch zu beenden, und ging wieder hinaus in den Flur.

Kommissar Vogt folgte ihr.

An der Haustür lieferten sie sich ein kurzes Tänzchen ohne Anfassen, weil er ihr höflich die Tür öffnen wollte, der Flur für sie beide nebeneinander aber deutlich zu schmal war. Schließlich klinkte Pamela selbst auf.

Erleichtert trat sie hinaus, direkt auf den Fußweg an der Stadtmauer, und sah sich noch einmal zu Vogt um. Der schlanke Mann war eindeutig zu groß für die kleinrahmige Tür, in der er stand. Vielleicht machte er deswegen einen irgendwie verlorenen Eindruck.

»Schönen Abend noch«, wünschte sie ihm.

»Ihnen auch, Frau Schlonski.«

Er war bereits dabei, die Tür zu schließen.

»Ach, Ihre Blumen, die hier an der Hauswand«, sagte sie daher schnell, denn das war ihr beim Ankommen gleich aufgefallen. Kommissar Vogt hielt inne und sah sie fragend an. »Die sollten mal wieder gegossen werden.«

7. Kapitel

6. Mai, Donnerstag, morgens

Ein bisschen seltsam fühlte es sich schon an, wieder die Treppe zum Fotoklub hinaufzusteigen und die Wohnungstür aufzuschließen.

Wie immer stellte Pamela die Putzbox unter der Garderobe ab, neben der in einem großen Glasrahmen sämtliche Mitglieder des Klubs mit Porträt und Namen abgebildet waren. Ganz oben links: Peter Neumann, Erster Vorsitzender.

Pamela erwiderte kurz seinen ernsten Blick und lauschte dann in die Altbauwohnung hinein.

Da waren Stimmen zu hören. Klappert hatte also Wort gehalten und war hier. Nicht, dass sie ein Schisshase wäre, aber jetzt nicht allein hier zu sein ließ sie trotzdem erleichtert aufatmen.

Sie warf einen Blick zum Studio hinüber und war nicht überrascht, dort ein Flatterband mit der Aufschrift POLIZEI zu sehen, das in Kreuzform über den Rahmen gespannt war.

Dann schnappte sie sich ihren Eimer, Putzmittel samt zwei Tüchern und marschierte geradeaus durch die Eingangshalle zum Besprechungssaal, dessen hölzerne Schiebetür mannsbreit offen stand.

Durch den großen Raum erreichte man auch die Tür zum Büro des Klubvorsitzenden. Und in der stand Markus Klappert im Gespräch mit Thomas Ruh.

»Wenn das Studio dann noch nicht freigegeben ist, kann ich nächste Woche ja meine Bilder in einer Ecke vom Versammlungsraum machen«, sagte Letzterer gerade. »Ich teil mir einfach was ab, lass die Rollläden runter. Das geht schon.« Mit dem Rucksack auf dem Rücken und seiner Laptoptasche an der Seite war er offenbar im Aufbruch begriffen.

Klappert bemerkte Pamela und hob die Hände. »Frau Schlonski«, begrüßte er sie. »Sie schickt der Himmel!«

»Ach, danke. Aber so weit würd ich nicht gehen«, antwortete Pamela. »Vor allem, weil Sie selbst doch gestern vorgeschlagen haben, dass ich heute die Arbeit nachholen kann.«

Die beiden Männer lachten. Wirkten erleichtert. Vielleicht hatten sie von ihr eine andere Gemütshaltung erwartet? Tatsächlich, da kam es schon: »Scheint, als hätten Sie den Schock verdaut?«, bemerkte Klappert vorsichtig.

Pamela wiegte den Kopf. »War schon komisch gerade, hier reinzukommen. Aber muss ja gemacht werden. Das Leben geht schließlich weiter. Also ... für uns«, setzte sie hastig hinzu.

»Genau das habe ich gerade zu Thomas gesagt. Kennen Sie sich eigentlich? Das hier ist Thomas Ruh, eines unserer talentiertesten Mitglieder im Klub, ein wahrer Künstler ...«

»Ach, Markus.« Ruh winkte ab. »Außerdem sind Frau Schlonski und ich uns regelmäßig begegnet, als sie noch donnerstags zum Reinigen herkam. Da bin ich ja meist morgens im Studio, direkt nach dem Zeitungsaustragen.«

»Hach, die Frührenter!«, seufzte Klappert mit gespieltem Neid. »Ich wünschte, ich wär auch schon so weit. Musste mir fürs Aufräumen hier einen Gleitzeittag freinehmen.« Dann hielt er inne und sah seinen Klubkollegen betroffen an.

»Bitte entschuldige, Thomas, das war jetzt wirklich taktlos«, sagte er betreten.

Pamela wusste gleich, was er meinte, denn Thomas Ruh hatte in einem Plausch bei ihren morgendlichen Zusammentreffen im Klub erwähnt, dass er nur knapp einen Hirntumor überlebt hatte und deswegen nicht mehr arbeiten konnte. Der Grund für sein Frührentnerdasein war also alles andere als beneidenswert.

Doch Ruh, den Pamela nur freundlich und respektvoll kannte, winkte nachsichtig ab und schmunzelte: »Du junger Hüpfer.«

»Na, jetzt kommen Sie mal«, meinte Pamela. Sie schätzte Markus Klappert auf Mitte fünfzig, sodass die beiden Männer nur etwa fünf Jahre trennen mochten. »Wir sind hier doch alle eine Altersklasse.«

Da sie selbst erst einundvierzig war, schrammte das nicht gerade knapp an der Wahrheit vorbei. Doch beide Männer grinsten geschmeichelt.

Klappert nahm den Faden wieder auf: »Wie gesagt, wir sprachen gerade darüber, wie merkwürdig es ist, dass das Leben auch nach solch einem grausigen Schlag einfach weitergeht. Aber wir haben alle unsere Aufgaben, ne? Der Klub muss weiterlaufen. Die nächste Ausstellung steht an. Die neuen Mitglieder müssen ordentlich begrüßt und eingeführt werden.« Er stutzte. »Ach, je! Die Polizei hat auch den Computer mitgenommen. Wer weiß, wie lange die den behalten. Jetzt kann ich die Mitgliederliste nicht aktualisieren und an die drei Neuen verschicken.« Er wandte sich an Ruh und deutete auf die Tasche an dessen Seite: »Leihst du mir deinen Laptop? Als der Klubrechner kaputt war, hast du Peter ...« Er hielt kurz pietätvoll inne, » ... ihm hast du deinen Laptop doch damals auch mal geliehen. Da müsste die Liste doch noch drauf sein, oder?«

Thomas Ruhs Gesicht verschloss sich.

»Tut mir leid, aber nein, das geht nicht.«

»Wieso nicht?« Klappert wirkte verdutzt.

»Es geht nicht, weil ... ich den Laptop selbst brauche.«

»Aber es würde nicht lange dauern.«

»Außerdem habe ich die Mitgliederliste bestimmt gelöscht.«

»Du hast die Liste gelöscht? Warum das denn? Das ist doch nur eine Word-Datei. Die nimmt so gut wie keinen Platz weg.«

»Mensch, Markus, der Laptop soll nur für meine Fotos da sein.«

Pamela, die wie bei einem Tennismatch zwischen den beiden Freunden hin- und hergesehen hatte, fand, dass Ruh plötzlich irgendwie hilflos wirkte. Da konnte man ja nur für ihn hoffen, dass er keine Kinder hatte. Die hätten ihn in ihrer Pubertät ansonsten ganz sicher mit ellenlangen Argumentationsketten, die am Ende verrückterweise auch noch logisch klangen, nackig ausgezogen.

»Die neuen Mitglieder verstehen das doch bestimmt, wenn es ein paar Tage dauert«, mischte sie sich ein. »Weiß doch bald halb Hattingen, was hier passiert ist.«

Ruh sah sie nahezu dankbar an, und auch Klappert wandte den begehrlichen Blick von dessen Laptoptasche.

»Stimmt. Stand zwar noch nichts in der Zeitung, aber wir haben ja unsere Frau Makler-Sekretärin«, stimmte er ihr zu.

»Tja, dann mach ich mich mal auf den Weg.« Thomas Ruh hob die Hand und war schneller verschwunden, als Pamela *Schmierseife* hätte sagen können.

Klappert bedachte sie mit einem fragenden Blick.

»Ich wollte nur wissen: Ins Studio darf ja wohl noch keiner rein?«, fragte sie.

»Nein, da soll alles so bleiben, wie es ist. Die Tür ist versiegelt.«

»Und die Dunkelkammer? Ich meine, da standen doch gestern noch die ganzen Schalen und so. Kann ich da den Boden machen?«

»Die Entsorgung der Entwicklerflüssigkeiten hat Thomas schon erledigt. Sie können da walten wie immer. Ich habe in Ihrem Vertrag gesehen, dass Sie üblicherweise drei Stunden hier sind? Meine Frau war ganz beeindruckt, als ich ihr das sagte. Sie hat früher meistens länger gebraucht, obwohl wir da noch sehr viel weniger Mitglieder hatten.«

»Ach ja, Ihre Frau hat früher hier für Ordnung gesorgt,

ne? Wie geht's ihr denn? Sie war ja ziemlich durcheinander, als ich gestern angerufen habe«, erkundigte Pamela sich.

»Durcheinander?«

»Na ja, sie hat gleich die Wochentage durcheinandergeschmissen. Meinte, dass es doch wirklich gruselig wär, dass das mit dem Mord gestern passiert ist. Sie sagte, dienstagabends findet doch sonst immer eine Klubveranstaltung statt, bei der Sie auch immer dabei sind. Dabei ist hier dienstags doch gar nichts. Freier Abend, ne?«, erklärte Pamela.

Klappert schlug ein paarmal mit den Augenlidern, als habe sich ein Staubkorn hineinverirrt. Kein Wunder bei dem ganzen Pulverzeug hier.

»Das ist ja wirklich sonderbar«, sagte er langsam. »Ich meine, dass meine Frau das verwechselt hat. Was hat sie denn gesagt, als Sie ihr von dem üblicherweise freien Dienstagabend im Klub erzählt haben?«

Pamela schüttelte den Kopf. »Hab ich ja gar nicht. Ich dachte, sie ist so durcheinander, da muss ich ja nicht noch so schlaumeiermäßig daherkommen.«

»Das war ganz sicher besser so, sehr freundlich von Ihnen.«

»Ach was, ist doch selbstverständlich.«

»Am besten, Sie erwähnen es ihr gegenüber nicht noch mal. Es wäre ihr bestimmt sehr peinlich. Meine Frau ist in solchen Sachen sehr gewissenhaft.«

»Mach ich natürlich nicht. Wir sehen uns ja sowieso nie.«

Durch Klappert ging ein Ruck, und ein Lächeln erschien auf seinem Gesicht.

»Also, wie gesagt: Trotz der erhöhten Mitgliederzahlen und dadurch sicher mehr Schmutzaufkommen machen Sie Ihren Job hier immer tippitoppi, Kompliment!«

»Danke.« Pamela sonnte sich in dem netten Lob. So was kam selten genug vor.

»Was halten Sie von einer kleinen Lohnerhöhung?«, schlug der jetzt Erste Vorsitzende des Klubs vor.

Sie grinste. »Da fragen Sie? Wer sagt da schon Nein?«

»Eineurofünfzig mehr?«

»Super!«

»Gut, ich ändere das in Ihrem Vertrag und gebe Ihnen ein Exemplar, wenn wir uns das nächste Mal sehen.«

Pamela freute sich. Neumann war eher der sachliche Typ gewesen, der ihr einmal alles gezeigt, den Vertrag mit ihr ausgehandelt und sie dann irgendwie nicht weiter beachtet hatte. Klappert schien da eher der Menschenfreund zu sein. Einem kleinen Schwätzchen war er offenbar auch nicht abgeneigt, nett.

»Der Klub hatte in den letzten Jahren wirklich ganz schönen Zuwachs, wie?«, erkundigte sie sich. »Haben Sie den Verein nicht mitgegründet?«

Klappert leuchtete regelrecht auf und wippte auf den Fußballen.

»Hab ich. Vor fünfzehn Jahren. War meine Idee. Als die Kinder aus dem Gröbsten raus waren, dachte ich: ›Was kannst du denn jetzt mal so anstellen?‹ Am Anfang waren wir nur zu siebt. Haben uns in unseren Wohnungen getroffen zur Bildbesprechung. Aber dann kamen immer mehr dazu. Irgendwann konnten wir uns das alles hier leisten. Hat sich rumgesprochen, wie gut wir sind und was wir unseren Mitgliedern zu bieten haben. Ich meine, all das Equipment, das Labor, das Studio, die beiden Beamer und die Leinwand. Dazu die vielen Angebote, Workshops, Ausstellungen.«

So nett der Klappert auch war, wenn er vor Stolz platzen würde, gäbe es eine riesige Sauerei, die sie würde aufwischen müssen, also fragte Pamela rasch: »Und Herr Neumann? Wie lange war der denn schon im Klub?«

Augenblicklich stellte ihr Gegenüber das Wippen ein. Niemand wippt auf den Fußballen, wenn er von einem frisch Ermordeten spricht.

»Peter, hm, der ist … war noch nicht so lange dabei. Keine Ahnung, wie lange genau … ein paar Jahre?«

»Mindestens drei, denn so lange arbeite ich hier, und er hat mich als Vorsitzender damals ja eingestellt.«

Klappert schnalzte mit der Zunge.

»Ach ja, ja, das kann sein.«

»Vielleicht hat er auch nach einer neuen Aufgabe gesucht, so wie Sie damals?«, mutmaßte sie. »War er eigentlich verheiratet?«

»Nein. Nicht mehr. Heutzutage hält ja nicht mal die Hälfte aller Ehen.«

»Wem sagen Sie das?«

»Oh, Entschuldigung.«

»Da nich für. Bei meinem Ex und mir war es für alle Beteiligten besser, wieder getrennte Wege zu gehen.« Pamela grinste ihn an. »Aber Herr Neumann wirkte auch ohne Familie nicht, als würde er sich langweilen. Der war ganz schön aktiv, oder? Was der alles hier im Klub gemacht hat! Der war ja wohl ständig hier. Wohnte er eigentlich auch hier in der Südstadt, irgendwo in der Nähe?«

»Nein, nein, in Niedersprockhövel. Hohe Egge. Auf dem Weg zur A 43 liegt die Siedlung so links hinter dem Wäldchen.«

»Ah ja! Hübsch da. So ländlich.«

»Hm, ja.«

»Aber doch 'ne ganze Strecke bis hierher. Weil er immer zu Fuß kam, wenn ich ihn hier mal gesehen hab, dachte ich, er wohnt in der Nähe«, sagte Pamela und fuhr mit dem Putztuch prüfend über einen der Tische. Feines Pulver, war ja klar.

»Peter durfte nicht fahren, wegen seiner Krankheit«, antwortete Klappert.

Pamela sah ihn fragend an.

Klappert wirkte plötzlich verlegen. »Eigentlich wollte er nicht, dass jemand das weiß. Hat nie selbst darüber gesprochen. Aber jetzt ist es mir irgendwie so rausgerutscht und ...«

» ... und jetzt stört es ihn ja auch nicht mehr«, vollendete Pamela. »Was war das denn für eine Krankheit?«

»Epilepsie. Wohl schon seit der Kindheit. Er hat es mir gegenüber mal ganz spontan erwähnt, weil wir eine Klubsause in der Disco machen wollten und er deswegen nicht mitgehen konnte. Kaum hatte er das gesagt, wollte er es am liebsten wieder zurücknehmen, glaube ich. Hat mich inständig gebeten, es bloß niemandem zu sagen. Als ob das etwas wäre, wofür man sich schämen muss. Was das Autofahren angeht, hat er immer gemeint, es sei besser für die CO_2-Bilanz. Aber es gibt ja viele Leute, die aus unterschiedlichsten Gründen keinen Führerschein haben.«

»Oder ihn wieder abgeben mussten«, ergänzte Pamela und vollführte mit der Hand eine Geste, als führe sie ein Glas an den Mund.

Klappert lachte, wurde dann aber wieder ernst und wechselte das Thema: »Sagen Sie mal, Frau Schlonski, dummerweise werde ich im Büro wesentlich länger brauchen als gedacht. Wäre toll, wenn ich damit heute Morgen fertig würde. Meinen Sie, Sie könnten den Raum irgendwann diese Woche nachholen?«

Pamela überlegte.

»Heute und morgen sind komplett voll. Ich musste ja schon friemeln, damit ich die Zeit heute Morgen rausschlage. Samstag ist Tochterzeit, da unternehmen wir immer was. Aber Leia schläft gern länger. Samstag in aller Frühe?«

»In aller Frühe? Sind Sie sicher? Wollen Sie denn nicht auch ausschlafen?«

Auch das kam nicht oft vor, dass einer ihrer Auftraggeber sich darum Gedanken machte, was eine frühe Arbeitszeit für sie bedeuten mochte.

»Ich bin immer früh wach. Leia freut sich, wenn ich auf dem Heimweg Brötchen mitbringe.«

»Wunderbar. Dann also Samstag. Ich mach dann mal weiter. Akten sichten und so.« Klappert rieb sich die Hände.

»Klingt nach Spaß«, bemerkte Pamela trocken. Doch er war bereits im Büro verschwunden.

Die nächste Stunde hörte und sah Pamela von Klappert

nichts. Sie ging ihrer üblichen Routine nach, ließ das Studio natürlich aus, putzte, räumte, wischte. Während sie die gewohnten Handgriffe ausführte, hatte ihr Kopf die Gelegenheit, sich mit anderem zu beschäftigen. Zum Beispiel mit den Informationen, die sie gerade von Klappert über den toten Neumann erfahren hatte.

Irgendwie ergab das Ganze Sinn, fand Pamela und hätte zu gerne Ahsen angerufen, um ihr von ihren Schlussfolgerungen zu erzählen. Doch die war gerade bei Richter Siebert und hatte dort ihr Handy stets auf lautlos gestellt. Pamela würde bis heute Nachmittag warten müssen, bis sie der Freundin alles erzählen konnte.

Der Geschirrspüler piepte. Aber bevor sie den ausräumte, musste sie selbst mal eine kurze Pause einlegen. Der Kaffee vom Frühstück wollte dringend wieder raus.

Als sie sich nach dieser erlösenden Tat gerade die Hände gewaschen hatte und sie am Handtuch abtrocknete, fiel draußen im Flur die schwere Wohnungstür zu. Das Geräusch von klappernden Absätzen durch die Eingangshalle war zu hören.

Nanu, Damenbesuch?

Natürlich gab es im Fotoklub auch Frauen. Aber mit Ausnahme der Studentin Dina mit ihrem Freund Max war Pamela zu ihren Arbeitszeiten hier noch keiner von denen begegnet.

Normalerweise hätte Pamela jetzt ihre Arbeit wieder aufgenommen und sich um die Besucherin keine weiteren Gedanken gemacht. Aber gestern hatte sie hier eine Leiche gefunden. Und deswegen war heute nichts normal.

Vorsichtig lehnte sie die Tür des Toilettenraums nur hinter sich an und schlich auf leisen Sneakersohlen über den Parkettboden zur Schiebetür des Besprechungssaals, die immer noch offen stand.

Sie lauschte, hörte leise Stimmen. Vorsichtig lunzte sie hinein. Niemand zu sehen. Die Frau musste schnurgerade ins Büro marschiert sein.

Das Putztuch, das in ihrem Hosenbund steckte, fest umklammernd, huschte Pamela an der Wand des Besprechungssaals entlang bis zur Tür, die ebenfalls nur angelehnt war.

»Das muss ja ein unglaublicher Schock gewesen sein. Hast du ihn gesehen?«, fragte eine Frauenstimme.

»Nein. Ich bin zwar von einer Beamtin angerufen worden, konnte aber erst herkommen, als er schon ... nicht mehr da war. Weiß auch nicht, ob ich das hätte sehen wollen. Der Kommissar hat mit mir gesprochen, wollte ein paar Sachen wissen. Peters Familienverhältnisse und so was«, erwiderte Klappert.

»Ja, sicher, du weißt ja über uns alle bestens Bescheid. Da hätten sie ja niemand Geeigneteren finden können«, sagte die Frau. In ihrer Stimme schwang ein gurrender Unterton. Sie flirtete. Eindeutig. »Und jetzt wühlst du dich durch die Unterlagen? Kommst du durch?«

»Nicht die Bohne. Es ist das reinste Chaos, so wie ich befürchtet habe. Peter konnte noch nie Ordnung halten. Und jetzt schau dir das hier an. Die ganzen Abrechnungen, keine einzige abgehakt oder mit Datum versehen. Ich kann jetzt die Kontoauszüge durchforsten und es nachholen. In der

Hoffnung, dass zumindest alles erledigt ist. Mit den Beiträgszahlungen der Mitglieder sieht es genauso aus.«

»Wenn du Hilfe brauchst ...? Ich bin wirklich gut in solchen Sachen, mit Ordnung und so ...«

Das melodische Klingeln des Telefons unterbrach sie.

»Entschuldige ...«

»Sicher.«

»Fotoklub *Linsenkunst* Hattingen, Vorsitzender Klappert am Apparat?«

Stille.

»Ah ja, guten Tag Herr Dr. Domberg. Natürlich weiß ich, wer Sie sind. Die Stillleben-Ausstellung ist schließlich von nationaler Bedeutung, und unser Klub ... – Nein, das tut mir leid. Es hat leider ... – Ja, das Gerücht ist leider wahr, Herr Dr. Domberg. Herr Peter Neumann ist verstorben. – Nein, Genaues kann ich leider nicht ... – Ach so, ja, wenn Sie deswegen anrufen. Sicher, das kann ich organisieren. Ist die Ausstellung denn schon abgehängt? – Ah so. Und er wollte es heute abholen? – Nein, kein Problem. Ich mache das selbst. Habe mir heute freigenommen. Ich komme persönlich. Werden Sie da sein? – Bestens. Gut, das machen wir so. – Bis heute Nachmittag also. Beste Grüße.«

Der Apparat gab ein Piepgeräusch von sich, als Klappert ihn auf die Station zurückstellte.

»Domberg?«, echote die weibliche Stimme im Büro.

»Ja. Er hat auch schon gerüchteweise davon gehört. Aber deswegen hat er nicht angerufen. Die Stillleben-Ausstellung ist seit letztem Wochenende beendet und wurde bereits abgehängt. Peter wollte heute sein Bild abholen ... Tja, das muss jetzt jemand anderer übernehmen.«

Beide schwiegen einen Moment.

Pamela hätte zu gern einen Blick riskiert, um zu erfahren, was da drin vorging. Sahen sie sich an? Warum sagten sie nichts?

»Tragisch«, gab Klappert dann mit einer Betonung von sich, die übertrieben und deswegen wenig glaubhaft klang.

Pamela horchte auf. Dieser Tonfall passte gar nicht zu dem Mann, der gerade so freundlich ihre Arbeit gelobt und eine Lohnerhöhung angeboten hatte.

»Da hast du recht«, stimmte die Frauenstimme ebenso zu. »Da hat er es endlich geschafft und mit einem seiner Bilder bei einer landesweit beachteten Ausstellung den ersten Platz belegt. Und dann so was.«

So was, dachte Pamela, bedeutete hier: mausetot.

»Ich könnte das Bild abholen?«, schlug die Frau vor. »Du hast doch genug um die Ohren. Das ist ja 'ne ganz schöne Strecke. Da bist du den ganzen restlichen Tag unterwegs.«

»Lieb von dir, aber ich fahre auf jeden Fall selbst.«

»Verdient hast du es. Dann lernst du Dr. Domberg doch noch persönlich kennen«, stellte sie fest.

»Hm?«

»Na, das wollte Peter doch auf Teufel komm raus vermeiden. Den Kontakt zum Leiter eines der führenden Fotografie-Museen sollte exklusive ihm gehören. Tz ...«

»Ich weiß nicht, was du meinst«, entgegnete Klappert, plötzlich ein wenig hölzern.

Pamela spitzte die Ohren noch ein wenig mehr.

»Ach, Markus. Darüber haben wir doch schon mal gesprochen und waren da ganz einer Meinung. Den anderen war das vielleicht nicht so klar, wie Peter sie manipuliert und nach und nach auf ihre Seite gezogen hat. Nachdem er dich regelrecht vom Vorsitzendenstuhl geschubst hatte, wollte er dich doch immer am liebsten überall raushalten, hat genau gemerkt, dass du ihm im Grunde haushoch überlegen bist, künstlerisch und menschlich. Ich kann gut verstehen, dass du ihn wieder loswerden wolltest. Er war doch einfach unerträglich. Von daher brauchst du über diese neue Entwicklung wirklich nicht traurig zu sein.«

Wieder Stille.

Doch diesmal glaubte Pamela, es im Büro regelrecht knistern zu hören.

»Willst du damit irgendetwas andeuten?«, fragte Klappert schließlich tonlos.

Die Frau sog erschrocken die Luft ein. »Andeuten? Was meinst du? Natürlich will ich nichts ...«

»Das will ich auch hoffen. Natürlich weine ich Peter keine Träne nach. Aber du denkst doch nicht ernsthaft, ich wäre so weit gegangen, ihn wegen Mobbing gegen mich ... Ich war den ganzen Abend friedlich mit Hilde zu Hause. Und außerdem: Hier im Klub gibt es bestimmt den einen oder anderen, der mehr Grund gehabt hätte, Peter ins Nirwana zu wünschen. Gero zum Beispiel. Aber ich ...«

»Um Himmels willen, Markus! Das hab ich doch gar nicht sagen wollen.« Die Frau klang ehrlich bestürzt.

Vielleicht beruhigte das auch Klappert, denn er setzte

seine Tirade nicht fort, was Pamela hinter dem Türspalt sehr bedauerte.

»Wieso Gero?«, fragte seine Gesprächspartnerin nach einer kurzen Pause. »Ich weiß, Peter und er waren mal eine Weile ganz dicke miteinander. Aber das ist doch schon länger nicht mehr so. Ich hatte eher den Eindruck, dass Gero ihn eher gemieden hat in den letzten Monaten. Wie kommst du also darauf, dass Gero was mit dieser Sache zu tun haben könnte?«

Stille.

»Ach, das ist mir nur so rausgerutscht«, brummte Klappert dann. »Blanker Unsinn. Du, ich muss hier wirklich ranhauen. Wenn du also sonst weiter nichts hast?«

»Nein, sonst ist nichts. Ich wollte nur sehen, wie es dir geht«, antwortete die Frau leise.

»Gut. Es geht mir gut. Nur wartet hier wahnsinnig viel Arbeit auf mich.«

»Ich versteh schon. Dann werde ich mal …«

Pamela zuckte zusammen und hastete geräuschlos zur Schiebetür hinüber. Gerade noch rechtzeitig konnte sie durch die Toilettentür schlüpfen und sie hinter sich bis auf einen kleinen Spalt schließen. Da erschienen bereits die Klapperabsätze in der Eingangshalle.

Sie hielten neben der WC-Tür kurz inne, und Pamela hielt die Luft an. Was, wenn die Fremde nun beschlösse, einen Abstecher aufs stille Örtchen zu machen und sie hier im Dunklen entdeckte?

Doch die Frau ging weiter, am Türspalt vorbei. Ehe sie die Wohnungstür aufzog und hinausging, konnte Pamela noch eine ultrakurze Cocacola-rote Frisur über einer flatternden schwarzen Bluse ausmachen.

Sie wartete eine Minute, dann huschte sie hinaus und in die Teeküche, wo sie sich eifrig ans Ausräumen des Geschirrs aus der Spülmaschine machte.

Nachdem sie auch die Toilettenräume gesäubert hatte, packte sie die benutzten Lappen in die Putzbox und betrachtete dabei ausgiebig den Rahmen mit den Klubmitgliedern.

Es gab mehrere kurzhaarige Frauen unter den rund hundert Leuten. Doch nur eine trug diese unverwechselbare Frisur und dazu eine flippige Bluse. Ganz klar, das war sie. Unter dem Porträt stand: *Gundula Schneid, Kassenwartin, Naturfotografie.*

Pamela schätzte Gundula auf etwa fünfzig. Sie wirkte jünger, weil sie sich nach der gängigen Mode schminkte und lässige Klamotten trug, und grinste verschmitzt in die Kamera.

Weiter ließ Pamela ihren Blick über die Gesichter und die Zeilen darunter wandern – auf der Suche nach einem ungewöhnlichen Vornamen. Und da war er: *Gero Winter, Studioporträts.* Kein anderer Gero weit und breit. Das musste er sein.

Pamela beugte sich vor und betrachtete ihn genauer.

Im Gegensatz zu Frau Schneid sah Gero Winter äußerst unscheinbar aus. Sein Alter war schwer zu schätzen. Vielleicht war er wie Pamela Anfang vierzig oder ein wenig älter. Blass, schmalgesichtig und mit irgendwie stumpfem Ausdruck wirkte er nicht besonders sympathisch.

Welchen Grund könnte dieser Mann gehabt haben, Neumann um die Ecke zu bringen, so wie Klappert angedeutet hatte?

Ein leises Räuspern ließ Pamela hochfahren.

»Nur die Ruhe. Ich bin es«, sagte Klappert, der in der Schiebetür stand und sie interessiert ansah. Pamela hatte seine Schritte nicht gehört. Wie lange beobachtete er sie schon?

»Puh, ein bisschen sitzt mir die ganze Sache doch in den Knochen«, lachte Pamela nervös, zückte noch einmal ein Putztuch aus der Box und wischte sorgfältig einen imaginären Fleck von der Scheibe des Rahmens vor ihr, genau über Gero Winters Gesicht.

»Ich geh dann mal.«

»Schönen Tag Ihnen. Und vergessen Sie nicht, die Extrastunden aufzuschreiben.«

»Wird gemacht.« Pamela winkte ihm mit dem Putztuch zu, griff nach ihrer Box und dem Schrubber und machte, dass sie rauskam.

In ihrem Auto, das sie in einer Parklücke abgestellt hatte, saß sie ein paar Minuten still einfach da und grübelte.

Dann griff sie nach ihrem Handy und der Karte, die in dessen Kunstlederhülle steckte.

»Kriminaldezernat, Apparat Vogt.«

»Herr Hauptkommissar? Sie sind das selbst? Hier ist Pamela Schlonski.«

Kurze Pause. Dann: »Guten Tag, Frau Schlonski. Ja, ich bin's.«

Er fragte nicht mal, was sie wollte. Wahrscheinlich ging

er zu Recht davon aus, dass alle, die ihn anriefen, schon automatisch zu reden beginnen würden.

»Hören Sie mal, ich war grad im Fotoklub, die Arbeit von gestern nachholen. Und da hab ich zufällig was erfahren. Wussten Sie schon, dass der Neumann Epilepsie hatte? Und zwar so schlimm, dass er nicht Auto fahren durfte. Eine Freundin meiner Tochter hat Epilepsie, armes Ding. Als sie noch jünger war, so'n kleiner Stöpsel, war das ganz schön schlimm. Diese Anfälle, die Krämpfe und so. Damals hab ich einiges drüber gelesen. Ich dachte, wenn ich mal mit den Blagen auf dem Spielplatz bin, und es geht los, da muss ich doch wissen, was zu tun ist. Jedenfalls gibt es da diese Form von der Erkrankung, bei der die Leute kein Licht vertragen. Also, schon Licht an sich. Aber kein plötzliches Licht, so grelles, wie das Geflacker in der Disco zum Beispiel. Oder eben … Blitzlichter. Da hab ich mich gefragt, ob man daran wohl auch sterben kann.«

Stille in der Leitung.

»Hallo?«

»Ja. Ja, ich bin noch da. Frau Schlonski, Sie sollten sich wirklich nicht in die Ermittlungsarbeit einmischen. Immerhin handelt es sich um ein Tötungsdelikt. Das kann gefährlich werden«, erklang dann die sonore Stimme.

»Is mir klar. Aber wenn ich es doch aufschnappe? Ich dachte, es wäre interessant für Sie. Genauso wie das Gespräch, das ich mitgehört habe. Da ging es drum, dass sowohl der Vorsitzende Markus Klappert als auch ein anderes Klubmitglied, Gero Winter, unheimlichen Brast auf den

Neumann gehabt haben müssen. Warum, weiß ich nicht, aber …«

»Frau Schlonski.« Diesmal klang die Stimme nicht mehr überrumpelt, sondern sehr ernst. Beinahe streng.

»Ja?«

»Vielleicht habe ich mich nicht richtig ausgedrückt? Sie mischen sich in polizeiliche Ermittlungsarbeit ein. Etwas, wovon Sie, wie der Großteil der Bevölkerung, keinerlei Ahnung haben. Deswegen sage ich es Ihnen jetzt ganz deutlich: Halten Sie sich da raus!«

Der Kerl war ja noch unerträglicher, als sie bei ihren ersten beiden Begegnungen vermutet hatte.

Pamela schnaubte.

»Wie Sie meinen. Schönen Tag noch, Herr Hauptkommissar!« Dann legte sie auf, ohne auf eine Erwiderung ihres Grußes zu warten.

Mit vor Empörung zitternden Fingern drehte sie den Schlüssel im Zündschloss, und ihr kleiner Wagen sprang an. Sie hatte doch nur helfen wollen. Aber dann eben nicht. Dieser Oberschlaukommissar Von-der-Küste konnte sie mal.

8. Kapitel

6. Mai, Donnerstag, vormittags

Er hatte es einfach gesagt.

Und seit das passiert war, musste er ständig daran denken.

Obwohl niemand seiner Kollegen, auch nicht die netten, nicht mal Thilo, und schon gar nicht seine Eltern in Bremerhaven, etwas von der Trennung wussten, hatte er es vor dieser fremden Frau einfach so ausgeplaudert. Er hatte nicht gezögert oder groß darüber nachgedacht. Es war ihm ganz selbstverständlich über die Lippen gekommen. Und sie hatte, abgesehen von einem kurzen Zögern und verständnisvollen Nicken, nicht darauf reagiert – außer mit der wahrscheinlich beruflich bedingten Schlussfolgerung, dass er eventuell eine Reinigungskraft brauchte.

Dieser Moment war besonders absurd gewesen. Denn er hatte den spontanen Drang empfunden, sich zu rechtfertigen. Er hätte ihr, einer vollkommen Unbekannten, am liebsten versichert, dass er keiner von diesen unsäglichen Kerlen war, die im 21. Jahrhundert immer noch meinten, es sei Frauensache, das Haus sauber zu halten. Er hatte ebenso oft die Böden gesaugt und gewischt, die Spülmaschine ausgeräumt, die Wäsche in den Trockner getan und anschließend sortiert wie Sandra. Nein, seine mangelnde Beteiligung an den häuslichen Pflichten war bestimmt kein Grund zur Klage gewesen.

Na gut, vielleicht hatte er diese Dinge in den letzten Tagen etwas schleifen lassen. In den letzten vier Wochen, um genau zu sein. Seit Sandra in die kleine Ferienwohnung in der Nähe ihres Kosmetiksalons gezogen war, vorübergehend, bis sie eine passende Wohnung gefunden hätte.

Ja, gut, mochte sein, dass er seitdem etwas nachlässig geworden war. Aber konnte diese Pamela Schlonski das tatsächlich wahrgenommen haben? Er erinnerte sich an ihre messerscharfe Beobachtung des Tatorts im Fotostudio. Hatte sie etwa in seinem Zuhause hinter dem Sofa Staubmäuse entdeckt? Mit Adlerauge die ultrafeine Schicht zwischen den Büchern auf dem Billy-Regal wahrgenommen?

Lennard schüttelte den Kopf, als wolle er eine aufdringliche Fliege vertreiben. Er sollte aufhören, sich über diesen kleinen Ausrutscher Gedanken zu machen, dass er einfach so mit etwas derart Privatem herausgeplatzt war. Viel wichtiger war doch, dass Frau Schlonski in ihrem Wunsch gebremst wurde, hier die Miss Marple zu geben.

Solche Leute kannte er. In Bremerhaven musste er einmal einen Rentner daran hindern, den gesuchten Wohnungsräuber, der ihn um sein Erspartes gebracht hatte, via Flugblätter samt selbst gemaltem Phantombild zu suchen.

Aber das hier war irgendwie anders.

Epilepsie. Hm.

Was für eine Idee, ihn deswegen aus dem Nichts heraus

anzurufen. Aber so waren die Leute hier im Ruhrgebiet, das sie selbst liebevoll *Ruhrpott* nannten. Sie nahmen einfach kein Blatt vor den Mund. Wenn sie meinten, etwas zu sagen zu haben, kannten sie keine Hemmungen. Als Laiin nahm Pamela Schlonski natürlich auch die wilden Spekulationen anderer Fotoklubmitglieder so ernst, dass sie dachte, diese seien ihm bei seiner Ermittlungsarbeit eine Hilfe.

Lennard seufzte.

»Ich sollte beizeiten meinen Versetzungsantrag zurück in den Norden einreichen. Was soll ich hier, zwischen all diesen Menschen, mit denen ich wirklich so gar nichts gemeinsam habe?«, murmelte er.

Es klopfte an seine angelehnte Tür, und sie wurde beinahe zeitgleich geöffnet. Das war hier so gang und gäbe.

Thilo streckte den Kopf herein.

»Lennard. Ich dachte, du telefonierst.« Er kam herein, einen großen Umschlag in der Hand.

»Nein, ich ... ach, nicht so wichtig.«

»Ich spreche auch immer mit mir selbst, wenn ich in einem Fall nicht weiterkomme«, erwiderte Thilo grinsend. »Aber weißt du, was noch mehr hilft als Selbstgespräche? Mit einem Kollegen zu reden. Hier, ich bin bei der Poststelle vorbeigegangen.«

Lennard erkannte den Stempel der Staatsanwaltschaft.

»Warum schicken die das nicht per ...?«

»Serverprobleme.«

»Ach herrje.«

»Ja. Es sind Dutzende Boten unterwegs. Man kommt sich vor wie vor der Erfindung der Faxgeräte.«

Lennard öffnete den Umschlag und zog den Bericht der Gerichtsmedizin heraus, dem ein Schreiben der Staatsanwältin beilag.

Er überflog es.

»Und? Du wirst ja ganz käsig.« Thilo sah ihn besorgt an. »Doch Gift?«

»Nein.« Lennard musste schlucken, weil sein Hals schlagartig trocken geworden war. »Epilepsie.«

»Daran kann man sterben?«

»Offenbar. PSE. Photosensitive Epilepsie. Störung des reticulo-thalamo-corticalen Projektionssystems. Der Anfall wurde durch die Blitzlichter ausgelöst und offenbar so lange gesteuert, bis der spontane Herzstillstand eintrat.«

»Man lernt nie aus.«

»Hm.«

»Hast du den Bericht der KTU schon angesehen? Werner von der SpuSi meinte, dass sie unglaublich viel eingesammelt haben. Aber was Verwertbares ist wohl trotzdem bisher nicht dabei, wie?«

»Den Eindruck habe ich auch.« Lennard warf einen Blick auf seinen Bildschirm, auf dem der vorläufige Bericht noch geöffnet war. »Sehr viele fremde DNS, Haare, Hautschuppen am Hemd. Aber das scheint durch den Sturz und das Herumwälzen am Boden nach dem Schlag auf den Kopf passiert zu sein. Das Stativ, mit dem der Schlag ausgeführt wurde, ist sorgfältig abgewischt worden. Am Gaffaband, mit dem das Opfer gefesselt war, sind keine Spuren – also hat der Täter oder die Täterin Handschuhe getragen. Außer ein paar Fasern des schwarzen Samts vom Tischtuch ist nichts unter den Fingernägeln des Opfers zu finden. Wer immer Peter Neumann an den Stuhl gefesselt hat, muss äußerst vorsichtig vorgegangen sein.«

»Und er oder sie muss einen ordentlichen Brast auf Neumann gehabt haben. So sorgfältig, wie das Gaffatape gewickelt war«, setzte Thilo hinzu.

Brast. Dieses Wort hatte Pamela Schlonski gestern Morgen auch gewählt.

Lennard blinzelte den Gedanken an die Reinigungskraft weg und konzentrierte sich auf den Kern dieser Aussage.

Thilo hatte erst vor Kurzem eine Profiler-Fortbildung gemacht. Die emotionale Lage derjenigen, die ein Verbrechen begingen, spielte dabei eine große Rolle. Aber längst nicht alle Menschen reagierten auf ähnliche Gefühle gleich. Manchmal war ihre Reaktion sogar absolut konträr.

Lennard stand vom Schreibtisch auf und trat an das Whiteboard.

Momentan war darauf nichts Erhellendes zu sehen.

Peter Neumann als Opfer in der Mitte. Um ihn herum mögliche private und berufliche Bezüge. Bisher waren alle Pfeile zwischen dem Opfer und den anderen Personen blau, also neutral.

»Lass mal dein neu erworbenes Wissen spielen!«, forderte Lennard seinen Kollegen auf. »Was sagt dir der Hergang der Tat über den Täter oder die Täterin?«

Thilo betrachtete das Foto, das Neumann auf dem Lehnstuhl zeigte. Dann wandte er sich den Bildern am unteren Rand des Whiteboards zu. Die Blitzlichter. Der umgestürzte

Beistelltisch. Das samtene Tischtuch. Die zerbrochenen Gläser samt Weinflasche.

»Nichts, was du nicht auch schon vermuten wirst«, antwortete er dann. »Am Flaschenhals, dem Korkenzieher, der Vase finden sich Neumanns Fingerabdrücke. Er selbst hat diese Sachen vorbereitet. Möglicherweise für ein Date oder einfach nur für ein Foto. Aber da der Wein die teuerste Marke aus seinem eigenen Sortiment war, würde ich mal auf eine Verabredung tippen. Auf einem Foto von den gefüllten Weingläsern würde man schließlich nicht sehen, dass die Flasche fünfzig Euro kostet. Die Tat an sich scheint stark emotional gesteuert zu sein. Vielleicht war auch Romantik im Spiel. Der teure Wein, die rote Rose.«

»Also suchen wir nach einer Frau?«, fasste Lennard zusammen.

Thilo zögerte deutlich.

»Möglich«, sagte er dann.

Lennard warf ihm einen fragenden Blick zu.

»Das ist es, was jeder automatisch annehmen würde, nicht? Aber das Offensichtliche ist längst nicht immer die Wahrheit: Ein Mann ist umgekommen. Wahrscheinlich war ein Date im Spiel. Also suchen wir nach einer Frau. Genau das ist es, was jeder reflexartig denkt«, erklärte Thilo achselzuckend.

War da ein winziger Anflug Verlegenheit in seinem markanten Gesicht? Doch als Lennard ihn erneut musterte, drehte Thilo sich weg und betrachtete die lange Namensliste, die an die eine Seite des Boards gepinnt war.

Lennard dachte an Tina Bruns, die keinen Hehl daraus

machte, dass für sie das *Mann-Frau-Ding*, wie sie es mal genannt hatte, nicht infrage kam. Meinte Thilo etwa, dass sie in Sachen Date ebenso die Augen nach einem Mann aufhalten sollten? Aber Neumann war doch mit einer Frau verheiratet gewesen. Hm, andererseits gab es ja auch viele, die an beiden Ufern fischten. Und wieso auch nicht? Ja, gar nicht so dumm dieser Gedanke. Schlagartig kam Lennard sich furchtbar konservativ vor. Wieso war er nicht selbst auf diese Idee gekommen?

»Soll ich den Plan zur Befragung der Klubmitglieder aufstellen?«, schlug Thilo vor, ohne weiter auf seinen Hinweis einzugehen. Aus irgendeinem Grund schien ihm das Thema unangenehm zu sein, obwohl er doch so ein offener, lockerer Typ war und mit Tina öfter kleine Scherze über ihre Flirtereien mit anderen Frauen machte.

»Gern. Wir brauchen alle Adressen und einen Entwurf, wie wir sie am effektivsten aufsuchen können. Priorität haben diejenigen, die laut Aussage des Zweiten Vorsitzenden mehr mit Neumann zu tun gehabt haben.«

Thilo nickte. »Da sitzt Tina bereits dran. Möchtest du die Priorisierten selbst befragen? Dann such ich mir mit Tina ein paar der anderen raus.«

Lennard nickte.

Thilo war schon fast zur Tür hinaus, als Lennard sich noch einmal räusperte.

Wahrscheinlich gab es im Dezernat keinen anderen, der so einen feinen Hinweis verstanden hätte, doch Thilo hielt inne.

»Setz auf jeden Fall Markus Klappert auf meine Liste.

Und genauso ... da muss es jemanden geben, der Winter heißt. Karl?« Lennard warf einen Blick auf die Liste. »Gero. Er heißt Gero Winter.«

»Bestimmter Grund, warum du ausgerechnet die beiden selbst sprechen willst?«, erkundigte Thilo sich neugierig.

Lennard zuckte mit den Achseln. »Nur ein Bauchgefühl.«

9. Kapitel

6. Mai, Donnerstag, mittags

»Ganz klar hat der Klappert ihn um die Ecke gebracht!« Ahsen war sich hundertprozentig sicher, wie jedes Mal. »Überleg mal: Der Klub, das war sein Baby. Er hat den Verein vor fünfzehn Jahren gegründet und ihn groß werden sehen. Und dann kommt so'n Neumann und setzt sich fett ins gemachte Nest. Mobbing, hat Klappert gesagt? Ja, ne? Also, Mobbing ist echt 'ne fiese Sache. Da haben schon andere gemordet, die ständig gepiesackt worden sind. Also wenn meinem Schwiegerpapa so was mit dem Taxiunternehmen passieren würde ... dann wär aber was los in der Stadt, das kann ich dir sagen!«

Es war Mittagspausenzeit.

Üblicherweise fuhr Pamela im Anschluss nach Hause, um aus gesundem und definitiv tierfreiem Gemüse ein Gericht für Leia und sich zu kochen. Doch Leia würde heute noch einmal den Nachmittag und Abend bei Mike verbringen. Und so hatte Pamela die Gelegenheit genutzt und Ahsen bei deren aktueller Putzstelle besucht. Die Hausbesitzer waren bei der Arbeit. Und die beiden hatten es sich bei einem Eistee im Wintergarten gemütlich gemacht.

Pamela liebte ihre Freundin sehr. Doch ihr kriminalistischer Spürsinn ließ sie selbst bei der Aufklärung diverser Fernsehkrimis regelmäßig im Stich. Deswegen war Pamela auch diesmal vorsichtshalber skeptisch.

»Vielleicht«, antwortete sie nur vage. »Mein Bauch sagt mir aber, dass wir uns an diesen Gero Winter halten sollten. Ich hab ihn gleich mal im Internet gecheckt. Guck mal.« Sie hielt Ahsen ihr Smartphone hin.

»Hmpf«, machte die.

»Nicht gerade hübsch, hm?« Pamela grinste. »Ich meinte aber die Adresse.«

»Wolfskuhle? Ist das nicht ...?«

»Niederwenigern«, bestätigte Pamela. »Da hast du doch diese alte Dame, bei der du immer das Kellerregal umsortieren sollst. Meinst du, du könntest sie mal fragen, ob sie diesen Winter kennt? Der Stadtteil ist doch ein Dorf. Da weiß doch jeder über jeden Bescheid.«

Ahsen schüttelte den Kopf. »Frau Kockel ist gerade im Urlaub bei ihrer Tochter.«

»Menno. Das war der einzige Kontakt in den Stadtteil, der mir einfiel.«

»Aber ...«

»Nein, kommt nicht infrage!«, wehrte Pamela sofort ab, die wusste, worauf ihre Freundin hinauswollte.

»Ach, mach doch keine Fisimatenten!«, schmollte Ahsen mit geschürzten Lippen. »Barnaby oder Lewis oder Thiel würden da nicht lange zaudern. Kontakt ist Kontakt, auch wenn's schwerfällt. Du hast doch jetzt fast zwei Stunden Zeit bis zur nächsten Stelle. Hau rein! Oder meinst du, so eine echte Ermittlerin hätte Angst vor ihrer eigenen ...?«

»Is ja gut!« Pamela hob kapitulierend die Hände und seufzte. Aber sosehr sie auch überlegte, ihr fiel keine andere Lösung ein, ein wenig mehr über diesen geheimnisvollen blasshäutigen Gero Winter herauszufinden.

Die Worte dieses Oberschlaukommissars kamen ihr wieder in den Sinn. Dass sie nämlich gar keine Ahnung hatte, wie man bei so einer Ermittlung vorging. Und das gab den Ausschlag.

Manchmal musste man eben in den sauren Apfel beißen. Sie würde es tun.

· · ·

»Tante Christa!«, rief sie mit aller Euphorie, zu der sie auf dieser Türschwelle fähig war.

»Pamchen. Was beschert mir denn diese Ehre?«, entgegnete die vier Jahre jüngere Schwester ihrer Mutter. »Na, dann komm mal rein, du verlorene Nichte.«

Die kleine, kompakt wirkende Frau marschierte ihr voraus über die weiß glänzenden Fliesen des geräumigen Eingangsflures. Mit der Energie eines Feldmarschalls bog sie zur Küche ab, was Pamela nur recht war. Wichtiger Besuch wurde stets in das große, mit schweren Ledergarnituren, dicken Berberteppichen und wallenden Volants ausgestattete Wohnzimmer geführt, in dem sie sich schon als Kind und Jugendliche nie wohlgefühlt hatte.

»Kaffee?«

»Och ja, danke.«

»Und was treibt dich her? Ist doch nichts mit Marlies?« Zwei Pads in der Hand, hielt Tante Christa am vor modernem Design nur so blitzenden Kaffeeautomaten inne und sah sie an.

»Nein, nein, alles okay mit Mama. Ich war nur gerade in der Nähe …«

»Hast du hier etwa eine Putzstelle?«, hakte Tante Christa wie elektrisiert nach. Ihr Blick huschte zur Tür. »Doch hoffentlich nicht bei den Ehrbergs? Die haben doch jemanden gesucht. Ich hab aber extra nichts gesagt, weil die doch gar nicht wissen, dass du …«

»Nein, keine Putzstelle«, unterbrach Pamela sie. »Ich war auch nicht zufällig hier. Um ehrlich zu sein, bin ich extra wegen dir hergekommen.«

Das verblüffte Tante Christa so sehr, dass sie kurz schwieg.

»Wie geht's Onkel Horst?«, erkundigte Pamela sich höflich.

Ihr großer, starker Onkel, der sie schon als Kind an einen gutmütigen Bären erinnert hatte, war immer wesentlich mehr ihr Fall gewesen als die energische Tante Christa.

Horst Schnarrenbeck führte in der Stadt einen außerordentlich gut laufenden Biobäckereibetrieb mit drei Verkaufsläden, der im Kreis marktführend war. Doch er selbst hatte sich nie etwas auf seinen beruflichen Erfolg eingebildet. Im Gegensatz zu seiner Frau.

Tante Christa bedachte sie mit einem kurzen misstrauischen Blick, drückte auf einen Knopf am Kaffeeautomaten und rückte den Kaffeebecher zurecht.

Pamela wusste, dass sie vor Neugier auf den eigentlichen Anlass für Pamelas unerwartetes Erscheinen fast platzen musste. Was das Interesse an Klatsch und Tratsch anging, stand sie ihrer Schwester in nichts nach – doch würde Tante Christa das niemals zugeben. Stattdessen betonte sie gern ihren versierten Einsatz aller höflichen Umgangsformen, die der Frau eines erfolgreichen Unternehmers angemessen waren. Anders als Marlies würde sie nie sofort auf den Punkt kommen und einfach mit der Frage nach Pamelas Besuchsgrund herausplatzen.

»Arbeitet zu viel. Wie immer viel zu viel. Aber so ein großer Betrieb braucht eben eine starke Hand. Tja, so ist das, wenn man es zu etwas bringen will, Pamchen. Man muss ganzen Einsatz zeigen. Axel sagt das auch immer. Hat Marlies erzählt, dass er befördert worden ist? Jetzt hat er fünf Mitarbeiter unter sich.«

Pamelas Cousin arbeitete als Steuerberater in einem großen Büro und galt in Tante Christas Lobgesängen auf ihn schon immer als leuchtendes Vorbild für alle Beamten, Arbeitnehmer und besonders für seine Cousine.

Axel war echt in Ordnung und konnte nichts dazu, dass Tante Christa ihn Pamela gern als Idol präsentierte. Genau wie Onkel Horst lachte er gerne, hatte einen mitreißenden Humor. Wahrscheinlich war er der einzige Steuerberater in Deutschland, der als Zeitvertreib noch eine Witze-App fürs Smartphone vertrieb.

»Ja klar, hat Mama erzählt. Super ist das. Und wie geht's Carolin? Alles okay mit den Zwillingen?«

»Ach, die beiden sind sooo süß!« Tante Christa verdrehte schwärmerisch die Augen und stellte einen Becher mit schäumender Milch auf perfekt gebrühtem Kaffee vor Pamela ab. Verdammt, sie hatte vergessen zu sagen, dass sie keine Kuhmilch mehr trank. »Stell dir vor, neulich haben sie ›Der kleine Vampir‹ gespielt. Carolin hat sie überall im Haus gesucht. Und wo waren sie? Hatten sich im Lager in den Särgen versteckt, die kleinen Schlingel.«

Pamelas Cousine Carolin und deren Mann führten ein Bestattungsunternehmen, der ideale Spielort für Heranwachsende.

Pamela grinste. »Das bringt mich doch glatt auf das Thema, wegen dem ich ...«

»Ja?«

»Sag mal, hast du auch Hafermilch?«

Tante Christa war kurz vorm Explodieren.

»Geht auch Soja?«

»Geht auch.«

Kaffeepad. Becher. Maschine. Alles mit einer einzigen Handbewegung, wie es schien. Sogar der Kaffeeautomat gab alles.

Als schließlich der Sojamilchkaffee vor Pamela stand und Tante Christa ihr gegenüber Platz genommen hatte, fragte die: »Was wolltest du gerade sagen? Ich hatte dich unterbrochen.«

Pamela spielt kurz mit dem Gedanken, so zu tun, als sei ihr der Gedanke entfallen, einfach nur, weil es witzig war, ihre Tante auf glühenden Kohlen zu sehen. Doch die elegante Küchenuhr mahnte sie an ihre nächste Putzstelle.

»Wundert mich eigentlich, dass Mama dich noch nicht deswegen angerufen hat«, sagte sie also und betrachtete ihre Fingernägel. »Aber wahrscheinlich hat sie es wegen der Polizei nicht gemacht. Stillschweigen und so.«

»Polizei?«, hauchte Tante Christa. Ihre Wangen röteten sich.

Pamela holte tief Luft und sagte dann mit diesem dramatischen Zittern in der Stimme, das Leia früher schon beim Vorlesen so geliebt hatte: »Ich hab eine Leiche gefunden!«

Ihre Tante hob die Hände an den Mund und war sprachlos. Wegen Letzterem machte Pamela sich eine gedankliche Notiz, dass sie diesen Tag in ihrem Kalender vermerken musste.

»Im Fotoklub, eine meiner Arbeitsstellen. Die Kripo ermittelt in dem Fall. Eindeutig keine natürliche Todesursache. Da hat jemand verdammt viel nachgeholfen.«

»Oh mein Gott! Pamchen!«

»Ja. Es war gruselig, sag ich dir«, flüsterte Pamela, als vermute sie hier in der Schnarrenbeck'schen Küche Abhörwanzen. »Ich darf natürlich nichts Näheres darüber sagen ...«

»Natürlich nicht.« Ihre Tante starrte sie wie gebannt an.

»Das wäre ganz gegen die strikte Anweisung der Kripo.«

»Dann erst recht nicht.«

»Niemand darf etwas darüber wissen.«

Tante Christa biss sich auf die Unterlippe. »Versteht sich von selbst.«

»Aber bei dir wäre so was ja sicher.«

»Natürlich, Pamela. Das weißt du doch. Ich kann schweigen wie ein Grab«, wisperte Tante Christa.

»Der Erste Vorsitzende vom Klub wurde ermordet.«

Tante Christa riss die Augen auf.

»Davon stand nichts in der Zeitung!«

»Natürlich nicht. Sie haben ja den Täter noch nicht.«

»Hast du den etwa gesehen?«

»Nein, nein. Als ich in den Klub kam, war der Neumann längst tot.«

»Na, Gott sei Dank. Ich meine ..., dass du dem Mörder nicht in die Arme gelaufen bist. Und die Polizei hat noch keine Spur, sagst du?«

Pamela witterte ihre Chance. »Erst mal müssen ja alle Leute befragt werden, die den Toten kannten. Vielleicht weiß ja einer von denen was«, fabulierte sie. Klang logisch. So machten das zumindest die Ermittler in Ahsens heiß geliebten Fernsehkrimis. »Familie. Job. Und dann natürlich die ganzen Klubmitglieder. Die kommen von überall her. Essen, Bochum, Sprockhövel, Witten, Niederwenigern ...«

»Was? Von hier kommen auch welche?« Tante Christa hatte den Köder geschnappt.

»Ja klar. Kennst du einen Gero Winter?«

Jetzt war der Ehrgeiz ihrer Tante geweckt. Mit zusammengekniffenen Augen richtete sie den Blick durch das Fenster mit den Butzenscheiben hinaus in die Ferne.

»Winter, Winter«, murmelte sie. »Gero Winter.«

Pamela ließ ihr Zeit und probierte derweil den Sojamilchkaffee mit extra viel Schaum. Lecker.

Da erschien plötzlich ein Leuchten auf dem Gesicht ihrer Tante.

»Ach ja, sicher! Dass mir das nicht sofort eingefallen ist! Wolfskuhle, richtig?«

Pamela hob in gespielter Ahnungslosigkeit die Schultern.

»So ein blasser Typ. Unscheinbar.«

»Ja, ja! Das ist er! Ach, und der ist in einem Fotoklub? Mit 'ner Kamera hab ich den noch nie gesehen.«

»Triffst du ihn denn öfter?«, forschte Pamela nach.

Das Interesse ihrer Nichte beflügelte die Bäckersgattin.

»Also, immer wenn ich mal im Lotto-Laden bin, ist der eigentlich auch da. Aber mehr als ›Guten Tag, guten Weg‹ hab ich mit ihm noch nie gesprochen. Der steht immer bei den Zeitschriften und sucht nach Preisausschreiben. Gerda lässt ihn, weil er so'n guter Kunde ist. Der spielt alles, sagt sie. Lotto, Toto, Fußballwetten, Rubbellose. Muss ein Heidengeld bei ihr lassen. Ist bestimmt süchtig. Gibt es ja, Spielsucht. Aber Glück kann er ja trotzdem mal haben. Beim Lotto hatte er schon mal einen Fünfer, waren so an die zehntausend Euro, sagt Gerda. Vielleicht hat er bei einem von diesen Spielen auch das Geld für sein Haus gewonnen. Weil so ganz allein und als einfacher Finanzbeamter kann man sich so ein schickes großes Haus doch nicht leisten. Hier, das mit dem knallblauen Dach. Da kommst du direkt dran vorbei, wenn du zu uns kommst. Architektenhaus mit großem U-Boot-Fenster unten, Niedrigenergie und so.«

»Ach, der Winter ist Finanzbeamter?«, hakte Pamela nach.

Tante Christa winkte ab. »Ein kleines Licht. Axel hatte mal wegen einer Klientin mit ihm zu tun. Stell dir vor, die Frau sollte Steuern unterschlagen haben. Aber als sie dann nachgeforscht haben, stellte sich raus, dass der Winter einfach ein Formular falsch ausgefüllt hatte. Pff. Na, da würd ich mich aber bedanken. Und ... sag mal«, sie senkte die Stimme zu einem verschwörerischen Flüstern, »der soll also was mit dem Mord an dem Klubvorsitzenden zu tun haben?«

Pamela riss dramatisch die Augen auf.

»Was? Aber nein! Davon war doch gar nicht die Rede. Ich hab nur gesagt, dass es auch Klubmitglieder hier in Niederwenigern gibt.«

Tante Christa wusste offenbar nicht recht, ob sie erleichtert oder enttäuscht sein sollte.

Pamela nahm ihr die Entscheidung ab: »Man weiß ja auch noch nichts über das Motiv. Stell dir vor, es war reine Mordlust. Nein, dann lieber ein spielsüchtiger Nachbar, oder?«

»Um Himmels willen! Natürlich!«

»Siehste.«

Sie schlürften beide den Schaum vom Kaffee.

»Sah es denn nach Mordlust aus?«, erkundigte sich Tante Christa samt leichtem Schaudern.

»Ich hab schon viel zu viel gesagt«, meinte Pamela mit gespielt schlechtem Gewissen, das hoffentlich geschickt verbarg, dass sie im Grunde gar nichts gesagt hatte. Im Gegensatz zu ihrer Tante.

»Ja, sicher. Wenn die Kriminalpolizei das so sagt, dass du nichts weiter erzählen darfst ...« Tante Christa schwenkte ihren Becher. Dann hob sie wieder den Blick. »Hast du was mit dem Hauptkommissar zu tun gehabt? Dem von der Nordsee?«

Pamela blinzelte.

»Ähm ... Hauptkommissar Vogt. Ja, der leitet die Ermittlungen. Wieso ...?«

»Nicht, dass ich neugierig wäre. Aber man hört ja so einiges. Sieht der wirklich so unverschämt gut aus?«

...

Als Pamela zehn Minuten später das Haus ihrer Verwandten verließ, schwirrte ihr der Kopf.

Noch eine halbe Stunde, bis sie bei Familie Wevelpreis aufschlagen musste. Dort erwarteten sie hundert Quadratmeter, die in der Regel mit Legosteinen und Stofftieren übersät waren, während sich auf allen höher gelegenen Oberflächen Teebecher, Strickzeug und Kochbücher stapelten, sodass die erste Stunde stets für Aufräumen draufging.

Die Fahrt nach Hattingen-Zentrum führte sie an der Ruhr entlang, die jetzt zum warmen Maibeginn träge dahinfloss, flankiert von leicht bekleideten Leuten samt Picknickdecken auf der einen und den gewaltigen Heckrindern, die an Auerochsen erinnerten, auf der anderen Seite.

Irgendwie typisch für diese Region: Sonnenbadende Halbnackte direkt neben einem Vogelschutzgebiet, getrennt von einem Fluss, der noch vor Jahrzehnten Kohledreck transportiert hatte und heute als einer der saubersten Flüsse

Deutschlands galt. Das Ganze am Fuße der alten Isenburg, die von schönstem Laubwald umgeben war.

Wie musste es sich anfühlen, wenn man aus einer Landschaft kam, die einfach nur flach und unbewaldet in ein Meer endete, das irgendwie nie da war, weil ständig Ebbe herrschte, und dann nichts als Matsch zurückließ?

Pamela schüttelte den Kopf.

Von all den Gedanken, die ihr nach dem Besuch bei Tante Christa durch den Kopf schossen, war es ausgerechnet das, worüber sie jetzt nachdachte? Tz.

Sie zwang sich, alles beiseitezuschieben, was nicht mit Gero Winter zu tun hatte.

Beim Vorbeifahren hatte sie einen gründlichen Blick auf sein Haus werfen können: wirklich ein ziemlich großes und sicher ziemlich teures Heim für einen alleinstehenden Mann. Es fiel inmitten der anderen protzigen Gebäude nicht weiter auf. Alle hatten sie große Einfahrten, in denen mindestens ein SUV stand, breite Haustüren mit geschliffenen Buntglasfenstern darin, zu Tode gepflegte Vorgärten mit nichts als hohem Gras und viel Stein.

Das Haus mit dem metallisch schimmernden blauen Dach zierte ein großes, kreisrundes Fenster, hinter dem eine stylische Lampe auszumachen gewesen war. Pamela hatte durchs heruntergelassene Fenster ihres kleinen Fiats das Geld gerochen, das hinter alldem stecken musste.

Wie kam ein kleiner Finanzbeamter also an so einen Kasten?

Dass Gero Winter sein Vermögen einem Lottogewinn

verdankte, bezweifelte sie. Das hätte Lotto-Laden-Gerda doch niemals für sich behalten können.

Aber Moment mal! Was hatte Tante Christa da so eher nebenbei erzählt? Über diese merkwürdige Sache mit der vermuteten Steuerhinterziehung, die eine von Axels Klientinnen betroffen hatte.

Winter hatte angeblich ein Formular falsch ausgefüllt?

Hm. Aber was, wenn das nur eine gute Begründung für einen geplanten, dann jedoch aufgedeckten Betrug gewesen war?

Was, wenn Winter bei ausgewählten reichen Bürgern immer mal wieder ein Auge zudrückte, wenn sie Moneten an der Stadtkasse vorbeischmuggeln wollten? Wie erkenntlich würden sich diese Begünstigten dann zeigen? Würde ihre Dankbarkeit ausreichen, um so eine teure Immobilie zu kaufen und zu unterhalten?

Pamela bog an der Ampel am Ende der Isenbergstraße links Richtung Stadt ab und spürte, wie ihre Hände am Lenkrad leicht zu schwitzen begannen.

Das konnte eine Spur sein.

Wenn Winter den Reichen der Stadt die Steuerhintertürchen offen hielt und dadurch einen guten Nebenverdienst erzielte, wäre es bestimmt nicht in seinem Sinne gewesen, wenn jemand davon Wind bekommen hätte. Jemand aus dem Fotoklub zum Beispiel. Vielleicht jemand, dem er mal davon erzählt hatte, als sie beide noch ... – wie hatte Gundula Schneid es ausgedrückt? – ... *ganz dicke miteinander gewesen waren.*

»Wenn ich solche Nebeneinkünfte hätte«, überlegte Pamela laut, »dann hätte ich zumindest ein kleines Notizbuch oder so was, wo ich die aufschreiben würde. Schon, damit ich nicht den Überblick verliere. Und das würde ich natürlich irgendwo zu Hause aufbewahren.«

Irgendwo in diesem großen, schicken uneinnehmbaren Haus.

In das sie natürlich niemals hineingelangen könnte, um dort nach genau so einem Notizbuch zu suchen.

Pamela seufzte, als sie den Wagen auf der Straße vor dem Haus von Familie Wevelpreis abstellte. Diese Gedanken würden sie wohl nicht weiterbringen.

Kaum hatte sie den Wagen umrundet, wurde die Haustür aufgerissen, und drei Kinder im Alter zwischen vier und sieben Jahren stürzten ihr entgegen.

»Mella! Mella!«, kreischten sie im Chor und hüpften an ihr hoch.

»Hallo, ihr Rasselbande!«, rief Pamela und umarmte die drei alle zusammen. »Küsschen für Lotta, Küsschen für Marti, Küsschen für Rieke!« Ihr Gesicht wurde überdeckt mit speichelfeuchten Kinderküssen, die sie lachend abwischte.

Sabrina erschien in der Tür, wie üblich in Yogahosen und mit einem Teebecher in der Hand.

Weil sie ihre Brut kannte, versuchte sie erst gar nicht, durch das schrille Getöse zu dringen, sondern wartete ab, bis die Gören quietschend wieder an ihr vorbeigerannt waren und mit unbekannten Zielen im Haus verschwanden.

»Wie gut, dass du heute kommst!«, stöhnte sie dann. »Die Kinder haben im Badezimmer neue Fensterfarbe aus-

probiert. Aber die ist wohl wirklich nur für Fenster, weil …
ach, siehst du ja gleich selbst. Ich hatte so doll gehofft, dass
ich in diesem Preisausschreiben von *Esoterisches Zuhause Heute*
gewinne. Kennst du die Zeitschrift? Die ist meeega! Und die
haben eine komplette Hausreinigung verlost, inklusive Räu-
cherwerk und Feng-Shui-Beratung. Hach. Aber ich hab bei
so was nie Glück. Jetzt bleibt es an dir hängen.«

»Feng Shui kann ich nicht. Aber für alles andere bin ich
doch da«, antwortete Pamela grinsend und wuchtete ihre
Putzbox aus dem Kofferraum auf ihre Hüfte. Doch dann
hielt sie mitten in der Bewegung inne.

»Ist was?«, wollte Sabrina sofort beunruhigt wissen. »Du
hast dich doch nicht verhoben, oder so?«

Pamela gab sich nicht der Illusion hin, dass die junge
Mutter aus Sorge um sie fragte. Wahrscheinlich sah sie nur
die ersehnte Hilfe in einer Krankschreibung verschwinden.
Daher lächelte sie ihre Kundin strahlend an.

»Aber nein. Mir ist nur gerade eine wirklich geniale Idee
gekommen. So, aber jetzt zu der Fingerfarbe. Zeig mir mal
den Tatort!« Und sie folgte Sabrina hinein.

10. Kapitel

6. Mai, Donnerstag, frühabends

Es war später Nachmittag, als Pamela ihren kleinen Fiat vor dem Haus mit dem blauen Dach in der Wolfskuhle parkte und den Motor abstellte.

Das mit der Fingerfarbe war fixer gegangen als nach Sabrinas Ankündigung befürchtet. Wie immer, wenn ein Profi am Werk war. Und so hatte sie sich ihrer genialen Idee widmen können, die schnell zu einem konkreten Plan gereift war.

Ahsen schielte unter ihrem Kopftuch vom Beifahrersitz zu ihr herüber.

»Hömma, Pamela, vielleicht ist das doch keine so gute Idee. Ich mein, was ist, wenn du recht hast, und es war echt der Winter, der den Vorsitzenden um die Ecke gebracht hat? Der merkt das doch sicher, dass was mit unserer Story nicht stimmt. Bestimmt kommt der uns gleich auf die Schliche. So einer fackelt nicht lange – zack, zack! –, und wir oxidieren dann in so 'nem weiß getünchten Kellerraum in diesem Bau vor uns hin, und keiner weiß, wo wir sind.« Sie klang ängstlich. In etwa so, wie Pamela sich in einer geheimen Ecke tief in ihrem Inneren auch fühlte.

»Ich hab Totti 'ne Nachricht geschickt«, sagte sie, das jämmerliche Fiepen aus diesem inneren Winkel beharrlich ignorierend. »Wenn wir uns um zehn noch nicht gemeldet haben, soll er die Polizei einschalten.« Polizei, hm, na ja, sie hatte ihm die Karte von Kriminalhauptkommissar Lennard Vogt abfotografiert.

Ahsen sah auf die Armbanduhr.

»Jetzt ist es kurz nach fünf. Was, wenn der Winter noch nicht da ist?«

Pamela schnaubte. »Der ist Finanzbeamter. Der hat spätestens um vier den Griffel fallen lassen und ist definitiv schon zu Hause. Was ist, kommst du jetzt mit, oder willst du lieber im Auto warten, während ich drinnen einen Mörder überführe?«

Ahsen schloss die Augen, legte kurz die Hand aufs Herz und murmelte kurz etwas, in dem mehrmals *Allah* vorkam.

Dann sah sie Pamela entschlossen an. »Wenn ich lebend wieder nach Hause komme, hat Abdis kleiner Hintern aber Kirmes. Der hat vorhin Kayas Barbie die Haare abgeschnitten. Ich hab nur deswegen kein Riesendonnerwetter losgelassen, weil ich nicht wollte, dass es das Letzte ist, was er von seiner Mama in Erinnerung behält.«

Weil Pamela genau wusste, dass Ahsen ihren Kindern nie auch nur ein Haar krümmen würde, grinste sie leise in sich hinein.

»Heißt das, du kommst mit?«

»Ich kann dich doch nicht allein da reinlassen!«

Sie nickten sich zu. Ahsen zupfte noch einmal ihr Kopftuch zurecht. Dann stiegen sie aus und hoben ihre Putzboxen aus dem Kofferraum, die gerade so reinpassten.

Nebeneinander gingen sie die breite Einfahrt des Hauses entlang, in der ein weißer SUV in der Nachmittagssonne glänzte, nahmen die wenigen Stufen zur metallenen Haustür, und Pamela betätigte den Klingelknopf aus Messing. Im Haus ertönte das melodische Geläut der wohl weltbekanntesten Glocke, der des Big Ben.

Innerlich zählte Pamela bis zehn. Dann bis zwanzig.

»Der ist nicht da«, flüsterte Ahsen und wollte sich zum Gehen wenden. Doch Pamela hielt sie mit der freien Hand an der Schulter fest. In diesem Moment wurde die Tür geöffnet, und sie standen Gero Winter gegenüber.

Er war klein für einen Mann, vielleicht knapp über eins siebzig, aber mit breiten Schultern und muskulösen Armen, und mit genau dem nichtssagenden blassen Gesicht, das Pamela von dem Foto im Klub kannte.

Fragend sah er von einer zur anderen.

»Ja?«

Pamela stieß Ahsen in die Seite.

»Ja, äh, gute Tag!«, sagte die daraufhin mit eindeutig türkisch eingefärbtem Zungenschlag, den sie stets gekonnt einzusetzen verstand, wenn er von Vorteil war. Normalerweise sprach sie ebenso flexibel Ruhrpott oder Hochdeutsch wie Pamela. Dann folgte ein angedeuteter Knicks. Der war nicht abgesprochen, sah aber gut aus. »Wir von Zeitung *Esotherisch Zuhause Heute*. Sollen Haus putzen.«

Gero Winter zog die Brauen zusammen.

»Wie bitte? Was für eine Zeitung? Sie sind bestimmt falsch.« Schon machte er Anstalten, die Tür zu schließen.

Ahsen behielt die Nerven. Sie nahm rasch den Zettel, der oben auf ihrer Putzbox lag, und las vor: »Herr. Gero. Winter. Wolfkuh.«

»Wolfskuhle«, korrigierte Winter sie und musterte sie erneut, nun eindeutig verwirrt. »Ja, das bin ich. Aber ...?«

»Erstes Los. Preisausschreibung.« Ahsen nickte ihm eifrig zu. »Gaaaanzes Haus sauber!«

Winter starrte sie an, dann wanderte sein Blick zu Pamela, die ihn scheu anlächelte, als verstände sie kaum ein Wort.

»Kollegin Justyna«, erklärte Ahsen gleich. »Ist polnisch. Spricht nicht deutsch.«

»Dobry Wieczór!«, murmelte Pamela, was *Guten Abend* hieß, wie sie von Mikes Schwester wusste, die tatsächlich Justyna hieß und außerdem ihre polnischen Wurzeln hochhielt.

»Ein Preisausschreiben?«, wiederholte Winter, nun plötzlich doch interessiert. »Was soll das denn gewesen sein? Kann ich mich nicht dran erinnern.«

Ahsen und Pamela sahen sich ratlos an und zuckten mit den Schultern.

»Nicht wissen. Nur Adresse und Auftrag. Erstes Los. Preisausschreibung!« Ahsen strahlte Winter an. »Gleich reinkommen? Loslegen?«

Winter zögerte.

»Gratulacje!«, rief Pamela enthusiastisch und hätte auch

die Arme hochgeworfen, wenn sie nicht nervös ihre Putzbox samt Schrubber umklammert hätte.

Da hellte sich das Gesicht ihres Gegenübers plötzlich auf. »Ach jaaa! Jetzt erinnere ich mich! Dieses Preisausschreiben bei *Unser Haus – Heute*! Ja, ja, ich erinnere mich. Ach, und da konnte man eine Reinigung gewinnen? Und ich hab tatsächlich den ersten Preis gewonnen? Ist mir noch nie passiert.«

»Glückspitz!«, verkündete Ahsen und nickte an ihm vorbei. »Gleich anfangen? Kollegin und ich zusammen. Zwei Stunden, zack, fertig.«

Er knickte ein. »Tja, wieso nicht? Meine Hilfe würde morgen kommen, dann kann ich der ja absagen und mir das Geld sparen. Und ich bin sowieso den Abend zu Hause. Sitze an Lightroom. Ähm, ... Foto-be-arbeit-ung«, erklärte er an sie gewandt, sah aber beim Blick in ihre betont verständnislosen Mienen die Vergeblichkeit des Unterfangens ein und trat einfach zur Seite, um sie hereinzulassen.

Sie schwärmten aus. Mit dem routinierten Radar der geübten Reinigungskraft lief Ahsen durchs Erdgeschoss in Richtung Küche, während Pamela die freischwebende Treppe ins Obergeschoss erklomm.

»Ich, ähm ... finden Sie sich allein zurecht?«, rief Winter, während er Ahsen hinterhereilte.

Oben angekommen, stellte Pamela Putzbox und Schrubber ab und verschaffte sich blitzschnell einen Überblick über die vorhandenen Zimmer. Direkt rechts ein Gästezimmer, in das die Nachmittagssonne hereinschien und zu dem ein kleines eigenes Bad gehörte. Das Bett war ordentlich gemacht, und der Raum hätte unpersönlich gewirkt, wenn nicht an den Wänden etliche gerahmte Fotos gehangen hätten. Sie zeigten Menschen vor unterschiedlichen Hintergründen in einem Studio. Berührende Bilder von lauthals lachenden Kindern, sich anschmachtenden Liebespaaren – hey, da waren auch zwei alte Männer dabei, süß, die beiden – und nachdenklich dreinblickenden Hochschwangeren. Mal in Schwarz-Weiß, mal in Farbe. Die Fotos hatten was, sahen aus, als hätte der Fotograf ein Teil der Seele derjenigen eingefangen, die er abgebildet hatte. Konnte einer, der solche Bilder macht, eiskalt losgehen und einen Klubkollegen totknipsen?

Pamela wandte dem Zimmer den Rücken zu und spähte in das gegenüber. Offenbar das Schlafzimmer des Hausherrn. Das Bett war zerwühlt, auf dem Nachttisch stand eine angebrochene Wasserflasche, dem Bett gegenüber ein riesiger Flachbildschirm. Das angrenzende Bad war geräumig, mit Dusche sowie in den Boden eingelassener Wanne ausgestattet.

Nebenan befand sich ein kleiner Fitnessraum samt Laufband, Seilzug und einer Bank zum Gewichtdrücken. Daher also die Muckis. Weil sich in diesem Raum kein einziger Schrank oder etwas ähnlich Vielversprechendes befand, schloss Pamela leise die Tür hinter sich und betrat den letzten Raum auf der Etage: das geräumige Arbeitszimmer. Hier sah es aus, als hätte eine Bombe eingeschlagen. Papier, Fotos, Kameras, Stative, Fachbücher lagen auf allen erdenklichen Ablageflächen. Auf dem überladenen Glasschreibtisch mit zwei Rollcontainern darunter standen zwei große Bild-

schirme, auf denen sich leider bereits die Schoner eingeschaltet hatten und in Form von Blitzen über die nacht-
schwarzen Flächen zuckten. So konnte sie nicht sehen,
woran Winter gerade gearbeitet hatte. Die gesamte rechte
Wand nahm ein brusthoher Aktenschrank ein, in dessen
schwarzer Metalloberfläche Pamela sich spiegelte. Wie immer auf der Arbeit trug sie alte Jeans und ein aus der Form
geratenes T-Shirt, heute mit der Aufschrift *Niemand ist vollkommen!*.

Was Pamela nicht gespiegelt sehen konnte, war ihre
Rückseite, von der sie wusste, dass darauf zu lesen war: *Ich
bin Niemand.*

Stattdessen entdeckte sie in ihrem Gesicht eine gewisse
Gier beim Anblick der diversen Aktenschubladen, die sie regelrecht lockten. Es kribbelte ihr in den Fingern, sie aufzu-
ziehen und nach einem Hinweis darauf zu suchen, warum
Winter derart stinkig auf Neumann gewesen sein könnte,
dass er im wahrsten Sinne des Wortes zugeschlagen hatte.

Dann fiel ihr Blick auf das, was auf dem Aktenschrank
lag. Waren das nicht jede Menge Blitzlichter?

Pamela trat näher und inspizierte die Dinger.

Doch schon im nächsten Augenblick spürte sie, wie die
kleinen Härchen in ihrem Nacken sich aufrichteten.

Ohne sich umzudrehen, wusste sie, dass Winter hinter
ihr in der offenen Tür aufgetaucht war. Also hob sie die
Hand und fuhr mit der Fingerspitze über die Oberfläche
des Möbelstücks. Wie erwartet haftete Staub daran, und sie
schüttelte mit einem leisen »Tz, tz« den Kopf.

»Hier arbeite ich gerade«, sagte Winter von der Tür her,

und es fiel Pamela nicht schwer, einen kleinen Schreck zu simulieren, als sie zu ihm herumfuhr. »Bitte fangen Sie doch in den Schlafzimmern an.«

Sie starrte ihn an.

Er sie ebenfalls.

Dann legte er beide Hände aneinander, kippte sie zur Seite und bettete die Wange daran. Mit dem Winken seines Daumens deutete er hinaus.

»Ah!« Pamela hob den Daumen ebenfalls als Zeichen, kapiert zu haben, und machte, dass sie hinauskam.

»Ich hab den Staubsauger mit raufgebracht, steht an der Treppe«, rief Winter ihr noch hinterher.

Mit Tüchern, Eimer und Putzmittel ausgerüstet, nahm Pamela Kurs aufs Schlafzimmer, machte das Bett, wischte die Oberflächen. Es war deutlich zu sehen, dass hier regelmäßig jemand sauber machte, der oder die ihr oder sein Handwerk verstand. Pamela tippte auf einen zweiwöchentlichen Rhythmus, denn eine feine Staubschicht fand sie doch hier und dort.

Leise zog sie die Schubladen des Nachttisches auf. Darin fand sie fünf Fläschchen Nasenspray in unterschiedlichen Füllstadien, Hals- und Kopfschmerztabletten, eine Betriebsanleitung für den Fernseher und zwei Kondome, deren Haltbarkeitsdatum überschritten war. Sie nutzte die Gelegenheit, ein Jackett in den großen Kleiderschrank hängen zu müssen, um die Taschen der anderen Jacken zu kontrollieren. Kinokarten, Kleingeld, ein Einkaufszettel. Nichts von Belang.

Dann saugte sie den hochflorigen Teppich, drapierte die

Vorhänge am Fenster hübsch und fand, das reiche für den für ihre Ermittlung unwichtigen Raum.

Im Gästezimmer gab es noch weniger zu entdecken. Trotzdem lunzte sie in alle Schubladen der Kommode und den schmalen Kleiderschrank und achtete darauf, alle Staubeckchen zu erwischen. Sie schob sogar drei, vier der Fotorahmen zur Seite, hinter denen ein Safe Platz gehabt hätte. Fehlanzeige.

Die Uhr sagte, dass sie bereits seit über einer Stunde arbeiteten. Ahsen hatte unten offenbar auch noch nichts Sachdienliches gefunden. Sie hatten abgemacht, dass sie sich in diesem Fall über ihre Smartphones melden würden.

Das zog Pamela jetzt aus ihrer hinteren Jeanstasche und tippte:

Brauche etwas Ablenkung. Aktenschrank im
Arbeitszimmer vielversprechend – da sitzt aber
W drin. Mindestens 10 Minuten.

Und schickte es ab.

Dann bezog sie hinter der Tür des Gästezimmers Position und wartete ab, was Ahsen sich einfallen lassen würde.

Es dauerte. Nichts geschah.

Pamela checkte das Handy. Ahsen hatte *Daumen hoch* geantwortet.

Noch eine weitere Minute. Dann ertönte plötzlich aus dem Erdgeschoss lautes Getöse und Geklirr sowie eine aufgeregte weibliche Stimme, die auf Türkisch zugleich schimpfte und jammerte.

Winter stürzte aus dem Arbeitszimmer und die unter seinen raschen Schritten bebende Treppe hinunter. Im nächsten Moment vermischten sich unten die aufgeregte weibliche und die betont beruhigende männliche Stimme zu einem interessanten Kanon.

Pamela huschte aus dem Zimmer und hinein in den Raum, in dem Winter gerade noch an den Bildschirmen gesessen hatte. Sie warf einen Blick darauf. Doch zu sehen war nur eine junge Braut in weißem Kleid samt Schleier, die liebreizend in die Kamera lächelte.

Der Aktenschrank!

Sie packte den Griff der ersten Schublade und zog daran. Vergeblich. So auch der nächste und der übernächste. Die gesamte obere Etage des Schranks war abgeschlossen. Ebenso die darunter und die ganz unten.

Warum sollte jemand, der ganz allein in einem Haus wohnte, einen Aktenschrank derart sichern? Doch wohl nur, weil das, was sich darin befand, auf keinen Fall zufällig von jemandem gefunden werden durfte.

Fieberhaft sah Pamela sich um. Kein Schlüssel weit und breit.

Ihr Blick blieb am Schreibtisch hängen. Die Rollcontainer. Sie lauschte kurz zur Tür. Immer noch war unten Ahsens rauchige selbstanklagende Stimme zu hören, die in den höchsten Tönen jammerte, und hin und wieder Winters beruhigende Erwiderungen.

Die Schubladen an den Rollcontainern beherbergten jede Menge Zeug, das sich in solchen Dingern üblicherweise rumtreibt: Stifte, Radiergummis, Post-its, Stecknadeln und Heftzwecken, Briefmarken, Stempel. Keine Schlüssel.

Ebenso wenig war sie auf dem Schreibtisch selbst erfolgreich. Vorsichtig hob Pamela Stapel von Papieren und Krimskrams an, spähte darunter und ließ alles wieder so zurück, wie es zuvor ausgesehen hatte.

Wenn sie in ihrem Job eines gelernt hatte, dann war es die Fähigkeit, sich genau zu merken, wie so eine Unordnung oder Dekoschnickschnack vorher ausgesehen hatte, damit sie es nach dem Putzen genauso wieder hinterlassen konnte. Für die Leute sah es aus wie vorher, nur sauber eben.

Und dann, an der äußersten Kante, verborgen unter einem Wälzer über ein Bildbearbeitungsprogramm: ein kleiner silberner Schlüssel an einem Ring.

Pamela schnappte ihn sich und flitzte um den Schreibtisch zum Aktenschrank.

»Nein, verdammt, Sie müssen mir das nicht ersetzen. Die Vase war doch nichts wert, ein Geschenk, hat mir sowieso noch nie gefallen!«, hörte sie von unten Winters Stimme und Ahsen emotionale Erwiderung, die nach Klageweib klang. Laut stachen die Worte »Chef!«, »Kündigung!« und »Vier kleine Kinder!« heraus.

Mit angehaltenem Atem steckte Pamela den Schlüssel in eines der Schlösser.

Er passte. Sie drehte ihn herum, und auf einen weiteren Druck glitt die Lade auf.

Hängeordner. Fein säuberlich alphabetisch geordnet. Hier drin befanden sich die Buchstaben E und F.

Pamela griff in eine der E-Laschen und zog die darin befindlichen Bilder heraus.

»Ich kipp ausse Latschen!«, zischte sie leise.

Auf den Fotos war eine Frau zu sehen. Aber das Bild war vollkommen anders als jene, die im Gästezimmer hingen.

Die Frau auf diesen Fotos trug Lackkleidung, hatte ihre Zwölf-Zentimeter-Stilettos auf den Rücken eines vor ihr knienden Mannes gestellt und hielt mit hochmütigem Blick eine mehrendige Peitsche in der Hand. Sie blickte in die Kamera, als wolle sie nur zu gern das Ding mal kräftig sausen lassen. Das Gesicht des Mannes war nicht zu erkennen, denn er trug eine Kapuze, die ihm bis zum Kinn reichte.

Pamela blätterte durch die anderen Fotos, die alle ähnlich gestaltet waren. Dann steckte sie sie in ihre Hängung zurück und nahm die nächsten. Dann die nächsten.

Überall dasselbe.

Es waren immer andere Frauen, blonde, rot gefärbte, dunkelhaarige, auch eine grauhaarige mit knallkurzem Schopf.

Alle trugen sie ähnliche Kleidung: Lack, Leder, Stiefel, hohe Absätze, Korsagen und gewaltig viel Schminke. Eine steckte sogar in piekfeiner Reitkleidung, schwang eine Gerte und lachte dabei lasziv in die Kamera.

Pamela verschloss die Lade wieder und wählte willkürlich eine andere.

Q, R und S.

Sie blätterte die Hängeordner durch. Überall dasselbe.

Doch dann hielt Pamela neben den Fotos plötzlich noch etwas anderes in der Hand. Einen Zettel, auf dem ein paar

Daten notiert waren. Eine Internetadresse, eine Webseite, 12 Stück, 1200 Euro.

Moment mal!

Pamela zählte die Aufnahmen in dem Ordner. Sie kam auf zwölf Motive. 12 Stück. Hatte Winter dafür etwa allen Ernstes tausendzweihundert Schleifen kassiert?

Sie zog ihr Handy heraus und machte ein Foto von dem Zettel. Suchte in den anderen Ordnern nach ähnlichen, fotografierte sie. 6 Stück, 700 Euro. 28 Stück 3000 Euro.

»Mein lieber Scholli«, hauchte sie.

Ursprünglich hatte sie hier nach einem Notizbuch oder Ähnlichem gefahndet. Irgendetwas, das ihren Verdacht bestätigen würde, dass Winter sich regelmäßig über Einnahmen freuen konnte, weil reiche Mitbürger sich für die Vertuschung von Steuerhinterziehung erkenntlich zeigten.

Aber das hier sah nach etwas ganz anderem aus. Ihr Bauch sagte ihr, dass Klapperts Bemerkung zu Winters Tatmotiv ganz sicher etwas mit diesen Fotos hier zu tun hatte.

Sie stutzte. Sah noch einmal in den Hängeordner vor sich.

Diesmal beachtete sie jedoch nicht die Frau in ihrem Lackoutfit, sondern den Hintergrund des Bildes. Der war schwarzgolden marmoriert. Neben der Frau stand ein kleines Beistelltischchen, auf dem diverse vielversprechende Utensilien neben einem schlanken Kerzenständer lagen.

Den Kerzenständer kannte Pamela. Ebenso wie diesen Hintergrund.

Im Studio des Fotoklubs gab es riesige Papierrollen, die von einer Halterung an der Decke herabhingen. Je nachdem, welche Kulisse die Fotografierenden für eine Aufnahme wünschten, gab es sämtliche Farben des Regenbogens, Landschaften, das Meer, eine Waldlichtung, eine blühende Sommerwiese.

Ein kurzer Blick in die anderen Ordner bestätigte ihr, was sie bereits ahnte: Diese Bilder hier waren in dem Studio geschossen worden, in dem sie einmal die Woche den Boden wischte.

»Gibbet doch nich«, wisperte sie und steckte gerade das Foto zurück, als sie von unten etwas ausgesprochen Beunruhigendes hörte: Ahsen sang!

Das tat sie oft bei der Arbeit, wusste Pamela von den Einsätzen, zu denen sie hin und wieder gemeinsam gebucht wurden: vom Sportverein nach einer Siegesfeier, nach Karnevalsveranstaltungen oder Jubiläen. Deswegen war es das Zeichen, das sie für den Notfall vereinbart hatten.

Und wenn Pamela jetzt so recht überlegte, war es unten schon seit einer ganzen Weile wieder still. Keine hysterische Türkin mehr, keine sonore Männerstimme. Stattdessen hörte sie Schritte auf den schwingenden Holzstufen.

Pamela schloss rasch die Schublade und drehte den Schlüssel um. Doch sie kam nur noch dazu, das Ding aus dem Schloss zu ziehen und nach dem Putztuch zu greifen, dessen Zipfel sie in die Jeanstasche geklemmt hatte. Dann stand bereits Winter in der Tür.

Pamela wischte über den Aktenschrank und gab sich alle Mühe, mit ihren plötzlich zitternden Händen keines der Blitzlichter herunterzureißen.

»Was machen Sie denn hier?« Der Tonfall war alles andere als freundlich.

Pamela drehte sich um und lächelte ihn in gespielter Verwirrung an. Doch sein Gesicht blieb glatt. Sein Blick huschte von ihr über die geschlossenen Laden mit all seinen Kostbarkeiten. Plötzlich wirkte er misstrauisch.

Pamela spürte vor lauter unechtem Lächeln ihren Kiefer knacken.

»Sie, weg.« Sie deutete auf ihn und dann zur Tür. »Ich, sauber.« Sie winkte mit dem Putztuch, während ihre andere Hand den Schlüssel zum Aktenschrank umklammert hielt.

»Das brauchen Sie nicht. Das mach ich selbst. Diese Geräte sind empfindlich.« Er trat zu ihr und rückte ein Blitzlicht zurecht, das Pamela definitiv gar nicht angefasst hatte. Dann deutete er übertrieben höflich zur Tür.

Pamelas Schlüsselhand schwitzte.

In ihrem Kopf herrschte Leere.

Dieser verflixte Schlüssel musste an seinen Platz zurück. Wenn sie das nicht schaffte, würde Winter wissen, dass sie an diesen so sicher verschlossenen Schubladen gewesen war. Jetzt, wo er sie hier am Aktenschrank ertappt hatte, würde er womöglich gleich nach dem Schlüssel sehen. Dann säßen Ahsen und sie in der Falle.

»Fenster?«, schlug Pamela vor und ging enthusiastisch am Schreibtisch vorbei zu der Scheibe des einzigen Fensters im Raum, die dummerweise gar nicht dreckig wirkte. Winters übliche Haushaltshilfe hielt ärgerlicherweise alles gut in Schuss.

»Nein, danke. Nicht nötig«, befand Winter ganz zu Recht und wiederholte die auffordernde Geste.

Dies war eine der Situationen im Leben, wo man unbedingt der einzigen, auch noch so schlichten Eingebung folgen sollte, die sich einem aufdrängte!

Pamela zuckte mit den Achseln, kam wieder am Schreibtisch vorbei und ... stolperte über ihre eigenen Füße.

Gerade noch schaffte sie es, sich am Schreibtisch abzustützen, und riss dabei etliche der Papiere hinunter, die allesamt auf dem Teppich landeten.

»Oh, Dziekuje!«, rief sie, was eigentlich *Oh, danke schön!* bedeutete, aber das polnische Wort für *Entschuldigung* hatte sie sich einfach noch nie merken können.

Rasch bückte sie sich und raffte so viel von den Papieren zusammen, wie sie greifen konnte, und ließ dabei den Schlüssel unauffällig zwischen den Papierwust fallen.

»Nein, nein, nein!«, brüllte Winter und stürzte zu ihr hin, um sich selbst um seine Unterlagen zu kümmern.

Pamela zuckte zurück und ließ ihn machen.

Winter sammelte Blatt für Blatt ein und sortierte sie dabei nach einem wohl nur ihm bekannten Schema.

Bei diesem Anblick wurde Pamela unwohl. Das sah so aus, als sei der Kerl zwar oberflächlich betrachtet ziemlich chaotisch mit seinen Sachen, hielte aber still für sich durchaus eine Ordnung, die nur er durchschaute.

Sie beschloss den geordneten Rückzug und machte sich auf leisen Sohlen in Richtung Tür.

»Moment mal!«, ertönte es da hinter ihr.

Sie erstarrte.

Als sie sich umwandte, sah sie, dass der am Boden knieende Winter den Schlüssel zum Aktenschrank in der Hand hielt.

Mit zu Schlitzen verengten Augen sah er den Schlüssel an, dann zur anderen Seite des Schreibtisches, wo Pamela das verdammte Ding tatsächlich auch entdeckt hatte, dann zum Aktenschrank. Und dann richtete er den Blick auf sie.

»Jetzt reicht's!«, sagte er gefährlich leise und erhob sich vom Boden. »Sie verlassen jetzt augenblicklich das Haus!«

Als er einen Schritt auf sie zumachte, wandte Pamela sich rasch um und beeilte sich, seiner Aufforderung Folge zu leisten. Neben der Treppe raffte sie ihr Putzequipment zusammen und war bereits auf der ersten Stufe, als Winter hinter ihr auftauchte.

»Wer seid ihr überhaupt?«, schnauzte er. »Das mit dem Preisausschreiben war doch ein Fake, oder?« Dass er plötzlich zum Du wechselte, jagte Pamela einen kalten Schauder den Rücken hinunter.

Unten erschien Ahsen in der Tür zu einem der Räume, und Pamela deutete mit dem Kopf zur Haustür. Ihre Freundin reagierte sofort, verschwand noch einmal kurz und war sofort wieder mit ihrer Putzbox zur Stelle.

»Stopp!«, donnerte Winter und schaffte es, Pamela auf der schwingenden Treppe zu überholen. Die letzten Stufen sprang er hinunter und landete vor der Haustür, versperrte ihnen also den Ausweg. Dann hob er die Hand mit einem Zeigefinger und fuchtelte damit vor ihnen hin und her. »Nee, nee, nee, so einfach kommt ihr jetzt nicht davon. Ich lass mich doch nicht verkackeiern. Wer seid ihr?«, wollte er wissen. »Warum seid ihr wirklich hier und ...?«

In diesem Moment erklang die volltönende Stimme von Big Ben.

Ahsen und sie waren sowieso schon erstarrt, aber nun hielt auch Winter inne. Mit ärgerlich gerunzelter Stirn wandte er sich der Tür zu.

»Was ist denn heute hier los?«, knurrte er und öffnete.

Vor der Tür standen zwei Männer.

Der eine mit gewinnendem Lächeln, in lässig sitzenden stonewashed Designerjeans und strahlend blauem kragenlosen Hemd, das den dunklen Bronzeton seiner Haut zum Leuchten brachte.

Der andere, braunhaarig, eher blass und ernst dreinblickend, in Chinos, weißem Polohemd und knittrigem Blouson: Kriminalhauptkommissar Lennard Vogt.

Pamela hätte fast ihre Putzbox fallen lassen.

Der Blick des Kommissars, der zuerst auf Winter geruht hatte, glitt an diesem vorbei und erstarrte.

»Herr Gero Winter?«, fragte sein Kollege und hielt eine Dienstmarke in die Höhe, genau wie im Fernsehen.

»Äh ... ja«, antwortete Winter, als sei er dessen selbst gerade nicht ganz sicher, und glotzte auf die ovale Marke vor seiner Nase.

»Kriminalhauptkommissar Vogt und Kriminaloberkommissar Schmidt, guten Abend«, fuhr der Typ fort. »Dürfen wir kurz hereinkommen?«

Dann warf er einen irritierten Seitenblick zum Kommissar hinüber, der noch keinen Ton von sich gegeben hatte.

Hauptkommissar Vogt war nämlich damit beschäftigt, vollkommen fassungslos Pamela anzustarren.

Diese, in Winters Rücken, schüttelte heftig den Kopf, klemmte sich schließlich sogar die Putzbox auf die Hüfte, um mit der freien Hand deutliche Abwehrbewegungen zu machen und einen Finger an die Lippen zu legen. Das sah natürlich auch Oberkommissar Schmidt, der sie nun seinerseits verdutzt anblickte.

»Ähm ... na ja«, stammelte Winter. »Ich bin eigentlich gerade ...«

»Es dauert nicht lange«, beteuerte Schmidt. »Es geht um den Todesfall Neumann, wie Sie sich vielleicht denken können.«

»Wir sind sowieso schon weg«, mischte Ahsen sich ein und vergaß dabei ganz, dass sie gerade noch vorgegeben hatte, nur gebrochen Deutsch sprechen zu können. Flink schob sie sich an Winter vorbei, der sie giftig ansah, aber nichts sagte.

»Widdasehn!« Ahsen nickte allen zu und machte, dass sie die wenigen Stufen zur Einfahrt hinunterkam, in der nun neben dem SUV auch ein Polizeidienstwagen stand.

Pamela folgte ihr mit niedergeschlagenen Augen.

Sicherheitshalber drehte sie sich nicht noch einmal um. Doch sie hörte, wie die Männer noch etwas sagten und dann die schwere Tür hinter sich schlossen. Auf der Straße bog sie hinter Ahsen nach rechts zu ihrem Wagen.

Nachdem sie das Putzzeug verstaut hatten und in ihre Sitze gefallen waren, stieß Ahsen einen tiefen Seufzer aus.

»Okay, grenzenlose Bewunderung für alle Ermittlerinnen im Fernsehen!«, stöhnte sie. »Hätte mir echt fast in die Hosen gemacht, als der Typ gerade so ausgerastet ist. Boah, wie gut, dass die Kommissare genau in dem Augenblick aufgetaucht sind, oder? Was die wohl von Winter wollen? So ganz routinemäßig fragen, wo er vorgestern Abend war und so? Oder ob sie auch schon einen Verdacht haben? Dein Kommissar hat aber cool reagiert. Ich mein, der hat dich doch gleich erkannt und trotzdem nichts gesagt. Wahnsinn! Sieht ja wirklich nicht schlecht aus, ne? Wobei der jüngere eher mein Fall wäre. Diese schwarzen Locken! Und erst die Augen! Ich steh einfach auf diesen Typ Mann. Aber jetzt erzähl mal: Was ist denn da oben passiert?«

Pamela spürte, wie sich durch die erstarrte Maske der ängstlichen Anspannung ein breites Grinsen Bahn brach. »Ich sach ma so: Wir haben jetzt eine echte Spur. Aber das erzähl ich dir unterwegs. Erst mal nichts wie weg hier!«

Sie startete den Motor, und sie verließen Niederwenigern nur wenig unter Lichtgeschwindigkeit.

11. Kapitel

6. Mai, Donnerstag, frühabends

»Irgendwas hat der Kerl zu verbergen«, bemerkte Thilo, als er rückwärts aus der Einfahrt setzte. Er steuerte den Dienstwagen geschickt um die parkenden Autos in der Wolfskuhle.

»Den Eindruck hatte ich allerdings auch. Auch wenn sein Alibi wasserdicht sein dürfte. Wenn er wirklich den ganzen Abend an diesem Online-Treffen von Porträtfotografen teilgenommen hat, ist das schnell nachzuprüfen«, erwiderte Lennard.

Auch sein Bauchgefühl hatte sich bei der kurzen Befragung von Gero Winter gemeldet. Der Mann wirkte ausgesprochen nervös, flattrig. Deswegen hatte Lennard die Befragung länger hinausgezogen, als er ursprünglich vorgehabt hatte.

Die meisten Menschen wurden ein wenig aufgeregt, wenn sie Besuch von der Polizei bekamen. Kripo daheim. Da schien sich plötzlich in allen ein schlechtes Gewissen zu regen. Als hätte jeder noch so rechtschaffene Bürger irgendwo eine Leiche im Keller.

Doch Winter war ein anderes Kaliber. Er zeigte nicht nur eine leise Aufregung, sondern war regelrecht versteinert.

Ein Mann, den sie auf jeden Fall im Auge behalten sollten. Vielleicht war er es nicht selbst gewesen, wusste aber etwas über die Tat? Oder womöglich hatte er jemanden mit dem Mord beauftragt, sich selbst aber ein gutes Alibi für die Tatzeit verschafft? Geld genug schien er ja zu haben. Schickes Häuschen in einer wohlhabenden Gegend. Dickes Auto in der Einfahrt. Haushaltshilfen ...

Als seine Gedanken an diesem Punkt angekommen waren, fragte Thilo, als habe er genau das geahnt: »Sag mal, die beiden Frauen, die gerade gehen wollten, als wir kamen, kanntest du die?« Natürlich waren seinem Kollegen Pamela Schlonskis Verrenkungen aufgefallen.

»Allerdings. Die Blonde ist die Reinigungskraft, die den toten Neumann gefunden hat.«

»Is nich wahr!«

»Doch.«

»Was macht die denn bei Winter?«

»Keine Ahnung. Auf den ersten Blick sah es doch nach einem Putzjob aus. Aber die lauten Stimmen, die wir gehört haben, als wir vor der Tür standen, machen mich stutzig. Schien hoch herzugehen zwischen ihm und den beiden«, sagte Lennard.

Leider hatten sie nicht verstehen können, was gesprochen wurde, aber der Ton war eindeutig etwas schärfer gewesen.

Und nachdem Winter geöffnet hatte, hatte Frau Schlonski mehr als klargemacht, dass er ihre Bekanntschaft nicht erwähnen sollte.

Einer Eingebung folgend, nahm Lennard das Handy und wählte die Kurzwahl für Tina Bruns.

»Lennard?«, meldete die sich auch sofort.

»Ja, hallo. Suchst du mir mal die Adresse von der Reinigungskraft aus dem Fotoklub raus? Sie heißt ...«

»Pamela Schlonski«, wusste Tina sofort. Er konnte sie lächeln hören, während das Klappern einer Tastatur im Hintergrund ertönte. »Klasse Frau, oder? So wahnsinnig tough. Ich wünschte, ich wäre bei meiner ersten Leiche auch so cool gewesen.«

»Ähm ... ja«, brummte Lennard.

»Da hab ich sie schon. Das ist eine Adresse in Holthausen. Ich glaub, das ist gegenüber vom Friedhof. Hast du was zum Notieren?«

Lennard wühlte kurz im Handschuhfach und förderte Stift und Notizblock zutage. Tina nannte ihm die Anschrift, er wünschte ihr einen schönen Feierabend, und sie legten auf.

»Sollen wir da noch hin?«, erkundigte Thilo sich. Auf dem Weg zu der Adresse würden sie am Dezernat vorbeikommen, und eigentlich war Feierabendzeit.

»Nicht nötig, dass du mitkommst. Du hast doch gleich dein Training. Wärest du aber so nett und würdest mich kurz hinfahren? Ich lauf dann später nach Hause. Tut mir ganz gut.« Er klopfte sich auf den nicht vorhandenen Bauch.

Thilo grinste.

»Wie du willst. Aber wenn du was für deine Fitness tun willst, solltest du mit den Kollegen und mir Fußball spielen.«

»Och, danke. Vielleicht lieber nicht.«

»Die Einladung steht.«

Lennard nickte und sah aus dem Seitenfenster.

Sie sprachen nicht weiter, bis er in der Sackgasse in Holthausen aus dem Wagen stieg.

»Soll ich warten? Vielleicht ist sie ja nicht zu Hause«, schlug Thilo noch vor.

»Danke dir. Ich laufe in jedem Fall. Bis morgen.«

»Bis morgen, Lennard.«

Er schlug die Tür zu, Thilo wendete den Wagen und fuhr davon.

Fußball spielen mit den Kollegen. Das hatte er schon in Bremerhaven nicht gern gemacht. Da waren auch ein paar Verrückte im Dezernat gewesen, die an den Wochenenden grün-weiß gekleidet ins Stadion zu Werder Bremen zogen.

Aber hier im Ruhrgebiet war der Fußballwahnsinn quasi noch potenziert. An den Brücken der A40, die sich quer durchs Revier zog, waren Sprüche und allseits bekannte Anspielungen auf Fußballlegenden angebracht. Klubzugehörigkeit war eine Frage der Ehre. Und wehe, du trugst an entsprechenden Spieltagen die falschen Farben. Schwarzgelb. Blauweiß. Rotweiß.

Tz, die waren einfach drollig, die Menschen hier.

Lennard wandte sich den Hochhäusern zu, auf die das Schild mit den Hausnummern deutete, unter denen sich auch Pamela Schlonskis Adresse befand.

Ein großer Garagenhof gehörte zu den Gebäuden, die fünf Stockwerke hoch waren. Für eine Großstadt wäre das ein Klacks, aber für Hattingen schon eher ungewöhnlich.

Hier gab es viele Ein- und Zweifamilienhäuser, im Zentrum auch mal Altbauten, die nicht im Krieg zerstört worden waren, mit drei Etagen.

Die fünf hohen Häuser lagen am Hang, und eine Treppe führte zu ihnen hinauf. Schon im ersten fand er in der Klingelschildleiste den Namen.

P & L *Schlonski* stand da.

Irgendetwas daran berührte ihn seltsam. Vielleicht war es die Tatsache, dass er bisher keinen Gedanken daran verschwendet hatte, dass Pamela Schlonski verheiratet war.

Dabei hatte sie es ihm selbst gesagt, gleich bei ihrer ersten Begegnung im Klub hatte sie ihren *Mädchennamen* erwähnt. Was ja auf Namensänderung durch Heirat hinwies.

Vielleicht war es dieses simple kleine Zeichen, dieses »&« zwischen den beiden Initialen, das ihn daran erinnerte, dass an seiner Tür nur sein Nachname stand. Der auch noch Sandras Nachname war. Aber wahrscheinlich nicht mehr lange. An seiner Haustür hatte sich absolut nichts geändert, obwohl in seinem Leben seit ein paar Wochen alles kopfstand. Ein wirklich deprimierender Gedanke.

Eher er den vertiefen konnte, betätigte er den Klingelknopf.

Es dauerte nicht lange, dann ertönte in der Gegensprechanlage die leicht rauchige Stimme: »Ja?«

»Vogt hier«, sagte er. »Hauptkommissar Vogt«, korrigierte er sich schnell.

Kurz war es still, dann summte der Türöffner. Er drückte die Tür auf und stieg die helle Steintreppe hinauf. Als er an den Türen im Hochparterre vorbeikam, fühlte er sich durch die eingelassenen Spione regelrecht beobachtet. Das war doch aber sicher Einbildung, oder?

Erster Stock. Zweiter Stock. Im dritten stand Pamela Schlonski in der rechten Tür. Sie trug noch die Jeans und das T-Shirt, in dem er sie vorhin bei Winter gesehen hatte.

Niemand ist perfekt. Au ja, das waren mal wahre Worte.

Eigentlich hatte er erwartet, dass sie kleinlaut, zumindest irgendwie schuldbewusst wirken würde, wenn er jetzt bei ihr auftauchte. Doch sie strahlte ihn an, als käme sein Besuch ihr ausgesprochen gelegen.

»Hereinspaziert!«, tönte sie und trat bei der weit geöffneten Tür in den fast quadratischen Flur, um ihm Platz zu machen.

Er kam ihrer Aufforderung nach, und sie schloss die Tür mit einem Fußkick.

»Gutes Timing«, raunte sie ihm zu, ohne das zu erklären. Stattdessen winkte sie ihn mit sich, an jeweils zwei Türen zur linken und rechten vorbei zu der offen stehenden geradeaus.

Er folgte ihr. Auf ihrem Rücken las er: *Ich bin Niemand.*

Wieso wunderte ihn das nicht?

Als er ins Wohnzimmer kam, saß dort auf dem gemütlich wirkenden Ecksofa ein braun gebrannter, breitschultriger Mann mit sonnengebleichtem vollen Haar und der Ausstrahlung eines jungen Robert Redford in *Jenseits von Afrika*. Nein, eigentlich saß er nicht auf dem Sofa, er fläzte sich dort herum.

»Sorry, Mike, aber du musst gehen«, erklärte Pamela.

Daraufhin richtete der Angesprochene sich auf und musterte ihn, Lennard, mit der milden Überraschung, die so gut aussehende Männer gern denen gegenüber an den Tag legten, die ihnen nie das Wasser reichen könnten.

»Kripo Hattingen, Kriminalhauptkommissar Vogt«, stellte Lennard sich rasch mit einem Nicken vor. Nicht, dass Mike noch auf seltsame Ideen kam, was das Verhältnis anging, in dem er selbst zu Pamela Schlonski stand.

»Mike Schlonski«, antwortete sein Gegenüber mit einem lässigen Winken. »Sie sind also am Mord dran, wo Pam die Leiche gefunden hat?«

Wie so oft in den letzten drei Jahren verspürte Lennard den heftigen Drang, grammatikalisch Erste Hilfe zu leisten, unterdrückte ihn jedoch erfolgreich.

»Genauso ist es«, bestätigte er und sah zu Frau Schlonski, die ihrerseits Mike abwartend anschaute.

»Ich wär ausse Latschen gekippt«, gestand dieser mit einer entsprechenden Geste. »Aber Pam nicht! Die Frau hat Standing, sach ich immer. Die haut nix so schnell um. Und, kommen Sie denn vorwärts? Schon 'n Verdacht, wer dat war?«

»Mike?«, mischte sich Pamela Schlonski ein.

»Yep?«

»Da hat der Maurer dat Loch gelassen!« Sie deutete zur Tür.

Mike schien kurz zu überlegen, ob er das einseitige Gespräch noch würde in die Länge ziehen können, entschied sich dann jedoch, der Aufforderung Folge zu leisten, und erhob sich.

»Vielleicht wird's ja die Tage was mit 'nem zweisamen Abend?«, sagte er zu Pamela, als er an ihr vorbeiging.

»Nicht, wenn ich es verhindern kann«, erwiderte die.

Mike lachte, als hätte sie einen guten Scherz gemacht, tippte sich an Lennard gewandt an die nicht vorhandene Mütze und verschwand in den Flur.

»Tschüss, Leia!«, rief er. Eine dumpfe Erwiderung war zu hören. Dann fiel die Wohnungstür zu.

Pamela Schlonski ließ sich seufzend aufs eine Ende des Sofas sinken und deutete aufs andere.

»Mein Ex«, erklärte sie. »Wir sind seit zehn Jahren getrennt, aber in der letzten Zeit hat er sich in den Kopf gesetzt, dass aus uns noch mal was werden könnte. Angeblich hat er sich die Hörner jetzt abgestoßen.« Sie rollte mit den Augen. »Na, verkackeiern kann ich mich selber. Jedenfalls vermeide ich es, ihn in die Wohnung zu lassen. Der hat Sitzfleisch, wissen Sie. Aber Leia, meine, also unsere Tochter, war den Nachmittag bei ihm, und er hat sie nach Hause gebracht, weil ich ja … beschäftigt war.«

Das war ein gutes Stichwort. Lennard öffnete bereits den Mund, um einzuhaken, als erneut eine Tür klappte.

»Mama?«, erscholl es aus dem Flur. »War das grad doch noch der Paketbote, der da geklingelt hat? Weil, ich warte auf ein Rezi-Buch von Ullstein, so'n toller Krimi, der …«

Im Türrahmen erschien ein schmales Teenagermädchen mit hüftlangen hellblonden Haaren und bestechend blauen Augen. Sie starrte ihn an, als sei er eine Erscheinung.

»Wenn man vom Teufel spricht«, bemerkte Pamela. »Das

ist Leia. Wie Prinzessin Leia aus *Star Wars*, kennen Sie sicher? Leia, das hier ist Hauptkommissar Vogt.«

Starren. Schweigen.

Etwas strenger: »Leia?«

»Hallo«, grüßte das Mädchen dann gehorsam und zog die Sweatshirtjacke enger um sich. »Und ich voll in den Schlabberklamotten, mal wieder typisch.«

Die Kleine, Lennard schätzte sie auf dreizehn oder vierzehn, hatte dieselbe unverstellte Art wie ihre Mutter.

Ehe er genau nachgedacht hatte, hörte er sich bereits antworten: »Kein Problem. Zu Hause trage ich auch nichts anderes.«

Leia grinste. »Weiß ich schon.«

»Leia!« Ihre Mutter sah sie drohend an.

»Is doch wahr. Du hast doch erzählt ...«

»Am besten, du gehst wieder in dein Zimmer. Bestimmt gibt es hundert neue Posts auf Instagram«, unterbrach Pamela ihre Tochter.

Das schien ein verlockendes Stichwort zu sein. Leia winkte ihm noch einmal zu. »Tschö.« Weg war sie.

Einen Moment lang saßen sie beide einfach da und sahen auf den Fußboden, Laminat in Lärchenholzoptik mit ein paar bunten Flickenteppichen darauf.

»Haben Sie Kinder?«, wollte Pamela Schlonski dann unerwartet wissen.

»Wie? Nein. Ich ... wir ... haben uns erst spät kennengelernt. Fernbeziehung. Und als ich vor drei Jahren aus Bremerhaven herkam, musste ich mich erst mal eingewöhnen und ... na ja, irgendwann ist es dann auch zu spät.«

Was tat er hier? Erzählte persönliche Dinge, obwohl er doch hergekommen war, um eine Art Verwarnung auszusprechen. Sein Gegenüber schien von seiner maßlosen Verwirrung nichts zu bemerken.

»Ja, Gott sei Dank ist es das!«, stöhnte Pamela. »Ich sach immer, das hat schon seinen Grund, warum wir Frauen irgendwann keine Kinder mehr kriegen können. Ab einem gewissen Alter sind die Nerven dafür einfach zu dünn. Als Leia geboren wurde, da war ich siebenundzwanzig, hab ich das alles flotti rabotti hingekriegt. War 'ne schöne Zeit, wenn man mal von den anderen Frauen absieht. Der Mike konnte echt die Finger nicht bei sich behalten. Und dann hab ich irgendwann gesagt, ich bin besser dran ohne ihn. So was von goldrichtig! Hab ich nie bereut.«

Ihr durchdringender Blick aus den leuchtend blauen Augen, ihre Tochter hatte sie also von ihr geerbt, war ihm unangenehm. Fast war es so, als wolle sie ihn ermuntern, ihr zuzustimmen, zu sagen, dass auch für ihn die Trennung der beste Weg gewesen sei. Dieser Gedanke war Lennard allerdings noch nie gekommen. Und außerdem war er ja nicht hergekommen, um über auseinanderbrechende Beziehungen zu sprechen. Nicht gerade geschickt wechselte er das Thema: »Frau Schlonski, was haben Sie heute bei Gero Winter gemacht?«

Sie verzog das Gesicht zu einer schmerzhaften Miene.

»Dachte mir schon, dass Sie das wissen wollen. Was für ein Megazufall, dass wir uns da begegnet sind. Und ein Heidenglück! Winter ist uns kurz vorher irgendwie auf die Schliche gekommen, und das Ganze drohte, ziemlich unangenehm zu werden. Also, er drohte, unangenehm zu werden. Aber dann haben ja Sie geschellt.«

Lennard versuchte vergeblich, ihr zu folgen, und sah sie einfach nur an.

»Ich fang wohl besser mal von vorne an?«, entschied Pamela.

Er nickte. »Das wäre bestimmt das Beste.«

»Also, ich war doch heute Morgen im Klub. Um nachzuholen, was ich gestern nicht geschafft habe, beziehungsweise das meiste musste ich sowieso noch mal machen wegen diesem ganzen Pulver, das Ihre Leute da rumgepinselt haben.« Sie klang beinahe ein bisschen vorwurfsvoll. »Klappert, der zweite, beziehungsweise jetzt erste Vorsitzende, war auch da und hat im Büro aufgeräumt. Jedenfalls, als ich mal grad an einem stillen Örtchen war, hab ich mitbekommen, dass eine Frau in den Klub kam. Sie ist geradewegs zu Klappert gegangen und ...«

Pamela zögerte kurz. Dann fuhr sie fort: »Rein zufällig hab ich ihr Gespräch mitbekommen.«

»Rein zufällig?«, wiederholte Lennard. »Was haben Sie gehört?«

»Das hab ich Ihnen schon am Telefon erzählt.« Er irrte sich nicht, jetzt klang ihre Stimme ganz eindeutig vorwurfsvoll. »Aber Sie haben mir gesagt, dass ich keine Ahnung habe und mich nicht einmischen soll. Dabei hat die Frau, Gundula Schneid war das übrigens, ich hab sie später noch vorbeigehen sehen und auf dem Mitgliederplakat nachgeguckt, also Gundula Schneid hat erst davon gesprochen, dass der Neumann den Klappert nicht gerade nett behandelt hat und er doch jetzt froh sein kann, dass der Kerl aus dem Weg ist. Von wegen Mobbing und so. Das hat Klappert sogar selbst so bezeichnet. Hat sich nämlich ziemlich aufgeregt, als ihm klar wurde, dass die Schneid ihm da ein Mordmotiv unterstellte. ›Du denkst doch nicht, dass ich Peter wegen Mobbing ...‹, oder so ähnlich hat er es ausgedrückt. Und die Schneid dann so: ›Neeeein! Nicht dooooch! Ganz sicher hab ich das nicht gedacht!‹ Und er so: ›Wollt ich aber auch gemeint haben! Weil ... der Gero hätte doch viel mehr Grund dazu gehabt!‹«

»Gero? Gero Winter?«, hakte Lennard rasch nach.

»Genau der. Es gibt nämlich im Klub nur einen Gero.«

»Und warum sollte Herr Winter ein Interesse daran gehabt haben, Herrn Neumann aus dem Weg zu räumen?«

Pamela beugte sich vor. »Genau das hat die Schneid auch gefragt. Aber da ist Klappert ausgewichen und wollte nichts mehr sagen. Hat sie abgewimmelt. Aber als ich dann draußen war aus dem Klub, dachte ich, das muss ich Ihnen doch unbedingt mitteilen. Ist doch bestimmt wichtig, von wegen Motiv und so.«

Sie sah ihn erwartungsvoll an.

Lennard atmete tief ein. »Ja, Sie haben recht. Das war genau richtig so.«

»Sag ich doch. War ja goldrichtig, dass Sie grad bei Winter aufgetaucht sind, um ihn zu befragen. Nachdem Sie Klappert schon nicht erreichen konnten.«

Verblüfft öffnete er den Mund.

Doch ihre Antwort kam bereits, ehe er die Frage formulieren konnte: »Klappert hat nach dem Aufräumen im

Klub doch Neumanns Gewinner-Bild von einer Ausstellung in Keine-Ahnung-wo-Pusemuckel abgeholt. Muss jedenfalls weit weg gewesen sein. Sodass er den ganzen Tag unterwegs war.«

Frau Klappert hatte bei Lennards Anruf genau dasselbe gesagt. Mit dem Unterschied, dass sie *Keine-Ahnung-wo-Pusemuckel* durch *Würzburg* ersetzt hatte. Pamela Schlonski war tatsächlich über alles bestens informiert.

Er versuchte, die Gesprächsführung wieder an sich zu ziehen, unsicher, ob er sie bisher überhaupt in der Hand gehabt hatte. »Wieso sind Sie dann zu Herrn Winter gefahren? Haben Sie dort einen Reinigungsjob?«, erkundigte er sich.

Pamela schüttelte den Kopf.

»Nein, das nicht. Aber wir mussten uns ja irgendwas einfallen lassen, um ins Haus zu kommen. Als ich nämlich mittags ...«, sie stockte kurz, » ... einen meiner üblichen Besuche bei meiner lieben Tante Christa in Niederwenigern gemacht habe, kamen wir rein zufällig auf ihren Nachbarn zu sprechen, der zwar nur kleiner Finanzbeamter ist, aber einen fetten Wagen fährt, in einem teuren Architektenhaus in dieser feinen Gegend wohnt und auch sonst keinen ärmlichen Eindruck macht. Winter. Tante Christa meint ja, er hat vielleicht im Lotto gewonnen. Aber ich dachte: ›Nee, da ist irgendwas faul. Irgendwas, wovon Neumann vielleicht wusste.‹ Die Schneid aus'm Fotoklub hat nämlich noch erwähnt, dass Neumann und Winter früher oft zusammengehangen haben, aber in der letzten Zeit nicht mehr. Und eins kann ich Ihnen aus Erfahrung sagen: Wenn Männerfreundschaften auseinanderbrechen, dann ist entweder 'ne Frau im

Spiel oder Geld. Tja, und welcher Gedanke kommt Ihnen als erster, wenn ein kleiner Finanzbeamter überraschend viel Geld zur Verfügung hat?«

Sie sah ihn herausfordernd an.

»Sagen Sie es mir.«

»Na, dass er irgendwelchen reichen Eumeln dabei hilft, Moneten am Finanzamt vorbeizuschmuggeln, und dafür ein gutes Taschengeld einsteckt. Deswegen wollt ich in seinem Haus nach einem Notizbuch oder so was suchen, wo er diese Sachen aufschreibt. Auch Verbrecher müssen Ordnung halten, oder?«

»Sie sind in Herrn Winters Haus eingedrungen, um dort nach Beweismaterial für ein Mordmotiv zu suchen?«, fasste Lennard erschüttert zusammen. Das toppte den alten Mann aus Bremerhaven mit seinen selbst gemalten Einbrecher-Phantomfotos um Längen.

»Wenn Sie das so sagen, klingt es ziemlich schräg«, musste Pamela widerwillig zugeben. »*Eindringen* würde ich das nicht nennen. Er hat uns freiwillig reingelassen. Und wir haben seine Bude geputzt – für umsonst. Da kann er sich eigentlich nicht beschweren. Abgesehen von der Vase vielleicht ...«, setzte sie murmelnd hinzu.

»Welche Vase?«

»Ach nichts.«

Er musste sie belehren. Er musste ihr sagen, dass sie dabei war ... ach was, dass sie sich bereits strafbar gemacht hatte. Und dass sie der Kripo ins Handwerk pfuschte mit ihren stümperhaften Versuchen, einem Mörder auf die Schliche zu kommen.

»In Ordnung, Frau Schlonski«, setzte er stattdessen an. »Bitte sagen Sie mir jetzt, dass Sie nicht das gesamte Haus durchsucht und dann auch noch solch ein belastendes Material in Form von so einem Notizbuch gefunden haben!«

Sie legte den Kopf schief und sah ihn an. »Nein, so ein Notizbuch haben wir nicht gefunden«, antwortete sie. Trotzdem empfand Lennard keine Erleichterung. Eher im Gegenteil: Diese Worte klangen nach sehr viel Auslassung. Eine unangenehme Vorahnung beschlich ihn. Und da kam es schon: »Ein bisschen gesucht haben wir natürlich schon. Bleibt ja fast nicht aus, wenn man gründlich putzt.«

Lennard konnte es nicht fassen, aber sie schaffte es tatsächlich, ihn neugierig zu machen. »Was haben Sie entdeckt?«

»Etwas, das den dicken Wagen und das Haus und so erklärt: Winter macht professionelle Fotos von Professionellen«, erklärte Pamela und lupfte eine ihrer Brauen.

»Von ... wem?«

»Professionellen«, wiederholte sie, diesmal mit zwei wippenden Augenbrauen. »Dominas. Alle in Lack und Leder, mit Peitschen und Streckbänken, Masken und diesem Bondage-Gedöns. Ach ja, und eine in Reitklamotten war auch dabei. Zuerst hab ich nur auf die Aufmachung geachtet. Ich meine, das hätten Sie bestimmt auch, oder? Aber dann fiel mir auf, dass die Fotohintergründe die aus dem Studio im Fotoklub sind. Die Hintergründe und das eine oder andere Dekoteil. Die kenn ich alle genau vom Saubermachen. Bin mir ganz sicher, dass die Bilder in dem Studio aufgenommen worden sind, wo der Neumann ... na ja. Zuerst dachte ich: ›Was ist, wenn Winter diese Fotos hinter dem Rücken der anderen Klubmitglieder macht? Könnte Neumann ihn damit vielleicht erpresst haben?‹ Hätte doch sein können. Also, wenn ich in so einem Klub jede Menge Kröten latzen würde für die Technik und Studio und so, dann hätte ich aber was dagegen, wenn ein Mitglied so viel Kohle mit den Sachen einstreicht, die doch irgendwie auch mir gehören. Aber ...« Sie hob die Hand, obwohl er gar nicht vorgehabt hatte, sie zu unterbrechen. »Aber als ich Ahsen, das ist meine Freundin und Geschäftspartnerin, die haben Sie vorhin ja auch gesehen, also als ich ihr von meinem Verdacht erzählt hab, meinte sie: ›So Fotos hinter dem Rücken der anderen Klubleute sind vielleicht 'ne Sauerei, aber umbringen würd ich deswegen doch niemanden. Nee, es muss um was anderes gehen. Vielleicht um viel Geld.‹ Ahsen guckt ständig Krimis, wissen Sie. Jedenfalls haben wir uns dann überlegt: Was ist, wenn Winter seinem Arbeitgeber nicht die Einnahmen von anderen verschweigt, sondern seine eigenen? Ich meine, dreitausend Euro hier, zweitausend dort, immer für so ein paar Fotos, da läppert sich ganz schön was zusammen. Und wenn Neumann davon wusste, stand für Winter mehr auf dem Spiel als nur die blöden Sprüche von ein paar stinkigen Klubkollegen: Job weg. Steuerfahndung. 'ne Erpressung auf dieser Basis wäre schon ein anderes Kaliber, ne? Echt ein Grund, um den Erpresser um die Ecke zu bringen«, schloss sie mit einem überzeugten Nicken.

Lennard verschränkte die Finger ineinander und ließ seinen Blick aus dem Fenster schweifen. Er sah ein Stück des benachbarten Hauses und eine Ecke vom Friedhof. Dahinter den Sportplatz und dahinter ... Wiesen und Wald.

Konnte es tatsächlich sein, dass diese Frau nicht nur schneller, sondern auch effektiver Hinweise in einem Mordfall zu sammeln verstand als sein Team?

»Was meinen Sie?«, wollte Pamela wissen.

Er räusperte sich und entschied sich für seinen offiziellen Tonfall: »Frau Schlonski«, begann er. »Was Sie entdeckt haben, könnte tatsächlich ein Tatmotiv sein. Vielleicht hat Herr Winter seine Einnahmen jedoch auch ganz offiziell gemeldet und betreibt neben seiner Arbeit beim Amt noch ein Nebengewerbe.« Sie gab ein leises Schnauben von sich, das er ignorierte. »Das ist nicht verboten und lässt sich von uns leicht nachprüfen. Was es ganz sicher nicht ist: ein Grund für unbeteiligte Bürgerinnen, sich unter Vortäuschung falscher Tatsachen auf den Grund und Boden eines Dritten einzuschleichen und dort eine strafbare Handlung in Form von einer Art Durchsuchung durchzuführen. Was Sie getan haben, war Hausfriedensbruch. Herr Winter könnte Sie dafür anzeigen.«

»Nur wenn er weiß, wer wir wirklich sind«, warf Pamela ein.

Er sah sie eindringlich an.

»Frau Schlonski, noch einmal: Sie mischen sich hier verbotenerweise in Polizeiarbeit ein.« Er vermied es, noch einmal zu erwähnen, dass sie davon gar keine Ahnung hatte. Denn zum einen hatte er wirklich keine Lust auf weitere dieser vorwurfsvollen Blicke. Und zum anderen war er sich verwirrenderweise der Richtigkeit dieser Aussage gerade nicht mehr so sicher. »Mit Ihrem Handeln haben Sie sich bereits strafbar gemacht. Ich spreche hiermit eine Verwarnung aus und kann Ihnen nur dringend raten, das ernst zu nehmen, hören Sie? Lassen Sie die Finger von der Sache. Denken Sie einfach nicht mehr daran! Wir kümmern uns darum. Haben wir uns verstanden?«

Sein Tonfall gegen Ende wurde ziemlich scharf.

Tina Bruns hatte ihm einmal beinahe bewundernd gesagt, dass er Verdächtige allein mit seiner strengen Stimme und dem dazugehörigen Kommissarblick einschüchtern könne.

Bei Pamela Schlonski schien es nicht zu wirken. Sie erwiderte seinen Blick beinahe trotzig.

Er wartete.

Sie sahen einander an.

Schließlich verzog sie den Mund, wandte den Blick aber nicht ab.

»In Ordnung«, sagte sie. »Aber *Danke* hätten Sie schon mal sagen können.«

»Danke für Ihre unerwünschte Hilfe«, sagte Lennard.

»Bitte«, erwiderte sie mit spitzem Mund.

Dann erhoben sie sich beinahe gleichzeitig.

»Ich bringe Sie noch ...«

»Ich finde den Weg schon allein«, kam er ihr zuvor.

Er nickte ihr noch zu, dann wandte er sich um und verließ auf direktem Wege die Wohnung.

Erst als die Tür hinter ihm zufiel, atmete er auf.

So was aber auch.

War ihm noch nie passiert.

Mit raschem Schritt eilte er die Stufen hinab und prallte zurück, als im Hochparterre eine ältere Frau mit Wischeimer und Schrubber die Treppe blockierte. Sie trug eine enge Leggins mit Leopardenmuster und darüber ein schwarzes T-Shirt, das ihr bis auf die Oberschenkel reichte, mit der Aufschrift »ROAR!«. Der Look ließ die Dame nicht gerade elegant, aber auf überraschende Weise jugendlich erscheinen.

»Ach, guten Tag!«, grüßte sie ihn herzlich.

»Guten Tag«, erwiderte er und wollte sich an ihr vorbeischieben. Kam es ihm nur so vor, oder lehnte sie den Besenstiel in genau dem Moment an die gegenüberliegende Wand und damit mitten in seinen Weg?

»Marlies Ewing«, stellte sie sich mit einem einnehmenden Lächeln vor. »Sie sind bestimmt der Hauptkommissar Vogt?«

»Ähm ...?«

Sie winkte ab. »Ach, halb Hattingen spricht doch von dem Mordfall im Fotoklub. Pamela hatte Sie ja gerufen, ne? Ich hoffe, Sie kommen vorwärts? Man hört ja nur Gutes von der Kripo hier vor Ort. Flott, gründlich, da kommt keiner davon!«

Er nickte ihr zu. »Danke.«

»Ach, nun mal nicht so bescheiden. Sie tun ja Ihr Bestes!«

»Werden wir.«

Er nahm den Besenstiel von der Wand, drückte sich an Frau und Eimer vorbei und war bereits an der Haustür.

»Schönen Abend noch!«, rief Marlies Ewing ihm nach.

Während Lennard den Fußweg Richtung Stadt einschlug, versuchte er, seine Gedanken zu ordnen.

Was als eine Verwarnung gedacht gewesen war, hatte sich zu irgendetwas anderem entwickelt. Und das gefiel ihm ganz und gar nicht. In der letzten Zeit lief zu viel in Richtungen, die er nicht geplant hatte, und, noch schlimmer, entzog sich seiner Kontrolle. Wildfremde Bürgerinnen sprachen ihn auf den laufenden Fall an, während eine Reinigungskraft seinen eigenen Ermittlungen immer eine Nase voraus war.

Das durfte nicht sein. Egal, was in seinem Privatleben gerade vorging, ihm durfte beruflich nicht die Ruderpinne aus der Hand rutschen.

Nun, wenigstens lag ein freier Abend vor ihm, an dem er die losen Fäden des aktuellen Falls betrachten und vielleicht ein oder zwei verknüpfen konnte. Er würde in aller Ruhe ausklamüsern können, wie die neuen Informationen ins Gesamtbild passen könnten. Diese Gedanken nahmen ihn bereits jetzt sehr gefangen.

Erst als er eine ganze Weile später von der Nordstraße in Richtung Altstadt abbog, kam ihm die Frau mit Eimer und Besen im Hausflur wieder in den Sinn. Was hatte sie gesagt, wie sie hieß? Marlies Ewing?

Ewing. Moment mal.

Ihm ging auf, dass er heute nicht nur Pamela Schlonskis Ex-Ehemann und ihrer Tochter begegnet war, sondern auch ihre Mutter kennengelernt hatte. Mittlerweile wusste er ziemlich viel von dieser Zeugin. Irgendwie, so schwante ihm, wurde er diese Frau nicht mehr los.

12. Kapitel

7. Mai, Freitag, vormittags

Es regnete in Strömen.

Pamela stakste mit ihrer Putzbox bewaffnet durch den Vorgarten der Familie Petrow. Die Haustür wurde aufgerissen, und zwei Jungs in Leias Alter stürzten heraus.

»Hi, Pamela!«, tönte es stimmbruchquietschend.

»Tach, ihr Dullis!«

Den Jungen folgte mit flatterndem Jackett ihr Helikoptervater Uri.

»Wir sind zu spät!«, rief er ihr zu und galoppierte seinen Söhnen hinterher zum vor dem Haus geparkten VW-Bus. Die Haustür ließ er für sie offen stehen, und sie schlüpfte schnell hinein. Gerade als sie sie hinter sich zukickte, düste der Petrow'sche Bus los.

Pamela fragte sich, wann die Söhne von Uri und Jan jemals pünktlich zur Schule kamen. Freitags jedenfalls nicht, denn da tobte regelmäßig das Männerhaushaltschaos. Uris Ehemann Jan war bereits aus dem Haus, wenn sie ankam. Aber Uri und die Jungs steckten meist gerade mitten in der Flucht.

Sie stellte die Box ab und begab sich auf einen kurzen Orientierungsgang durchs Untergeschoss.

Ihre Stellen hatte sie in drei unterschiedliche Kategorien eingeteilt: Die Ordentlichen, die vor ihrem Erscheinen die Bude tippitoppi aufräumten, sodass sie wie ein Orkan durch die Wohnung donnern konnte, das liebte sie. Dann gab es die Häufchenmacher. Und die Nippesleute, die neben Unordnung auch noch jede Menge unnützen Krams herumstehen hatten – bei denen dauerte eine Grundreinigung dann eine Stunde länger.

Die Petrows gehörten zu den Kunden, die vor Pamelas wöchentlichem Einsatz dem Häufchenprinzip folgten: Da vier Männer in einem Haus es einfach nicht fertigzubringen schienen, ordentlich aufzuräumen, wurde alles, was sich in der Woche an Krempel auf Tischen, Stühlen, Sideboards, Fensterbänken und dem Fußboden angehäuft hatte, dem jeweiligen Verursacher zugeteilt und zu praktischen Häufchen aufgetürmt, die Pamela beim Putzen nur von links nach rechts zu schieben brauchte. Sie konnte also starten, füllte den Eimer mit warmem Wasser und Putzmittel, schnappte sich zwei Tücher, eins für nass, eins zum Trocknen, und machte sich über die Küche her.

Während sie zuerst von den Oberflächen alle Krümel auf den Boden wischte und dann sauber nachpolierte, versuchte sie, nicht nachzudenken.

Weder über die Fotos mit den Lack-und-Leder-Ladys noch über Winters krebsrotes Gesicht, als er auf der wackeligen Treppe an ihr vorbeigestürmt war, und schon gar nicht über den Oberschlaukommissar, der ihr mit ernster Miene sagte, sie habe sich strafbar gemacht und ... sie solle nicht mehr *daran* denken.

»Hat ja recht«, brummelte sie, während sie die Kaffeemaschine säuberte. »Dat is nix für mich. Genauso wenig wie die Drecksarbeit bei Tatortreinigungen und so. Hätte mit dem Winter auch ganz schön in die Hose gehen können.«

Da fiel ihr ein: Wer würde eigentlich das Fotostudio in Ordnung bringen, wenn es wieder freigegeben war? Musste sie das etwa machen?

Das Studio, in dem Neumann seinen letzten Atemzug getan hatte. Und in dem so viele Fotos von streng oder lasziv in die Kamera guckenden Dominas gemacht worden waren.

Nicht dran denken, hatte Vogt gesagt. Leichter gesagt als getan. Vor allem, weil sie schon den ganzen Morgen ein schlechtes Gewissen piesackte. Weil sie ihm ja nichts davon gesagt hatte, dass sie mit dem Handy diese Fotos geschossen hatte, von den Bildern und von den Zetteln, auf denen die horrenden Einnahmen standen.

Sie hatte es ja sagen wollen. Aber dann hatte er damit angefangen, dass Ahsen und sie Hausfriedensbruch begangen hatten und so. Wer weiß, was er dazu gesagt hätte, wenn sie ihm dann noch mit den Bildern gekommen wär? Eine vorbestrafte Mutter wollte sie Leia nicht zumuten. Obwohl die das womöglich sogar spannend fände. Vielleicht würde sich das auf Instagram sogar gut machen?

Ahsen jedenfalls hatte nach ihrem Anruf gestern Abend beteuert, dass sie ab jetzt doch lieber nur die Fernsehkrimis lösen würde.

»Hausfriedensbruch?«, hatte sie geflüstert. »Mann ey, wenn Papa das erfährt. Nee, da bin ich raus.«

Vollkommen verständlich. Aber ihre Freundin hatte ja nicht die Originale der Bilder gesehen. Sie hatte nicht diese Zettel in der Hand gehalten, die in Pamela diese untrügliche Gewissheit ausgelöst hatten, dass hier etwas verdammt noch mal nicht stimmte. Ja, bei Winter stimmte etwas ganz sicher nicht, und Pamela hätte beide Hände dafür ins Feuer gelegt, dass es etwas mit den Geldbeträgen für die Domina-Fotos zu tun hatte.

Leider hatte sie natürlich keine Chance rauszufinden, ob sie mit diesem Verdacht richtiglag. Wie sollte sie in Erfahrung bringen, ob Winter die hohen Einnahmen, die er mit den Fotos der Lack-und Leder-Ladys einstrich, auch ordnungsgemäß versteuerte?

Moment mal! Was dachte sie da eigentlich? Sie wollte doch nicht mehr darüber nachdenken! Energisch schüttelte Pamela den Kopf und setzte ihre Arbeit fort.

Das Petrow'sche Haus kannte sie schon seit Jahren, jeder Winkel war ihr vertraut, jede Ecke, auf die sie ein besonderes Auge haben musste. Verflixt, so hatte sie jede Menge Zeit für neue Ideen.

Sie nahm sich ein Beispiel an Ahsen und sang ein paar Songs. Dann stellte sie Spotify an, tanzte zu ihren Lieblingshits mit dem Staubwedel, schmetterte die Refrains mit. Nichts funktionierte.

Sie war ganz sicher eine der weltbesten Reinigungskräfte, kochte sehr gut, konnte Rollschuh laufen, puzzeln und Knoten entwirren, verstopfte Abflüsse beheben, den

Receiver selbst programmieren und beherrschte das Wechseln von Autoreifen ebenso wie komplizierte Hochsteckfrisuren für Teenager. Aber in An-irgendwas-super-Spannendes-nicht-Denken war sie eine echte Niete.

Als sie nach drei Stunden die Haustür hinter sich abschloss, tröpfelte es nur noch vom Himmel.

Sie verstaute die Putzbox und fuhr ein paar Straßen weiter, wo sie in nicht mal zwei Stunden die Wohnung von Ursula zum Glänzen brachte. Die Dramaturgin am Bochumer Schauspielhaus war eigentlich nie zu Hause. Entsprechend wenig war zu tun. Entsprechend viel konnte Pamela denken. Es war wie verhext.

Um kurz nach eins hatte sie auch diesen Job erledigt, schrieb Ursula einen Zettel, dass das Fenster im Bad sich nicht mehr kippen ließ und repariert werden musste, und saß schon wieder in ihrem Auto.

»So«, machte sie und trommelte mit den Fingern aufs Lenkrad. »Leia kommt nach dem Chor heute erst abends heim. Kochen also erst später. Ich könnte jetzt in der Mittagspause einkaufen. Ja, gute Idee«, stimmte sie sich selbst zu. Und hatte plötzlich ihr Smartphone in der Hand und das Internet geöffnet.

Eine harmlose Internetrecherche galt doch nicht als Einmischung? Hausfriedensbruch war es jedenfalls definitiv nicht. Und schließlich wusste niemand, dass sie diese Internetadressen besaß.

Pamela öffnete die erste.

Oha. Okay. Das war wirklich speziell. Diese Lady hier konnte nicht nur Lack und Leder, sondern auch Dirndl in

Böse. Das musste man erst mal bringen. Die genannte Adresse erklärte es: Wenn man *Die strenge Maid* besuchen wollte, musste man nach Bayern fahren.

Die nächste Domina, deren Webadresse Pamela eingab, war in Hamburg zu finden. Eine weitere irgendwo in Sachsen.

Ganz schön weit verstreut übers Land waren die Damen. Und scheuten offenbar nicht den Weg in das Studio des Fotoklubs Hattingen.

War Winter wirklich so gut? Die Bilder waren gestochen scharf und strahlten eine gewisse Kühle aus, wirkten tatsächlich künstlerisch. Jede der Frauen hatte ihren ganz eigenen unverwechselbaren Stil. Diese beiden hier zum Beispiel: Eine Weißblonde und eine Rothaarige posierten gemeinsam in mittelalterlich wirkenden Kostümen, die viele Stofflücken für Haut und jede Menge Raum für Fantasie ließen. *Schneeflittchen und Dornhöschen*, las Pamela am unteren Bildrand und kicherte. Humor hatten die jedenfalls.

Die Weißblonde wirkte so unnahbar wie eine Göttin. Die Rothaarige dagegen … Pamela zog mit Daumen und Zeigefinger das Bild groß. Die Rothaarige sah aus wie … Sie sah aus wie … Pamela starrte in das Gesicht der hübschen Frau, das vor Sommersprossen beinahe braun schien.

Dann suchte sie auf der Webseite nach den Kontaktdaten.

»Ha!«, entfuhr es ihr laut.

Eine ältere Dame auf dem Bürgersteig, die mit ihrem Einkaufstrolli gerade neben dem Auto unterwegs war, zuckte zusammen und starrte erbost zu ihr herein.

»Tschuldigung!«, rief Pamela ihr mit einem Winken zu. Doch dann richtete sie den Blick wieder auf den Schriftzug der Stadt. Und plötzlich war glasklar, was sie mit ihrer Mittagspause anstellen würde.

· · ·

»Das ist sie doch, oder?«, fragte Pamela und hielt Totti ihr Smartphone hin.

Ihr bester Freund nahm ihr das Gerät ab und betrachtete das Foto darauf genau. Dann zog auch er es groß, blinzelte und hob verdattert den Blick.

»Klar, das ist Jessi. Mein lieber Scholli, was 'n flotter Feger, odda?«

»Wusstest du, dass sie ...?«

»Nee, hatte keine Ahnung. Aber wir sprechen uns ja auch nur so ein- oder zweimal im Jahr, gehen mal 'nen Kaffee trinken. Wir haben doch am gleichen Tag Geburtstag, weißt du noch? Das war echt cool, als wir damals zusammen waren. Da gab es 'ne Riesensause. Aber das ist ja jetzt auch ... hm, zwanzig Jahre her. Hatte keinen blassen Schimmer, dass sie so was macht. Irgendwie dachte ich immer, sie arbeitet in 'nem Kindergarten, mit so kleinen Stöpseln. Aber so was ... ker, dat is getz 'ne Überraschung.«

Sie saßen in Tottis Bude auf den beiden Klappstühlen, die er im hinteren Bereich für solche Gelegenheiten bereithielt. Neben ihnen türmten sich Kartons, die ein Lieferant gerade abgeworfen hatte. Zeitschriften und Zeitungen, Schokoriegel und kleine Gebinde von Reis, Salz, Zucker, halt

Sachen, die die Leute aus dem Stadtteil bei ihrem Supermarkteinkauf vergessen haben könnten und deswegen »noch schnell zur Bude wetzten«.

»Aber den Kontakt zu Jessi hast du noch, oder?«, erkundigte sich Pamela.

Sie war noch immer elektrisiert von der Tatsache, dass eine der Dominas aus Winters verschlossenem Aktenschrank Tottis Ex-Freundin war.

»Klar. Sie hat mich doch damals auf die vegane Ernährung gebracht, weißte nicht mehr? Na, is ja egal! Jedenfalls ist die jetzt vielleicht 'ne wichtige Zeugin in deinem Mordfall, oder wie?«

»Mein Mordfall? Lass das bloß den Kommissar Vogt nicht hören«, sagte sie grinsend. »Aber ... tja, könnte wirklich so sein. Ich meine, nur wenn diese Dominabilder wirklich was mit der Sache zu tun haben.«

»Ahsen meint, da ist sie hundertprozentig sicher!«, ereiferte sich Totti. »Au Mann, und die Jessi mittendrin!«

»Meinst du, du könntest sie für mich anrufen und fragen, ob sie sich mit mir treffen würde?«, hörte Pamela sich sagen. »Wir haben früher ja nicht so viel miteinander zu tun gehabt. Vielleicht macht es sich dann nicht so gut, wenn ich plötzlich vor ihrer Tür stehe.«

Totti sah sie prüfend an.

»Echt jetzt? Ich meine, nachdem der Kommissar gesagt hat, dass du dich raushalten sollst und so?«

Pamela spitzte die Lippen. »Also wirklich. Warum sollte ich mich denn nicht mit einer langjährigen Freundin meines besten Freundes treffen? Einfach nur mal zu einem kleinen Schwätzchen?«

»Stimmt.« Totti nickte. Und Pamela verdrängte vehement jeden Gedanken an Vogts ernsten Gesichtsausdruck.

Im Verkaufsfenster vorn hatte Totti neben der Öffnung diverse durchsichtige Behälter gestapelt, deren Inhalt von außen begutachtet werden konnte: in erster Linie Süßigkeiten für Groß und Klein.

Vor diesen Naschtürmchen bezogen jetzt gerade zwei Mädchen mit kohleschwarzen Haaren und ebensolchen Augen Stellung und diskutierten, wie sie ihr Geld am besten anlegen sollten.

»Kundschaft«, sagte Totti zu Pamela und ging zum Fenster.

»Na, ihr Piratinnen, was kann ich für euch tun?«

Die beiden kicherten über diese Ansprache. Dann sagte die etwas Ältere: »Eine Tüte Bömskes. Für zwei Euro.«

»Und ihr sucht aus?«, schlug Totti vor.

Die beiden nickten eifrig.

Also wurde eine Weile auf diese und jene Plastikbox gedeutet, kurz gestritten, als es um die Investition der letzten Cents ging.

»Ich mach einen Vorschlag«, meinte Totti. »Ich geb euch welche von den sauren Einhörnern hier, und zwar vier statt der zwei, die ihr eigentlich für die Moneten kriegen würdet. Die Einhörner habt ihr noch gar nicht, und die haben einen Megavorteil vor den Schaumerdbeeren und den Schnullis: Dafür musste nämlich kein Tier sterben. Und noch dazu kriegt ihr von mir das hier.« Er stellte einen kleinen Beutel mit Keksen ins Fenster. »Selbst gebacken, ohne Butter, Eier und Milch, sondern ganz tierfreundlich, nennt man vegan. Ihr mögt doch Tiere?« Die Mädchen nickten verunsichert. »Seht ihr! Deswegen gibt es das Rezept an dem Zettelchen hier gleich dazu. Das zeigt ihr eurer Mutti, und die kann das dann nachbacken. Deal?«

Die beiden Kleinen sahen sich an.

»Deal«, sagte die Größere dann mit geschäftsmäßigem Nicken.

Das Zweieurostück wechselte den Besitzer ebenso wie die Tüten mit den Süßigkeiten.

Als die Mädchen davongingen, hörten sie noch, wie die Kleinere ihre Schwester fragte: »Wieso müssen denn für Schaumerdbeeren Tiere sterben?«

Totti kam zu Pamela herüber und setzte sich wieder zu ihr.

»Was?«, fragte er, als er ihren Blick bemerkte.

»Ach, nichts.«

Sie sah sich zwischen den Kartons um. »Komm, du Held, wir packen mal schnell die Klamotten aus, und dann rufst du bei Jessi an. Abends wird sie wohl eher ... ähm, arbeiten müssen, aber vielleicht hat sie ja gleich heute Nachmittag Zeit. Deal?«, schlug sie vor.

Totti grinste.

»Und was ist mit Opa Klöke? Den hast du doch Freitagnachmittag immer. Wenn du dem nicht sein Gemüse bringst, kaut der wieder das ganze Wochenende an Schuhsohlen.«

Pamela liebte ihren Freund nicht zuletzt deswegen so

sehr, weil er immer an die Schwachen und Benachteiligten dachte.

Opa Klöke gehörte auf jeden Fall in diese Kategorie.

»Ahsen hat freitagnachmittags frei. Ich frag sie, ob sie das für mich übernimmt. Ist ja kein großer Putzjob. Nur mal kurz durch Bad und Küche und den Einkauf in den Kühlschrank räumen.«

Totti sprang auf und hielt ihr die Hand zum Give-me-five entgegen. »Deal!«

Pamela schlug ein.

13. Kapitel

7. Mai, Freitag, nachmittags

Kriminalhauptkommissar Lennard Vogt, Kriminaloberkommissar Thilo Schmidt und Kriminalkommissaranwärterin Tina Bruns standen vor dem Whiteboard in Lennards Büro.

Lennard kreiste mit dem roten Marker auf der Liste der Klubmitglieder den Namen Gero Winter ein und zog zwischen ihm und dem Mordopfer einen Pfeil.

Thilo schnalzte zufrieden mit der Zunge. »Wir hatten ja beide so eine Ahnung, dass er irgendwie Dreck am Stecken hat. Aber im geschickten Nachhaken bist du wirklich der König!« Er nickte Lennard anerkennend zu.

»War nicht weiter schwer«, erwiderte Lennard bescheiden. »Der Schockmoment, als ich ihn heute Morgen auf seiner Arbeitsstelle aufgesucht habe, hat mir in die Hände gespielt. Er war so darauf bedacht, dass wir – zu einer kleinen Pause, wie er sagte – vor die Tür gehen und sein Bürokollege nichts mitbekommt, dass mir gleich klar war: Am Verdacht muss etwas dran sein.«

»Steuerhinterziehung also. Du machst Spitzenarbeit, Lennard!«, sagte Tina bewundernd und tippte auf die entsprechende Notiz am Board. »Ich wusste gar nicht, dass es im Ruhrpott so viele Dominas gibt, dass man mit Fotos für die so viel Geld verdienen kann.«

»Er hat Frauen aus ganz Deutschland für ihre Websites porträtiert«, korrigierte Lennard sie. »Das allein ist natürlich nicht strafbar.«

»Wenn er die Einnahmen nicht dem Finanzamt verschwiegen hätte«, ergänzte Thilo und warf Lennard dann einen prüfenden Blick zu. »Hast du ihm auf den Kopf zugesagt, dass Neumann davon wusste und ihn mit diesem Wissen erpresst hat?«

Lennard schüttelte den Kopf. Er spürte immer noch die Genugtuung über das Gespräch am Vormittag.

Vielleicht hatte Tina recht, und es war wirklich sein Blick? Denn als er unten auf der Straße vor dem Finanzamt diesen Gero Winter nachdenklich gemustert hatte, hatte der regelrecht die Nerven verloren. Er war eingeknickt und ganz von allein mit der Geschichte herausgerückt. Irgendwie schien er davon auszugehen, dass Lennard bereits Bescheid wusste.

»Er hat mir alles erzählt, als ich ihn nochmals zu seinem privaten Verhältnis zum Mordopfer befragt habe. Angeblich hat Neumann ein paar geschickte Andeutungen fallen lassen. Er wollte damit erreichen, dass Winter bei der Abstimmung zum Bild des Monats Neumann seine Stimme geben sollte, obwohl ein anderes Foto deutlich besser war.«

Sie sahen sich an. Lennard war froh, dass er in den Mienen der beiden ebenfalls Befremden las.

»Andere Welt«, bemerkte Thilo ganz richtig.

Tina und er selbst nickten.

»Danach war es dann natürlich vorbei mit der dicken Freundschaft zwischen den beiden. Im folgenden Monat wollte Neumann das gleiche Spiel abziehen. Aber laut seiner Aussage ist Winter da nicht zu dieser Foto-des-Monats-Abstimmung im Klub erschienen. So wie er es darstellt, ist er Neumann seitdem aus dem Weg gegangen. Angeblich ist auch nie Geld geflossen.«

»Glaubst du ihm das?«, wollte Tina wissen.

Lennard wiegte den Kopf.

»Wenn es ihm gar nicht um Geld ging, sondern nur um so etwas wie den Titel *Bild des Monats*, würde das Neumanns Ego in eine spezielle Ecke rücken«, meinte Thilo, dem die Profiler-Fortbildung noch in den Knochen steckte. »Für viele Menschen ist Geld zweitrangig. Wenn es stimmt, was Winter sagt, könnte Neumann ein Narzisst gewesen sein, mit Geltungssucht und dem Bedürfnis, von allen bewundert im Mittelpunkt zu stehen. In dem Fall können wir Winters Aussage glauben. Denn sobald er sich Neumanns Einfluss entzog und nicht mehr bei den Versammlungen auftauchte, war er für Neumann wertlos.«

»Allerdings wissen wir nicht, ob es wirklich so war«, warf Lennard ein.

»So oder so ist diese Erpressung ein starkes Motiv, oder?«, meinte Tina. »Für Winter stand viel auf dem Spiel. Eine Anklage wegen Steuerhinterziehung. Sein Job. Wahrscheinlich seine ganze Existenz.«

Lennard seufzte und betrachtete den roten Pfeil zwischen Winter und Neumann mit Argwohn.

»Tja, nur leider sieht es so aus, als hätte Winter für die Tatzeit ein Alibi. Er hat zwischen neunzehn und dreiundzwanzig Uhr abends an einem bundesweiten Online-Meeting von Porträtfotografen teilgenommen. Und obwohl die Kolleginnen und Kollegen von der Steuerfahndung sich über unseren Bericht mächtig freuen werden, sind wir mit unserem Mordfall im Grunde wieder auf demselben Stand wie gestern.«

Erneut wandten sie sich dem Board zu.

»Irgendwie hatte ich mir vom KTU-Gutachten mehr erhofft«, murmelte Thilo mit Blick auf den Computerausdruck, der an den Rand des Boards geheftet war.

»Man kann nicht sagen, dass sie keine Fremd-DNS am Opfer gefunden hätten«, bemerkte Tina trocken.

»Ja klar. Vierundvierzig verschiedene. Das sind leider ein paar zu viele.« Thilo schüttelte den Kopf. »Am Tatabend stand die Raumsäuberung kurz bevor. Die ganze Woche über haben sich laut Liste an der Tür mindestens dreiundvierzig Personen für längere Zeit im Studio aufgehalten. Die Spuren stammen wahrscheinlich daher, dass Neumann sich nach dem Schlag auf den Kopf am Boden gewälzt hat. Oder der behandschuhte Täter hat ihn rumgedreht.«

»Könnte doch aber auch sein, dass das Opfer sich im Fotoklub jede Menge Feinde gemacht hat und sich einige von denen zusammengeschlossen haben?«, mutmaßte die junge Kollegin. »Mehrere Täter also. Die könnten sich gegenseitig Alibis geben.«

Lennard mochte es, wenn der Nachwuchs auch mal etwas querdachte. Es konnte nie schaden, wenn man Sachverhalte aus einem eher unwahrscheinlichen Blickwinkel betrachtete. Aber bei diesen Überlegungen sprang in ihm kein Funke über.

»Aktuell können wir nichts ausschließen«, brummte er dennoch. »Denn leider sieht es so aus, dass wir derzeit keine wirklich heiße Spur haben.« Dann starrte er die Fotos und Ausdrucke an, als könne er sie zwingen, die ersehnten roten Markierungen zwischen sich entstehen zu lassen.

»Also weiter die Klubmitglieder aufsuchen, befragen, auf Gelegenheit und Motiv abklopfen?«, fragte Thilo.

»So ist es«, entschied Lennard. »Markus Klappert ist ab 14 Uhr zu Hause zu erreichen, sagte mir seine Frau gestern. Den übernehme ich. Vorher überprüfe ich diese Adresse.« Er tippte mit dem Finger auf einen der Namen auf der Liste, hinter den noch kein Haken gesetzt war. Bei über hundert Mitgliedern dauerte diese Routine einfach ein bisschen. Vor Klappert gab es im Alphabet noch etliche andere Hobbyfotografierende, die ebenfalls noch nicht befragt worden waren.

Lennard spürte Thilos und Tinas Blicke auf sich, die wahrscheinlich auf eine Erklärung warteten, warum er sich ausgerechnet diese Person ausgesucht hatte.

Doch er schwieg.

»Okay«, sagte Thilo schließlich. »Dann mach ich einfach in der alphabetischen Reihenfolge weiter.«

»Tu das. Ach, und bitte informier vorher die Staatsanwältin zu den neusten Entwicklungen und dem geplanten weiteren Vorgehen. Tina, du kommst mit mir«, bestimmte Lennard. Sie nickte eifrig. »Dann mal los!«

Gott sei Dank hatte der heftige Regen endlich nachgelassen. Die Wolken rissen bereits auf und ließen hier und da blauen Himmel durchblitzen.

Auf dem Parkplatz überließ er Tina die Wagenschlüssel und setzte sich auf den Beifahrersitz.

Nachdem sie ein paar Minuten unterwegs waren, konnte sie es offenbar nicht mehr aushalten. »Bestimmter Grund, aus dem wir heute ausgerechnet da als Erstes hinfahren?«, wollte sie wissen.

»Bauchgefühl«, antwortete Lennard.

Sie schwieg ehrfürchtig.

Ihre Zieladresse lag in der Nähe des ehemaligen Hüttengeländes, also nicht weit vom Kommissariat entfernt. Als sie hindurchfuhren, musste Lennard unwillkürlich daran denken, wie er diesen Spot der viel gepriesenen Route der Industriekultur zum ersten Mal gesehen hatte. Das von harter Arbeit geprägte Gelände mit seinen alten Gebäuden, den Maschinenhallen, dem Stahlwerk und weiten Brachen war ihm zugleich fremd und faszinierend erschienen.

Er hatte bewundert, dass die Menschen im Ruhrgebiet die Vergangenheit ihrer Region eben nicht versteckten, dafür waren sie viel zu stolz darauf. Sie legten nicht etwa alles in Schutt und Asche und setzten dann hässliche Neubauten darauf, sondern ließen stattdessen Kulturstätten aus den ehemaligen »Maloche-Orten« entstehen. Wo früher Stahl hergestellt wurde, hatte Hattingen ein Museum zu seiner Historie untergebracht. Dies ebenso wie ein schickes Restaurant und der kleine angelegte Park schlugen eine Brücke zum Heute, doch die Vergangenheit der Stadt war trotzdem in allen Winkeln zu spüren. Als er hier angekommen war, war er so begeistert gewesen, hatte sich in der Zukunft als Teil des Reviers gesehen. Im Übergabeturm der Hütte hatten Sandra und er geheiratet.

Wann war seine anfängliche Euphorie gekippt? Wann hatte sie einer Befremdung und dann dem Gefühl der Resignation Platz gemacht, als er begriffen hatte, dass er einfach nicht dazugehörte – zu diesem Schlag Menschen, die stets das Herz auf der Zunge trugen, im Überschwang redeten, als hätten sie nie etwas von Grammatik gehört, und die bei jeder sich bietenden Gelegenheit mit stolzgeschwellter Brust das Steigerlied sangen?

Vielleicht war es passiert, während Sandra und er nach dem ersten Glückstaumel entdeckt hatten, dass sie einander doch nicht so ähnlich waren? Als sie immer öfter ihre Freundinnen zu Kosmetikabenden getroffen hatte, während er länger in der Dienststelle blieb? Als sie beide immer seltener von ihrem Alltag erzählt, immer weniger Interesse am Leben der und des anderen gezeigt hatten?

»Das ist mein erster Mord«, schreckte Tina ihn aus seinen düsteren Gedanken auf. »Denkt man nach so vielen Jahren Erfahrung auch immer noch die ganze Zeit über den Fall nach? Also, mir geht's jedenfalls so. Den ganzen Tag. Letzte Nacht hab ich sogar wach gelegen und gegrübelt. Hast du so was auch noch?«

»Ähm ... ja«, brummte Lennard reflexartig.

»Dachte ich mir. Ich mein, von nix kommt nix, oder?« Sie lächelte ihn an.

Er fühlte sich ein klein wenig unwohl in seiner Haut, als er erwiderte: »Du sagst es!«

Und jetzt, befahl er sich selbst, würde er sein Privatleben auf den Feierabend verschieben.

An der besagten Adresse parkte Tina den Dienstwagen am Straßenrand, und sie stiegen aus. Im Wohnhaus gab es drei Parteien. Lennard drückte auf den mittleren Klingelknopf.

»Ja, bitte?«, ertönte es aus der Gegensprechanlage.

»Kripo Hattingen.«

»Kommen Sie rauf!«, flötete es.

Lennard ging voran die Treppe zum ersten Stock hinauf.

Dort stand Gundula Schneid in der Tür, in einem groß geblümten Hosenanzug, der ihre Coca-Cola-roten Haare noch kräftiger leuchten ließ.

Tina und er zogen ihre Dienstmarken und hielten sie in Gesichtshöhe. »Kriminalhauptkommissar Vogt, Kommissaranwärterin Bruns«, stellte er sie vor.

Mit den Worten »Sehr angenehm, Gundula Schneid« reichte sie ihm die manikürte Hand mit den Strasssteinen auf den rot lackierten Fingernägeln. »Hereinspaziert!«

Sie wurden durch den kleinen Flur ins Wohnzimmer geleitet, in dem neben einem breiten Fenster eine Glastür auf einen kleinen Balkon hinausführte.

Gundula Schneid wies auf das schicke weiße Ledersofa auf Chrombeinen, und sie setzten sich.

»Wasser? Limonade? Kaffee?« Lennard registrierte, dass auf dem gläsernen Couchtisch alle Getränke mit Gläsern und Tassen in vierfacher Ausgabe bereitstanden.

»Ich wusste ja nicht, mit wie viel Leuten Sie so kommen«, erklärte Frau Schneid, die seinem Blick gefolgt war. »Manche erzählen von einem Kollegen, manche von zweien. Ich dachte, ich geh mal auf Nummer sicher.«

»Die Limo sieht selbst gemacht aus?«, bemerkte Tina.

»Melone-Zitrone. Bedienen Sie sich!« Frau Schneid schob ihr ein Glas hin, und Tina schenkte sich ein.

»Und Sie?«, wandte ihre Gastgeberin sich an Lennard.

»Danke, nein.« Er räusperte sich. »Es hat sich also im Fotoklub herumgesprochen, dass wir alle Mitglieder befragen.«

Frau Schneid breitete die Hände aus. »Ich bitte Sie! Das ist doch Ihr Job! Und wir haben ja alle nichts zu verbergen.«

»Na ja, einer vielleicht doch«, sagte Tina. Als Lennard sie ansah, nahm sie rasch einen Schluck Limo.

»Dann wissen Sie ja bestimmt auch schon, dass wir alle Mitglieder danach befragen, wo sie sich am Abend des Dienstags, 4. Mai, aufgehalten haben?« Lennard sah Frau Schneid dabei zu, wie sie sich selbst einen Kaffee einschenkte.

»Herrje, ja, das weiß ich. Das *müssen* Sie doch fragen, ne? Aber was soll ich sagen? Ich war hier, zu Hause. Und als einzige Zeugin habe ich meine Freundin Anne, mit der ich eine ganze Weile telefoniert habe. Sie wohnt im Schwarzwald. Und bevor Sie mich danach auch fragen, weil Sie das wohl von allen wissen wollen: Am Dienstag habe ich die Dunkelkammer nicht benutzt. Ich war an dem Tag gar nicht im Klub.«

Tina hatte ihr Notizbuch gezückt und schrieb mit.

»Von wann bis wann haben Sie mit Ihrer Freundin telefoniert?«, hakte sie nach.

Gundula Schneid begleitete ihre Überlegung erneut mit einer großen Geste. Alles an dieser Frau wirkte übertrieben und einstudiert. »Vielleicht von acht bis um zehn oder halb elf. Wenn man sich so selten sieht ... Aber ich hab einen Einzelverbindungsnachweis, wenn Sie es genau wissen wollen.«

»Darauf würden wir gegebenenfalls zurückkommen«, sagte Tina sehr korrekt.

»Sehr gerne.«

Lennard, der dieses aufgesetzte Geplänkel nur mit Mühe ertrug, entschied sich zu einem Frontalangriff. »Warum mochten Sie Peter Neumann nicht?«, erkundigte er sich ruhig.

Frau Schneid erstarrte, mit der Kaffeetasse in der Hand.

»Bitte?«, brachte sie dann heraus und musste sich räuspern.

»Trifft es nicht zu, dass Sie gegen das Mordopfer eine Antipathie hegten?«, fragte er.

Tina sah gespannt zwischen ihnen hin und her.

Die Befragte dachte ganz offensichtlich angestrengt nach.

»Wer ...?«, begann sie.

Doch Lennard schüttelte den Kopf. »Selbstverständlich darf ich Ihnen nicht sagen, von wem wir davon erfahren haben.«

Sie nickte. Sammelte sich. Dann straffte sie die Schultern.

»Na gut«, sagte sie. Und plötzlich schimmerte durch ihre

aufgesetzte Fassade die echte Frau hindurch. Sogar ihre vorher süßliche Stimme klang plötzlich anders. »Ich verrate Ihnen mal was: Peter Neumann war ein absolut durchtriebener Kerl, der die ehrliche, engagierte Arbeit anderer nicht im Mindesten zu schätzen wusste. Er hatte nur eins im Sinn: sich permanent in den Vordergrund zu drängen und seine eigene Kunst zu promoten. Alle Ausstellungen folgten plötzlich thematisch seinen Schwerpunkten. Neue Mitglieder suchte er nach dem Nasenprinzip aus. Wer zu gut war und dazu Bilder präsentierte, die seinen zu nahe kamen, flog ganz schnell aus irgendwelchen fadenscheinigen Gründen wieder raus oder wurde von ihm einfach weggeekelt. Wir anderen Klubmitglieder waren ihm herzlich egal. Er brauchte nur eine Bühne für seine eigenen Sachen. War nur mit denen umgänglich, die ihm Honig um den Bart geschmiert haben. Ich weine ihm ganz sicher keine Träne nach!«

Tina sah die Befragte mit leicht geöffnetem Mund an. Dann besann sie sich und machte rasch ein paar Notizen.

Lennard nickte gemächlich.

Das sieht man doch, dass da einer so richtigen Brast auf den Neumann hatte, hörte er plötzlich eine andere weibliche Stimme in seinem Kopf. So nannte man es hier, wenn jemand wirklich sauer auf eine Person war. Und ihm schien, als träfe das auf Gundula Schneid in Bezug auf das Mordopfer definitiv zu.

»Wenn Sie sagen, dass Herr Neumann die Arbeit anderer nicht zu schätzen wusste, denken Sie da insbesondere an jemanden Bestimmten im Klub?«, wollte er wissen.

Gundula Schneid sah ihn scharf an. Die flötende, überfreundliche Gastgeberin war verschwunden. Irgendwie gefiel sie ihm so besser.

»Ich schätze mal, das hat Ihnen auch schon jemand brühwarm gesteckt, hm? Klatschtanten allesamt, besonders die Kerle. Na, meinetwegen. Ist ja kein Geheimnis, dass ich schon immer fand, dass Markus die Sache mit dem Vorsitz viel besser gemacht hat«, sagte sie.

»Sie sprechen von Markus Klappert?«

»Natürlich spreche ich von Markus Klappert. Er hat den Klub vor fünfzehn Jahren gegründet, hat sein ganzes Herzblut reingesteckt. War immer für uns im Klub da. Markus hat über Ausstellungen und neue Mitglieder demokratisch abstimmen lassen, hat sich für seine Bilder nie die tollsten Hängungen geschnappt, sondern sie einfach den besten Fotos überlassen. Er war der ideale Vorsitzende, den sich so ein Klub wünschen kann.« Sie machte eine kurze Pause, um einen Schluck schwarzen Kaffee zu trinken, und Lennard formulierte im Geiste bereits eine geschickte Nachfrage, doch die brauchte Frau Schneid gar nicht. »Und dann taucht da so ein Neuer auf, mit jeder Menge stylischer Bilder und angeblich innovativer Ideen. Und innerhalb von einem Jahr laufen sie alle zu ihm über, finden ihn plötzlich alle toll, wollen alle so sein wie er. Pfff, die haben alle einen auf taub gemacht, wenn Peter mal wieder eine seiner permanenten Spitzen gegen Markus losließ. Haben bei seinen Intrigen einfach mitgemacht, weil das ja einfacher ist, als so einem Kerl mal die Meinung zu geigen. Und in Nullkommanix war Markus den Vorsitz los. Die zweite Reihe durfte er nur behalten, weil alle anderen zu faul sind, um sich die ganze Arbeit aufzuladen. Eine Arbeit, die Markus immer noch zuverlässig und engagiert gemacht hat. Das meine ich mit ›Peter Neumann wusste andere nicht zu schätzen‹.«

Lennard warf Tina einen kurzen Blick zu. Sie kritzelte gerade ein letztes Wort ins Notizbuch. Herrje, hoffentlich konnte sie das selbst noch entziffern. Lennard wäre dazu nicht in der Lage.

»Haben Sie mit Herrn Klappert jemals über diesen … Missstand gesprochen? War er ärgerlich darüber, aus seiner Position verdrängt worden zu sein?«

Plötzlich wurde der Blick ihm gegenüber vorsichtig.

»Allen Grund hätte er gehabt«, antwortete Gundula Schneid langsam. »Aber er hat sich nichts anmerken lassen. Markus ist keiner von diesen Jammerlappen, wissen Sie.«

»Sie haben nicht mit ihm darüber geredet?«, wiederholte er.

»Vielleicht ein- oder zweimal. Drei Jahre lang hat Markus das Herumstolzieren von diesem … diesem Gockel in seinem Klub hingenommen. Aber in den letzten Wochen wurde es unerträglich. Peter hat bei einer national sehr anerkannten Ausstellung mit einem seiner Bilder den ersten Platz gemacht. Seitdem tat er so, als ob der Klub ihm gehören würde. Ekelhaft!« Obwohl Gundula Schneid den Fokus auf ihren Widerwillen gegen Neumann richtete, konnte Lennard spüren, dass sie das in erster Linie tat, um über etwas anderes nicht reden zu müssen. Sie war geschickt.

Er entschied, dass er sie vor der finalen Frage noch einmal in der Gewissheit wiegen wollte, vom Haken zu sein.

Daher nickte er nur und zog aus der Tasche die Kopie von dem Fotoabschnitt, den Pamela Schlonski in der Dunkelkammer gefunden hatte.

»Kennen Sie dieses Bild?«

Gundula Schneid nahm es, betrachtete es genau und warf ihm dann einen fragenden Blick zu.

»Nein. Nicht besonders künstlerisch, würde ich sagen. Wer ist das?«

»Das wüssten wir gern. Sie haben keine Ahnung, wessen Beine auf dem Foto zu sehen sind oder wer das Bild gemacht haben könnte?«

»Nicht die Bohne. Vielleicht jemand von den Street-Fotografie-Leuten?«

Jetzt lehnte er sich ein wenig vor und schlug zu: »Hat Herr Klappert sich jemals dazu geäußert, dass er etwas gegen Herrn Neumanns Auftreten unternehmen wollte?«

Gundula Schneid erstarrte.

»Frau Schneid, meine Kollegin hält Ihre Aussage fest. Bitte überlegen Sie gut, was Sie sagen. Wir ermitteln in einem Mordfall. Vergessen Sie das nicht«, erinnerte er sie.

Erst war diese Frau der Inbegriff eines künstlichen Stereotyps gewesen. Dann hatte sie diese Maske fallen lassen und ihre Wut und Scharfsicht gezeigt. Nun aber wirkte sie mit einem Mal kreuzunglücklich.

»Ich kenne Markus seit acht Jahren, seit ich in den Klub kam. Er ist der korrekteste Mann der Welt, würde nie auch nur einer Fliege etwas zuleide tun!«, beteuerte sie.

»Frau Schneid?«

Kummervoll starrte sie auf den Couchtisch mit den vorbereiteten Erfrischungen.

»Es war bestimmt nicht ernst gemeint«, murmelte sie. »Und es ist auch schon zwei, drei Wochen her.«

»Was hat Herr Klappert geäußert?«, wollte Lennard wissen.

Die aufeinandergepressten, knallrot geschminkten Lippen bildeten eine schmale Linie. »Er hat gesagt, dass es ihm nur recht wäre, wenn Peter sich in Luft auflösen würde, wenn der Klub ihn endlich wieder loswürde«, presste sie hervor.

»Hat er auch angedeutet, dass er selbst etwas dazu beitragen würde?«, hakte Lennard nach.

Frau Schneid hob den Blick. Ihre Augen schimmerten verdächtig. Es war mehr als deutlich, dass sie lieber schweigen würde. Doch dann sah sie zu Tinas Notizbuch und gab sich einen deutlichen Ruck.

»Er hat es bestimmt nicht so gemeint. Aber er hat gesagt, er hätte da ... eine Idee.«

* * *

»Das war genial!«, schwärmte Tina, als sie wieder ins Auto stiegen. »Woher wusstest du, dass sie was gegen das Mordopfer hatte und dass es was mit Klappert zu tun hat?«

Lennard griff nach dem Anschnallgurt.

»Bauchgefühl«, antwortete er zunächst erneut ausweichend, überlegte es sich dann aber anders. Fehlte noch, dass er anfing, seine Kollegin anzuschwindeln, nur um nicht zu erwähnen, dass die bewusste Information von Pamela Schlonski stammte. »Die Reinigungskraft des Fotoklubs hat etwas aufgeschnappt.«

»Pamela Schlonski?«, merkte Tina auf und grinste. »Die ist ganz schön gewitzt, ne? Davon steht aber nichts in einem der Befragungsprotokolle, oder? Die kenn ich nämlich inzwischen auswendig.«

»Sie hat es eher so nebenbei erwähnt«, brummte er und deutete rasch aufs Armaturenbrett. »Gleich vierzehn Uhr. Wir fahren sofort weiter zu Klappert.«

»Aye, aye.« Tina ließ den Wagen an und das Thema ›Pamela Schlonski‹ fallen.

Verflixt. Es wurmte ihn selbst, dass seine einzige heiße Spur auf einen Hinweis von dieser eindeutig zu engagierten Zeugin zurückging.

»Sexy Schwingungen«, sagte Tina, während sie sie durch die Stadt in Richtung Stadtteil Blankenstein kutschierte.

»Hm?« Er schrak auf.

»Na, die steht doch voll auf den, ne?«

»Wer?«

»Die Schneid. Die fährt doch voll auf den Klappert ab. All das Gesäusel, von wegen *idealer Vorsitzender* und *immer für uns da* und so.« Tina sah ihn kurz an und klimperte mit den Wimpern.

Dieser Gedanke war Lennard natürlich auch gekommen. Aber irgendetwas in ihm sträubte sich derzeit, sich näher mit romantischen Verstrickungen zu beschäftigen. Das war unprofessionell. Er sollte wirklich froh sein, dass Tina ihn begleitete und ihre Antennen auf Empfang hielt.

»Meinst du, die beiden haben etwas miteinander?«, wollte er von seiner Kollegin wissen. Frauen hatten für so etwas ein untrügliches Gespür.

Prompt schüttelte Tina sofort vehement den Kopf. »Für eine Geliebte ist die viel zu verzweifelt«, erklärte sie mit Nachdruck, und Lennard wunderte sich, dass sie damit genau sein Gefühl diesbezüglich traf. »Ich tippe auf unerwiderte Liebe mit ein paar kleinen Flirtmomenten. So was zieht einen dann so richtig runter. Wenn man spürt, der oder die andere hat vielleicht durchaus Interesse, mag einen, weil man die gleichen Hobbys hat, so wie hier das Fotografieren. Aber für einen echten Seitensprung oder sogar Ehefrau verlassen reicht es nicht. Man strampelt sich ab, macht und tut, ist immer zur Stelle, winkt wie bekloppt mit jedem Zaunpfahl. Aber letztendlich sitzt man doch alleine zu Hause auf dem Sofa, guckt irgendwelche Schmachtfetzen und futtert zu viel Chips und Schokolade.«

Sie verstummte. Als sie an einer Ampel hielten, war nur das Ticken des Blinkers im Wagen zu hören.

Lennard warf seiner jungen Kollegin aus den Augenwinkeln einen Blick zu. Das war eine sehr emotionale Rede gewesen. Als wüsste sie genau, wovon sie da sprach. Ihre düster umwölkte Stirn ließ ihn vermuten, dass sie vielleicht auch nicht vierundzwanzig Stunden am Tag über ihren ersten Mordfall nachdachte und nachts womöglich aus einem anderen Grund als ihrer Suche nach dem Täter wach lag.

Lennard hatte die junge, springlebendige und eifrige Kommissaranwärterin schon immer gemocht. Aber sonderbarerweise fühlte er jetzt zum ersten Mal eine wie auch immer geartete menschliche Nähe zu ihr.

Und schlagartig wurde ihm klar, dass er keine Ahnung hatte, ob sie tatsächlich aus eigener Erfahrung gesprochen hatte. Hatte sie in der Zeit, in der sie sich kannten, eigentlich jemals eine feste Freundin gehabt? War sie vielleicht trotz ihrer jungen Jahre schon verheiratet, und es kriselte gerade in ihrer Beziehung? Nein, von einer Ehefrau wüsste er doch bestimmt. Oder? Er hätte es nicht sagen können.

Wann wäre der richtige Moment, sie mal nach solchen Details aus ihrem Leben zu fragen, die – das bekam er ja selbst am eigenen Leib zu spüren – schließlich eine nicht unwesentliche Rolle im Alltag spielten? Doch sicher nicht auf einer Dienstfahrt? Vielleicht bei einem Treffen nach Feierabend? Bei einer privaten Grillfeier vielleicht? So, wie sie am Wochenende stattfinden würde, das gerade unmittelbar vor der Tür stand. Ja, so ein Treffen wäre bestimmt ideal, um mehr über seine Kollegin zu erfahren. Das war eine gute Idee, die hatte nur leider einen Haken: Er war zu der Feier nicht eingeladen.

»So, da sind wir.« Tina setzte den Blinker und fuhr eine steile, schmale Straße hinunter, die unterhalb der Burg Blankenstein in einen öffentlichen Parkplatz mündete.

Gemeinsam stiegen sie aus und gingen dann die vielen Stufen hinauf, die in den urigen Stadtteil führten. »Warst du eigentlich schon mal auf dem Burgturm oben?«

»Nein.«

»Lohnt sich. Man kann über das ganze Ruhrtal gucken.«

Die lange Treppe endete genau an der Kirchenmauer.

Nach rechts führte ein überraschend modern gepflasterter Fußweg zur Burgruine. Doch Tina wandte sich nach links, und sie bogen zwischen den eng stehenden Fachwerkhäusern in die Gasse vor der Kirche ein. Die führte recht steil bergab und bot eine malerische Aussicht ins Tal und zur Burg hinüber. Nach dem kräftigen morgendlichen Regen sah dieser Maitag umso leuchtender aus, wie reingewaschen. Dort unten floss die Ruhr, aus dem Kemnader Stausee kommend, an dessen im Sonnenlicht glitzernden Ufern Heerscharen von Wasservögeln ihr Zuhause hatten. Als Lennard zur Burgruine hinübersah, in deren Burghof ein Biergarten lockte, zogen gerade ein paar Gänse darüber hinweg. Das alles wirkte so idyllisch, dass es selbst ihm einen Moment lang surreal erschien, dass sie hier unterwegs waren, um einen Mörder zu fassen.

Tina hielt vor einem kleinen Häuschen, dessen windschiefe Tür ihr Alter mit Stolz zur Schau trug. Ein uralter Seilzug verriet den Bewohnern statt einer der üblichen modernen Klingeln, dass Besuch vor der Tür stand.

Eine kleine, rundliche Frau öffnete ihnen und sah kurz zu Lennard auf, ehe ihr Blick auf seine Dienstmarke fiel.

»Hallo, Herr Vogt. Hallo Frau ...«, sie spähte auf Tinas Ausweis.

»Tina Bruns«, stellte die sich vor.

»Kommen Sie doch rein. Mein Mann zieht sich gerade noch um.«

Sie lächelte sie an, während sie Tina und ihn durch den Flur und das Wohnzimmer auf eine winzige Terrasse führte.

Auch hier standen ein paar Gläser und eine Karaffe mit

Wasser bereit, in dem Zitronenscheiben schwammen. Die Fotoklubmitglieder schienen alle bestens auf ihr Kommen vorbereitet zu sein.

Einen kurzen Moment kam Lennard noch einmal Tinas Spekulation zu der größeren Tätergruppe in den Sinn. Doch dann entschied er, dass es wahrscheinlich nur die Redseligkeit der Ruhrpöttler war, die diesen Informationsfluss bewirkte.

»Wasser?«, bot Frau Klappert an. »Die Ingwerkekse backe ich selbst.«

Tina bedankte sich artig und probierte einen Keks, während Lennard erneut ablehnte.

»Pünktlich wie die Maurer!«, ertönte es da schon hinter ihnen. Klappert trat zu ihnen hinaus.

»Wir sind sogar etwas zu früh«, sagte Lennard entschuldigend und fügte betont nebensächlich hinzu: »Wir waren mit dem Besuch bei Frau Schneid schneller fertig als gedacht.«

»Ach ja?« Klappert richtete den Kragen seines Poloshirts. »Puh, ich bin immer froh, wenn ich den Anzug los bin. Aber was soll man machen, wenn das von der Geschäftsleitung vorgeschrieben ist.«

Sie begrüßten sich höflich, Klappert mit einem Lächeln, in dem sowohl Herzlichkeit wie auch Vorsicht lagen.

»Wo arbeiten Sie?«, hakte Lennard gleich nach.

»Firma Dorowski. Maschinenbau. Ich bin Bürokaufmann.«

Tina notierte es.

»Ich habe noch ein paar Fragen an Sie, Herr Klappert.«

»Nur zu.«

Lennard sah zu Frau Klappert. Die blickte verwirrt von ihm zu ihrem Mann.

»Soll ich gehen?«

»Von unserer Seite aus ist das nicht nötig. Es sei denn, Sie möchten lieber allein mit uns sprechen?«, wandte Lennard sich an Klappert.

»Wo denken Sie denn hin! Ich bin doch nicht lebensmüde und habe Geheimnisse vor meiner besseren Hälfte«, erklärte der und tätschelte kurz die Schulter seiner Frau, die breit lächelte.

»Wollen Sie sich nicht setzen?«, bot Klappert die gut gepolsterten Terrassenmöbel an.

»Danke, es wird nicht lange dauern.«

Diese Ankündigung schien den Hausherrn zu entspannen.

Lennard legte eine Hand auf eine der hohen Stuhllehnen. »Herr Klappert, wie würden Sie Ihr Verhältnis zum Mordopfer Peter Neumann beschreiben?«

Dahin war die Entspannung seines Gegenübers. Frau Klappert ließ ihren Blick über das Gesicht ihres Mannes huschen. Sah sie ein wenig ängstlich aus?

»Schwierig«, antwortete Klappert.

»Können Sie das näher erklären?«

Er räusperte sich. »Tja, im Fotoklub herrscht schon immer eine gesunde Konkurrenz unter denjenigen, die die gleichen Themen bearbeiten. Naturfotografie, Street-Fotografie, Porträt, Stillleben, Studioaufnahmen. Das ist ja ganz natürlich, dass man sich mit den anderen messen will. Aber

Peter nimmt ... nahm diesen Wettbewerb meiner Meinung nach zu ernst. Die hervorgehobene Hängung bei einer Ausstellung, der erste Preis bei einer Veranstaltung, das war ihm alles irrsinnig wichtig. Wichtiger als die Klubarbeit an sich oder auch das Gemeinschaftsgefühl.«

»Würden Sie sagen, dass zwischen Ihnen ernst zu nehmende Rivalität herrschte? Um die Leitung des Klubs, der doch ursprünglich von Ihnen ins Leben gerufen worden ist?«

Klapperts Gesicht verhärtete sich.

»Peter ist auf der Vollversammlung zum Ersten Vorsitzenden gewählt worden, ich als sein Stellvertreter. So sind demokratische Wahlen eben. Ich würde das nicht als ernst zu nehmende Rivalität bezeichnen.«

»Es kam nie zu Streit zwischen Ihnen?«

Zögern.

»In fachlichen Fragen waren wir hin und wieder nicht einer Meinung.«

»Stimmt es, dass Sie geäußert haben, Sie wären Peter Neumann im Klub gern wieder los?«

Jetzt versteifte sich der ganze Mann vor ihnen. »Das ... mag vielleicht sein.«

»Hm.« Lennard nickte und tat, als müsse er diese Information sacken lassen. »Ist Ihnen bekannt, ob jemand anderer im Klub Probleme mit Herrn Neumann hatte?«

Sein Gegenüber tat so, als müsse er überlegen.

»Herr Klappert, wenn Sie etwas wissen, müssen Sie uns das sagen. Wissen Sie von einem Streit, Ärger, sonstiger

Missgunst zwischen Peter Neumann und einem der anderen Klubmitglieder?«

Klappert wand sich sichtlich. Wägte ganz offenbar ab, was sie womöglich sowieso schon wissen konnten und was ihn demzufolge in Schwierigkeiten bringen konnte, wenn er es verschwieg. Nun würde sich auszahlen, ob Lennard mit der anfänglichen Erwähnung von Gundula Schneid richtig kalkuliert hatte.

Und tatsächlich. Klappert hatte angebissen. »Ist ja meine Pflicht, ne?«

»Sie sind *alle* in der Pflicht, uns zu sagen, was immer bei den Ermittlungen hilfreich sein könnte«, bestätigte Lennard ernst.

»Tja, also ...« Kurzer Blick zu seiner Frau, die ihm zunickte. »Richtigen Streit kann man das wohl nicht nennen. Aber Gero war eine ganze Weile ziemlich eng mit Peter. Gero Winter«, wiederholte er an Tina gewandt, die mitschrieb. »In den letzten Wochen hat sich das aber um hundertachtzig Grad gedreht. Die beiden haben kaum noch ein Wort miteinander gesprochen. Ich hatte den Eindruck, dass Gero vermied, Peter überhaupt zu begegnen.«

»Wissen Sie, was vorgefallen ist?«

Bedauerndes Kopfschütteln.

Lennard nahm es ihm nicht ab. Aber da er ja bereits wusste, was es mit diesem Zwist auf sich hatte, ließ er Klappert damit durchkommen.

»Als wir uns am Mittwoch im Klub kurz gesprochen haben, haben Sie angegeben, dass Sie nicht wissen, wer auf diesem zerrissenen Foto zu sehen ist oder wer es geschossen haben könnte.« Lennard hielt es Klappert hin, der einen Blick darauf warf. »Ist Ihnen diesbezüglich in der Zwischenzeit etwas eingefallen?«

»Nein, tut mir leid. Keine Ahnung, was es damit auf sich hat.«

Lennard steckte das Papier wieder ein. »Außerdem sagten Sie, Sie seien Dienstag den ganzen Abend zu Hause gewesen«, fuhr er dann fort und wandte sich an Frau Klappert: »Können Sie das bestätigen?«

Sie nickte einmal kurz.

»Stimmt. Mein Mann ist sonst ja dienstagabends immer im Klub, zur Bildbesprechung. Muss er ja als Zweiter Vorsitzender. Aber diesmal ist die ja ausgefallen.«

Tina neben ihm regte sich. »Aber dienstags ist doch nie ...« Offenbar wollte sie darauf hinweisen, dass der Dienstagabend der einzige Termin in der Woche war, an dem im Hattinger Fotoklub *Linsenkunst* keine Veranstaltung stattfand. Doch Lennards Bauchgefühl raunte ihm zu, auf diesen Umstand jetzt besser nicht hinzuweisen. So sah er seine Kollegin kurz an und schüttelte kaum merklich den Kopf. Sie verstummte schlagartig und widmete sich ihren Notizen.

»Er war also den ganzen Abend zu Hause bei Ihnen? Ohne Ausnahme?«

Frau Klappert nickte erneut. »Wir haben ferngesehen. Wie hieß der Film noch, Markus? So ein schwedischer ...«

»Das ist doch jetzt nicht wichtig«, unterbrach ihr Mann sie ein wenig unwirsch. »Herr Hauptkommissar, ich glaube, ich habe das Recht, das zu erfahren: Sie wussten bereits von den Unstimmigkeiten zwischen Peter und mir, oder? Und dass ich Ihnen etwas zu Gero würde sagen können auch. Hat Gundula Schneid mich bewusst ... angeschwärzt bei Ihnen?«

»Na, die sicher nicht«, brummte Tina über ihrem Notizbuch und erntete einen überraschten Blick von Frau Klappert.

Lennard räusperte sich, und seine junge Kollegin zog den Kopf ein.

An Klappert gewandt, sagte er: »Tut mir leid, aber wir dürfen Ihnen keine Auskunft über die anderen Befragungen geben.«

Klappert nickte verkniffen. Seine Frau aber beobachtete immer noch forschend die junge Polizistin, die betont eifrig in ihr Notizbuch schrieb.

»Das war es dann auch schon.« Lennard rieb sich die Hände und nickte dem Ehepaar zu. »Haben Sie vielen Dank für Ihre Zeit. Falls Ihnen noch etwas einfällt ...« Er legte seine dienstliche Visitenkarte auf den Tisch. Die beiden Klapperts begleiteten sie noch zur Tür, die sich dann rasch hinter ihnen schloss.

Schweigend gingen Lennard und Tina die Gasse entlang. Diesmal hatte Lennard keinen Blick übrig für den vor dem Sommerhimmel sich malerisch erhebenden Burgturm oder den dahinströmenden Fluss im Tal. Er war mit dem gerade geführten Gespräch beschäftigt.

Auch Tina schien tief in Gedanken versunken zu sein. So erreichte sie den Dienstwagen, stiegen ein.

»Tut mir echt leid«, sagte sie da zerknirscht. »Ich meine, dass ich mir da was in den Bart gemurmelt hab, von wegen, dass die Schneid ihn ganz sicher nicht angeschwärzt hat. Ich weiß natürlich, dass wir in Befragungen nie etwas davon erzählen dürfen, was die anderen ...«

»Schon in Ordnung, Tina«, fiel Lennard ihr beruhigend ins Wort. »Irgendwie habe ich das Gefühl, als könnte das in diesem Fall gar nicht so übel gewesen sein.«

14. Kapitel

7. Mai, Freitag, nachmittags

Hammer! Wenn dieses Häuschen das Ergebnis von ein paar Jahren Peitsche schwingen war, sollte sie vielleicht überlegen umzuschulen.

Pamela hatte ihren kleinen Fiat oben am Waldrand geparkt und lief den gepflasterten, sich windenden Weg inmitten herrlich angelegter Beete hinunter. Hohe Gräser und Margariten winkten im lauen Sommerwind einladend. Nach dem Regen am Morgen wirkte alles wie frisch aus der Maschine.

Das Haus war alt, Fachwerk, typisch für die Elfringhauser Schweiz, dem genial schönen Hügelland an der Grenze Hattingens und Sprockhövels. Aber dieses Sahneschnittchen war erstklassig renoviert. Das rote Dach glänzte in der Sonne, die Gefache strahlten schneeweiß gegen das Schwarz der Eichenbalken. Von ihrem erhöhten Standort aus konnte Pamela unterhalb des Hauses einen riesigen Teich sehen, der von beschnittenen Kopfweiden und blühenden Iris umgeben war. Aus etlichen Rabatten leuchteten frühe Stauden, und Rosen aller Art standen in voller Knospe.

Auf dem kleinen Hof vor dem Haus war ein quietsch-gelber Sportflitzer geparkt, auf dessen Motorhaube sich der größte rot-weiß gestreifte Kater rekelte, den Pamela je gesehen hatte.

»Na, du bist aber 'n Hübscher«, säuselte sie und streichelte den weichen Kopf. Der Kater schnurrte los. Er hatte was für Komplimente übrig.

»Luzi ist ein schlechter Wächter. Er mag es einfach zu gern, wenn er gestreichelt wird«, ertönte von der Hausecke her eine weibliche Stimme.

»Luzi?«

»Von Luzifer. Aber das nimmt ihm sowieso keiner ab. Hallo, Pamela.«

»Hallo, Jessica.«

»Sag ruhig Jessi.«

»Gerne, Jessi.« Sie reichten sich die Hände. Jessis waren sehr gepflegt, ihre Nägel dunkel lackiert. Sie trug keinen Schmuck, nicht mal eine Uhr. Trotzdem erweckte sie in ihrer Leinenhose im Marlenelook und der seidig fallenden ärmellosen Bluse den Eindruck einer wohlhabenden Frau mit Stil. »Ich soll dich von Totti grüßen. Er wär gern mitgekommen, aber es gab grad den Nachmittagsansturm auf die Bude.«

»Ach, der Süße. Grüß schön zurück. Läuft es gut bei ihm?«

»Jo, alles im grünen Bereich.«

»Na, dann komm mal mit. Wir setzen uns an den Teich, ja? Da ist es um diese Uhrzeit einfach herrlich.«

Als sie um das von riesigen duftenden Rosenbüschen

umstandene Haus gingen und das glitzernde Wasser wieder in Sicht kam, sagte Pamela: »Bestimmt auch zu allen anderen Uhrzeiten, oder? Hey, da sind ja jede Menge Libellen!«

Sie setzten sich auf eine von der Sonne beschienene Steinbank und sahen den herumschwirrenden Insekten und den im Uferbewuchs herumhuschenden Vögeln zu.

»Ein Träumchen!«, schwärmte Pamela seufzend.

»Wie schön, wenn du es zu schätzen weißt. Für mich ist es ein echter Ausgleich zu meiner Arbeit ...« Jessi sah sie forschend von der Seite an. Ihre mahagonifarbenen Locken schmiegten sich elegant um ihre Schultern. »Dir hab ich also mein kleines Outing vor Totti zu verdanken?«

Pamela grinste. »Purer Zufall. Frag mich nicht, wie es dazu kam, aber ich hab die Bilder von dir und deiner Geschäftspartnerin im Netz gesehen und dachte so: ›Die kennst du doch!‹ Und so kam das.«

Jessi zog eine komische Grimasse. »Na gut, dann frag ich nicht. Aber beim nächsten Kaffee mit Totti kann ich mir wahrscheinlich die ganze Zeit anhören, warum ich ihm nichts davon erzählt hab.«

Sie lachten beide kurz, schwiegen, sahen über den Teich.

»Und warum hast du nicht?«

Jetzt stieß Jessi Luft zwischen ihren geschwungenen Lippen hindurch und zuckte mit den Achseln. »Mit meinem Job geht man nicht hausieren, weißt du. Das kann auch ein alter Freund mal schnell in den falschen Hals kriegen. Und Totti ist ein lieber Kerl. War nicht sicher, ob er das einfach so schlucken würde.«

»Und da hast du ihm erzählt, du wärst Erzieherin?« Pamela feixte, und auch Jessi musste schmunzeln.

»Das war das Erste, was mir einfiel.«

»Liegt ja auch nahe.«

Sie kicherten beide. Doch dann wurde Jessi wieder ernst.

»Ehrlich gesagt hätte ich nie gedacht, dass er so cool damit umgeht. Hat mir mal wieder gezeigt, dass man Menschen nicht unterschätzen sollte. Und vielleicht auch, wo echte Freunde wohnen.« Sinnierend strich sie mit der Hand über das Kissen von Bodendeckern, die auf der Natursteinmauer neben der Bank wuchsen. Dann ging ein Ruck durch sie, und sie wandte sich Pamela zu: »Aber jetzt sag mal: Wie kann ich dir helfen? Damit wollte Totti am Telefon ja nicht rausrücken, klang sehr geheimnisvoll.«

Pamela räusperte sich. »Ist 'ne berufliche Frage.«

Die sorgfältig gezupften Augenbrauen flogen in die Höhe. »Oh, willst du etwa auch ...«

»Nee, nee! So getz nich. Aber unsere Jobs sind sich gar nicht so unähnlich. Weil, meine Freundin Ahsen und ich, wir haben zusammen eine kleine Firma: *Sauberzauber, wir machen Ihr Zuhause clean!* Und ich sach ma so, ich weiß, wie das ist, wenn man Fremden voll Stolz vom eigenen Geschäft erzählt, was man sich alles aufgebaut hat und so, und die einen dann angucken, als wollten sie sagen: ›Echt jetzt? Wie kann man bloß so was arbeiten wollen?‹« Jessi legte den Kopf schief und sah sie aufmerksam an. »Ahsen und ich, wir haben auch 'ne Website. Hat meine Tochter gemacht, die kann so was echt gut. Aber ... Wie soll ich sagen? Die Fotos sind echt 'n bisschen spießig. Also, es sieht irgendwie nicht so richtig nach Spaß aus. Ich meine, wenn die Leute unsere Seite ansehen, dann soll da nicht nur alles blitzblank sein, sondern auch irgendwie 'ne bestimmte Atmosphäre rüber-kommen – so wie auf euren Bildern. Die sind doch wirklich toll.«

»Oh, vielen Dank!«

»Mann, jetzt strahlst du aber.«

»Das ist ja auch ein tolles Kompliment.«

Pamela winkte ab. »Ach, komm. Die kriegt ihr doch bestimmt ständig. Ich meine, diejenigen, die bei euch anrufen und so ...«

»Das ist was anderes. Wenn *du* sagst, dass unsere Fotos dir gefallen, dann ist das wirklich was komplett anderes, glaub mir.« Die Frau neben ihr wirkte so ehrlich erfreut, dass Pamela ein kleines bisschen das schlechte Gewissen drückte. Doch dann sagte sie sich, dass die Bilder doch wirklich toll waren. Das war ihre persönliche, ganz ehrliche Meinung.

»Sie sind wirklich echt klasse!«, wiederholte sie. »Macht ihr die selbst?«

Jessi lachte. »Nein, so was beherrschen wir beide nicht. Vor ein paar Jahren hat mir eine befreundete Berufskollegin einen Hobbyfotografen empfohlen, der ein echtes Händchen für unsere Branche hat. Du sagst es ja selbst: Die Bilder sind super. Und noch dazu ist Gero kein Angebertyp, der rumläuft und damit protzt, dass er uns zweimal im Jahr für die Website ablichtet. Er macht einen guten Job, und seit er die Fotos für die Seite macht, haben wir deutlich stärkeren Zulauf.«

»Wow!« Pamela hielt beide Daumen hoch. »Klingt spitze. So was bräuchten wir auch. Meinst du, dieser Fotograf, dieser …?«

»Gero.«

»Ah ja, also, meinst du, dieser Gero würde uns auch fotografieren?«

»Wieso nicht?« Jessi schien zu überlegen. »Vielleicht wäre das für ihn ja mal eine neue … Herausforderung?« Wieder mussten sie beide lachen. Die Frau gefiel Pamela. »Ich kann dir ja gleich seine Telefonnummer geben. Dann fragst du ihn am besten einfach selbst. Kannst ja schön von mir grüßen.«

»Klar. Wo fotografiert er euch denn so? An eurem üblichen Arbeitsplatz? Weil, das wäre dann natürlich nicht so ideal. Bei unseren Kunden zu Hause und so können wir das ja nicht machen.«

»Hm.« Jessi schien zu überlegen. »Hoffentlich scheitert es nicht daran. Früher haben wir nämlich die Fotos in einem richtig toll eingerichteten Studio in der Südstadt gemacht. Da war alles da. Scheinwerfer, Stative, verschiedene Hintergründe, Windmaschine und, und, und. Aber in dem Klub, zu dem das Studio gehört, muss irgendwas vorgefallen sein. Beim letzten Shooting wollte Gero dann lieber ins Geschäft kommen.«

»Ins Geschäft?«

Jessi deutete den Weg hinauf, den Pamela vor ein paar Minuten erst heruntergekommen war. »Debora wohnt so zwei Kilometer Luftlinie entfernt. In ihrem Haus haben wir den Keller ausgebaut. Da ist natürlich unser ganzes Equipment vorhanden. Aber das Zubehör für die Fotosession hinzuschleppen hat schon ganz schön gedauert.«

»Vorgefallen, sagst du? Was ist denn in dem Klub passiert?«, erkundigte sich Pamela. Ein Marienkäfer landete auf ihrem Jeansknie und spazierte darauf herum wie ein quietschvergnügter Sonntagsausflügler. Ein kleiner roter Punkt auf hellem Blau in diesem blühenden Paradiesgarten. Es war zum Gute-Laune-Kriegen.

»Keine Ahnung. Ich weiß nur, dass Gero von jetzt auf gleich das Studio nicht mehr nutzen durfte. Er hat gemeint, es hätte böses Blut gegeben.«

»Vielleicht hatte jemand etwas dagegen, dass er in den Räumen des Klubs Geld verdient, indem er professionelle Fotos macht?«, mutmaßte Pamela.

Doch Jessi schüttelte mit gerunzelter Stirn den Kopf. »Wer hätte da was gegen haben sollen? Er macht das ja nur als Hobby, so nebenbei, verstehst du? Die Fotos könnt ihr dann also nicht absetzen, weil es keine Rechnung gibt. Barkasse und fertig. Aber dafür habt ihr dann die Rechte an den Bildern und könnt damit machen, was ihr wollt. Nein, was das böse Blut angeht, denke ich eher, dass die anderen Klubleute es nicht gut fanden, dass sich da so Verruchte wie zwei Dominas ablichten lassen. Wahrscheinlich hat es jemand spitzgekriegt und ... aus die Maus.« Sie schnipste mit dem Finger.

Pamela antwortete zunächst erst mal nicht. Doch in ihrem Kopf war ein Tetrisspiel in vollem Gange.

Offenbar hatte der blasse Gero Winter seine Kundinnen Jessi und deren Kollegin Debora über den wahren Umfang seines Nebenberufs nicht in Kenntnis gesetzt. Sie gingen davon aus, dass er ein kleiner Hobbyfotograf war, der für einige wenige Ausgewählte zwei- oder dreimal im Jahr diese Shootings veranstaltete.

In Wahrheit handelte es sich bei der Domina-Fotografie jedoch um ein florierendes bundesweites Geschäft. Wenn diese enormen Einnahmen aber ohne Rechnung in seine Tasche flossen und jemand davon Wind bekommen hatte – zum Beispiel Peter Neumann, mit dem Gero eine Weile befreundet gewesen war –, wäre das durchaus ein Ding für eine fette Erpressung.

War es so gewesen?

Hatte Neumann seinen ehemaligen Kumpel mit seinem Wissen um die Schwarzarbeit als Fotograf und die Steuerunterschlagung für die damit eingenommenen Moneten erpresst? Hatte Winter sich daraufhin auf diese brachiale Weise zur Wehr gesetzt?

»Was mich immer tröstet«, sagte Jessi nach einer kleinen Weile, in der sie beide ihren Gedanken nachgehangen hatten, »ist die Tatsache, dass diese ganzen Spießer, die Gero das Fotografieren von *solchen Frauen* wie uns verbieten wollen, wahrscheinlich in einem total öden Nine-to-five-Job festsitzen und mit ihrer ach so salonfähigen Arbeit nicht mal einen Bruchteil von dem verdienen, was ich einnehme.«

»Weißt du was?«, antwortete Pamela nachdenklich. »Ich finde, das ist ein Trost, der sich echt sehen lassen kann.«

Einvernehmlich nickten sie sich zu und verfolgten den Flug einer blau schimmernden Libelle über das klare Wasser.

»Das nächste Mal bringst du Totti mit«, sagte Jessi dann. »Und ich back uns einen veganen Kuchen.«

»Bin dabei!«, sagte Pamela.

15. Kapitel

7. Mai, Freitag, ca. 19 Uhr

»Sach ma, könnt ihr dann vielleicht eure gute Freundin Ahsen auch mitnehmen? Ich mein, für Kuchen bin ich immer zu haben, das wisst ihr ja. Und das mit den ganzen Blumen und dem Teich und so klingt mega! Vielleicht kann ich Mama ein paar Ableger für den Schrebergarten abstechen?«

Ahsen und Pamela saßen in Tottis kleiner Küche in seiner Wohnung über der Bude. Ihr Freund werkelte am Herd herum und rührte gerade Mandelcreme in eine Spinatsoße, die herrlich nach Knoblauch duftete.

Pamela hatte nach dem Besuch bei Jessi ein paar Besorgungen gemacht und war auch im Bioladen vorbeigefahren, um Zutaten zu kaufen. Es war eindeutig Zeit für einen ihrer *Dreier*, wie sie diese Treffen nannten, wenn kein anderer zuhörte.

Totti hatte das Abendgeschäft in der Bude der Obhut seiner Aushilfe Ayo überlassen, der sich neben dem Studium auf diese Weise etwas dazuverdiente. Ahsen hatte Tarik per Handy beteuert, dass er das Abendessen und die Kinderbetreuung schon hinkriegen würde. Und Pamela hatte Leia getextet, dass sie ihr später eine Portion von Tottis neuestem veganen Gericht mitbringen würde.

Nun hielten sie Kriegsrat.

»Jetzt mal ernsthaft, hätten wir Jessi nicht warnen müssen?«, überlegte Totti, während er die Pasta ins Wasser ließ. »Ich meine, wenn Winter echt so ein Killertyp ist, der wegen Geld andere kaltmacht, vielleicht überlegt er sich dann auch mal, dass bei Jessi und Debora auch was zu holen ist?«

»Da besteht keine Gefahr«, wandte Pamela ein. »Die nächsten Monate werden sie sich nicht sehen. Ihr letztes Shooting hatten sie nämlich erst vor ein paar Wochen. Da hat Winter doch behauptet, es hätte im Klub böses Blut gegeben. Deswegen musste er das ganze Fotoequipment irgendwo anmieten und bei Debora ankarren.«

»Das wird ihn ziemlich sauer gemacht haben«, bemerkte Totti. »Aber wegen so was bringt man doch niemanden um.«

»Kann ich mir auch nicht vorstellen«, pflichtete Pamela ihm bei.

»Ihr wisst ja noch nicht, was ich inzwischen weiß«, platzte Ahsen heraus. Temperamentvoll war sie immer, aber heute besonders zappelig. Während der zwanzig Minuten, die sie hier in der Küche saßen und Pamelas Bericht über den Besuch bei Jessi bequatschten, war sie immer wieder unruhig auf ihrem Stuhl herumgerutscht.

»Was denn?«, fragten Pamela und Totti wie aus einem Mund.

Aber Ahsen liebte es nun mal, Geschichten zu erzählen: »Ich wollte mich ja eigentlich total raushalten. Wegen dieser Sache mit dem Hausfriedensbruch und so. Hatten wir ja auch gesagt, dass wir das machen, ne, Pamela?« Leicht vorwurfsvoller Blick aus Glutaugen. »Aber ... ich sach ma so, die Sache ging mir einfach nicht aus dem Kopf. Der Winter, das hab ich von Anfang an gewusst, das ist ein schwarzer Hammel.« Pamela verkniff es sich, ihre Freundin zu unterbrechen, um sie darauf hinzuweisen, dass Ahsen anfangs doch von Klapperts Schuld felsenfest überzeugt gewesen war. »Der hat diese Art Dreck am Stecken, gegen die wir auch mit der *Mega-Aktions-Reinigung* nicht ankommen würden. Wir verstehen uns? Na, jedenfalls hab ich mich die halbe Nacht rumgewälzt und nachgedacht. Tarik am Schnarchen. Ich so: ›Tarik! Dreh dich auf die Seite!‹ Er so: ›Mmmh, hä? Ja, ja, nur kein Kissen aufs Gesicht drücken!‹ Voll der Lachflash mitten in der Nacht. Und mit Lachen ist das wie mit Sex: Danach kann man richtig gut schlafen. Mein Superhirn arbeitet dann aber trotzdem weiter, sag ich euch. Und als ich heute Morgen wach wurde, dachte ich sofort wieder an Tariks Spruch. Der kam nämlich daher, weil meine Cousine Gül ihrem Mann mal 'n Kissen aufs Gesicht geworfen hat, als er so doll geschnarcht hat.«

Sie hielt inne und nahm einen Schluck Apfelschorle.

Totti rührte die Nudeln und die Soße noch mal um.

Pamela trommelte leise mit den Fingern.

Ahsen sah sie beide an, als müssten jetzt so einige Groschen fallen. War aber nicht. »Hey, Leute! Gül? Meine Cousine Gül? Die beim Finanzamt die Büros putzt?«

Totti sah aus, als würde er nur Bahnhof verstehen. Aber Pamela schlug mit der flachen Hand auf den Tisch. »Getz sach bloß, du hast da irgendwas unternommen?«

Ahsen grinste, sehr zufrieden mit sich selbst. »Gül ist meine Lieblingscousine, versteht ihr, und ich ihre. Ich hab sie einfach gefragt, ob es wohl auffällt, wenn mal eine Putzfee mehr ins Amt kommt. Und was soll ich sagen? Nach Opa Klöke war irgendwie noch Zeit. Ich war vorhin mit Gül drin!«

»Nein!«, rief Pamela beeindruckt.

»Ich hab nur meiner Cousine beim Saubermachen geholfen«, entgegnete Ahsen mit einem Schulterzucken. Doch dann legte sie den Kopf schief. »Na ja, vielleicht hab ich auch ein bisschen an einem der Computer gespielt.«

»Nein!«, wiederholte Pamela wieder. »Jetzt bin ich völlig von den Socken!«

Ahsen winkte ab. »Aaaach, war ganz einfach. Ich meine, wer stellt sich denn ein Hochzeitsfoto auf den Schreibtisch, samt Datum, und benutzt das dann als Passwort?«

Totti war blass geworden. »Ahsen, Mensch, das ist aber mehr als Hausfriedensbruch.«

»Weiß doch keiner.«

»Und?«, wollte Pamela rasch wissen. »Hast du irgendwas gefunden?«

Ihre Freundin nickte. »Winters Einkommensteuererklärung samt der Bescheide. Und ich sag euch, durch seinen Brotjob wär der Mann zwar nicht arm wie eine Kirchenratte, aber die verdienen sich auch nicht gerade 'n goldenen Hintern, diese Finanzbeamten.«

»Und … die Fotos?«

»Geringer Nebenverdienst als Fotograf, mit dem Status Liebhaberei.«

»Er versteuert diese horrenden Einnahmen nicht?«

»Keine Spur davon.«

»Ha!«, rief Pamela.

»Dachte ich auch.« Ahsen strahlte triumphierend. »Und wenn einer dahintergekommen ist, dann hätte der den Winter echt in der Hand gehabt.«

Totti goss die Pasta ins Sieb und verschwand kurzzeitig hinter einer Wand aus Wasserdampf. »Versprecht ihr mir eins?«, bat er dann, als er daraus auftauchte und den Topf in die Mitte des Tisches stellte. »Was immer ihr jetzt damit vorhabt, seid bitte vorsichtig!«

Pamela starrte grübelnd in die noch blubbernde frühlingsgrüne Soße, die den Nudeln auf den Tisch gefolgt war.

»Das ist jetzt das Problem«, sagte sie, während Ahsen bereits die Schöpfkelle in den Nudeltopf tauchte und auf den bereitstehenden Tellern drei kleine Berge aufhäufte. »Was machen wir denn jetzt mit dieser neuen Info?«

Totti schenkte ihnen allen noch mal Wasser nach und setzte sich zu ihnen.

»Zur Polizei gehen natürlich.«

»Und dann erzählen wir denen was genau, woher wir das wissen?«, konterte Ahsen und verfuhr mit der duftenden Soße ebenfalls großzügig.

Totti starrte auf seinen Teller. Schließlich hob er den Blick und sah Pamela an. Ebenso wie Ahsen.

»Was guckt ihr mich so an?«

»Du hast immer die guten Einfälle«, gab Ahsen neidlos zu.

»Die Sache mit dem Finanzamt war auch eine tolle Idee«, widersprach Pamela der Freundin.

»Ja klar. Aber was fangen wir damit jetzt an? Totti hat ja recht. Eigentlich muss die Info zur Polizei, wenigstens 'n Stupser, dass sie da mal genauer nachgucken. Aber weil das illegal war, was ich gemacht hab, geht das eben nicht ...« Ein wenig stolz klang sie dabei schon. Besonders bei dem Wort *illegal*.

Ein Stupser?

Irgendwas klingelte da. Pamela versuchte, es zu fassen. Doch der Gedanke war wie ein Wort auf der Zunge, das sich im letzten Moment immer wieder entzieht.

»Mahlzeit!«, sagte Totti und machte sich übers Essen her.

»Guten Appetit«, antwortete Ahsen und verdrehte dann mit vollem Mund die Augen. »Mmmmh, Toddi, ds ja vll lgga!«

Pamela probierte. Es stimmte. Voll lecker.

Eine Weile aßen sie schweigend.

Schließlich warf Totti einen kritischen Blick in den Topf.

»Davon kannst du nicht nur Leia, sondern auch Marlies was mitbringen.«

»Mama!«, entfuhr es Pamela.

Die beiden anderen sahen sie verblüfft an.

Sie schluckte schnell den letzten Bissen hinunter. »Als der Vogt gestern Abend bei mir war, um mir zu sagen, dass wir uns nicht mehr ... also ...«

»Ja, ja.« Ahsen winkte sie großzügig an diesem leidigen Thema vorbei. Dafür, dass sie erst so geschockt über das Wort *Hausfriedensbruch* gewesen war, hatte sie nun echt wenig

Skrupel. Sie war viel zu gespannt, was Pamela eingefallen war.

»Also, da hat Mama doch diese peinliche Nummer mit dem Schrubber im Hausflur abgezogen, nur um ihn mal kurz zu sehen.« Ihre beiden Freunde nickten. »Na, und hinterher konnte sie sich gar nicht einkriegen, von wegen wie gut er aussieht und dass seine Frau aber trotzdem nicht mehr da wohnt ... Hey! Das hat sie nicht von mir, klar? Davon hab ich nichts erwähnt. Ich schätze mal, Sahin hat es erzählt, so als Nachbarn kriegt man das doch mit. Jedenfalls hat Mama gemeint, dass der Kommissar nach Feierabend für ein Bierchen ganz gern in die *Eckige Kneipe* geht.«

Das kleine Lokal war eine Institution in Hattingens Altstadt. Heerscharen von Studenten und jungen Menschen hatten dort ihre ersten Besäufnisse erlebt, Lieben kennengelernt und sich auch dort wieder getrennt. Der Inhaber Fritz ging bereits auf die siebzig zu, hielt aber unverdrossen an seinem ebenfalls arg in die Jahre gekommenen Laden fest. Niemand konnte sich die Stadt ohne seine Kneipe vorstellen.

»Is ja auch 'n netter Laden«, kommentierte Totti anerkennend.

Seit er vor zehn Jahren die Bude übernommen hatte, fühlte er sich mit allen Geschäftstreibenden der Stadt eng verbunden.

»Und was hat das mit unserer Zwickmühle zu tun?«, wollte Ahsen wissen.

Pamela zuckte mit den Achseln.

»Ich könnte doch auf einen kleinen Nachtischabsacker

da vorbeigehen. So ein zufälliges privates Treffen bietet sich doch an, um noch mal kurz über den Fall zu sprechen. Und da könnte ich doch einen Tipp fallen lassen. Nur so ganz vage, natürlich. Als wär es nur so ein Gedanke von mir. Aber vielleicht kommt er dann drauf, der Spur nachzugehen.«

»Meinst du, das rallt der? Du hast doch gesagt, dass er ein bisschen ... umständlich war da im Klub«, erinnerte Ahsen sie.

Hatte sie das? Pamela blinzelte kurz.

Als Hauptkommissar Vogt in ihrem Wohnzimmer gesessen hatte, hatte sie diesen Eindruck jedenfalls nicht mehr gehabt.

»Wäre einen Versuch wert«, stimmte Totti ihr da gerade zu und sah auf die Uhr. »Dann musst du dich aber beeilen. Wenn er direkt nach Feierabend 'n Bier nimmt, wird es Zeit, da aufzutauchen, bevor er wieder geht.«

Pamela betrachtete kurz die beeindruckenden Reste von Nudeln und Soße.

»Ich klemm mich schnell aufs Rad und bring deinen Süßen das Essen«, schlug Totti vor, ihren Blick richtig deutend. »Du hast schließlich eine Mission.«

...

Eine Mission zu haben bedeutete noch lange nicht, das Ganze so cool angehen zu können, wie es klang.

Pamela atmete noch einmal tief ein und wieder aus, bevor sie um die Schaufensterecke des Schuhladens bog. Wie erwartet waren die wenigen Außensitzplätze der *Eckigen*

Kneipe bereits besetzt. Sie ließ ihren Blick über die Gesichter huschen, fand aber niemand Bekanntes und schon gar nicht das dunkle Haar und kantige Gesicht, nach dem sie Ausschau hielt.

Die Kneipentür stand weit offen. Wie oft hatte Pamela das alte Schätzchen aus hundertmal blau überstrichenem Holz schon aufgezogen? Die Tür ging in klassischer Tradition nach außen auf. Für den Fall, dass der Wirt jemanden rauswerfen wollte.

Drinnen herrschte bereits angeregte Geselligkeit. Die kleinen Tische mit den darum herum gruppierten zerschlissenen Sesseln waren zum größten Teil belegt. An der Theke stand ein Grüppchen junger Paare, eine kleine Armee an Tequilas vor sich, samt Salzstreuer und einem Teller mit Zitronenschnitzen. Aber auch hier Fehlanzeige, kein Hauptkommissar weit und breit.

Der Inhaber war gerade dabei, ein paar Biere zu zapfen.

»'n Abend, Fritz«, grüßte Pamela ihn.

»Ach, die kleine Ewing!« Er sprach ihren Namen amerikanisch aus und grinste breit.

»Ha, ha«, machte sie. »Hast du ein Ginger Ale für mich?«

»Ja klar.« Er griff hinter sich und stellte ihr eine Flasche hin. Kein Glas. Er wusste, dass sie lieber aus der Flasche trank.

Pamela köpfte die Flasche mit einem herumliegenden Feuerzeug und klemmte sich auf einen der hohen Hocker. »Wie läuft es so?«

»Siehste ja. Kann nich meckern. Und selbst?«

»Genauso. Immer viel zu tun.«

»Wir haben uns die richtigen Jobs ausgesucht. Bier und Dreck, da gibt's immer was zu tun«, meinte Fritz. Sie lachten beide über seinen Scherz, der eine ziemlich große Portion Wahrheit enthielt.

»Sach ma, ich hab gehört, unser Kriminalhauptkommissar taucht hier öfter mal auf?«, erkundigte sie sich wie beiläufig.

»Jau. Nach Feierabend, oder mal am Wochenende, auf ein Bierchen, oder auch zwei. Wieso?«

»War er heute schon hier?«

»Nee. Der kommt aber auch nicht jeden Tag.«

Fritz sah sie einen Moment lang fragend an. Doch als sie nichts weiter erklärte, widmete er sich wieder der perfekten Krone für die Pils vor ihm. Ein guter Kneipenwirt war für seine Gäste da, wenn sie was zu erzählen hatten, und ließ sie in Ruhe, wenn sie für sich sein wollten. Fritz war ein Profi in seinem Geschäft.

Pamela nuckelte an ihrer Flasche und sah sich wieder in dem kleinen Lokal um. Enttäuscht musste sie nun wirklich nicht sein. Vielleicht hatte sie ja Glück, und Vogt kam noch? Und wenn nicht, war das auch kein Grund, den Kopf hängen zu lassen. Schließlich war morgen auch noch ein Tag.

Aber sie war eben ein zielstrebiger Mensch.

Ungeduldige Wibbelfurt!, hatte Papa sie früher gerügt, wenn sie mal wieder drohte, vor lauter Zappeligkeit zu explodieren. Aber nur, um ihr dann heimlich zuzuzwinkern. Im Grunde war er doch stolz gewesen auf seine einzige Tochter, die die spannenden, schönen, aufregenden Seiten des Lebens irgendwie nie erwarten konnte.

Was würde er wohl sagen, wenn er wüsste, dass sie jetzt auf eigene Faust in einem Mordfall herumschnüffelte? Wahrscheinlich würde er sie ermahnen, vorsichtig zu sein. Ja, und er würde sie zurechtweisen, wenn sie bei ihren unerlaubten Ermittlungen das Gesetz übertrat. Aber ganz tief in seinem Inneren wäre er mächtig stolz auf sie. Weil sein Leitspruch *Gerechtigkeit für alle* immer gegolten hatte. Das war ihm wichtig gewesen. Er war der aufrichtigste Mann, den Pamela je getroffen hatte.

Plötzlich sah sie das Bild ihres Vaters so klar und deutlich vor sich, als hätte sie sich gerade erst von ihm verabschiedet. Pamela spürte ein scharfes Brennen hinter ihren Augen und musste blinzeln.

Da spürte sie an dem Stück Haut, das zwischen Turnschuh und 7/8-Jeans sichtbar war, etwas Feuchtes und Kaltes. Da war ein Hund. Zuerst dachte sie, es sei ein Foxterrier oder einer von diesen wild wuscheligen Teilen, die den Schwanz geringelt über dem Rücken trugen. Aber beim Blick in das niedliche Gesicht, das sie von dort unten vergnügt anhechelte, wurde ihr klar, dass es sich wahrscheinlich einfach um eine bunte Promenadenmischung handelte.

»Xaverl«, ertönte da eine Männerstimme. Aus dem hinteren Bereich der Kneipe kam ein Kerl auf sie zu, der ihr beim Hereinkommen schon kurz ins Auge gefallen war: breite Schultern, offenes Gesicht, Dreitagebart, dunkle Augen.

»Was machst denn du, du Schlawiner.« Der Mann beugte sich vor Pamela runter, packte den Hund und hob ihn kurzerhand hoch, als wiege das Tier nicht mehr als eine Feder.

Xaverl freute sich. Er wedelte wie wild und versuchte, das Gesicht seines Herrchens abzuschlecken.

»Nein, jetzt hör fei auf damit, du Bazi!«, schimpfte der halbherzig. An Pamela gewandt, grinste er. »Nix als Busseln im Kopf, der Kloane.«

Pamela musste ein Herausplatzen unterdrücken. »Macht doch nix. Der ist doch total süß«, sagte sie und hielt Xaverl die Hand hin, die er ebenfalls enthusiastisch ableckte.

»Ist halt noch jung, der Xaverl.«

»Und auf Urlaub?«, erkundigte Pamela sich.

»Nein, wir sind jetzt handfeste Bürger dieser schönen Stadt. Gestatten: Xaverl, der Erste, und Bernd Stangl, Elektroingenieur, Direktimport aus dem schönen Regensburg.«

Er deutete eine zackige Verbeugung an.

»Sehr erfreut«, ging Pamela auf seine offizielle Vorstellung ein. »Pamela Schlonski, Urgestein und Kind Hattingens.«

»Ich wusst, es würd sich lohnen herzukommen.« Bernd lächelte breit. »Und wie ich in Regensburg jetzt sagen würde: Derf i mi zu Eahna hersetzen?«

»Wieso nicht?«, erwiderte Pamela amüsiert und wies auf die frei stehenden Hocker, setzte dann aber mit Blick auf die ausgelassene Tequilaclique hinzu: »Oder wir gehen lieber an Ihren Tisch rüber. Da ist es ungefährlicher.«

Sie grinsten sich an und folgten ihrem Vorschlag.

»Noch ein ... Ginger Ale? Ich lad Sie ein«, schlug er vor, als sie sich gesetzt hatten und Xaverl begeistert um ihre Beine herumwedelte.

»Danke, nein, ich kann leider nicht allzu lange bleiben.«

»Ich wusste es doch: Heute ist zugleich mein Glücks-und mein Pechtag!« Dazu sah er sie von unten herauf schelmisch an. Er flirtete mit ihr. Ach, verflixt, das war genau ihr Fall. Und der einzige Grund, weswegen sie damals auf Mike reingefallen war. Sie liebte dieses aufregende Spiel mit dem aufflackernden Feuer. Leider war es eine Weile her, dass ein Mann so zielgerichtet auf sie losgegangen war. Nur war sie heute wegen etwas vollkommen anderem hier, zu schade.

Pamela setzte sich aufrechter hin.

»So, Sie sind also neu in der Stadt und suchen ein paar Kontakte?«, erkundigte sie sich.

»Ach, herrje, sieht man mir das so deutlich an?« Bernd Stangl wirkte beklommen.

»Na ja, Sie schicken Ihren Hund los, um in einer Kneipe Fremde zu bezirzen, und laden die dann gleich auf ein Getränk ein. Die Ruhrpöttler sind gastfreundlich und offen, aber selbst für uns wirkt das ziemlich … verzweifelt«, gestand sie.

»Aber Sie sind mitgekommen«, triumphierte er.

Pamela lachte. »Eins zu null für Sie, Herr Stangl.«

»Wenn unsere Bekanntschaft schon so bald wieder ein Ende finden soll, weil Sie nicht lange bleiben können, wollen Sie dann nicht wenigstens Du und Bernd zu mir sagen?«, bat er.

»Ja klar. Pamela.«

»Super! Ich bin tatsächlich ein bisschen verzweifelt, Pamela. Das war jetzt die erste Woche in der neuen Abteilung, und ich habe außer mit meinen Kollegen über fachliche Inhalte mit keinem anderen Menschen gesprochen. Was im

Bereich Elektrotechnik ziemlich zermürbend sein kann, das kann ich dir sagen. Ich lechze nach neuem Input.«

»Okay. Was willst du denn wissen?«

Er schwenkte sein Bierglas. Mann, hatte der Muckis, wirklich nicht zu verachten. »Was kann ich so unternehmen?«

Pamela wiegte den Kopf.

»Kommt drauf an, ob du eher der aktive oder der kulturelle Typ bist. Ach, was sag ich, sogar in Sachen Kultur kannst du aktiv sein: Du könntest mit Xaverl die Route der Industriekultur ablaufen. Lauter Orte, wo früher mal Kohle gefördert, Stahl hergestellt oder sonst wie malocht wurde. Da gibt's Museen und ... hey, in einem Gasometer kannst du sogar tauchen, der ist geflutet worden.«

»Ach was!«

»Ja, da gibt's verschiedene Ebenen. Auf denen liegen dann Autowracks und so'n Zeug. Meine Tochter und mein Ex haben das mal zusammen gemacht. An ein paar Stellen kannst du auch in der Ruhr schwimmen. Aber bitte nicht überall, das kann gefährlich sein. Und 'ne geführte Kanutour könntest du machen, das gibt's auch mit Hund.« Als ob er wüsste, dass sie über ihn gesprochen hatte, tauchte Xaverls Kopf neben ihren Beinen auf und linste auf die Tischplatte.

»Die Idee gefällt ihm wohl«, überlegte Bernd. »Dann musst du aber 'ne Schwimmweste tragen, Froscherl.«

»Wie süß!«, kommentierte Pamela.

Bernd sah sie interessiert an. »Und du hast eine Tochter, sagst du? Darf die um diese Uhrzeit allein sein?«

»Leia ist schon vierzehn.«

»Ah geh! War das eine Teenagerschwangerschaft?«

Sie mussten beide lachen, weil sein Kompliment so übers Ziel hinausschoss.

»Und du? Hast du Kinder?«

»Leider nur vier zuckersüße Nichten und Neffen und einen Patensohn von meinem besten Freund. Fünf Kindergeburtstage im Jahr! Torten, Geschrei, und ich darf immer den Clown geben. Ich würd sagen: Alles gscheit eingefädelt, wie? Bei mir selbst hat es irgendwie noch nicht geklappt mit der Richtigen fürs Leben und so weiter.« Er sah in sein Bier, dessen perfekte Krone bereits in sich zusammengefallen war. »Ist ja auch schwierig, wenn man wegen des Jobs mal hierhin und mal dorthin geschickt wird. Aber wenigstens hab ich durchs viele Umziehen gelernt, Hochdeutsch zu sprechen – wenn i wui.« Er grinste den kurzen ernsten Moment weg.

»Ach, dann bist du in Hattingen auch nur vorübergehend?«, erkundigte sich Pamela.

»Nein. Hier werd ich so lange bleiben können, wie ich will. Mein Job ist in Essen, aber zum Wohnen fand ich es hier einfach schöner. Und bin in zwanzig Minuten da. Neue Abteilung, neues Glück!«, verkündete er strahlend.

Ein dunkelhaariger Mann betrat die Kneipe, groß und schlank. Pamela sah rasch hin. Doch es war nicht Hauptkommissar Vogt.

»Was machst du so beruflich?«, wollte Bernd wissen.

»Ich hab 'ne Firma«, erklärte Pamela. »*Sauberzauber.* Wir

sind zu zweit, meine Freundin Ahsen und ich. Reinigungs-dienste.«

Sie beobachtete sein Gesicht genau. Die erste Reaktion auf diese Eröffnung zeigte ihr immer, was sie von ihren Gegenübern zu halten hatte. Dieser eine kleine Augenblick, in dem sie begriffen, dass ihre Erklärung übersetzt bedeutete: Sie arbeitete als Putzfrau.

Bernd bestand den Test mit Bravour. Er machte ein beeindrucktes Gesicht, hob den Daumen und seufzte dann.

»Eigene Firma, hm? Ein echter Traum. Über die Arbeitszeiten genauso selbst entscheiden zu können wie die Lohnhöhe. Klar, nichts für Sicherheitsfanatiker. Aber wenn ihr zu zweit seid, tragt ihr auch die Verantwortung zusammen?«

»Genau.«

»Klingt genial.«

Sie lächelten sich an.

Ein warmes Gefühl breitete sich in Pamelas Bauch aus. Es war so lange her, dass sie einem Mann begegnet war, der offen auf andere zuging, positiv auf ihren Beruf reagierte, Kinder mochte und zudem auch noch umwerfend gut aussah.

Die große Uhr an der Wand zeigte halb neun.

»Jetzt muss ich aber ...«, sagte sie bedauernd, nahm den letzten Schluck aus ihrer Flasche und erhob sich. »Leia ist zwar schon vierzehn. Aber sie ist auch *erst* vierzehn. Wenn ich nicht aufpasse, daddelt sie den ganzen Abend am Handy rum.«

»War schön, dich kennenzulernen, Pamela«, sagte Bernd und stand ebenfalls auf. Auch noch ein Gentleman. Au weia.

Wie sollte sie das jetzt machen? Die Sache mit der Telefonnummer. Sie wär doch schön blöd, wenn sie nicht ...

Da griff er in die Tasche seiner Lederjacke, die über seinem Stuhl hing, und zog etwas hervor.

»Ist ein bisschen zerknittert. Aber die Nummer kann man lesen«, sagte er und reichte ihr die Visitenkarte.

»Perfekt«, murmelte Pamela.

»Bitte?«

»Ach, nichts. Ich hab nichts dabei, aber ich ruf dich ganz sicher an. Bin nicht so eine, die das sagt und dann nie wieder von sich hören lässt.«

»Hab ich mir gleich gedacht«, sagte Bernd. »So sieht nur eine aus, die ihr Wort hält.«

16. Kapitel

8. Mai, Samstag, früh

Am nächsten Morgen hätte Pamela einiges dafür gegeben, nicht zu denen zu gehören, die ihr Wort hielten. Sie hatte schlecht geschlafen und lange wach gelegen. Immer wieder waren blitzartig Bilder des Tages vor ihren Augen aufgepoppt: Mal war es Jessi gewesen, dann wieder Ahsen und Totti, aber auch ihre neue Bekanntschaft schlich sich immer wieder in ihr Bewusstsein: der Bayer Bernd mit seinem Hund Xaverl. Als der Wecker sie dann um sieben an die Arbeit im Büro des Fotoklubs erinnerte, hatte sie leise geflucht. Aber sie hatte Markus Klappert versprochen, den Raum heute Morgen fertig zu machen, und so quälte sie sich aus dem Bett.

Durchs Bad huschen, in Arbeitskleidung schlüpfen, eine Banane aus der Obstschale klauben, und schon war sie auf dem Weg in die Südstadt.

Nachdem sie den Wagen abgestellt hatte, blickte sie an dem schmucken Altbaugebäude hinauf. Sie winkte der Sekretärin des Immobilienmaklers, die im Untergeschoss durch die Lamellenjalousien spähte, und betrat das Haus.

Wieder beschlich sie ein beklemmendes Gefühl, wäh-

rend sie die Stufen hinaufging und die schwere Eichenholz-
tür aufschloss.

Wie immer stellte sie die Putzbox unter der Garderobe
ab und streifte die Jeansjacke ab, die sie so früh am Tag noch
gebraucht hatte.

Sie nahm alles, was sie zur Reinigung des Büros brauchen würde, füllte im Waschraum den Eimer, gab Putzmittel
dazu und marschierte festen Schrittes am Polizeiflatterband
vor der Studiotür vorbei durch die Eingangshalle, um die
Schiebetür in den Besprechungssaal zu öffnen.

»Nicht erschrecken!«, rief eine Stimme. Und sie ließ beinahe den Eimer fallen.

»Schon passiert«, keuchte sie, als sie Thomas Ruh erkannte. Der Frührentner stand über einen der Tische gebeugt und war gerade dabei, einen großformatigen Fotoab-
zug in einem Rahmen zu platzieren.

»Guten Morgen, Frau Schlonski«, sagte er. »Tut mir leid,
wenn ich Sie erschreckt habe. Ich hab Sie nicht gehört.
Wusste nicht, dass Sie heute Morgen hier sind.«

»Ich hab auch langsam das Gefühl, ich könnte eigentlich
gleich hier bleiben, so oft, wie ich diese Woche hier war«,
erwiderte Pamela. »Aber macht ja nix. Ist schließlich nichts
passiert. Ich will nur fix das Büro machen. Am Donnerstag
war da quasi Arbeitsstau.«

Sie lachten beide.

»Wow! Haben Sie das gemacht?« Pamela trat näher und
begutachtete das Bild, das Thomas Ruh gerade mit einem
Fusselfreituch sorgfältig abwischte. Es zeigte eine der
Hauptkreuzungen im Zentrum bei Nacht. Die lange Belich-

tungszeit hatte die Autoscheinwerfer zu einem faszinierenden Muster aus Gelb und Rot verschlungen. »Sieht ja aus wie 'ne Weltstadt!«

Ruh nickte begeistert. »Toll, oder? Ist aber leider nicht von mir, sondern von einem unserer Nachwuchskünstler. Es soll noch in die aktuelle Lokalkolorit-Ausstellung, genau wie die anderen hier. Ich hab mich nur angeboten, sie zu rahmen. Hab ja Zeit.«

Pamela warf einen Blick auf die anderen Bilder. Die Ruhr im Morgennebel. Ein paar berührende und witzige Szenen aus der Fußgängerzone. Details aus dem Hüttengelände. Ein Windrad in Elfringhausen. Der Blick über einen düsteren, uralt wirkenden Dachboden aus dem Fenster hinaus, wo man den schiefen Turm der Kirche sah.

Sie deutete auf das letzte.

»Das find ich auch super.«

Thomas Ruh errötete.

»Das ist tatsächlich von mir.«

»Echt klasse!«, bestätigte Pamela noch einmal. »Irgendwie anders als die anderen. Dieser Dachboden sieht aus, als hätten da schon vor Generationen Leute die Wäsche aufgehängt. Dieser alte Schornstein da, von dem der Putz abblättert, und die Schnüre, die da noch gespannt sind. Ist irgendwie, als würd man aus der Vergangenheit in die Gegenwart gucken.«

Der Hobbyfotograf sah sie überrascht an. »Frau Schlonski, Sie sollten mal zu unseren Bildbesprechungsabenden kommen. Sie haben einen Blick für Details.«

»Kommt durch die Arbeit«, erklärte sie ihm. »Alle Sa

chen müssen ja wieder so stehen wie vorher, wenn ich durch die Wohnungen durch bin.«

»Toll. Das müssen sich manche Fotografen erst mühsam erarbeiten. Fotografieren Sie denn auch selbst?«

»Ich? Ach nee, das ist nix für mich, glaub ich. Dieses Gefriemel mit der Blende und dem Objektiv und so. Ich guck lieber ohne so 'ne Linse in die Gegend. Aber ich find's toll, wenn andere das können. Sie machen das bestimmt schon lange, ne?«

»Ein paar Jahre«, erwiderte er. Der war ein bescheidener Mann. Wahrscheinlich meinte er damit: sein halbes Leben.

»Man kann schon einiges erreichen, wenn man sich in eine Sache so richtig reinwirft, hm?«, meinte Pamela. »Ist ja auch ein tolles Hobby. Machen Sie oft so Bilder? Von Hattingen, mein ich.«

»Hin und wieder. Ich bin keinem Thema ganz abgeneigt. Es hat alles seinen Reiz.«

»Und am liebsten?«

Er zögerte nicht. »Stillleben.«

»Oha, das ist schwer, oder? Ich meine, wenn da so nichts Lebendiges ist und man alles selbst arrangieren muss? Die Klamotten, die man fotografiert, die Lichtstimmung und so.«

»Ich muss sagen, Sie imponieren mir. Sie haben wirklich Verständnis für die Kunst«, sagte Thomas Ruh beeindruckt.

»Ach, na ja, ich glaub, nicht mehr als andere«, wehrte Pamela bescheiden ab.

»Nein, nein, ich meine das ganz ernst. Es gibt so viele Menschen, die gar nicht zu schätzen wissen, welche Mühe und Arbeit hinter einem wirklich guten Foto stecken. Es beginnt ja schon bei der Idee.«

»Da würde es bei mir schon hapern«, meinte Pamela skeptisch. »Kreativ bin ich echt nicht. Ich mein, ich kann Ordnung in Dinge bringen, das kann ich wirklich. Aber so selbst Ideen haben für was Neues? Nee. Sie sprudeln da bestimmt über, oder? Ihre beste Idee, was war das?«

Er musste nicht überlegen.

»Natürlich ein Stillleben. Aber kein Obst oder Blumen oder so was. Aus viel Pomp kann nämlich jeder etwas machen. Nein, nur ein einziger Gegenstand. Das Schlichte als das Außergewöhnliche, Wunderbare.«

Er hielt inne und schien plötzlich so in Gedanken versunken, dass Pamela schon der Verdacht kam, er habe sie vergessen. Doch dann schüttelte er den Kopf, lächelte sie an.

»Ich bin von der alten Schule, wissen Sie? Bildbearbeitung? Ja, kann ich. Aber will ich eigentlich nicht. Ich möchte, dass mein Bild perfekt ist, wenn ich auf den Auslöser drücke. Das Licht, von dem Sie gerade gesprochen haben, das ist in der Tat das Schwierigste daran. Licht und Schatten. Die Gefühle, die diese beiden Dinge auslösen. Ich liebe Kerzenlicht auf Fotos. Kein Aufheller. Keine Tricks. Ein Bild mit einem ganz und gar ehrlichen Charakter. Manchmal schafft man so was und denkt: ›Jetzt kannst du eigentlich auch aufhören mit dem Fotografieren. Das Bild ist so perfekt, danach kann nichts mehr kommen.‹«

Mit einem verlegenen Lächeln brach er ab.

Männer. Wenn sie mal über etwas sprachen, was sie

wirklich umhaute, sie tief drinnen berührte, war es ihnen meist gleich darauf peinlich.

»Also, dabei ist Ihnen das auf jeden Fall gelungen«, sagte sie und deutete noch einmal auf das Dachbodenbild.

»Danke. Ach, was Fotografieren angeht, neige ich wohl zum Schwadronieren. Aber wahrscheinlich geht das allen Menschen so, wenn sie ein Hobby haben, für das sie so richtig brennen.«

Pamela nickte zustimmend. Auch wenn sie ein wenig bestürzt feststellen musste, dass sie selbst offenbar so ein brennendes Hobby gar nicht hatte. Hm.

»Tja, dann werd ich mal. Muss fertig werden, solange meine Tochter noch in den Federn liegt. So sind Teenager: Sobald sie aufwachen, schreien sie nach frischen Brötchen.«

»Na, dann mal los!«

Sie winkten sich lächelnd zu, und Pamela ging hinüber ins angrenzende Büro. Hier sah es schon bedeutend besser aus, als sie es gewohnt war: Der Schreibtisch war freigeräumt. Die Ordner standen in den Regalen und lagen nicht wild durcheinander auf allen Ablageflächen. Die Blumen auf der Fensterbank waren gegossen.

Sie wischte alle Oberflächen, inklusive der Schranktüren, fegte den Boden und ging dann zweimal mit dem Wischmopp drüber.

Als sie fertig war, arbeitete Thomas Ruh nebenan immer noch an den Rahmungen für die Klubmitglieder.

Sie wünschten sich ein schönes Wochenende, und Pamela verließ den Fotoklub.

Kurzer Stopp beim Bäcker und dann nix wie nach Hause.

Als sie die Wohnungstür aufschloss, wehte ihr verlockender Kaffeeduft entgegen.

»Mmmh! Dat riecht ja guuut!«, rief sie.

Leia streckte den Kopf aus der Küchentür. Sie trug noch das übergroße T-Shirt, das ihr bis zur Mitte der Oberschenkel reichte, ihr Schlafdress.

»Brötchen?«, nuschelte sie.

»Sind dabei!«

»Goldstückmama!« Leia grinste.

Pamela musste einen Liebhabanfall unterdrücken. Ihre halbwüchsige Tochter hasste es, wenn sie sie direkt nach dem Aufstehen mit Knuddelattacken überfiel. Dabei sah sie so zerknautscht einfach so unglaublich niedlich aus, noch ein bisschen wie früher als Grundschulkind. Mann, das waren auch schöne Zeiten gewesen. Gut, dass sie sich die gemeinsamen Samstage in Leias Teenagerzeit hinübergerettet hatten.

Als sie wenig später beim Frühstück saßen, war Leia nach dem ersten halben Brötchen und ein paar Schluck aufgeschäumtem Hafermilchkaffee endlich intellektuell ansprechbar.

»Was möchtest du heute machen? Ist so schönes Wetter«, erkundigte Pamela sich bei ihrer Tochter.

»Shoppen!«, erklärte die sofort. »Ich brauch ein neues T-Shirt für den Post mit dem Buch über die Waldvölker. Muss was Grünes sein.«

Gewohnheitsmäßig wollte Pamela schon widersprechen oder zumindest einen Kommentar dazu ablassen, dass ein Instagram-Post zu irgendeinem Buch bestimmt kein Grund für ein neues T-Shirt war. Aber da fiel ihr das Gespräch mit Thomas Ruh wieder ein und seine Worte zu den Hobbys, für die manche Menschen brannten.

Leia brannte ganz eindeutig für Bücher. Schon bevor sie selbst lesen konnte, war sie regelrecht süchtig nach Bilderbüchern gewesen. Als sie dann in die Schule kam, hatte sie allen Eifer ins Lesen gesteckt, war meistgesehene Ausleiherin in der Kinderabteilung der städtischen Bibliothek geworden und hatte zu Pamelas Entzücken ihre süße Stupsnase lieber zwischen Buchseiten gesteckt, als vor dem Fernseher zu hängen.

Diese Leidenschaft hatte bisher keinen Einbruch erfahren. Leias Entdeckung, dass es Instagram gab, wo sie sich mit anderen Buchfreaks austauschen konnte, hatte ihre Begeisterung für geschriebene Geschichten nur noch angeheizt.

»Wie soll der Post denn aussehen?«, fragte Pamela also statt der üblichen Nörgelei. »Ich mein, wenn es um Wald geht, solltest du dein Bild doch am besten im Wald machen, oder?«

Leia sah sie mit offenem Mund an. Weil sie gerade von ihrem Brötchen mit Tomatenaufstrich abgebissen hatte, war dieser Anblick allerdings nicht so niedlich.

»Mach den Mund zu«, setzte Pamela hinzu.

Das tat Leia, kaute schnell und schluckte dann eilig runter.

»Genau! Hab ich auch gedacht. Auf jeden Fall Wald. Am besten ein echt dicker, richtig schöner Baum! Und ausnahmsweise mal so von unten fotografiert, damit man über mir auch die ganzen Blätter und so sieht. Ich hab mir schon überlegt, wie ich das am liebsten hätte – aber dazu bräuchte ich jemand, der die Aufnahme macht …«

»Mach ich.« Pamela nickte. »Also, erst Shoppen, dann Eisdiele und dann Wald für deinen Post?«

Ein paar Sekunden lang war ihre Tochter sprachlos, was bei Leia einer kleinen Sensation gleichkam. Dann legte sie ihr Brötchen, das sie zum nächsten Bissen erhoben hatte, wieder auf den Teller.

»Soll ich irgendwas machen oder so?«, fragte sie misstrauisch.

»Was denn machen?«

»Weiß nicht. Mein Zimmer putzen. Tante Christa besuchen. Irgendwas halt.«

Pamela hob die Brauen. »Nein, stell dir vor, ich würd wirklich einfach gern ein grünes T-Shirt für dich aussuchen und dir später bei dem Bild für den Post helfen. Die Eisdiele hab ich mir ausgesucht! Du darfst aber auch einen Amarenabecher essen.«

»Danke.«

»Bitte.«

Sie grinsten sich an.

Dann sagte Leia mit seligem Gesichtsausdruck: »Mega.«

Irgendwie fühlte es sich toll an, der eigenen Tochter das Wochenende derart zu versüßen.

»Worum geht's in dem Buch?«, setzte Pamela deswegen noch eins drauf. Und bereute es fünfzehn Minuten später, als Leia in Inhaltsbeschreibung und ausführlicher Besprechung immer noch kein Ende gefunden hatte.

»Jetzt aber anziehen und los!«, unterbrach sie den Teenagermonolog und klatschte in die Hände.

»Yeah!« Leia sprang auf, trug ihr Geschirr brav zur Spüle und drückte Pamela im Hinausgehen einen feuchten Kuss auf die Wange.

Als die Badtür klappte und von drinnen die hohe Stimme einen aktuellen Popsong trällerte, hob Pamela die Hand zur Wange und lächelte. Von diesem durchschlagenden Erfolg in Sachen Unterstützung brennender Hobbys würde sie Thomas Ruh erzählen, wenn sie ihn mal wieder morgens im Klub traf.

Und jetzt hieß es: Sich selbst in Schale schmeißen! Kurz dachte sie dabei an Bernd Stangl und ob er wohl auch am Samstag durch die Stadt streifen würde. Doch dann verwarf sie den Gedanken. Bestimmt war er mit Xaverl irgendwo auf verschlungenen Wanderwegen unterwegs.

Morgen würde sie ihn anrufen. Und heute Abend würde sie mit ihrer Mission *Wir-informieren-unauffällig-die-Polizei-über-unsere-Ermittlungsfortschritte* einen weiteren Versuch in der *Eckigen Kneipe* starten.

Schließlich hatte Fritz behauptet, der Kriminalhauptkommissar tauche auch hin und wieder am Wochenende dort auf.

Neuer Abend, neues Glück. Oder wie hieß das noch? Ach, egal!

17. Kapitel

8. Mai, Samstag, vormittags

Er sollte dringend ein paar Gewohnheiten ändern.

Nachdem Lennards Versetzung aus Bremerhaven beschlossen gewesen war, Sandra und er so schnell das Haus an der Stadtmauer gefunden hatten, war er stets samstags in aller Frühe losgesaust, um den großen Wocheneinkauf zu erledigen. Sandra hatte sich noch mal ins Bett gekuschelt und dann irgendwann das Frühstück vorbereitet, um ihn dann mit Kaffeeduft und einem liebevoll gedeckten Tisch zu empfangen.

Als er jetzt den nur halb gefüllten Einkaufskorb und den Wasserkasten zur Haustür hineinmanövrierte, kam ihm der Gedanke, dass er von dieser Gepflogenheit besser Abstand nehmen sollte.

Solange er nämlich im Supermarkt unterwegs war, Pfandglas zurückgab, die Lebensmittel von seinem Einkaufszettel aus den Regalen suchte, an der Bäckertheke wartete, konnte er sich der Illusion hingeben, es sei alles wie immer, alles wie in den letzten drei Jahren. War es aber nicht. Niemand erwartete ihn zu Hause. Und durch den Flur zog kein Kaffeeduft, sondern der Geruch vom Fast Food des gestrigen Abends.

Trotzig schaltete er das Radio in der Küche an, um die Stille zu vertreiben.

Während er die Einkäufe in den Schränken verstaute, überlegte er, was er heute unternehmen könnte. Er entschied sich für einen langen Spaziergang an der Ruhr entlang dem alten Treidelpfad, auf dem früher die schweren Pferde die Schiffe den Fluss hinuntergezogen hatten. Er mochte den buckeligen Weg aus Kopfsteinpflaster, so nah am Wasser. Und wenn er sich auf die Strudel, die Enten und Gänse, die Lichtreflexe auf der sich stets bewegenden Oberfläche konzentrierte, vergaß er oft minutenlang die anderen Menschen, von denen es in dieser dicht besiedelten Region irgendwie immer zu viele an einem Ort gab. Radfahrer, Spaziergänger, ganze Gruppen samt wild tobender Hunde, vielköpfige Familien auf Picknickdecken. Die Ruhrwiesen waren bei schönem Wetter ein beliebtes Ausflugsziel.

Aber das enorme Aufkommen an Erholungswilligen hatte auch den Vorteil, dass er selbst zwischen ihnen gar nicht auffiel. Niemand beachtete ihn besonders oder wollte ihm ein Gespräch aufzwingen. Alle ließen ihn mit seinen eigenen, ganz privaten Gedanken in Ruhe. Ja, der Treidelpfad war eine gute Idee, sein Entschluss stand fest.

Er füllte den Kaffee in die Maschine, bemerkte, dass es ihm jetzt nach vier Wochen nicht mehr passierte, dass er aus Gewohnheit versehentlich zu viel Pulver nahm, wollte darüber zuerst triumphieren, fand es dann aber eher deprimierend.

Der Trick mit der weit über den Tisch aufgeschlagenen Tageszeitung verhinderte zumindest, dass der leere Platz ihm gegenüber zu sehr gähnte. So konnte er das Frühstück durchaus genießen. Na ja, zumindest halbwegs. Wenn er nicht nachdachte.

Deutlich früher, als sie es sonst gemeinsam getan hatten, beendete Lennard auch dieses Ritual, räumte das Geschirr in die Maschine und die Sachen zurück in Kühl- und Vorratsschrank. Die schmale Holztreppe knarzte, als er hinaufging. Oben tauschte er seine Chinos gegen Jeans und T-Shirt, schnappte sich einen Pullover für den Fall, dass es am Fluss frisch sein würde, und machte sich auf den Weg.

Er verließ die Altstadt strammen Schrittes. Auf dem Weg zum nächsten Zugang zur Ruhr kam er am Kommissariat vorbei. Kurz wollten seine Füße ganz automatisch abbiegen, und der Gedanke, einen hoffentlich inspirierenden Blick aufs Whiteboard zu werfen, ließ ihn ein paar Sekunden zögern, doch dann widerstand er und setzte seinen Weg fort.

Dieser Fall machte ihm zu schaffen.

Nicht eine einzige heiße Spur.

Mit der Befragung der Klubmitglieder waren sie nun durch. Doch außer Winter schien niemand ein überzeugendes Motiv für so eine Tat gehabt zu haben. Täuschte sein Bauchgefühl ihn vielleicht, und er musste sich doch auf einen anderen Lebensbereich des Opfers fokussieren? Die Arbeit? Eine Liebschaft?

Immer noch war nicht geklärt, was es mit den Entwicklerflüssigkeiten in der Dunkelkammer auf sich hatte. Ein gewisser Bela Korwitsch hatte angegeben, Montagabend das

Labor für Schwarz-Weiß-Abzüge genutzt, danach aber alles ordnungsgemäß aufgeräumt zu haben. Laut Aussagen der anderen Klubmitglieder hatte niemand von ihnen den Klub am Dienstag betreten. Also musste es Neumann selbst gewesen sein, der in der Dunkelkammer Bilder entwickelt oder das zumindest vorgehabt hatte. Das wurde von der KTU bestätigt, die seine DNS an den Plastikwannen gefunden hatte. Fotos oder nicht entwickelte Filmrollen waren jedoch nirgends aufgetaucht. Was hatte Neumann also mit den Entwicklerflüssigkeiten vorgehabt?

Auch der von Pamela Schlonski gefundene Fotoabschnitt musste vom Opfer stammen. Der Abschnitt mit den zwei Paar Beinen, über den sie gesagt hatte: *Sieht nach 'nem Liebespaar aus, wenn Sie mich fragen.*

Er hatte sie natürlich nicht gefragt. Aber wenn er ehrlich war, hatte er ihre Einschätzung sofort geteilt.

Das, ihre aufmerksame Einschätzung des Tatorts, die kluge Schlussfolgerung zu Gundula Schneid und deren Verhältnis zu Klappert, all dies hatte dazu geführt, dass er gestern Morgen ihrem Hinweis in Sachen Winter gefolgt war.

Zugegeben, es war blankes Glück gewesen, dass er Winter auf nervösem Fuß erwischt hatte. Es hatte nur eine Andeutung gebraucht und das wie zufällig eingestreute Wort *Steuerfahndung*, schon hatte der Fotograf die Nerven verloren. Offenbar hatte er geglaubt, sie wüssten bereits Bescheid – über die Summen, die er hinterzogen hatte ebenso wie über die von Neumann versuchte Erpressung. Er war so eifrig damit beschäftigt gewesen, sein Alibi für den Mordabend zu untermauern, dass er zunächst gar nicht registrierte, dass er auf diesem Weg die Steuerhinterziehung großzügig gestand.

Pamela Schlonski hatte also auch in dieser Hinsicht recht gehabt. Sie war irgendwie ... außergewöhnlich. Selbstbewusst, nicht auf den Mund gefallen, von der kumpeligen Art der typischen Ruhrpöttler. Ein echtes Grauen also. In ihrer Nähe fühlte er sich immer irgendwie unbehaglich. So als würde sie hinter seiner Rolle als Erstem Kriminalhauptkommissar auch ihn selbst, ihn ganz persönlich erkennen. Und das, obwohl er sie weiß Gott nicht dazu ermuntert hatte. So wie er in der letzten Zeit eigentlich niemanden dazu ermunterte. Kurz kam ihm der heutige Grillabend in den Sinn, für den etliche seiner Kolleginnen und Kollegen sicher jetzt Salate und Dips vorbereiteten.

So in Gedanken versunken, erreichte er die Abzweigung an der Straße, die zur Ruhr hinunterführte. Ein paar Wassersportler luden gerade ihre Kanus von einem Hänger. Zwei Radfahrerinnen in sportlichem Dress zischten an ihm vorbei. Von der anderen Seite des Flusses dröhnte eines der gewaltigen Heckrinder herüber.

Wenn sein Plan gewesen war, durch den Spaziergang seine Gedanken in eine gewisse Ordnung zu bringen, würde er wahrscheinlich noch länger unterwegs sein als geplant.

18. Kapitel

8. Mai, Samstag, vormittags

»Das Shirt ist der absolute Hammer, Mama!« Leia strahlte immer noch und linste immer wieder in ihre Umhängetasche, in der das neue Kleidungsstück verstaut war.

Sie hatten Glück gehabt und eines entdeckt, das geradezu auf eine junge Bloggerin zu warten schien, die ein Fantasy-Buch über ein im Wald lebendes Volk besprechen wollte: In unterschiedlichen Grüntönen gebatikt, prangte auf der Brust der Spruch: *Go into the Woods!* Perfekt!

Pamela hatte sich eine ärmellose Bluse aus weich fallendem Stoff gegönnt. Das hatte bei Jessi so lässig elegant gewirkt. Sie bezweifelte zwar, dass es an ihr ebenso rüberkommen würde, doch den Versuch war es wert. Die Bluse war tulpenrot und sah zu ihrem blonden Haar wirklich nicht schlecht aus.

Nachdem sie ihre Wunschstücke sichergestellt hatten, hatten sie sich auf die Wanderschaft durch diverse Läden begeben.

Klamotten, Bücher, Deko, Sportschuhe. Im Fahrradladen hatte Pamela für Totti eine Fahrradklingel gekauft, die laute Rülpsgeräusche von sich gab.

»Soll ich noch mal?«, fragte sie Leia, als sie sich ihrer Lieblingseisdiele näherten und ihre Tochter bereits nach einem Tisch Ausschau hielt. Pamela ließ die Hand in die Tasche gleiten, in der Tottis spezielles Geschenk verstaut war.

»Mama! Du bist so peinlich, ich lass dich stehen!«, kreischte Leia und sah sich dann mit geducktem Kopf nach allen Seiten um. Zu ihrer großen Erleichterung fand sie kein bekanntes Gesicht. Pamela kicherte.

»Da, mein Lieblingstisch!« Leia steuerte direkt darauf zu, während sich gerade ein älteres Ehepaar von den Sitzen erhob. Sie grüßten freundlich, und Mutter und Tochter ließen sich nieder.

Die Karte auf dem Tisch blieb unberührt. Sie hatten beide ihre Standardeisbecher, denen sie treu blieben. Pamela winkte durch die große Scheibe zu Angelo und Elisa hinein, die den Laden schon seit vielen Jahren betrieben. Sie deutete auf Leia und sich und formte mit den Lippen ein »wie immer«. Angelo hob den Daumen als Zeichen, dass er verstanden hatte.

»Jetzt sag mir mal, wieso es diesmal nicht so unter den Nägeln brennt mit dem Post auf Instagram«, verlangte sie dann von Leia zu wissen.

Ihre Tochter beugte sich eifrig vor. Das frisch erwachte Interesse ihrer Mutter an ihrem *Besten-Hobby-ever*, wie sie es nannte, beflügelte sie.

»PrettySandy hat das Buch schon längst besprochen. Also, vor drei Wochen oder so. Lange genug her, damit jetzt keiner mehr denkt, ich häng mich da dran. Aber die Sache ist die«, Leia senkte ihre Stimme geheimnisvoll, als könnten sie via Wanzen von geheimen Instagram-Spionen abgehört werden. »Sandy hat das Buch überhaupt nicht verstanden!«

Pamela hob die Brauen. »Wie geht das denn? Sie bespricht ein Buch, das sie nicht versteht?«

»Merkt man nur, wenn man es selbst gelesen hat. Aber viele holen sich bei ihr erst die Anregung für was Neues. Die wissen das gar nicht, dass Sandy da Schwachsinn geschrieben hat. Das Buch ist nämlich gar keine Dystopie, sondern eine Märchenadaption!« Leia sah sie vielsagend an.

»Aha?«

»Mensch, Mama! Das ist doch voll der Unterschied, ob es in der Geschichte um unsere Welt in dreihundert Jahren nach der Klimakatastrophe geht oder ob es in Wirklichkeit so was sein soll wie *Hänsel und Gretel*.«

Pamela wiegte den Kopf. »Ja, du hast recht. Das klingt nach was komplett anderem.«

»Siehste! Der Witz ist, dass sie die Autorin getaggt hat, und die war not amused über den Stuss, den Sandy da geschrieben hat. Ich mein, sie war immer noch nett und so, aber man merkte ihrem Kommentar an, dass sie das nicht gut fand.«

»Tja, das ist ja auch ... ähm ... ärgerlich.« Pamela hatte keine Ahnung, was es bedeutete, als Schriftstellerin *getaggt* zu werden.

Leia musterte sie kurz. »Das heißt, dass Sandy sie in ihrer Rezension so markiert hat, dass die Autorin die Besprechung auf jeden Fall sehen wird«, erklärte sie. »Das macht man eigentlich nur, wenn man was besonders Tolles von sich gegeben hat. Weil, das ist doch voll peinlich, wenn eine

Buchautorin, eine *echte Schriftstellerin*, deine Rezi liest und denkt: ›Hä? Die hat ja meine Message gar nicht kapiert!‹ Ich meine, die gibt sich da voll Mühe, recherchiert und schreibt und überarbeitet und legt sich voll krumm für ihr neues Buch – und dann kommt da eine und rotzt so einen Schwachsinn raus.«

Das musste Pamela zugeben, so was war peinlich.

In diesem Moment tauchte Elisa mit ihren Eisbechern vor ihnen auf. Zwei Tische weiter, wo zwei Frauen um die dreißig beieinandersaßen, reckte eine der beiden den Hals.

»Noch zwei Cappuccino, bitte!«

»Sofort, die Damen!«, rief Elisa gut gelaunt zurück. »Soooo, einmal Amarenabecher für die junge Dame und einmal Pizzaeis mit Mokka, Nuss und Vanille für die Mamma!« Sie stellte die verlockenden Kalorienbomben vor ihnen ab. »Lasst es euch schmecken, ne?!« Und weg war sie wieder.

Das ließen sie sich nicht zweimal sagen und machten sich über die süße Sünde her.

»Und deswegen kannst du dir jetzt Zeit lassen, einen richtig guten Post machen, mit einem toll formulierten Text und einem genialen Foto und so, und dann tackst du die Autorin auch?«, fasste sie zusammen.

»*Taggen*, Mama. Mit so weichem *gg*. Aber ja, genauso.« Leia sah hochzufrieden aus, was nicht nur an der Sahnespur auf ihrer Oberlippe lag.

»Findest du, dass Bücher Kunst sind?«, erkundigte sich Pamela nicht ohne Stolz bei der gewitzten Vierzehnjährigen, die offenbar so viel schlauer war als PrettySandy mit ihren elftausend Followern.

»Totaaaal! Überleg doch mal, wie schwierig das ist, eins zu schreiben. Was man da über sein Thema alles wissen muss. Und dann ja auch noch die Sprache. Wenn man Fantasy schreibt, kann man sogar eine ganz eigene Welt erfinden – das ist doch mega krass, oder?«

»Mega krass!«, bestätigte Pamela im selben Vokabular, ohne dass Leia merkte, dass sie sie ein klitzekleines bisschen auf den Arm nahm.

»Und genauso ist es mit den Insta-Posts«, fuhr ihre Tochter fort. »Natürlich nicht bei allen. Es gibt ja auch viele, die einfach nur so rumposten, was ihnen gerade einfällt, was sie kochen oder wo sie abhängen oder so. Pff. Aber mein Feed zum Beispiel … also, diese Kacheln, weißt du? Das, was du siehst, wenn du meinen Account aufmachst?«

»Weiß, was ein Feed ist. Ganz dumm bin ich auch nicht, Mäuschen«, brachte Pamela an einem großen Klumpen Mokkaeis vorbei.

Leia sah aus, als sei sie da nicht ganz sicher, verkniff sich aber um des lieben Friedens dieses heiligen Mutter-Tochter-Tags willen einen Kommentar.

»Also, mein Feed ist zwar nicht komplett durchgestylt, aber ich benutze immer nur dieselben zwei Filter und sortiere meine Beiträge nach Themen, sodass die schönen Bilder dann auch den Inhalt wiedergeben. Das ist doch so was wie Kunst, oder? Da bastle ich manchmal stundenlang dran rum.«

»Wem sagst du das?«

»Mama!«

»Schon gut. Ja, stimmt, hast recht. Wahrscheinlich ist auch das eine Art von Kunst.«

»Siehste. Und deswegen ist es auch voll fies, wenn die Älteren einfach auf mich herabsehen und so tun, als hätten sie es automatisch besser drauf.«

»PupsySandy wirst du es jetzt jedenfalls zeigen.« Pamela riss die Faust in die Höhe.

Leia quietschte entzückt.

»PrettySandy«, korrigierte sie.

»So nennt sie sich vielleicht«, meinte Pamela. »Aber man muss die Dinge beim Namen nennen. Für mich ist sie ab jetzt SuperwichtigPupsySandy.« Sie kicherten verschwörerisch, und Leia sah höchst zufrieden aus. Es war herrlich, einfach hier zu sitzen, nach Herzenslust albern zu sein und das Zusammensein mit ihrer klugen, lebhaften Tochter zu genießen.

Elisa kam wieder an ihnen vorbei und stellte die gewünschten Cappuccinos bei den beiden Frauen zwei Tische weiter ab.

Auf dem Rückweg grinste sie sie an. »Na, schmeckt's, ihr Hübschen?«

»Mmmh, leckaaa!«, seufzte Leia und verdrehte die Augen.

Doch Pamela war abgelenkt.

Etwas hatte ihre Aufmerksamkeit erregt. Verwirrt ließ sie ihren Blick noch einmal zu den beiden Frauen mit den Cappuccinos hinüberwandern. Kannte sie die vielleicht? Hm, nein. Seltsam. Aber irgendetwas ...

Unauffällig glitt ihr Blick von den Gesichtern der beiden

zu ihren Händen, die auf dem Tisch mit den Tassen beschäftigt waren, über ihre Handtaschen, die über den Stuhllehnen baumelten, bis hinunter zu ihren Beinen.

Und da durchfuhr es Pamela plötzlich wie ein Blitz.

Beide Frauen trugen kurze Sommerröcke, die eine mit Ballerinas, die andere mit offenen Sandalen, deren Riemchen sich um die hübschen Knöchel hinaufwanden. Und über einem der dort gebundenen Knoten befand sich ein kleines Bild auf der Haut.

Wie zufällig ließ Pamela ihre Serviette zu Boden fallen und bückte sich unter den Tisch. Von dort hatte sie freie Sicht auf die nackten Beine zwei Tische weiter.

Sie sah so angestrengt hin, dass ihre Augen brannten. Dann tauchte sie wieder auf, mit dieser absoluten Gewissheit, den richtigen Riecher gehabt zu haben. Denn die Frau mit dem kastanienbraunen Pagenkopf und der Gazellenfigur trug am rechten Knöchel eine hübsche Tätowierung, eine aufblühende Rosenknospe. Es gab keinen Zweifel: Das waren die Beine von dem Fotoschnipsel!

Rasch schielte Pamela zu ihrer Tochter, doch die bekam von der Aufregung, die sie selbst plötzlich tsunamiartig überflutete, nichts mit, sondern gab sich mit Teenager-üblicher Ausschließlichkeitsbegeisterung ihrem Eisbecher hin.

Wie gut, dass sie selbst durch jahrelanges Training so multitaskingfähig war. Sie konnte Eis, Sahne, Früchte schlemmen und gleichzeitig fieberhaft überlegen.

Was war jetzt zu tun?

Ihr erster Gedanke galt Kommissar Lennard Vogt. In Pamelas Handy war seine dienstliche Nummer eingespeichert.

Aber würde sie ihn dort jetzt, am Samstag, erreichen? Und wenn ja, würde ihn diese Entdeckung überhaupt interessieren? Vielleicht wusste die Polizei ja längst, zu wem die Beine auf dem Fotoabschnitt gehörten und wer das Bild geschossen hatte? In dem Fall würde sie sich wahrscheinlich nur einen weiteren Anpfiff einhandeln – obwohl sie doch wirklich nichts dafür konnte, wenn ihr hier so mir nichts, dir nichts tätowierte Beine über den Weg liefen.

Was wäre aber, wenn die Polizei immer noch im Dunkeln tappte, was die Identität dieser Fotoknöchel anging?

War es nicht ihre bürgerliche Pflicht, diesem vom Schicksal gesandten Hinweis nachzugehen und herauszufinden, wer genau die Frau da drüben war?

In diesem Augenblick piepte zwei Tische weiter ein Handy. Die Frau, die Pamela gerade noch unauffällig im Auge gehabt hatte, sah aufs Display.

Meinte Pamela das nur, oder wechselte sie ein wenig die Gesichtsfarbe?

Die Fremde entschuldigte sich bei ihrem Gegenüber und nahm das Handy auf.

»Kein Problem. Ich wollte auch mal kurz …«, hörte Pamela die andere sagen, die daraufhin ihr eigenes Smartphone konsultierte.

Die Rosenfrau las die eingegangene Nachricht und gab sich alle Mühe, sich nichts anmerken zu lassen. Doch Pamela konnte von hier aus an den leicht geblähten Nasenflügeln erkennen, wie sehr sie sich dafür beherrschen musste.

Rosenfrau wartete ab, bis ihre Freundin ihre eigenen

Nachrichten gecheckt hatte, und leerte währenddessen mit kleinen eiligen Schlucken ihre Tasse.

»Ähm ... hör mal, ich muss leider doch schon los«, sagte sie dann mit zerknirschter Miene. Pamela sperrte die Ohren auf.

»Och, jetzt schon? Wir wollten uns doch noch wegen des Elternsprechtags bereden, was wir den Hofmanns wegen ihrem verzogenen Blag sagen.«

»Können wir das verschieben, bitte? Mir ist gerade eingefallen, dass ich die Korrekturbögen für den Bio-Test der Elfer in der Schule habe liegen lassen. Und die Korrekturen will ich heute unbedingt fertig kriegen.«

Die andere guckte enttäuscht, zuckte dann aber mit den Schultern. »Na gut ... vielleicht können wir ja heute Abend telefonieren?«

»Ja klar. Machen wir.«

Rosenfrau hielt nach Elisa Ausschau.

»Das übernehm ich schon«, sagte ihre Bekannte. »Du hast beim letzten Mal bezahlt.«

»Super, danke.« Frau Rosenknospe angelte nach ihrer Handtasche.

Was tat man, wenn alles Überlegen auf die Schnelle zu keinem Ergebnis geführt hatte? Richtig: Man handelte!

Pamela kratzte rasch den letzten Rest Eis samt Kiwi von ihrem Teller, schob ihn sich in den Mund und zog ihr Portemonnaie heraus.

Sie wählte einen Zwanziger. Legte dann einen Zehner drauf.

Leia bedachte sie mit einem irritierten Blick.

»Fürs Eis mit zwei Euro Trinkgeld für Elisa. Den Rest trägst du in den Buchladen.« Da hatte Leia nämlich gerade noch mit einem neuen Jugendthriller geliebäugelt, den sie leider nicht als Rezensionsexemplar vom Verlag bekommen hatte, weil sie mit ihren nur vierhundert Followern ein zu kleines Blogger-Fischlein war.

Die Augen ihrer Tochter wurden groß. »Echt jetzt?«

Zwei Tische weiter verabschiedete sich die Rosenfrau gerade mit einem Wangenkuss von der anderen.

»Echt! Unter einer Bedingung: Du wartest im Buchladen auf mich, bis ich wiederkomme oder dich anrufe, klar? Kann vielleicht etwas dauern, ich weiß noch nicht.«

Leia konnte ihr Glück kaum fassen: Zwangswarten in einer gut sortierten Buchhandlung! Ein Traum wurde wahr. Aber sie wäre nicht Pamelas Tochter gewesen, wenn sie auch das verlockendste Angebot so einfach hingenommen hätte.

»Wo willst du denn hin?«

»Erzähl ich dir vielleicht später.« Pamela zwinkerte ihr zu, schnappte sich ihre eigene Tasche und eilte dann die Fußgängerstraße hinunter, dem kastanienbraunen Pagenkopf hinterher.

· · ·

Die Schlagworte *Elternsprechtag, Korrekturbögen* und *Bio-Test der Elfer* ließen Pamela vermuten, wohin sie jetzt unterwegs war. Und tatsächlich: Die Rosenfrau ging in flottem Tempo die Hauptstraße der Fußgängerzone hinunter, bog am alten Rathaus ab, überquerte an der Kirche den bei den Touristen so beliebten Platz, der von lauter schnuckeligen buckeligen Fachwerkhäusern umgeben war, tauchte in die kleine Gasse auf der anderen Seite ein und strebte so der südlichen Grenze der Altstadt entgegen.

Sobald sie die Fußgängerzone verlassen hatten und der Straße hinauf zur Schulenburg folgten, hielt Pamela einen größeren Abstand als gerade noch zwischen den vielen anderen Shopping-Begeisterten. Trotzdem war es nicht schwer, ihr Ziel im Auge zu behalten. Frau Rosenknospe lief den Berg hinauf, ohne nach links oder rechts zu sehen.

Als sie sich dem Gymnasium näherten, holte Pamela mit mittlerweile schmerzenden Waden ein bisschen auf. Wer wusste schon, wo und wie schnell die Lehrerin in der Schule verschwinden würde. Und so trennten sie nur noch knapp zwanzig Meter voneinander, als Rosenfrau plötzlich stehen blieb.

Pamela ging nur ein paar Schritte weiter und widmete sich dann dem Schnürband ihres Turnschuhs, mit dem natürlich alles in Ordnung war.

Was hatte die da vorn denn? Wollte sie telefonieren?

Aber dann sah Pamela, dass Rosenfrau ihrerseits jemanden beobachtete: Um ein paar Müllcontainer herum war gerade ein Mann um die sechzig in grauem Hausmeisterkittel in Sicht gekommen, der konzentriert den Boden fegte. Noch wandte er ihnen den Rücken zu.

Rosenfrau sah zur anderen Straßenseite hinüber, als überlege sie, ob sie schnell wechseln solle, doch in diesem Moment hob der Mann den Kopf und sah sie.

»Tag, Frau Schlierenstein!«, grüßte er sie ein wenig überrascht. »Was machen Sie denn an 'nem Samstag hier?«

Rosenfrau Schlierenstein legte die wenigen Meter zu ihm zurück. Und während Pamela ihr ebenfalls langsam folgte und dabei mit gesenktem Kopf in ihrer Handtasche kramte, hörte sie: »Ich bin längst nicht so fleißig wie Sie, Herr Schneider. Nur ein Spaziergang.«

»Ah ja. Gute Idee. Hier kann man ja auch schön laufen, ne? Im Wald isses heute auch angenehmer als unten am Fluß. An der Ruhr sind wieder die ganzen Bekloppten unterwegs, und das, wo die Sonne so pellt.«

»Genau mein Gedanke«, erwiderte die junge Lehrerin.

Nur nicht der wahre Grund, aus dem du hergekommen bist!, dachte Pamela. Aber Frau Schlierenstein hatte offenbar nicht vor, in die Schule zu gehen und irgendwelche vergessenen Korrekturbögen zu holen. Die Ausrede ihrer Kollegin gegenüber hatte Pamela ihr sowieso nicht abgenommen. Und jetzt war sie umso gespannter, was die Frau mit dem Rosentattoo wirklich vorhatte.

Nach einem kurzen Schwatz mit dem Hausmeister über das Wetter und die ewige Unordnung rund um die Mülltonnen, der wohl nur schwer beizukommen war, verabschiedete Frau Schlierenstein sich und bog nach rechts zur Schulenburg ab.

Pamela ließ ihr ein bisschen Vorsprung, ehe sie ihr folgte.

Herr Schneider fegte fluchend um die Tonnen rum und bemerkte sie gar nicht.

Pamelas Hände kribbelten vor Spannung. Ganz sicher

hatte der überstürzte Aufbruch in der Eisdiele etwas mit der eingegangenen Nachricht zu tun. Aber wohin hatte der- oder diejenige die Rosenfrau beordert?

Der Gedanke, sie könne womöglich im Restaurant ver- abredet sein, das in dem herrschaftlichen Gebäude unter- gebracht war, ließ Pamela dann doch wieder einen Gang schneller einlegen – denn damit wäre ihr Beschattungsopfer erst mal außer Sicht. Doch ihre Sorge war unbegründet. Als sie den großen Parkplatz vor der Schulenburg erreichte, sah sie gerade noch, wie Frau Schlierenstein rechts neben dem Gebäude den schmaleren Weg in den Wald hinein wählte.

Pamela eilte über den Parkplatz, wich der Trainings- gruppe einer der örtlichen Hundeschulen aus und folgte dem schmalen Pfad unter die Laubbäume.

Der Hausmeister hatte recht gehabt: Hier war es ange- nehm kühl. Das Dumme war nur: Es war auch menschen- leer.

Offenbar hatte ganz Hattingen entschieden, heute einen Tag in der Stadt, am Fluss oder See oder im Freibad einzule- gen.

Pamela sah noch einmal zum Parkplatz zurück und über- legte kurz, wie praktisch es jetzt wäre, sich einen der Hunde ausleihen zu können. Dieser kleine braune da drüben zum Beispiel. Oder Xaverl, ja, Xaverl wäre jetzt die perfekte Be- gleitung für eine Beschattung in dieser Umgebung. Wer mit einem Hund in den Wald ging, fiel definitiv nicht auf. Aber eine Frau allein, in Sommerrock und Riemchensandalen, passte hier nicht her. Genauso wenig – sie sah an sich her- unter – wie eine in leuchtend gelbem Trägershirt über Caprihosen und weißen Sportschuhen, samt Handtasche über der Schulter.

Sie musste vorsichtig sein, damit Frau Schlierenstein sie nicht bemerkte. Im Grund musste eine Art Tarnung her. Ja, eine Tarnung, die ihr jetziges Outfit einschloss.

Sie war eine Touristin! Ja, genau! Sie war eine Touristin, die von dem tollen Waldrestaurant oberhalb der Stadt gehört hatte und die sich jetzt vor dem Essen noch ein bisschen die Beine vertreten wollte.

Pamela kramte rasch in ihrer Tasche, förderte die Sonnenbrille zutage und setzte sie auf. Dann reckte sie sich, sah sich interessiert um und schlenderte möglichst entspannt, wie Touristen es nun mal so taten, in den Wald hinein. Sie selbst hätte sich die Ortsfremde sofort abgenommen.

Als ihr eine Frau in ihrem Alter samt Golden Retriever begegnete, probierte sie ihre Tarnung aus.

»Entschuldigung, wo kommt man denn da hin?«, sprach sie die Fremde in praktischen Shorts und Trekkingschuhen an.

»Zum Bismarckturm«, erklärte die. »Aber ehrlich gesagt gibt's da nicht viel zu sehen. Man kann nicht rauf oder so. Ist mit 'nem Gitter immer abgesperrt, wegen der Jugendlichen. War mal ein beliebter Treffpunkt für die und für Liebespaare.«

»Klingt super, schau ich mir gern an. Ist nur ein bisschen einsam hier, oder?«

»Ja, heut ist nicht viel los. Aber ich bin gerade noch einer anderen Frau begegnet.«

»Na, dann sind wir ja nicht allein«, entgegnete Pamela.

Sie winkten sich lächelnd zu, und Pamela setzte ihren Weg fort.

Treffpunkt für Liebespaare. Hm. Stimmte. Mike und sie hatten da auch mal Knutschhalt gemacht. Aber nur einmal. Das musste ganz am Anfang gewesen sein. Mike war wirklich nicht so der Typ, der gerne im Wald spazieren ging.

Als sie sich dem Turm näherte, bog sie auf einem noch schmaleren Pfad nach links in den Wald ab. Ihre Tarnung funktionierte zwar, aber trotzdem war es besser, wenn Frau Schlierenstein sie erst gar nicht bemerkte. Pamela konnte ja schlecht als Touristin getarnt irgendwo in Sicht- oder Hörweite stehen bleiben, wenn die Rosenfrau sich mit wem auch immer traf.

Denn dass es hier um ein heimliches Treffen ging, davon war Pamela inzwischen überzeugt. Die Frage war nur: Mit wem? Sie tippte auf die Hosenbeine vom Foto und war mächtig gespannt, wer darin stecken würde.

Also schlug sie sich so leise wie möglich durchs Unterholz und kam schließlich in einem dichten Gebüsch an, das dem Turm unmittelbar gegenüberlag. Hinter dem breiten Stamm einer Buche verborgen, wagte sie einen raschen Blick.

Tatsächlich. Frau Schlierenstein-Rose-am-schicken-Knöchel stand dort am Turm und schien auf jemanden zu warten. Zumindest überprüfte sie gerade ihr Smartphone und sah den Weg zur Schulenburg hinunter.

Ein paar Minuten vergingen. Frau Schlierenstein wartete im Schatten des Bismarckturms, von dem aus man über ganz Hattingen und das Ruhrtal sehen konnte, Pamela wartete in ihrem Versteck hinter dem Baum.

Dann tat sich endlich was.

Aus der anderen Richtung näherte sich jemand. Als er näher kam, erkannte Pamela, dass es ein junger Mann war. Um genau zu sein, ein sehr junger Mann.

Er hatte die Hände in die Taschen seiner Jeans gebohrt und schlenderte ziemlich cool den Weg entlang. Es war einer von diesen Typen, denen Mädchen scharenweise hinterherrannten: wilde schwarze Locken zu dunklen Augen, Gang einer Raubkatze, gut definierter Körper unter eng anliegenden Klamotten.

Pamelas Beschattungsziel trat aus dem Schatten des Turms.

»Ach, hallo, Frau Schlierenstein«, sagte der Glutäugige. »Was machen Sie denn hier? Haben Sie etwa irgendwas in der Schule vergessen? Die Klausurbögen für unsere Stufe vielleicht?«

Als er auf sie zukam, sah Pamela, dass er zwar noch sehr jung war, aber auch ziemlich groß. Er überragte sein Gegenüber fast um einen Kopf.

»Milan«, sagte Frau Schlierenstein. »Was soll das?«

Pamela linste um den Baum herum. Die beiden standen etwa einen Meter auseinander und sahen sich an.

»Was soll was?«, entgegnete er. »Ich mach mir wirklich Sorgen um die Klausuren. Ob ich die packe. Ob ich nicht besser alles hinschmeißen sollte.«

»Was redest du denn da?«, fuhr sie ihn an. »Die Klausuren sind durch. Du musst nur noch die mündlichen Prüfungen schaffen. Was doch ein Leichtes für dich ist, als einer der Besten in der Stufe. Du kannst doch jetzt nicht alles hinschmeißen!«

»Sagt mir wer? Meine Biolehrerin? Die Vertrauenspädagogin unserer Schule? Vielen Dank, Frau Schlierenstein!«

»Milan, hör doch auf damit!«

»Wieso? Wieso soll ich damit aufhören? Und warum soll ich brav das Abi durchziehen, wenn doch sowieso nichts mehr einen Sinn hat?«, brauste Milan auf.

»Das ist ... das ist doch Unsinn«, antwortete seine Lehrerin.

Pamela fand den Gedanken seltsam, dass Frau Schlierenstein Milans Lehrerin war – aber so hatte er es doch gerade selbst gesagt, oder? »Du bist noch so jung. Das ganze Leben ...«

» ... liegt vor mir, ja, ich weiß, bla, bla, bla«, unterbrach er sie brüsk. »Und was ist, wenn mir das scheißegal ist, *Frau Lehrerin*? Was ist, wenn ich gar keinen Sinn darin sehe, zu lernen und zu büffeln und die besten Ergebnisse und den geilsten Studienplatz überhaupt zu bekommen? Das ist doch nicht der Sinn des Lebens! Der Sinn des Lebens ist doch was ganz anderes! Das ist doch ... das ist ...« Er brach ab, und plötzlich schien seine Wut in sich zusammenzufallen. Seine Schultern sanken herab. Er ließ den Kopf hängen.

Pamela auf ihrem geheimen Posten sperrte Augen und Ohren auf.

»Nicole«, sagte Milan dann leise. Wie jetzt? *Nicole?* Nicht mehr *Frau Schlierenstein* und *Frau Lehrerin* und so? »Ich hab es wirklich versucht, glaub mir. Ich hab versucht, nicht an dich zu denken, mich nicht nach dir zu sehnen. Hab wirklich versucht, mir einzureden, dass du recht hast, dass es besser so ist. Aber ... ich kann mich einfach nicht selbst belügen.«

Wow, so war das also. Von wegen Schüler und Lehrerin.

Jetzt streckte Milan die Hand aus und berührte Nicole Schlierensteins Schulter. »Bitte. Bitte sag mir, dass es dir auch so geht. Dass du es auch nicht schaffst, über uns hinwegzukommen. Sag mir, dass du mich immer noch ...«

Sie hob rasch die Hand und legte sie an seine Lippen, als wolle sie ihn am Weiterreden hindern.

Ein paar Sekunden standen sie so da. Dann warfen sie gleichzeitig die Arme umeinander und küssten sich so leidenschaftlich, dass es auch hier im Wald um ein paar Grad wärmer wurde.

Pamela zog sich hinter ihren Baum zurück und hoffte nur, dass es nicht vollkommen mit den beiden durchgehen würde. Manche Leute kannten da ja keine Hemmungen. Sie selbst hatte mal ..., oh nee, jetzt bloß nicht daran denken! Das war doch zwanzig Jahre her!

Krampfhaft versuchte Pamela, ihre Gedanken in eine andere Richtung zu lenken. Wie ging noch der Text von dem Popsong dieses Sommers, den Leia ständig trällerte?

Sie musste sich nicht lange bemühen. Nach ein paar Minuten hörte sie, wie Milan und Nicole wieder miteinander redeten, leise, aber immerhin sprachen sie, statt wie wild zu knutschen.

Auch wenn Pamela inzwischen Kohlohren bekommen hatte, konnte sie nur ein paar Satzfetzen verstehen: »hast recht mit ...« und »muss einen Weg geben« und »genau überlegen«.

Als sie aus ihrem Versteck hervorblinzelte, sah sie, wie Nicole Rosentattoo-Schlierenstein und Milan Abiturient-Schwerverknallt Hand in Hand den Weg entlanggingen, den Milan gekommen war, in den Wald hinein.

Pamela stand still in ihrem Versteck, und in ihrem Kopf schlugen die Gedanken Purzelbäume. Hier also hatte sie das Beinpaar, das auf dem Fotoschnipsel zu sehen war, den sie in der Dunkelkammer gefunden hatte. Aber wie waren ausgerechnet diese Beine in den Fotoklub gekommen? Wo war der Bezug zu Neumann?

Ihr Vertrauen in ihr fotografisches Gedächtnis war groß. Und so war sie sicher, dass sie Nicole Schlierensteins Gesicht nicht von dem Plakat in der Eingangshalle des Fotoklubs kannte. Sie war kein Mitglied im Klub. Auch Milan nicht. Aber wie waren ihre Beine dann auf das Bild in der Dunkelkammer dort geraten?

Sie wartete noch, bis das ungewöhnliche Liebespaar nicht mehr zu sehen war, dann kämpfte sie sich aus dem Gebüsch und klopfte ihre Caprihose von ein paar Blättern und Ästchen frei.

Als sie aufblickte, sah sie sich einem alten Mann mit Dackel gegenüber, der soeben die Stufen zum Turm heraufgekeucht war. Mann und Dackel starrten sie beide verwundert an.

»Wenn die Natur ruft, muss man folgen, oder?«, sagte Pamela zu ihnen. Und dann machte sie, dass sie wegkam.

19. Kapitel

8. Mai, Samstag, abends

Pamela hatte Hummeln im Hintern.

Den ganzen Nachmittag hatte sie wie auf heißen Kohlen gesessen.

Ahsen war bis in den frühen Abend mit Tarik und den Kindern im Freibad gewesen und musste sich jetzt um ihre ausgehungerte Familie kümmern. Totti hatte die Bude Ayos Aufsicht überlassen, war – dank dem durch Pamela frisch belebten Kontakt – mit Jessi per Tretboot über den Baldeneysee geschippert und hatte ein Abendprogramm in Form vom neuen veganen Restaurant eingeplant. Keiner ihrer beiden besten Freunde hatte Zeit, mit ihr länger als nur mit ein paar Sätzen ihre neuesten Ermittlungserfolge zu besprechen.

Leia hatte Pamela lieber nicht von ihrer Entdeckung erzählt. Sie konnte sich noch gut daran erinnern, wie ihre Tochter letztes Jahr in bodenlose Schwärmerei für die neue Deutschreferendarin ausgebrochen war. Wahrscheinlich normal in diesem Alter. Aber Teenagern sollte man besser nicht vor Augen führen, dass andere aus ihren Träumereien Realität machten.

Heute Abend jedenfalls hatte Leia sich mit ihrer Freundin Valerie in ihrem Zimmer verschanzt. Sie übten Stricken und hörten dabei Podcasts, die sie angeblich für die Schule brauchten, in denen es aber überraschend häufig um unterschiedliche Methoden der Verhütung ging.

Als Pamela jetzt anklopfte und den Kopf ins Zimmer steckte, hielt Valerie auf ihrem Phone rasch die Folge der Hörsendung an. Beide Mädchen hatten knallrote Birnen und taten auffallend unauffällig. Pamela unterdrückte nur mit Mühe ein Schmunzeln.

»Ich bin mal für zwei Stündchen weg. Mal schauen, ob ich in der Eckigen Kneipe jemand Bekannten treffe«, teilte sie ihrer Tochter mit.

»Okay«, piepste Leia.

»Im Kühlschrank ist noch Traubenschorle. Ach ja, und Mama hat Kokoskekse gebracht. Die sind in der Keksdose.«

»Danke schön«, sagte Valerie artig.

»Viel Spaß weiterhin«, erwiderte Pamela mit einem Augenzwinkern und zog die Tür hinter sich zu.

Sie hörte das Quietschen und Kichern noch, als sie die Wohnungstür schloss.

Grinsend ging sie die Stufen hinunter. War doch prima, wenn die Mädchen sich heutzutage quasi selbst aufklären konnten. Denn wenn man mal ehrlich war: Offizielle Mutter-Tochter-Gespräche waren doch für beide Seiten einfach nur peinlich.

Sie überlegte kurz, das Auto zu nehmen. Der innere Schweinehund lieferte sich ein kurzes und heftiges Gefecht mit der wohlwollenden Instanz, die ihre Ökobilanz im Auge behielt. Es war ein wunderschöner lauer Frühlingsabend nach dem warmen Tag, und so entschied sie sich schließlich fürs Fahrrad.

Ihre Hummeln waren mit von der Partie und schwirrten um sie herum, als sie das Bike vor der *Eckigen Kneipe* ankettete und die Sitzplatzlage hier draußen sondierte.

Bingo! Sie konnte ihr Glück kaum fassen: Da drüben, am letzten Tisch vor der Gasse, saß Kriminalhauptkommissar Lennard Vogt und starrte in sein Pils.

Kurz sah sie sich um, stellte zufrieden fest, dass wirklich alle anderen Tische besetzt waren, und nahm Kurs.

»Hallo«, sagte sie.

Vogt hob den Kopf und sah sie an.

Im allerersten Moment hatte Pamela den Eindruck, er würde sie nicht einordnen können. Doch dann klärte sich seine Miene.

»Ah, hallo, Frau Schlonski.«

»Is voll heute. Darf ich mich zu Ihnen setzen?«

Er musterte sie überrascht. Dann blinzelte er und deutete auf den Sitz ihm gegenüber. »Bitte sehr.«

»Danke schön.«

Bei diesem steifen Wortwechsel musste Pamela automatisch an ihr letztes Treffen in ihrem Wohnzimmer denken, bei dem sie sich mit genau diesen Worten verabschiedet hatten.

Sein überraschter Blick blieb weiterhin auf ihr haften.

»Ist was?«, wollte sie irritiert wissen.

»Nein, ich … ich habe mich nur gerade gewundert, dass Sie hier sind«, antwortete er. »So allein.«

»Wieso denn nicht?«, erkundigte sie sich. »Haben alleinerziehende Raumpflegerinnen mit eigenem Betrieb etwa nicht die polizeiliche Erlaubnis, samstagabends eine Kneipe zu besuchen? Und zwar auch allein?«

»Nein. Ich meine ja. Ja, sicher haben Sie die«, erwiderte Vogt ein wenig konfus. »Ich dachte nur, Sie seien eher der Typ für ... Grillpartys.«

»Grillpartys?«

»Ach, schon gut.«

Pamela fragte sich, das wievielte Bier dieses hier wohl war.

»Sie haben ... ähm ...« Sie deutete einmal rund um ihr eigenes Gesicht. » ... wohl etwas zu viel Sonne abbekommen?«

Das war nett ausgedrückt. Er hatte einen fetten Sonnenbrand. Aber neidlos musste sie ihm zugestehen, dass bei seinem Teint die Farbe bestimmt in zwei, drei Tagen zu einem frischen Braunton mutieren würde. Anders, als ihre eigenen Sonnenbrände es zu tun pflegten. Sie kamen in Schweinchenrosa, blieben drei Tage und hinterließen dann nichts als eine sich pellende Nase.

»Ich habe wohl zu lange an der Ruhr gesessen«, brummte er.

»Sieht man«, teilte Pamela ihm hilfsbereit mit. Vielleicht hatte er zu Hause noch gar nicht in den Spiegel geschaut. »Das Wetter war ja auch Bombe. Vielleicht sollten Sie die nächsten Tage woanders spazieren gehen? Kennen Sie den Schulenburger Wald? Da ist es auch schön. Nur eben ohne zu viel Sonne.«

Die Studentin, die Fritz als Bedienung beschäftigte, rauschte an ihren Tisch. »Hi, du, was darf's sein?«

»Hi, Olga.« Pamela warf Vogt einen Blick zu. »Darf man mit einem Bier intus noch mit dem Fahrrad heim?«, wollte sie von ihm wissen.

»Wenn man schiebt«, antwortete er.

Pamela wandte sich an Olga. »Ich nehm eine riesig große eiskalte Apfelschorle, bitte.«

Olga zog grinsend ab.

»Sie haben es gut, Sie haben es ja nicht weit«, knüpfte Pamela einen ersten Gesprächsfaden. »Weder von hier nach Hause noch von dort zur Arbeit. Laufen Sie auch zur Arbeit, wenn Sie so einen Fall wie jetzt gerade auf dem Tisch haben? Ich meine, muss es da nicht manchmal schnell gehen?«

Der Kommissar verzog den Mund zu einer nachdenklichen Schnute. Sah irgendwie ... niedlich aus, stellte Pamela zu ihrem eigenen Verblüffen fest.

»Vermutlich kommt es eher auf die Schnelligkeit an, die man hier an den Tag legen kann«, antwortete er dann und tippte sich an die Schläfe.

»Verstehe. Da braucht man wahrscheinlich Lichtgeschwindigkeit.« Pamela nickte. »Etwas, was so Leuten wie ... ich sach ma, zum Beispiel Winter fehlt. Oder? Ich meine, so Steuerbetrüger müssen zwar gut im Rechnen sein, aber um jemandem auf die Schliche zu kommen, dafür braucht man doch so was wie ... Kreativität.«

Vogt sah sie mit plötzlich geschärfter Aufmerksamkeit an. So ein Kommissarblick.

»Woher wissen Sie, dass Winter Steuern hinterzogen hat?«

Pamela hob die Brauen. »Also, bisher hatte ich es ja nur vermutet. Ich meine, diese krassen Summen für die Lack-und-Leder-Fotos. Aber wenn Sie das jetzt so fragen, würd ich mal antworten: Sicher wissen tu ich das jetzt von Ihnen.«

Nun blickte er wieder so sauertöpfisch drein, und Pamela war sicher, dass diese Sache mit dem *niedlich* gerade so etwas wie eine Halluzination gewesen sein musste.

»Aber so, wie Sie aussehen, würde ich mal darauf tippen, dass er für den Mordabend ein echt gutes Alibi hat«, stellte sie fest. »Irgendwas, wo mindestens zwanzig Leute schwören, dass er die ganze Zeit den Raum nicht verlassen hat und so. Ahsen, also meine Freundin und Kollegin, erinnern Sie sich? Also, Ahsen guckt ja wahnsinnig gerne alle möglichen Fernsehkrimis. Da gibt's dann manchmal so Mörder, die es schaffen, auf einer Party so zu tun, als wären sie gar nicht weg gewesen. Sie quatschen hier besonders lustig, lachen dort besonders laut, flirten oder tanzen wild, eben so, dass alle anderen subjektiv denken, der- oder diejenige muss doch die ganze Zeit da gewesen sein. War er oder sie aber gar nicht.«

»Bei einem Online-Meeting wäre das allerdings nicht möglich«, wandte der Kommissar ein.

Pamela legte den Kopf schief. »Ach was! Auch so was kann man faken. In Sachen Online-Treffen haben wir doch alle inzwischen viel Erfahrung sammeln können. Ich weiß noch, dass Leia mir das mal gezeigt hat: Da gibt's diesen Server, wo immer der, der spricht, ganz groß im Bild ist und alle anderen so klein oben in einer Leiste. Man muss nur drauf achten, dass man sich möglichst spät einloggt. Dann rutscht man automatisch in der Leiste ganz weit zur Seite und ist für die meisten gar nicht zu sehen, es sei denn, sie suchen nach einem. Wenn die das aber nicht tun, ist man quasi unsichtbar. Außerdem gibt es doch auch die Möglichkeit, sich ohne Kamera einzuloggen. Das tun auch viele, weil sie nicht im Nachtpolter gesehen werden wollen.«

Vogt wirkte nachdenklich.

»Sehen Sie, man muss um Ecken denken«, sagte Pamela.

Olga brachte einen riesigen Krug Apfelschorle, in dem Eiswürfel klirrten.

»Perfekt!« Pamela setzte das Glas an und trank es in einem Zug zur Hälfte leer. Vogt sah dabei betont in eine andere Richtung.

»Lecker«, seufzte sie und stellte den Krug wieder ab.

»Also, um noch mal auf Winters Alibi zurückzukommen ...«, begann sie.

»Ich habe nicht gesagt, dass Herr Winter ein Alibi hat«, unterbrach der Kommissar sie.

»Aber Sie haben so geguckt«, meinte Pamela. »Und zu diesem gewissen Verdammt-unser-Hauptverdächtiger-hat-ein-wasserdichtes-Alibi-Blick wollte ich nur sagen: Auch das kann doch gefakt sein.«

Er öffnete den Mund. Und schloss ihn wieder.

Er hatte nicht widersprochen. Sie hatte also recht, Winter hatte ein Alibi. Na, das würden die von der Kripo doch bestimmt ordentlich überprüfen.

»Und der arme Klappert«, fuhr sie fort. »Der war echt

ganz schön durcheinander, als ich ihn am Donnerstag noch mal im Klub getroffen habe. Ist ja auch eine Sauerei, wenn man gemobbt wird. Das mit dem Mobben hat er ja selbst gesagt, als er mit der Schneid gesprochen hat, wissen Sie noch? Hatte ich Ihnen erzählt.«

Vogt nickte. »Ja, das haben Sie erwähnt.«

»So was kann verdammt wehtun. Mein bester Freund Totti, der war als Kind ziemlich rund. Und dann noch die roten Haare und Sommersprossen und so. Null Talent für Fußball, dafür aber auf jeder Kuhwiese, um die Rindviecher zu streicheln. War eigentlich klar, dass er von den anderen aufs Korn genommen wird. Aber er hat sich nicht unterkriegen lassen. Und wenn es mal Kloppe gab, hab ich ihm geholfen. Was ich sagen will: Man muss sich wehren, bevor sich in einem so viel Wut anstaut, dass dann womöglich so was dabei rauskommt.«

Sie imitierte mit der Hand eine Pistole und tat so, als gebe sie einen Schuss ab.

»Wollen Sie andeuten, dass Herr Klappert als Täter im Mordfall Peter Neumann infrage kommt?«, fragte Oberschlaukommissar Vogt mit seiner offiziellsten Stimme.

»Nee«, antwortete Pamela betont flapsig. »Der war doch den ganzen Abend mit seiner Frau zu Hause.«

Also, wenn Vogt eins nicht konnte, dann war es schauspielern. Seine Überraschung über ihr Wissen war ihm deutlich anzumerken.

»Hat er am Donnerstag im Klub erwähnt«, erklärte sie. Er nickte langsam. »Könnte also höchstens sein, dass die beiden das zusammen ...«, setzte sie hinzu. Vogt hob die

Brauen. »Aber wahrscheinlich eher nicht«, beeilte sie sich zu revidieren. »Außerdem ist der Klappert einfach ein total netter Kerl. Er hat direkt meinen Stundenlohn erhöht.«

Vogt, der gerade den letzten Schluck Bier nehmen wollte, hielt in der Bewegung inne. »Er hat Ihren Lohn erhöht? Hat er das mit irgendeiner Bedingung verknüpft? Hat er eine auffällige Bemerkung dazu gemacht, was Sie möglicherweise am Mittwochmorgen im Klub gesehen oder sonst wie aufgeschnappt haben könnten?«

Pamela überlegte kurz. Dann schüttelte sie den Kopf.

»Er meinte nur, ich mache die Arbeit so gut, dass ich auf jeden Fall mehr verdient hätte. Seine Frau weiß ja, was da alles zu tun ist im Klub. Aber«, sie schielte zu ihm hin, »nicht, dass wir uns missverstehen. Die Lohnerhöhung ist nicht auffällig hoch. Von wegen hundert Euro Trinkgeld, damit ich irgendwas nicht ausplaudere, oder so was.«

Eine kleine Weile schwiegen sie.

Vogt trank sein Glas aus und winkte damit Olga nach einem weiteren.

»Gibt es irgendeinen Grund, aus dem Sie Klappert mehr verdächtigen als die anderen? Ich meine, abgesehen von dem Mobbing und so?«, erkundigte sich Pamela möglichst lapidar.

Doch leider fiel der Kommissar nicht darauf rein.

»Frau Schlonski, ich habe Ihnen doch bereits sehr deutlich gesagt, dass ich Ihnen keine Informationen weitergeben darf«, brummte er. Wahrscheinlich wurmte es ihn immer noch, dass ihm gerade die Sache mit Winters Steuerhinterziehung rausgerutscht war.

»Jaaa«, sagte Pamela gedehnt. »Ja, aber eine Sache gibt es da noch. Dieser Fotoschnipsel, den ich in der Dunkelkammer gefunden habe ... Wissen Sie eigentlich inzwischen, wer da drauf zu sehen ist? Weil ...«

Es ging ein Ruck durch ihn, und er sah sie so streng an, dass ihr tatsächlich ein bisschen mulmig wurde. Sie verstummte.

»Noch einmal: Ich werde mit Ihnen nicht über Informationen zum laufenden Fall sprechen. Sie sind eine Zeugin. Für alles, was wir in Befragungen von Ihnen erfahren haben, ist die Dienststelle Ihnen sehr dankbar. Und darüber hinaus sollten wir jetzt besser das Thema wechseln.«

Oooh, der konnte ja richtig einen auf Bad Cop machen.

Pamela überlegte kurz, ob sie ihm ihr Wissen zu Nicole Schlierenstein und Milan Schwerverknallt einfach an den Kopf werfen sollte, bevor er sie in Grund und Boden gucken konnte. Aber dann würde er nachfragen, woher sie von diesem Schüler-Lehrerin-Verhältnis wusste. Und bestimmt wäre er nicht begeistert, wenn sie ihm von ihrer kleinen Beschattungsaktion erzählen würde.

»Na gut«, murmelte sie. »Haben Sie noch mal über meinen Vorschlag mit der Putzstelle nachgedacht?«

Eigentlich hatte sie erwartet, sich mit dieser lapidaren Frage auf ungefährliches Terrain zu begeben. Doch aus irgendeinem Grund schien Vogt plötzlich noch verärgerter zu sein.

»Vielen Dank auch für dieses Angebot, Frau Schlonski, aber ich schaffe es wirklich sehr gut, mein Haus allein in

Ordnung zu halten. Ich gehöre nicht zu den Männern, die sich vor Hausarbeit drücken!«

Ah, daher wehte also der Wind.

»Das dachte ich auch gar nicht«, versicherte sie ihm schnell. »Viele meiner Leute würden mich bestimmt nicht brauchen, wenn sie nur ausreichend Zeit hätten. Hätte doch gut sein können, dass das bei Ihnen auch der Fall ist. Ich dachte: Hauptkommissar bei der Kripo, der Mann leitet eine Abteilung, ermittelt selbst, hat Verbrecher zu jagen. Der hat einfach keine Zeit, mit dem Möppel durchs Haus zu sausen.«

Ihre Erklärung besänftigte ihr Gegenüber ebenso schnell, wie ihre vorherige Frage ihn verärgert hatte.

»Möppel?«, wiederholte Vogt. Da war es wieder, dieses andere Gesicht.

»Na ja, wie sagen Sie denn dazu?« Pamela tat so, als wringe sie einen Lappen aus, um dann damit samt Schrubber den Boden zu reinigen. »Aufnehmer? Wischmopp?«

»Feudel«, antwortete er.

Olga setzte ein neues Bier vor Vogt ab und nahm das leere Glas mit. Im Umdrehen warf sie ihm einen koketten Blick zu, den er entweder nicht mitbekam oder komplett ignorierte.

Hm. Das erinnerte Pamela an sich selbst, damals, als sie Mike endgültig die Rote Karte gezeigt hatte. Wann immer beim Ausgehen oder auf einer Party bei Freunden ein Mann Interesse an ihr gezeigt hatte, hatte sie es einfach ausgeblendet. Sie hatte nicht nur den Kerlen gegenüber, sondern auch vor sich selbst so getan, als merke sie nichts. Weil der

Schmerz über die frische Trennung ihr unentwegt zuraunte, dass alles, was mit solchen Blicken und charmanten Worten begann, ja doch nur ins Verderben führen konnte.

»Feudel?« Sie hob ihren Krug und prostete ihm zu. Reflexartig griff er nach dem Bierglas und tat es ihr gleich. Sie tranken beide einen großen Schluck. »Also, ich finde das klingt beides nach mächtig viel Spaß, finden Sie nicht?« Sie verstellte ihre Stimme und quietschte: »Ich feudel dir gleich mal einen, du Möppel du!«

Vogt lachte. Pamela konnte es im ersten Moment fast nicht glauben, aber er lachte tatsächlich. Und plötzlich blitzten die seegrünen Augen, Lachfältchen erschienen, und Grübchen sprangen ihm in die Wangen.

»Stimmt«, grinste er dann und wischte sich den Bierschaum von der Oberlippe. »Klingt wirklich nach jeder Menge Spaß.«

Sie lachten beide noch einmal, obwohl der Witz nun wirklich nicht soo bombastisch gewesen war.

»Wie lange sind Sie jetzt hier?«, fragte Pamela.

»Drei Jahre.«

»Dann wird's aber Zeit, dass Sie ein bisschen Ruhrpöttisch lernen«, befand sie. »Kennen Sie …« Sie überlegte kurz. »Bömskes?«

Vogt dachte nach. »Bonschen«, sagte er dann.

»Mottek?«

»Hammer.«

»Einfach Hammer?«

»Einfach Hammer.«

»Okay, ähm … Dubbel?«

Er musste passen und hob die Schultern.

»Butterbrot. Weil, da sind doch zwei Scheiben aufeinander gepappt.« Sie machte die entsprechende Geste. »Oder kennen Sie ...«

»Hallo, Pamela«, sagte da jemand neben ihr.

Pamela blickte auf und sah in die braunen Augen von Bernd Stangl. Und eine Sekunde später saß Xaverl auf ihrem Schoß. Der kleine Kerl versuchte derart enthusiastisch, ihr Gesicht abzuschlecken, als handele es sich bei ihr um eine lang vermisste nahe Verwandte.

Lachend wehrte sie ihn ab. Bernd griff in Xaverls Geschirr und hob ihn wieder auf den Boden.

»Ich komm rein zufällig vorbei«, sagte er dann. »Auf der Jagd nach einer kleinen Erfrischung.« Auch er hatte offenbar das wunderschöne Frühlingswetter genutzt und seine Bräune vertieft. Er sah topfit und ausgesprochen attraktiv aus.

»Ich hätte dich morgen angerufen«, teilte Pamela ihm mit.

Sie schauten sich für einen Moment an, in dem Wiedersehensfreude wie auch eine gewisse Verlegenheit zu gleichen Teilen schwangen.

Dann erinnerte sie sich an den Kommissar, der geflissentlich in sein Pils blickte. »Oh, ähm, das hier ist Bernd Stangl. Auch ein Zugezogener, gewissermaßen. Nur eben aus der anderen Richtung, Regensburg. Und das, Bernd, ist ...« Sie sah ihn fragend an.

»Lennard Vogt«, stellte Vogt sich selbst vor, ohne das Kriminalhauptdingenskirchengedöns.

Zwei, drei Sekunden herrschte allgemeines Schweigen.

»So, denn werd i mal wieder ...«, sagte Bernd mit einem abschätzenden Blick zu Lennard.

»Nein, nein«, sagte der und erhob sich bereits von seinem Platz. »Bleiben Sie doch. Ich werde mich mal besser auf den Heimweg machen.«

»Aber Ihr Bier. Sie haben doch noch längst nicht ausgetrunken«, protestierte Pamela, die so eine Verschwendung nicht gern sah. Zumal es ihr selbst heute verwehrt blieb – verflixtes Fahrrad.

Vogt hob die Hand und lächelte sie hölzern an. »Ich schätze mal, ich hab heute schon genug gehabt. Schönen Abend allerseits!« Er nickte ihnen zu, wartete ihre Erwiderung nicht ab, sondern fing Olga ab, die ein paar Tische weiter gerade kassierte.

Die junge Frau strahlte ihn an, als er neben ihr erschien, zählte im Kopf seine Zeche zusammen und nahm den Geldschein entgegen, den er ihr reichte.

Pamela konnte Vogts Gesicht nicht sehen, hätte aber drauf gewettet, dass er ihr breites Lächeln nicht erwiderte. Nachdem Olga sich für ein wohl saftiges Trinkgeld bedankt hatte, nickte Vogt ihr noch einmal zu und ging davon, ohne sich noch einmal umzusehen.

»Des einen Pech ...«, sagte Bernd und ließ sich auf dem Stuhl neben Pamela nieder. »Auch eine frische Bekanntschaft?« Er nickte zu dem verlassenen Bierglas herüber, in dem die Schaumkrone gerade in sich zusammenfiel.

»Nicht wirklich«, sagte Pamela. Obwohl das nicht so ganz stimmte. Sie kannte Kommissar Vogt doch tatsächlich erst seit ein paar Tagen, aber es kam ihr um einiges länger vor. Wahrscheinlich, weil so viel passiert war.

»Ah so? Ich dachte, weil ihr noch per Sie seid?«, hakte Bernd nach. Ihr Verhältnis zu Vogt schien ihn zu interessieren.

»Es ist eher eine … berufliche Verbindung«, sagte sie.

Sein Gesicht drückte Erstaunen aus. »Beruflich? Soso? Schaute irgendwie net so aus. Aber egal. Ich dank dem Himmel, dass er mich jetzt grad hier vorbeigeführt hat.« Bernd zwinkerte ihr zu.

Aus irgendeinem Grund musste Pamela an die Zeit denken, als sie vor zehn Jahren mit Leia den Spielplatz besucht hatte. Vor ihren Augen erschien das Bild der Kinder, die sich gegenseitig beäugten und durch Drängeln und Schubsen versuchten, an das begehrteste Spielzeug zu kommen oder sich in der Schlange vor der Rutsche einen Vorteil zu verschaffen.

Bernd wirkte ebenso zufrieden wie einer von diesen Stöpseln, der gerade das beliebte knallrote Förmchen ergattert hatte.

Dass er an ihr Interesse hatte, war deutlich. Aber dass er nun ausgerechnet Kriminalhauptkommissar Vogt für eine Konkurrenz hielt, war doch die totale Lachnummer. Wie kam er nur um Himmels willen auf so eine absurde Idee?

20. Kapitel

10. Mai, Montag, tagsüber

»Haltet euch fest: Es gibt Neuigkeiten!«, verkündete Thilo, als er am Morgen Lennards Büro betrat.

Lennard schenkte gerade für Tina und sich aus der Kaffeekanne in ihre privaten Becher ein und wandte sich mit erhobenen Brauen um.

»Hoppla!«, machte Thilo beim Blick ins Gesicht seines Vorgesetzten. »Zu lange an der Ruhr rumgelaufen?«

»Hm«, brummte Lennard. Thilo würde so was nie passieren. Wenn er lange in der Sonne war, wurde er tiefbraun und sah fantastisch aus.

»Im Schulenburger Wald kann man auch schön gehen. Da erwischt einen die Sonne nicht so«, riet Tina, die sich gerade bei der Begrüßung eine Bemerkung offenbar noch verkniffen hatte.

»Ja, danke, das hörte ich bereits. Was gibt es denn, Thilo?«

»Winters Alibi für die Tatzeit ist geplatzt!«

»Lass mich raten: Er hat sich bei diesem Online-Meeting erst spät eingeloggt und war deswegen für die anderen Anwesenden nicht permanent im Bild zu sehen?«, mutmaßte Lennard, eine gewisse weibliche Stimme im Ohr.

Tina, die am Whiteboard stand und gerade Notizen zu Neumanns Arbeitskollegen übertrug, starrte ihn an.

Thilo schnalzte mit der Zunge.

»So ähnlich. Er hat zu Anfang behauptet, Probleme mit der Webcam zu haben. Daher hat er sich nicht via Kamera angemeldet, sondern nur mit seinen Initialen auf dem Bildschirm.«

»Das hatte ich neulich auch mal«, wandte Tina ein. »Passiert manchmal.«

»Ja, aber laut Webhost hat Winter zweimal auf Ansprache aus der Gruppe nicht reagiert. Später hat er behauptet, zwischendurch rausgeflogen zu sein. Ganz genau wollte sich der Host auf den Zeitraum, in dem Winter nicht ansprechbar war, nicht festlegen, aber es könnte gut sein, dass er so lange vom Rechner weg war, um mit seinem dicken Wagen in die Stadt zu brausen, den Mord zu begehen und sich danach zu Hause wieder bei den anderen im Meeting zu melden und von den Internetschwierigkeiten zu erzählen.«

Thilo und Lennard traten zu Tina ans Board. Lennard reichte seiner Kollegin den Becher mit der Regenbogenfahne darauf. Auf seinem eigenen stand in weißer Schrift auf blauem Grund: Havenkind.

Am Board war Gero Winters Name mit den Hinweisen zu der Steuerhinterziehung und dem Erpressungsversuch durch Neumann beschriftet, immer noch führte der rote Pfeil zu Neumanns Namen im Zentrum. Das Online-Meeting stand in Grün als Alibi darüber.

»Es gibt Möglichkeiten rauszufinden, ob Winter tatsächlich die ganze Zeit über versucht hat, sich wieder einzuklinken«, sagte Lennard. »Stoßt das bitte an.«

»Ich geb's an Jenny in der IT, die hat das blitzschnell rausgefunden.« Und schon war Thilo wieder zur Tür hinaus.

Lennard spürte, wie eine vertraute Aufregung von ihm Besitz ergriff, wie ein feines Kribbeln in den Händen und im Bauch. Hier war jemand mit der Gelegenheit zur Tat. Jemand, der bereits eine Straftat begangen hatte – auch wenn Steuerhinterziehung bei Weitem nicht dasselbe Kaliber hatte wie vorsätzliche und, wie in Neumanns Fall, besonders grausame Tötung. Gravierend schien Lennard jedoch das Motiv dieses Verdächtigen: Winter hatte befürchten müssen, dass Neumann seine Drohung wahr machte und Winters Vorgesetztem sein Wissen um die Steuerhinterziehung zuspielte. Das hätte unweigerlich zur fristlosen Kündigung geführt und ihm zudem eine strafrechtliche Anklage eingebracht. Der Wunsch, dies abzuwenden, hätte durchaus zu so einer Reaktion führen können.

So wie Lennard Winter einschätzte, mit seinem Angeber-SUV, dem schicken Architektenhaus in der wohlhabenden Nachbarschaft, wäre der mit dem Jobverlust und der finanziellen Misere einhergehende Makel das Schlimmste gewesen. Sein Leben hätte in Scherben gelegen. Und das konnte durchaus Grund genug gewesen sein, um seinen Mitwisser aus dem Weg zu räumen.

Es klopfte kurz an der Tür, und Thilo kam herein.

»Das ging ja …«, begann Tina, verschluckte aber das

schnell, als hinter Thilo eine Frau in gebügelter Leinenhose und getupfter Bluse hereinkam.

»Da haben wir den Kommissar, Frau Klappert«, sagte Thilo zu ihr. »Da haben Sie auf dem Gang genau den Richtigen angesprochen.« Er nickte Lennard zu und verschwand wieder.

Die kleine Frau Klappert klammerte sich an ihre Handtasche und sah sich eingeschüchtert im Büro um. Ihr Auftauchen hier überraschte Lennard nicht sehr. Bei ihrem Anblick verstärkte sich das leise Kribbeln in seinen Händen.

»Guten Morgen, Frau Klappert, wie kann ich Ihnen helfen?«, begrüßte er sie, während sie ihm und Tina unsicher zunickte.

»Ich dachte, ich komm besser vorbei, statt anzurufen, weil ...« Sie brach ab und musste tief Luft holen, offenbar überwältigt von ihrem eigenen Handeln.

»Setzen wir uns doch«, schlug Lennard vor, schob rasch einen zweiten Stuhl vor den Schreibtisch und holte seinen eigenen Drehstuhl von der anderen Seite herüber. Etwas in Frau Klapperts Haltung sagte ihm, dass es förderlicher war, wenn er ihr nicht hinter dem Klotz von Büromöbel gegenübersaß.

»Kaffee?«, bot Tina freundlich an und schwenkte bereits einen Becher mit dem Aufdruck *Kerwattfroiichmichaufnachemaloche*.

»Gerne.«

»Milch? Zucker?«

»Nur schwarz, bitte.«

Sie setzten sich, und Tina reichte Frau Klappert den Kaffee, von dem die sofort einen Schluck nahm.

Lennard wartete ab. Sie war von sich aus zu ihm gekommen. Da konnte er ihr ein bisschen Zeit zum Sammeln geben.

Frau Klappert saß dort, atmete schwer und hatte offenbar Mühe, die richtigen Worte zu finden.

»Ich muss es einfach wissen«, sagte sie schließlich mit bebender Stimme.

»Was denn? Was müssen Sie wissen?«, wollte Lennard möglichst einfühlsam wissen.

»Ob Markus und diese ... diese Gundula Schneid ...« Sie brach ab und kämpfte mit den Tränen, die bereits in ihren Augen standen. »Ob er mich mit ihr betrügt«, brach es dann aus ihr heraus.

Eine Träne rann über ihre Wange und hinterließ im sorgfältigen Make-up eine feine Spur. Beinahe ärgerlich wischte sie sie fort und richtete sich auf. Ihr Blick suchte den Tinas. »Sie haben da diese Bemerkung gemacht, als Sie bei uns waren. Und ich weiß, dass Gundula schon lange um Markus rumschleicht. Ich bin ja nicht blind, wissen Sie. Auf den Ausstellungseröffnungen oder beim Sommerfest, immer ist sie in seiner Nähe. Und da dachte ich ...«

Tina wirkte betroffen. »Ach, Mensch, das ... das tut mir sehr leid, Frau Klappert. Ist mir einfach so rausgerutscht. Aber es ist wirklich nicht so ... ich meine ...« Hilflos sah sie zu Lennard.

»Wie kommen Sie auf den Gedanken, dass Ihr Mann Sie betrügt, Frau Klappert?«, fragte Lennard.

Wieder Zögern. Bis ein Ruck durch die Angesprochene ging: »Es ist wegen dem Dienstag.«

Lennard hob fragend die Hände.

Frau Klappert schluchzte kurz auf, presste sich dann ein eilig hervorgezerrtes, schon arg zerknautschtes Taschentuch auf den Mund, fing sich wieder. »Seit einem Jahr erzählt er mir, dass dienstagabends Klubabend ist. Bildbesprechung.«

Da war es! Das Stichwort, auf das Lennard gewartet hatte, seit Frau Klappert den Raum betreten hatte. Denn genau das war auch kurz Thema gewesen, als Tina und er die Klapperts auf der Terrasse ihres Blankensteiner Häuschens befragten. Er nickte ihr aufmunternd zu. Sie räusperte sich.

»Und als ich gestern Abend mit Elvira telefoniere, das ist die Frau von Udo Senf, einem Klubmitglied, also da sagt sie, dass der Mord doch offenbar ganz bewusst für den Abend geplant worden ist, an dem nie irgendwas im Klub ist. Am Dienstagabend ist der Klub vollkommen ... leer.« Wieder drohte eine Emotionswelle sie zu überrollen, doch sie kämpfte sie nieder. Lennard gewann allmählich Achtung vor dieser auf den ersten Blick bieder wirkenden Frau. Es zeugte von einer inneren Stärke, dass sie hergekommen war. Auch wenn sie vielleicht jahrelang naiv genug gewesen war, nichts zu bemerken, wollte sie nun reinen Tisch.

Er wartete ab, bis sie sich wieder gefangen hatte, dann fragte er: »Sind Sie hier, um uns zu sagen, dass Ihr Mann am letzten Dienstagabend doch nicht den ganzen Abend mit Ihnen zu Hause verbracht hat, so wie er es angegeben, und Sie zunächst bestätigt haben?«

Sie sah ihn an. Erschüttert einerseits. Andererseits fest und entschlossen.

»Ja«, sagt sie. »Ja, genau deswegen bin ich hier. Wissen Sie, ich hab mir nichts dabei gedacht. Er ist an dem Abend losgefahren wie immer. Aber dann kam er schon bald zurück, war vielleicht eine Stunde oder etwas mehr. Er sagte, die Bildbesprechung fiele aus. Die Mail, die Peter Neumann dazu rumgeschickt habe, wäre wohl in seinem Spamordner gelandet. Warum sollte ich mir was dazu denken, frag ich Sie? Und als es dann darum ging, dass Sie alle nach ihren Alibis gefragt haben und so, hab ich selbst gesagt: ›Ach, komm, wir sagen, dass du den ganzen Abend hier gewesen bist. Du bist ja nicht im Klub drin gewesen, hast nichts gesehen, oder so. Aber wenn wir sagen, dass du an dem Abend da warst ... na, wer weiß? Vielleicht bohren sie dann nach, wie das genau war zwischen diesem grauenvollen Kerl und dir.‹«

Tina hatte sich einen Notizblock vom Schreibtisch genommen und schrieb mit.

»Was meinten Sie damit?«, hakte Lennard nach.

Sie schnaubte. »Peter Neumann hat meinen Mann schikaniert. Obwohl es doch ursprünglich Markus' Klub war, auf seine Idee hin entstanden. Peter hat sich reingesetzt in das gemachte Nest und dann versucht, Markus rauszuschubsen wie ein Kuckuck das andere Küken. Der war gemein, einfach bösartig war der.«

Tina kritzelte eifrig mit.

»Was hat Ihre Meinung geändert, Frau Klappert?«, erkundigte Lennard sich, obwohl er bereits eine Ahnung hatte. »Warum kommen Sie heute her und revidieren das Alibi, das Sie Ihrem Mann zuerst gegeben haben?«

Jetzt, da sie das Schwierigste ausgesprochen hatte, schien die Frau regelrecht erleichtert. »Na, Elvira hat das doch mit dem Dienstag erwähnt. Und ich hab noch so vorsichtig nachgehakt, ob sie sicher ist, dass dienstags nie etwas im Klub stattfindet. Und sie war felsenfest sicher. Da hab ich mich natürlich gefragt, wo Markus dann jede Woche hinfährt. Und da fiel mir wieder Ihre Bemerkung ein.« Sie nickte Tina zu. »Dass Gundula Schneid doch auf keinen Fall meinen Mann anschwärzen würde.« Aufrichten. Tief einatmen. »Hat mein Mann eine Affäre mit Gundula?«

Lennard sah sie ernst an. »Das wissen wir nicht, Frau Klappert.«

»Aber ... also, ich glaub das ja nicht«, warf Tina rasch ein und schielte dann entschuldigend zu ihm herüber.

»Sie sollten Ihren Mann danach fragen«, schlug Lennard vor.

»Das sagen Sie so«, meinte Frau Klappert und schien einen Moment nachzudenken. Lennard hatte das Gefühl, dass sie sich dem Kern näherten, der für ihn und die Ermittlungen wirklich interessant wäre.

»Ich weiß gar nicht, was ich mir wünschen soll«, sagte Frau Klappert dann sehr leise. »Wenn er mich betrügt, wär das natürlich schrecklich. Ich müsste ihn verlassen, oder? Was würden die Kinder sagen? Aber andererseits ...«

»Andererseits?«, hakte Lennard nach.

»Wenn er keine Affäre mit Gundula hat und wirklich zum Fotoklub gefahren ist ...«

»Ja?«

Sie richtete sich auf und sah ihn mit einem verzweifelten Ausdruck auf dem rundlichen Gesicht an. »Von uns aus ist er in fünf Minuten am Klub. Wenn er dort festgestellt hat, dass niemand da ist, und dann wieder nach Haus gefahren ist, wäre er in einer Viertelstunde zurück gewesen.«

»Das ist er aber nicht, oder?«, hakte Lennard nach. »Sie sagten gerade, er sei über eine Stunde fort gewesen.«

Sie nickte. »An dem Abend habe ich da irgendwie nicht so drüber nachgedacht. Aber jetzt ... also ... ach, ich fühle mich grauenhaft! Ich meine, wie würden Sie sich fühlen, wenn Sie überlegen würden, ob Ihr Ehepartner womöglich ...?« Sie schüttelte sich. »Ich kann ihn doch nicht einfach danach fragen. Stellen Sie sich vor, für das Ganze gibt es eine ganz harmlose Erklärung. Vielleicht ist er auf dem Heimweg noch schnell bei jemandem vorbeigefahren und hat nur vergessen, es zu erzählen? Oder er war noch bei der Bank, um Kontoauszüge zu holen, oder weiß der Himmel was. Wenn ich ihn danach frage, wird er doch denken, dass ich ihn für fähig halte, jemanden umzubringen. Was würden Sie für jemanden empfinden, der Ihnen so was unterstellt?«

Lennard erkannte in ihr die echte Verzweiflung derer, die vom Grunde ihres Herzens aus lieben und vertrauen und sich plötzlich mit einer Art Parallelwelt konfrontiert sehen, in der alles, woran sie glauben, infrage gestellt wird.

Er beugte sich vor und legte kurz seine Hand auf ihren Unterarm. Als sie ihn ansah, nahm er die Hand wieder fort. Er hatte ihre ungeteilte Aufmerksamkeit.

»Frau Klappert, wissen Sie, ob Ihr Mann morgen wieder seinen üblichen Dienstagstermin wahrnehmen will?«

Sie nickte. »Das hat er gestern schon erwähnt.«

»Gut. Wenn das so ist, möchte ich Sie um etwas bitten. Das erfordert allerdings eine Kooperation von Ihnen, die ich eigentlich nicht von Ihnen verlangen kann.«

»Können Sie rausfinden, was mein Mann dienstagabends normalerweise macht?«, platzte sie heraus.

Lennard wiegte den Kopf. »Ich würde es zumindest gern versuchen. Das erfordert aber, dass Sie bis morgen Abend Stillschweigen darüber bewahren, dass Sie hier waren und was wir besprochen haben. Sie müssen das nicht tun«, setzte er rasch hinzu. »Als Ehefrau sind Sie ...«

»Nein!«, unterbrach sie ihn. »Nein, ich will das. Ich will wissen, woran ich bin. Ich werde Markus nichts von meinem Besuch hier erzählen.« Sie schien tatsächlich entschlossen.

Lennard spürte Tinas aufmerksamen Blick auf sich. Sein Vorhaben war extrem unkonventionell, aber wenn es ihnen Gewissheit verschaffen konnte, wo Klappert sich zur Tatzeit aufgehalten hatte, sollte es ihnen recht sein.

Er sah Frau Klappert ebenso fest an wie sie ihn.

»In Ordnung. Wir machen es.«

21. Kapitel

10. Mai, Montag, abends

Pamela musste dringend nachdenken.

Sie parkte den Wagen in der Nordstadt direkt vor dem Haus, in dem Valerie mit ihren Eltern wohnte.

Leia war nach der Schule mit zu ihrer Freundin gegangen, um dort für den morgigen Chemietest zu lernen. Valeries Mutter arbeitete in einem Chemielabor, war ein Ass in Formeln und konnte den beiden dabei helfen.

Pamela hatte versprochen, ihre Tochter nach der Lerneinheit dort einzusammeln. Aber weil der Einkauf nach dem letzten Job so flott gegangen war, war sie zu früh.

> Nicht erschrecken. Auto steht schon unten. Ich geh aber noch spazieren und meld mich, wenn ich zurück bin und du runterkommen kannst.

Sie schickte die Nachricht ab, sah an den Häkchen, dass Leia sie angeschaut hatte. Prompt kam ein Küsschen-Emoji zurück.

Kurz überlegte sie, zum Wald raufzufahren. Aber so einen idealen Parkplatz wie jetzt würde sie gleich vielleicht nicht noch einmal finden, und da sie sowieso laufen wollte, um ihren Kopf frei zu bekommen, stieg sie aus und ging los. In Richtung nahe gelegenem Schulenburger Wald. Ab in die Natur, wo niemand was von ihr wollte.

Endlich Ruhe im Karton. Der Tag war stressig gewesen. Bei ihren letzten beiden Montagsjobs waren die Wohnungsherrinnen und -herren zu Hause gewesen. Das hieß: Small Talk, irgendwie um sie herumputzen, noch mal Small Talk. Die meisten Leute waren komisch, was das anging. Sie hatten kein Problem damit, wenn jemand in ihrer Abwesenheit das Haus in Ordnung brachte und sie abends beim Heimkommen alles blitzsauber vorfanden. Aber wenn sie selbst zu Hause waren, wegen Urlaub oder einem Zipperlein, kamen sie plötzlich nicht mehr damit klar, dass eine Fremde ihren Dreck wegräumte. Sie wurden so leutselig gesprächig, boten Kaffee an (schon mal mit 'ner Kaffeetasse in der Hand ein Klo geputzt?) und huschten in dem vergeblichen Versuch, ihre Verlegenheit zu vertuschen, von Raum zu Raum, immer vor ihr weg.

Pamela mochte es lieber, wenn sie freie Bahn hatte und einfach ihr Ding machen konnte. Ganz in Ruhe nachdenken inklusive. Und vielleicht spielte bei ihrem Entschluss zu diesem Gang auch die Tatsache eine Rolle, dass sie auf dem Weg zum Wald am Gymnasium vorbeikommen würde, in dem Rosentattoo-Lehrerin Nicole Schlierenstein arbeitete. Pamela hatte die Erfahrung gemacht, dass sie besser nachdenken konnte, wenn sie die Orte aufsuchte, die sie in Gedanken beschäftigten.

Während sie die Bredenscheider Straße überquerte, die

ins Zentrum führte, und den Berg hinauflief, versuchte sie, sich auf das zu konzentrieren, was sie schon den ganzen Tag im Hinterkopf beschäftigte. Etwas von dem, was Vogt gestern gesagt hatte, klopfte nämlich schon die ganze Zeit bei ihr an.

Gestern Abend hatte sie über das Gespräch mit dem Kommissar nicht weiter nachgedacht. Die Zeit mit Bernd war viel zu kurzweilig gewesen. Er war ein echter Unterhalter, konnte aber auch zuhören, war charmant, witzig und sich nicht zu schade, über sich selbst zu lachen. Genau ihr Fall.

Aber als sie dann später zu Hause im Bett lag und sich eigentlich noch in dem sexy Gefühl aalen wollte, von einem attraktiven Mann umworben zu werden, waren ihre Gedanken ganz ohne ihr Zutun wieder zu Lennard Vogt zurückgekehrt und zu dem, was sie zum Fall Neumann gesprochen hatten. Vorbei war es mit der Schwärmerei in Sachen Bernd Stangl gewesen.

Sie hatte wach gelegen. Aber anstatt sich in heißen Visionen vom nackten Aufeinanderprallen mit diesem breitschultrigen Kerl zu suhlen, hatte sie Worte zerpflückt.

Anfangs hatte sie ja gedacht, dass sie vom Kommissar nichts Neues erfahren habe – außer, dass ihm rausgerutscht war, dass ihre Vermutung in Sachen Winters Steuerhinterziehung stimmte. Aber dann hatten ihre Gedanken immer wieder an dieser einen Stelle ihres Gespräches gehakt: als Vogt beim Stichwort Lohnerhöhung durch Klappert aufgemerkt hatte.

Ja, ja, sie hatte gleich abgewiegelt. Schließlich hatte sie

sich geschmeichelt gefühlt von der Vorstellung, dass ein Auftraggeber derart von ihrer Arbeit begeistert war, dass er gern mehr Geld für ihre Leistung zu zahlen bereit war.

Da hatte es ihr einfach nicht in den Kram gepasst, dass der Kommissar es in einem Licht erscheinen ließ, als sei das Geld eigentlich als eine Art Bestechung gedacht. Aber je länger sie darüber nachdachte, desto mehr geriet sie ins Schwanken, ob an seinem Verdacht nicht womöglich doch etwas dran sein konnte.

Zugegeben, eins fünfzig pro Stunde wären als Bestechung ziemlich jämmerlich. Aber irgendwie hatte die Situation mit Klappert schon etwas von Einschmeicheln gehabt. Sein dickes Lob. Der Vergleich mit seiner Frau. Und genau da war das Angebot gekommen.

Klapperts Frau. Hm.

Pamela lief, tief in Gedanken versunken, den Bürgersteig entlang.

Wie war das gewesen? Klappert hatte gesagt, dass seine Frau früher für die gleiche Arbeit länger gebraucht hatte. Und da hatte Pamela sich bei ihm erkundigt, wie es seiner Angetrauten denn gehe, weil sie doch so durcheinander gewesen war, als Pamela mit ihr telefoniert hatte.

Ja, genau. Das hatte sie erwähnt, dass Frau Klappert ganz aufgewühlt gewesen war. Die arme Frau hatte die Wochentage durcheinandergebracht, hatte davon gesprochen, dass dienstagabends immer eine Veranstaltung im Klub sei, an der ihr Mann teilnahm. Ganz regelmäßig. Irgendwie so hatte sie es ausgedrückt.

Klappert hatte sie gefragt, wie seine Frau reagiert habe,

als Pamela sie auf diesen Fehler hingewiesen habe. Und als Pamela erwidert hatte, das habe sie gar nicht, hatte Klappert da nicht plötzlich erleichtert gewirkt? Sie konnte sich nicht mehr genau erinnern, glaubte aber, dass es so gewesen war.

Ganz sicher war das aber der Moment gewesen, in dem er plötzlich die eins fünfzig ins Spiel gebracht hatte.

Kurz blieb Pamela stehen.

Dann setzten ihre Füße sich wie von selbst wieder in Bewegung, diesmal schneller, als wollten sie den Gedanken nicht verlieren, der ihr gerade kam: Was, wenn Frau Klappert gar nicht verwirrt gewesen war? Sie war ganz sicher aufgeregt gewesen, ja. War ja kein Wunder, oder? Deswegen hatte Pamela automatisch vermutet, dass sie einfach die Wochentage durcheinandergebracht hatte. Aber was, wenn Frau Klappert tatsächlich den Dienstagabend gemeint hatte? Wenn sie der Meinung war, dass an diesem Abend in der Woche im Fotoklub eine Veranstaltung stattfand, an der ihr Mann regelmäßig teilnahm, die aber am Mordabend ausnahmsweise ausgefallen war?

Was, wenn Herr Klappert seiner Frau das genau so erzählt hatte? Weil er jeden Dienstagabend unterwegs war und … was genau anderes unternahm?

Aus einer Einfahrt bog eine Frau mit einem Golden Retriever, der Pamela freundlich anwedelte. Sie lächelte dem hübschen Hund zu. Fand es irgendwie passend, genau jetzt so eine Begegnung zu haben. Denn das war Markus Klappert doch auch: ein freundlicher Kerl, dem man nichts Böses zutraute.

Aber nur weil er zu ihr höflich und wertschätzend war,

hieß das doch noch lange nicht, dass er jemand anderem, der ihn bis aufs Blut reizte, nicht doch etwas antun könnte.

Ahsen hatte jedenfalls neulich noch gesagt, dass es immer die netten, sympathischen Verdächtigen waren, die sich am Ende als Mörder herausstellten.

Hatte Kommissar Vogt also doch den richtigen Riecher, was Pamelas Lohnerhöhung anging? Warum wollte Klappert verhindern, dass sie seiner Frau die Wahrheit über die Dienstagabende erzählte? Und wohin verschwand Klappert jeden Dienstag, wenn seine Frau ihn im Fotoklub wähnte?

Es gab ja durchaus Männer, die regelmäßig einschlägige Etablissements besuchten. Jessi fiel ihr ein. Die Typen, die sich von *Schneeflittchen & Dornhöschen* den Hintern versohlen ließen, meldeten sich bei ihren Ehefrauen höchstwahrscheinlich auch nicht ordnungsgemäß ab.

Pamela spürte, wie ihr Mund sich ganz von selbst zu einem breiten Grinsen verzog.

Als sie den Kopf hob, hatte sie gerade das Gebäude des Gymnasiums erreicht. Vor dem Eingang sah sie den Hausmeister, den sie vor zwei Tagen, am Samstag, im Gespräch mit der jungen Lehrerin Nicole Schlierenstein beobachtet hatte. Er war damit beschäftigt, die überfüllten Beutel in den Mülleimern gegen neue zu wechseln.

Na, hoffentlich hatte der gute Mann auch noch anderes zu tun, als nur den Müll zu sortieren, den diese Pubertiere den lieben langen Tag produzierten.

Fast war Pamela schon vorbeigegangen, als ihr eine Idee kam.

Sie bog ab und tänzelte auf den Mann zu. »Entschuldigen Sie«, flötete sie.

Der Hausmeister hob den Kopf.

»Herr Schneider, stimmt's?«

Er nickte, und ein kleines Lächeln erschien auf seinem Gesicht. Pamela dankte dem Himmel für ihr gutes Namensgedächtnis. So persönlich angesprochen zu werden weckte doch immer Vertrauen in den Menschen.

»Sie kennen doch hier alle Lehrkräfte, oder?«

»Denke schon.«

»Meine Tochter«, Pamela deutete vage in Richtung Parkplatz der Schulenburg, als säße das besagte Kind dort in einem Auto, »hat für ihre Lieblingslehrerin ein kleines Geschenk. Sie hat das ganze Wochenende dran gebastelt. Und dann hat sie heute Morgen vergessen, es mit in die Schule zu nehmen.«

»Ist keiner mehr da«, antwortete der Mann mit bedauerndem Schulterzucken. Er hatte gewaltige Augenbrauen, die aussahen, als seien sie abnehmbar, wie bei den Figuren in der Sesamstraße. Bestimmt waren die Zielscheibe für diverse Schülerwitze. Pamela jedenfalls fielen auf Anhieb zwei, drei ein, die prima passen würden, und sie musste blinzeln, um sich wieder auf ihr Vorhaben zu konzentrieren.

»Dachte ich mir«, seufzte sie. »Aber vielleicht können wir es ihr ja in den Briefkasten werfen. Meine Tochter meint, die Frau Schlierenstein wohnt hier ganz in der Nähe?«

Der Hausmeister knisterte mit einer neuen Mülltüte.

»Frau Schlierenstein? Nee, die wohnt in Sprockhövel.«

»Ach was!«

»Ja, Hohe Egge. Weiß ich zufällig, weil mein Schwager neulich das Haus mit dem begrünten Dach direkt gegenüber gekauft hat. Sie wohnt in dem Bruchsteinhaus ganz vorn.«

Pamela strahlte ihn an. »Das ist ja supernett von Ihnen! Da wird meine Tochter sich freuen, wenn sie ihr Geschenk doch noch loswird.«

Plötzlich wirkte er verunsichert. »Das wird doch in Ordnung sein, dass ich Ihnen das gesagt habe?«, brummte er und musterte sie.

»Wir klingeln nicht!«, versprach Pamela mit einem Augenzwinkern, um seine Bedenken zu zerstreuen. »Nur den Umschlag in den Briefkasten, und zack, sind wir wieder weg.«

»Na, das wird wohl klargehen«, meinte Herr Schneider zu seiner eigenen Beruhigung.

»Ja klar. Schönen Abend dann noch!« Pamela winkte und machte sich aus dem Staub, das letzte steile Stück zur Schulenburg hinauf.

Hohe Egge. Sprockhövel, Hohe Egge, wiederholte sie im Geiste. Da war was. Die Adresse kam ihr bekannt vor. Hatte sie da mal einen Job gehabt? Hm, nein, das wäre ihr sofort eingefallen. Vielleicht ein Kennenlerntreffen, und die Leute hatten sich dann für eine andere Reinigungsfirma entschieden? Ja, so was musste es gewesen sein. Auf jeden Fall würde ihr das noch einfallen.

Ob ihr Wissen um die Adresse ihr weiterhelfen würde, war allerdings fraglich. Sie würde hinfahren, sich mal ein bisschen umschauen. Vielleicht würde ihr irgendetwas auffallen. Manchmal waren es die Kleinigkeiten, die einen in einem Rätsel vorwärtsbrachten.

Sie marschierte über den Parkplatz, der heute nur spärlich besetzt war. Montag, Ruhetag. Das war bei fast allen Restaurants hier in der Gegend so.

Vielleicht würde sie Bernd vorschlagen, mal zusammen hier zu essen? Er hatte gestern Abend schon angedeutet, dass er sie gerne mal *ausführen* würde, wie er es nannte.

Pamela war schon lange nicht mehr hier gewesen. Wie sah es denn eigentlich mit den vegetarischen Gerichten aus? Sie steuerte den großen Glaskasten am Fuß der Treppe hinauf zum Restaurant an, in dem die Karte ausgestellt war.

Auf der anderen Seite des breiten Weges, dem Aufsteller mit der Speisekarte gegenüber, befand sich eine Infotafel mit den verschiedenen Wanderwegen durch den Wald. Die Tafel war schon in die Jahre gekommen und wurde von den Hattingern selbst nicht genutzt. Jetzt gerade stand jedoch ein Mann davor, der die verschlungenen Pfade genau studierte.

Überrascht blieb Pamela kurz stehen. Um dann ungläubig kopfschüttelnd weiterzugehen.

»Guten Abend, Herr Hauptkommissar«, begrüßte sie ihn.

Vogt fuhr herum. Sein Sonnenbrand leuchtete immer noch. Aber schon eine Nuance ins Braune hinein.

»Frau Schlonski«, sagte er, ebenso überrascht wie sie.

»Wer von uns verfolgt denn jetzt wen?«, fragte Pamela und löste damit bei ihrem Gegenüber verblüfftes Schweigen aus. Sie winkte ab. »Ach, vergessen Sie's. Wollen Sie auch ein bisschen laufen?«

»Dabei kann ich am besten denken«, bestätigte er.

»Was Sie nicht sagen. Geht mir auch so. Fuckeln Sie sich durch, oder soll ich Ihnen einen schönen Weg zeigen?«

Ritt sie eigentlich der Teufel? Sie hatte doch durch den Wald laufen wollen, um nachzudenken. Und jetzt lud sie diese staubtrockene Kripoflitzpiepe ein, sie zu begleiten? Na ja, obwohl ... Samstagabend in der Kneipe hatten sie sogar mal miteinander gelacht. Als sie sich gegenseitig ein paar typische Ruhrgebiets- beziehungsweise Norddeutschenbegriffe an den Kopf geworfen hatten.

Pamela musterte ihn heimlich. Seine Chinos und das Hemd wirkten sehr dienstlich. Wahrscheinlich war er direkt nach Feierabend hergekommen.

Vogt warf einen letzten Blick auf die verblichene Infotafel und steckte dann die Hände in die Taschen seiner Hose.

»Wenn es Ihnen nichts ausmacht.«

»Na, dann kommen Sie mal ...« Pamela nickte in Richtung breitem Weg, der links an der Schulenburg vorbeiführte.

Doch Vogt blieb noch stehen. »Und natürlich nur, wenn Sie nicht versuchen, mich über die laufenden Ermittlungen zum Fall Neumann auszuhorchen«, setzte er hinzu.

Pamela schnaubte durch die Nase. »Jetzt geben Sie mal nicht so an. Übern Sonntag kann sich ja nicht so viel getan haben. Es sei denn, die Alibis vom Winter und von Markus Klappert sind geplatzt.«

Er schwieg. Sah sie düster an.

»Oh, nee, ne? Hab ich den Nagel auf den Kopf ... und so weiter? Echt jetzt?«

»Ich werde dazu nichts ...«

»Schon gut. Hab kapiert. Also, was ist? Kommen Sie mit?«

Mit immer noch brummiger Miene schloss er sich ihr an.

»Waren Sie schon mal drin?«, erkundigte sich Pamela, als sie an der Schulenburg vorbeigingen.

»Bisher nicht. Beeindruckendes Gebäude«, bemerkte er.

»Wurde so um 1900 rum gebaut«, erzählte Pamela. »Es gibt einen Barocksaal mit riesig hoher Decke. Für Hochzeiten und so. Aber von Heiraten haben wir wahrscheinlich beide erst mal die Schnauze voll, hm?«

Vogt lächelte unbehaglich.

Aha, noch ein Thema, über das er wohl lieber nicht reden wollte.

»Natürlich kann man auch essen gehen, ohne zu heiraten«, schlug sie einen eleganten Bogen. »In der ehemaligen Henrichshütte zum Beispiel, oder unten am Ruhrwehr in der ehemaligen Mühle, oder in der Burg Blankenstein, oder in der Wasserburg Haus Kemnade ... Lustig, alles Restaurants, die irgendwie einen besonderen Bezug zur Stadt haben«, unterbrach sie sich selbst. »Muss daran liegen, dass ich so ein Hattinger Blag bin. Immer, wenn ich mit jemandem spreche, der nicht von hier kommt, muss ich mit allem Tollen angeben, was es hier gibt.«

»Sie haben immer hier gelebt?«, fragte Vogt ein wenig steif. Klar, er hatte ja jetzt noch keine drei Bier intus.

»Hier geboren. Immer hier gelebt. Wahrscheinlich werd ich auch hier in die Grube fahren«, bestätigte sie.

»Es ist schon eine besondere Region«, sagte er in dem gewagten Versuch von Small Talk. War doch echt nett von ihm, so was über ihre Heimat zu sagen. Mit wenigen Worten auf den Punkt gebracht.

»Besondere Region, besondere Geschichte, besondere Menschen. Wissen Sie, was ich am Ruhrgebiet so klasse finde? Es sind Städte, wo sich jede für sich doch echt von den anderen unterscheidet. Und trotzdem gehören sie alle irgendwie zusammen. Durch die Kohle, den Stahl, den Fußball. Es gibt hier 'ne Taubenklinik, wussten Sie das? Jaha, in Essen. Weil Tauben früher hier einfach dazugehört haben, genauso wie die Halden, die Schrebergärten und so. Man musste zusammenhalten, gemeinsam anpacken. Und nach dem Krieg natürlich doppelt, weil hier ja alles in Schutt und Asche lag. Wenn Sie gerne ins Kino und Theater gehen, haben Sie hier auch das Paradies. Der Laden in Ihrer eigenen Stadt spielt grad nichts Spannendes für Sie? Macht nix! Fahren Sie in die nächste, da gibt's ja auch was. Und weit müssen Sie dafür nicht. Manchmal sind es nur ein paar Stationen mit der Straßenbahn, schwups: nächste Stadt. Für einmal durch Berlin sind Sie länger unterwegs. Aber hier ist alles nah, alles ratzfatz zu erreichen. Und obwohl Sie über eine Stadtgrenze raus sind, fühlt es sich trotzdem an wie zu Hause, weil hier alle so sprechen wie Sie ...« Pamela unterbrach sich. »Also, na ja, wohl eher wie ich.«

Er lächelte tatsächlich.

»Sie lieben Ihre Heimat, das merkt man.«

»Wer denn nicht?« Sie sah ihn von der Seite an. Hier im lichten Schatten der Bäume wirkte sein Sonnenbrand nicht mehr so angsteinflößend, sondern beinahe wie gesunde Bräune. Sah zu dem dichten, dunklen Haar fast schon gut aus. Wenn er sich nur nicht so gerade halten würde, als hätte er einen Stock verschluckt. Dann hätte man das mit dem Oberschlaukommissar vielleicht zwischendurch mal vergessen können. »Vermissen Sie die Nordsee?«

Sie gingen weiter und weiter. Eine Weggabelung kam. Pamela wählte den linken.

Gerade kam ihr der Verdacht, dass er ihre Frage vielleicht nicht gehört hatte, als Vogt tief Luft holte.

»Ich hätte nie gedacht, dass ich den Wind vermissen würde«, sagte er. »Am Deich langzugehen und so richtig durchgepustet zu werden. Diese Böen, die zusammen mit dem Geruch nach See und Tang vom Meer her kommen. Darüber habe ich nie nachgedacht, als ich noch in Bremerhaven gelebt habe. Es gehörte irgendwie einfach dazu. Genauso wie diese Weite. Kilometerweit sehen zu können. Übers Watt, in dem die Priele fließen. Oder auch landeinwärts über die Felder und Wiesen.«

Sie gingen schweigend weiter.

Das waren nur ein paar Sätze gewesen, aber Pamela war klar, dass das Wort *Vermissen* wahrscheinlich nicht ausreichte, wenn es um Vogt und die Nordsee ging. Es klang nämlich so, als habe er grässliches Heimweh.

»Wenn es ganz schlimm ist, sollten Sie mal am Kemnader See spazieren gehen«, schlug sie vor. »Setzen Sie sich auf eine der Bänke, und machen Sie die Augen zu. Wenn Sie

Glück haben, kommt Wind auf. Was Sie da aber auf jeden Fall haben, ist Möwengeschrei. Die gibt es da rund ums Jahr.«

Er wandte den Kopf und sah sie überrascht an. So langsam begann sie, sich an den verwunderten Ausdruck auf seinem Gesicht zu gewöhnen, den sie immer mal wieder auslöste.

Diesmal mischte sich noch etwas anderes hinein. Etwas, das Pamela irgendwie packte und sie beinahe rührselig werden ließ.

Schnell setzte sie hinzu: »Würd ich an Ihrer Stelle in der nächsten Zeit aber nur machen, wenn es bewölkt ist. Nicht, dass Sie noch mal zu viel Sonne ...«

Der Ausdruck verschwand. Dafür erschienen die Grübchen, die sie schon in der Kneipe überrascht hatten.

»Vielen Dank für den Hinweis«, sagte er schmunzelnd. »Diese Direktheit ist auch etwas, das die Menschen dieser Region ausmacht und womit ich mich erst ... anfreunden musste.«

»Meine Eltern haben fast drei Jahrzehnte Urlaub in Norddeich gemacht. Und mein Vater sagte immer: ›Die Norddeutschen machen nicht viele Worte. Dafür meinen sie aber auch jedes davon‹«, erzählte Pamela. »Bei uns hier ist das auch so: Wir meinen auch alles genauso, wie wir es sagen. Nur, dass wir ... na ja, mehr Worte in Benutzung haben.«

»Wie Möppel?«

Ha, das hatte er sich also gemerkt.

»Zum Beispiel. Aber es ist auch ein bisschen so ein Ding,

wie man so insgesamt mit den Leuten umgeht. Wenn Sie in Ihren Fällen Leute befragen, haben Sie doch bestimmt schon gemerkt, dass die gern von sich aus reden, oder? So eine Frage nach der anderen, das liegt den Ruhrpöttlern nicht. Immer frei von der Leber weg.«

»Klingt, als könnten Sie mir ein paar gute Tipps geben.«

Huijuijui, machte der Kommissar am Ende sogar einen Scherz?

»Wissen Sie was? Schaden kann das ja nicht«, stimmte Pamela ihm zu. Und dann erzählte sie. Von den Menschen im Ruhrgebiet im Allgemeinen, von der *Sauberzauber*-Kundschaft im Besonderen, ihrer Mutter, Leias Freundinnen und dem Lehrerkollegium. Irgendwie schien es in ihrem Leben nur so zu wimmeln vor Beispielen, an denen ein Kriminalhauptkommissar den richtigen Umgang mit Ruhrpöttlern lernen konnte. Vogt hörte aufmerksam zu, stellte Fragen, lachte sogar ein paarmal. Schneller als erwartet kamen sie wieder am Parkplatz der Schulenburg an.

»Ach je, jetzt hab ich die ganze Zeit gequatscht und Sie damit abgelenkt«, sagte Pamela. »Wenn Sie das nächste Mal hier nachdenken wollen, werden Sie den Weg doch hoffentlich trotzdem finden?«

Er hob die Schultern. »Falls ich vermisst werde, wissen zumindest Sie, wo die Hundestaffel nach mir suchen muss.«

»Hey!«, machte Pamela und deutete mit dem Finger auf ihn. »Der war schon echt gut. Üben Sie weiter! Dann können Sie Nordlicht es irgendwann mit uns aufnehmen.«

Er hob die Brauen, konnte aber das leichte Zucken in den Mundwinkeln nicht verbergen.

»Ich muss da lang.« An der Straßenkreuzung hinunter in die Stadt deutete Pamela nach Norden hinunter.

»Wiedersehen.« Er nickte und setzte sich in Richtung Altstadt wieder in Bewegung.

»So wie es bisher gelaufen ist, wahrscheinlich ziemlich bald«, rief Pamela ihm nach.

Seine Antwort bestand nur aus einem Murmeln, und sie war sich nicht sicher, ob sie ihn richtig verstanden hatte. Hatte er tatsächlich »Manchen Dingen kann man offenbar nicht ausweichen« gesagt? Herr Oberwitzkommissar entwickelte wohl so was wie Humor.

Ein Blick auf die Uhr sagte ihr, dass sie sich jetzt sputen sollte. Bei Teenagern kamen Verspätungen nicht gut an. Natürlich nur, solange sie sie nicht selbst verursachten.

Also beschleunigte sie ihren Schritt.

Als sie an der Schule vorbeikam, fiel ihr wieder der Hausmeister Schneider ein, und ein schlechtes Gewissen regte sich leise in ihr.

Sie hatte Vogt nichts von Nicole Schierenstein erzählt und davon, dass sie jetzt sogar wusste, wo die Frau vom Fotoschnipsel zu finden war. Aber hatte er nicht gleich zu Beginn ihres zufälligen Treffens mehr als deutlich gemacht, dass er über den Neumann-Fall nicht sprechen wollte? Dass Pamela ihm auf den Kopf zugesagt hatte, dass die Alibis von den beiden Verdächtigen, Winter und Klappert, geplatzt waren, hatte ihn ja ziemlich gewurmt.

Trotzdem. Hätte sie nicht vielleicht doch ein Wort fallen lassen sollen und …

Abrupt blieb sie stehen.

Da war sie! Die Verbindung, wegen der ihr die Adresse so bekannt vorgekommen war. Es war kein Erstgespräch bei der Kundschaft gewesen, die sich dann doch für jemand anderen entschieden hatte. Als sie am Morgen nach dem Mord Markus Klappert im Klub getroffen und ihn danach gefragt hatte, ob Neumann in der Nähe des Klubs gewohnt hatte, hatte er es erwähnt.

Sie hatte es nur fast wieder vergessen, weil ihr die Info zu Neumanns Epilepsieerkrankung so schwerwiegend erschienen war.

Sprockhövel, *Hohe Egge*, hatte Markus Klappert gesagt.

Peter Neumann hatte in derselben Straße wie Nicole Schlierenstein gewohnt.

22. Kapitel

11. Mai, Dienstag, abends

Thilo hatte angeboten, ihn zu begleiten. Doch Lennard war bei diesem kleinen Einsatz sicher, dass er keine Verstärkung brauchte. Es war nicht seine Absicht, in Erscheinung zu treten. Er wollte nur Klarheit. Für sich. Und wenn er ehrlich war, auch ein bisschen für Frau Klappert.

Um Punkt halb acht verließ Klappert in seinem silbernen Audi die schmale Gasse hinter der Blankensteiner Kirche, ganz so, wie seine Frau es vorausgesagt hatte.

Lennard sah im Rückspiegel des dunkelblauen Dienstwagens, wie das Auto sich näherte und an ihm vorbeifuhr. Klappert blickte angestrengt nach vorn und bemerkte ihn nicht.

Als Lennard den Motor anließ und aus der Parklücke fuhr, musste er noch mal abbremsen, denn direkt vor ihm scherte rasch ein Kleinwagen in verwaschenem Rot aus und setzte sich zwischen ihn und sein Ziel. Verflixt. Das konnte ein Problem werden, wenn der Fahrer dieses Autos zum Beispiel beim Einbiegen auf die Hauptstraße nicht so schnell unterwegs war.

Klappert wählte die Zufahrt, die durch eine Ampel geregelt war. Die drei Wagen warteten hintereinander, und als das Licht auf Grün sprang, folgte der rote Kleinwagen Klapperts Audi so nahtlos, dass Lennard sich nicht beklagen konnte.

Klappert fuhr rechts in Richtung Stadt. Doch anstatt der Straße einfach weiter Richtung Südstadt und Fotoklub zu folgen, bog er an der übernächsten Kreuzung wieder rechts ab. Lennard folgte ihm, den roten Kleinwagen immer noch zwischen Klappert und sich selbst. Die folgende Ampel war grün, als Klappert sich näherte, sprang jedoch auf Gelb, sobald er sie passiert hatte.

»Verdammt!«, zischte Lennard.

Doch er hätte sich keine Sorgen zu machen brauchen. Der kleine Rote beschleunigte und schoss bei Gelb durch, während Lennard bei … nun, Orange.

Weiter ging die Fahrt Richtung Holthausen. An der Ampel dort, links abbiegen, war es sogar noch knapper. Lennard betrachtete den kleinen roten Wagen vor sich genauer.

Es war ein altes Modell, das jedoch sehr gepflegt wirkte. Hinter dem Steuer saß eine Gestalt mit Baseballkappe, deren Schirm weit ins Gesicht gezogen war. Mehr konnte er vom Fahrer nicht erkennen. Dieser sah auch nicht in den Rückspiegel, sondern schien vollkommen konzentriert darauf, nach vorn zu blicken. Nach vorn auf die Straße oder … zu Klappert?

Lennard wählte über die Freisprechanlage die Kurzwahlnummer der Wache.

»Lennard Vogt hier«, sagte er, als sich ein Kollege meldete. »Ich brauche Auskunft über den Halter des Wagens mit folgendem Kennzeichen: EN ...« Er gab es durch. »Meldet ihr euch zurück, wenn ihr es habt?«

»Dauert nur ein paar Minuten.«

»Bis gleich.« Er legte auf.

Als der kleine Rote Klappert auch über den nächsten Kreisel folgte, war Lennard sich fast sicher: Er war heute nicht der Einzige, der herausfinden wollte, wohin Klappert dienstagabends regelmäßig fuhr.

Ob Frau Klappert etwas damit zu tun hatte? Aber wieso sollte sie? Er hatte ihr zu verstehen gegeben, dass er sich darum kümmern würde. Kein Grund also, selbst noch jemanden auf ihren Mann anzusetzen.

Ein Anruf ging ein.

Da waren die Kollegen ja fix gewesen.

»Vogt hier?«

»Lennard.« Das war nicht der Kollege aus der Wache, sondern Thilo. »Ich hab Neuigkeiten zu Winters Alibi.«

»Winters geplatztem Alibi«, korrigierte Lennard ihn.

»So wie es aussieht, könnte es doch ein echtes Alibi sein«, widersprach sein Kollege. »Jenny aus der IT hat grad Bescheid gegeben: Winter hat am Abend des Mordes über die gesamte Dauer des digitalen Fotografentreffens versucht, sich wieder ins Meeting einzuloggen. Es sind vom Server etliche Versuche registriert. Sieht so aus, als hätte er die Wahrheit gesagt.«

»Du sagst es: Es sieht so aus«, erwiderte Lennard. »Können wir rausfinden, ob er selbst diese Einwahlversuche unternommen hat?«

»Wüsste nicht, wie.«

»Bring das bitte in Erfahrung, ja?«

»Aye, aye. Schon was Neues bei dir?«

»Wir sind noch ... unterwegs.«

»Viel Erfolg.«

»Danke.«

Sie beendeten das Gespräch.

Sollte Winter doch ein Alibi für die Tatzeit haben? Lennard verbot sich solche Gedanken normalerweise, doch dieser blasse Kerl mit den nervösen Augenlidern war ihm einfach nicht sympathisch.

Die drei Wagen kurvten hintereinander die Buchholzer hinunter und tauschten das Hattinger Stadtgebiet gegen Witten.

Unten angekommen, bog Klappert nach links ab. Der Rote ebenfalls. Lennard musste einen Motorradfahrer vorbeilassen, ehe er ebenfalls folgen konnte.

Wollte Klappert auf die Autobahn? Wohin würde sein Weg ihn führen? Ganz sicher jedenfalls würde er nicht zum Fotoklub fahren, wie er es seiner Frau angekündigt hatte, denn von dem entfernten sie sich immer weiter.

An der nächsten Kreuzung bog sein Beschattungsziel nicht nach rechts Richtung Autobahn ab, sondern fuhr geradeaus, am Wasserschloss Kemnade vorbei. Natürlich folgte der Kleinwagen ihm.

Als sie auf der Brücke die Ruhr überquerten, sah Lennard nach rechts zum See, über dem ein paar Möwen kreisten. Pamela Schlonski fiel ihm ein. Wie konnte es sein, dass ein Mensch derart polterig daherkam und dann einen so feinfühligen Vorschlag gegen sein andauerndes Heimweh machte? Auf eine Bank setzen, Augen schließen, Wind spüren, Möwen hören.

Sie fuhren den steilen Berg hinauf nach Bochum Stiepel. Und spätestens am Ortseingangsschild musste er wieder an die Reinigungskraft mit den blauen Augen denken. Eine Stadt an der anderen, natürlich, sie hatte recht gehabt. Nur hatte er es so noch nie gesehen. Er zwang sich, diese Gedanken wegzuschieben und sich auf die Observation zu konzentrieren.

Klappert durchquerte den feinen Bochumer Stadtteil Stiepel und setzte dann irgendwann den Blinker in Richtung Weitmar.

Lennard sah auf die Uhr.

Wenn Klappert am Mordabend ebenfalls diesen Weg genommen hatte, hätte er schon jetzt doppelt so lang gebraucht wie für den Weg in den Klub. Das würde die Zeitspanne erklären, die er von zu Hause weg gewesen war.

Ohne es zu wissen, lotste Klappert den kleinen roten Wagen und Lennard durch weitere Nebenstraßen. Schließlich hielt er vor einem typischen Bochumer Altbau und parkte geschickt ein.

Lennard war gespannt, was der Verfolger vor ihm tun würde.

Wirklich nicht dumm. Der Wagen fuhr zunächst weiter und bog dann in eine Garagenhofeinfahrt auf der anderen Straßenseite.

Lennard selbst hielt nach fünfzig Metern am Bordstein, nahm zur Tarnung das Handy ans Ohr und sah in den Rückspiegel.

Klappert stieg aus dem Wagen. Er hatte seine Laptoptasche dabei, von der seine Frau berichtet hatte, dass er die dienstags immer mitnahm. Brauchte er den Rechner an seinem Ziel? Oder wollte er nur verhindern, dass dieser Alibigegenstand aus dem Auto gestohlen würde?

Ein Anruf von der Dienststelle kam rein. Lennard drückte ihn weg.

Markus Klappert hatte offenbar keine Ahnung, dass er verfolgt worden war. Er sah sich weder um, noch machte er den Eindruck, als befürchte er, hier gesehen zu werden. So fiel ihm wahrscheinlich auch nicht auf, dass der rote Kleinwagen wieder in der Garagenhofzufahrt auftauchte und dann rechts am Bürgersteig hielt.

Klappert ging zu dem Haus, vor dessen Tür er geparkt hatte. Dort drückte er auf den Klingelknopf, wartete kurz und wurde hereingelassen.

Lennard wollte gerade die Rückruftaste betätigen, um die Auskunft über den Halter des roten Kleinwagens einzuholen, als sich dessen Tür öffnete.

Der Fahrer stieg aus. Schlank, in schwarzen Jeans und übergroßem Sweatshirt, den Schirm des Basecaps immer noch tief ins Gesicht gezogen. Trug er nicht auch eine Sonnenbrille?

Aufmerksam beobachtete Lennard, wie die Person die Straße überquerte und die wenigen Stufen zu dem Hauseingang nahm, in dem Klappert gerade verschwunden war.

Würde er jetzt ebenfalls klingeln und hineingehen? Doch der Fahrer des fremden Wagens warf nur einen längeren Blick auf das Klingelschild und trat dann den Rückzug an. Er verschwand wieder im Auto, betätigte jedoch nicht die Zündung.

Lennard überlegte. Klappert? Oder der unbekannte Beschatter? Sein Finger zuckte zur Wiederwahltaste, doch dann entschied er sich dagegen. Womöglich waren der Halter des Wagens und sein Fahrer nicht identisch. Womöglich würde ihm der Fahrer durch die Lappen gehen, während er mit den Kollegen telefonierte.

Also stieg Lennard aus, schloss die Wagentür und überquerte die Straße. Auf der anderen Seite näherte er sich dem roten Wagen, scherte hinter ihm vom Bürgersteig auf die Straße aus und blieb neben der Fahrertür stehen.

Was er sah, war die auf dem Armaturenbrett abgelegte Sonnenbrille und den Schirm einer Baseballkappe, tief über ein Smartphone gebeugt, auf dem eifrig herumgetippt wurde.

Er klopfte an die Scheibe.

Der Fahrer fuhr zusammen, der Kopf flog hoch, und Lennard wurde von zwei erschrockenen Augen angestarrt. Um genau zu sein, waren es die blauen Augen von Pamela Schlonski.

Sie starrten sich an. Dann kurbelte sie das Fenster herunter.

»Was machen Sie denn hier?«, wollte sie wissen.

»Oh nein, die Frage lautet: Was machen Sie hier?«, erwiderte Lennard.

»Ich hab zuerst gefragt«, konterte sie.

Lennard öffnete den Mund und schloss ihn wieder, zu

überrascht, um wütend zu sein. Wie konnte es sein, dass diese Frau einfach überall auftauchte, wo er war?

Rasch warf er einen Blick über die Schulter, ging mit großen Schritten ums Auto herum und wollte auf der Beifahrerseite einsteigen. Als er die Tür öffnete, wischte die-Frau-die-überall-auftauchte mit einer Handbewegung diverse Kleinigkeiten vom Sitz in den Fußraum: eine Bonschentüte (*Bömske*, fiel ihm vollkommen deplatziert ein), eine Packung Taschentücher, mehrere Haargummis, Sonnencreme, ein Notizbuch und Gummihandschuhe.

Er schob sich auf den Sitz, verstaute seine langen Beine neben dem Kram im Fußraum und schloss die Tür.

»Sagen Sie jetzt nichts«, bat Pamela Schlonski. »Ich wollte nur gucken, wohin Klappert so regelmäßig dienstags verschwindet, während seine Frau denkt, dass er im Fotoklub ist.«

Spontan wollte Lennard fragen, woher sie von diesem Umstand wusste, doch dann überlegte er es sich anders. Vielleicht musste auch ein Kriminalhauptkommissar nicht alles wissen.

»Konnten Sie Ihre Neugierde befriedigen?«, fragte er stattdessen.

Sie verzog die Lippen zu einem spitzen Mund, sagte aber nichts zu seiner Unterstellung von Klatschsucht. »Männliche Eitelkeit«, stieß sie stattdessen hervor.

»Bitte?« Für einen winzig kleinen Augenblick schien es Lennard tatsächlich, als meine sie ihn damit. Doch dann begriff er, dass sie von Klapperts Dienstagsausflügen sprach, denn sie nickte zu dem Haus hinüber, in dem der Hobbyfotograf verschwunden war.

»Da wohnt Dirk Janus Tracke«, erklärte sie. »Steht am Klingelschild. Und im Untergeschoss steht sein Name noch mal, *Fotografie Tracke* steht da, neben so einem Scherenschnitt von einer Kamera. Tracke ist so richtiger Profi-Fotograf und gibt in seinem Souterrain Workshops zu allen möglichen Fotothemen. Ich hab das mal schnell ecosiat.« Dabei hielt sie ihr Smartphone in die Höhe.

»Sie haben … was?« War das auch wieder so ein Ruhrpottsprache-Ding?

»Sagen Sie bloß, Sie googeln noch? Es gibt doch schon lange diesen anderen Suchdienst, der viel nachhaltiger ist. Mit jeder Frage, die Sie da stellen, pflanzen Sie quasi einen Baum. Wenn Sie 'ne vierzehnjährige Tochter hätten, wüssten Sie das«, erklärte sie ihm, ließ ihm aber keine Zeit für eine Antwort, sondern setzte hinzu: »Ist doch klar, was da läuft, oder? Klappert holt sich Nachhilfe von einem Fachmann, findet das selbst aber so peinlich, dass er keinem was davon erzählt. Er will es nicht mal seiner Frau sagen. Stattdessen lügt er ihr vor, dass er jeden Dienstag in den Fotoklub fährt. Ziemlich gewagt, wenn Sie mich fragen. Ich meine, wenn die das mal spitzkriegt, dann wird sie doch auf ganz krumme Ideen kommen, oder? Ich an ihrer Stelle jedenfalls würde sofort an eine andere Frau denken.«

Lennard sah wieder die kleine Frau Klappert vor sich, wie sie ihn verzweifelt anblickte und darum bat, er möge rausfinden, ob ihr Mann sie womöglich betrog.

»Frau Schlonski, was Sie sich zusammenreimen, hilft

vielleicht gegen Neugierde«, bei diesem Wort spitzte sich erneut ihr Mund, »aber solche Schlussfolgerungen helfen uns in einer Mordermittlung nicht weiter. Ich sage das nur für den Fall, dass Sie das mit Ihrem Tun bezwecken. Sie helfen uns nicht. Im Gegenteil, Sie behindern womöglich unsere Arbeit. Denn wir brauchen kein Zusammenreimen, wir brauchen Fakten.«

Pamela Schlonski sah ihn unter dem Schirm der Mütze hindurch an, ihr Ausdruck irgendwie kritisch.

»Dann schaffen Sie doch Fakten«, sagte sie und deutete zum Haus hinüber.

Lennard erwiderte ihren herausfordernden Blick für einen Moment. Dann fingerte er nach dem Türgriff und stieg aus.

Beim Überqueren der Straße spürte er regelrecht ihre blauen Augen auf ihn gerichtet.

Das Klingelschild sah genauso aus, wie sie beschrieben hatte: oben der volle Name. Unten *Fotografie Tracke* neben dem Bild der Kamera.

Er drückte den Knopf.

Ein Ton war nicht zu hören. Doch es dauerte nicht lange, da wurde die Tür geöffnet.

Ein Mann stand vor ihm. Er war etwa Mitte dreißig, hatte aber kein einziges Haar mehr auf dem Kopf, was natürlich auch eine Stilentscheidung sein mochte. Er war barfuß, wobei der eine Fuß mit einem Verband umwickelt war, trug Jeans und über einem Muskelshirt ein offenes Hemd.

»Guten Abend. Sind Sie Herr Tracke?« Nicken. »Kripo

Hattingen, Hauptkommissar Vogt«, stellte Lennard sich vor und hielt seine Dienstmarke hoch.

Herr Tracke studierte diese kurz und nickte dann. Ungewöhnlich entspannt wirkte er. »Wie kann ich helfen?«

»Hält Herr Markus Klappert sich bei Ihnen auf?«

Blick zur Treppe, die hinunterführte.

»Ja. Wieso?«

»Ich würde ihn gern einen Augenblick sprechen.«

Tracke bat ihn herein und schloss die Tür. Sicher würde Pamela Schlonski in ihrem Auto jetzt unruhig auf ihrem Sitz herumrutschen.

Es waren nur ein paar breite Stufen hinunter ins Souterrain. Im Gang waren die Wände gepflastert mit Schwarz-Weiß-Fotografien. Gesichter. Tiere. Landschaften. Wunderschöne Bilder. Lennard stand allerdings eher auf Farbe.

Tracke führte ihn durch die Tür geradeaus, wo mittig im Raum ein gewaltiger Tisch platziert war, auf dem diverse Fotoabzüge verteilt lagen. Am Tisch stand Klappert und war gerade dabei, die Bilder in eine Ordnung zu bringen. Als sie eintraten, sah er auf und erstarrte.

»Guten Abend«, grüßte Lennard.

Klappert sah ihn an wie das Kaninchen die Schlange.

Vogt wandte sich an den Hausherrn: »Wäre es möglich, dass ich kurz mit Herrn Klappert allein spreche?«

Ihm fiel auf, dass Tracke einen Blick mit Klappert tauschte, wie er vielleicht eher unter Freunden denn unter Lehrer und Schüler üblich wäre. Klappert nickte kaum merklich, und Tracke verschwand.

»Noch einmal zu Ihrer Aussage, wo Sie sich am Abend

des Mordes an Peter Neumann aufgehalten haben«, begann Lennard.

Klappert atmete tief ein, wieder aus und ließ sich auf den Stuhl neben ihm sinken.

»Ich weiß, das war unklug, nicht die Wahrheit zu sagen«, begann er. »Aber ich konnte irgendwie nicht mehr raus aus der Geschichte. Meine Frau ... Was hätte die gedacht? Und die anderen im Klub. Die würden sich doch schlapplachen, wenn sie wüssten ...«

»Was? Dass Sie sich hier bei einem Profi fortbilden?«, half Lennard ihm. »Wo ist das Problem? Sie sind doch alle Hobbyfotografen. Und von einem Profi kann man doch nur lernen, oder?«

»Peter Neumann hat das anders gesehen«, erklärte Klappert mit bitterem Unterton. »Vorträge und Workshops waren seiner Meinung nach nur was für die Anfänger, die Schwächlinge. Und wöchentliche Stunden? Er hätte sich totgelacht, mich mit Spott überschüttet. Vor allem, nachdem er den Preis bei dieser nationalen Ausstellung gewonnen hat. Und sein Bild war genial, stimmig, einfach perfekt auf den Punkt. Wissen Sie, er hat nicht oft Bilder von sich hergezeigt. Immer nur die, die er für perfekt hielt. Er war der Meinung, entweder man hat es, oder man hat es nicht. Hat die Stimmung im Klub diesbezüglich so ganz langsam gewendet. Niemand lässt sich gern auslachen, verstehen Sie?«

Lennard nickte langsam. »Und am Mordabend?«

»Ich bin wie immer hergefahren. Aber Dirk ... ihm war in der Dusche die Shampooflasche runtergefallen, Glas. Und er war in eine Scherbe getreten. Ich hab ihn zum Bergmannsheil gebracht, er konnte ja weder laufen noch selbst fahren, und bin dann wieder nach Hause. Habe meiner Frau erzählt, der Klubabend sei ausgefallen, und ich hätte die Mail nicht gesehen. Als wir hörten, was passiert war, hat Hilde vorgeschlagen, wir sollten doch gar nicht erwähnen, dass ich an dem Abend kurz am Klub war. Und ... na ja, so kam das.«

Lennard verschränkte die Hände und probierte seinen strengen Blick, der bei Winter sofort ein Geständnis erwirkt hatte, bei der Frau, die draußen in dem Kleinwagen saß, jedoch regelmäßig versagte. Der Blick in Kombination mit Klapperts schlechtem Gewissen wirkte: »Aber alles andere, was ich ausgesagt habe, stimmt. Ich war nicht im Klub«, beteuerte Klappert.

»Ihre Aussage werde ich mir natürlich von Herrn Tracke bestätigen lassen«, sagte Lennard.

Klappert nickte mit einer Gelassenheit, die Menschen zeigten, wenn sie sich ihrer Sache sicher waren. »Das können Sie gern.«

Damit war das kurze Gespräch also beendet. In der Tür drehte Lennard sich einer Eingebung folgend noch einmal um.

»Herr Klappert, das ist natürlich eine ganz persönliche Entscheidung. Aber ich würde Ihnen empfehlen, Ihrer Frau die Wahrheit über die Dienstagabende zu erzählen. In so einer Sache zu lügen kann schnell zu ... falschen Schlussfolgerungen führen, wenn Sie verstehen, was ich meine.«

Klappert sah ihn mit großen Augen an. Lennards Auftauchen hier hatte ihn wahrscheinlich so aus dem Konzept gebracht, dass er sich erst jetzt zu fragen begann, woher die Kripo von der Dienstagabend-Lüge wusste. Dann nickte er knapp.

Lennard ging die Stufen hinauf und klopfte an die Wohnungstür im Hochparterre. Sie wurde fast augenblicklich von Dirk Janus Tracke geöffnet.

»Ist bereits alles geklärt«, sagte Lennard mit einem, wie er hoffte, beruhigenden Lächeln. »Ich habe nur noch eine kurze Frage an Sie.« Er deutete auf den Verband an Trackes Fuß.

»Wie ist diese Verletzung passiert?«

Der Fotograf sah ihn an, ohne zu blinzeln. »Mir ist in der Dusche die Shampooflasche runtergefallen, und ich bin in eine Glasscherbe getreten.«

Das waren in etwa die Worte, die Klappert auch gewählt hatte.

»Letzten Dienstag?«

»Richtig. Markus ... Herr Klappert hat mich zum Krankenhaus gefahren«, bestätigte Tracke.

»Wie lange hat das ungefähr gedauert?«

Tracke überlegte.

»Also, als er ankam, war das grad passiert. Ich bin hier noch rumgehüpft, mit 'nem Handtuch um den Fuß. Das hat geblutet wie Sau. Wir sind zum Bergmannsheil in die Notaufnahme. Als klar war, dass ich da gut betreut bin, ist er wieder gegangen.«

Lennard hob den Daumen. »Vielen Dank. Das war es auch schon. Auf Wiedersehen.«

»Wiedersehn.« Dirk Tracke ließ ihn beflissen hinaus und

schloss dann die Tür mit einem leisen, aber deutlichen Klack hinter Lennard.

Der sah automatisch zur anderen Straßenseite hinüber. Natürlich saß Pamela Schlonski bei heruntergekurbeltem Fenster in ihrem Wagen und sah ihm entgegen, als er zu ihr hinüberging.

»Sie sind ja immer noch hier«, stellte er fest.

»Was haben Sie denn gedacht? Dass ich einfach wegfahre?«, entgegnete sie. Ja, was hatte er denn gedacht?

»Und? Hatte ich recht?«, wollte sie ungeniert wissen. »Klappert nimmt hier Unterricht und war auch letzte Woche hier?«

»Ich darf mit Ihnen nicht über die Ermittlungen sprechen«, antwortete er und versuchte, die Male zu zählen, die er diese Worte bereits zu ihr gesagt hatte.

Daraufhin lächelte sie auf eine Art und Weise, als hätte er ihr alles verraten.

»Irgendwie beruhigt mich das«, sagte sie.

»Was?«

Sie zuckte mit den Schultern, was in dem übergroßen Sweatshirt lustig wirkte. »Dass der Klappert jetzt doch wieder ein Alibi hat. Ahsen sagt zwar, es sind immer die Sympathischen, die, die alle für harmlos halten. Aber irgendwie mag ich ihn. Hätte mir nicht so in den Kram gepasst, wenn er das mit dem Neumann gewesen wär.«

Sie ließ den Motor an, der sogleich losschnurrte.

»Ich muss Abendbrot machen. Dann bis bald, Herr Kommissar. Schönen Abend noch!«, rief sie.

Er schaffte es gerade noch, »Ihnen auch!« zu erwidern,

dann war sie bereits losgefahren und surrte mit dem kleinen Roten die Straße hinunter.

Einen Augenblick sah Lennard ihr nach. Dieser überstürzte Aufbruch passte so gar nicht zu Pamela Schlonskis auffälligem Interesse an diesem Fall. Doch dann musste er sich eingestehen: Wahrscheinlich wusste sie nun alles, was sie heute Abend zu erfahren gehofft hatte. Und indem sie sich schnell aus dem Staub machte, war sie einer weiteren Ermahnung seinerseits aus dem Weg gegangen.

Als er zum Dienstwagen hinüberging, stellte er fest, dass in seinen Mundwinkeln, ganz gegen seinen bewussten Willen, ein kleines Grinsen saß.

23. Kapitel

12. Mai, Mittwoch, vormittags und nachmittags

Der Fotoklub kam Pamela mittlerweile vor wie ihr zweites Zuhause. Sie stellte die Putzbox ab und hängte ihre leichte Jacke an die Garderobe.

Diesmal ging sie erst durch alle Räume, um nicht wieder eine böse Überraschung zu erleben. Niemand da.

Das Polizeiflatterband versperrte immer noch die Tür zum Studio. Weil sie ja im Büro auch erst am Samstag noch ein Großreinemachen veranstaltet hatte, würde sie heute im gesamten Klub bestimmt eine Stunde weniger brauchen.

Bevor sie die Tücher und das Putzmittel aus der Box kramte, betrachtete Pamela ganz genau das Plakat mit den aktiven Klubmitgliedern. Also zumindest denen, die noch unter den Lebenden weilten. Jemand hatte unter das Bild von Peter Neumann eine kleine schwarze Schleife auf den Rahmen geheftet. Sie wirkte auf den ersten Blick wie eine mutierte Stubenfliege und verdeckte jetzt den Titel *Erster Vorsitzender*.

Daneben lächelte der gute Klappert in die Linse. Sie war wirklich froh, dass er durch diese dienstägliche Foto-Nachhilfe wieder ein Alibi hatte. Irgendwie hätte es ihr leidgetan, wenn er in Handschellen abgeführt worden wäre.

Bei Winter hielt sie sich ein wenig länger auf. Was für ein unsympathischer Kerl. Aber wenn sie Ahsen glauben durfte, sprach gerade diese Antipathie dagegen, dass er der Täter war. Zumindest hatte der Kommissar nicht geleugnet, als sie gemutmaßt hatte, dass sein Alibi geplatzt sei.

Nach Winter nahm sie alle Frauen scharf ins Visier. Aber sie konnte bei keiner auch nur entfernte Ähnlichkeiten mit Nicole Schlierenstein entdecken.

Da fiel ihr etwas ein, und sie marschierte hinüber ins Büro. Hatte Klappert nicht gesagt, dass es neue Anmeldungen gab, die er noch in die digital geführte Liste einfügen musste?

Wo waren die Papierbögen dazu?

Sie brauchte nicht lange zu suchen: Im Ablagekorb fand sie die Zettel unter einem kleinen Stapel Rechnungen, die mit einer Büroklammer zusammengeheftet und mit einem Fragezeichen-Post-it versehen worden waren.

Doch als sie die Anmeldebögen sorgfältig durchsah, fand sie auch dort keinerlei Verbindung zu der jungen Lehrerin.

Nein, ihr Gefühl hatte sie von Anfang an in die richtige Richtung geführt: Der Fotoklub war nicht die Verbindung zwischen Nicole Schlierenstein und Peter Neumann. Die Verbindung war die Straße, in der sie beide zu Hause waren.

Aber wie sollte sie herausfinden, welche Art von nachbarschaftlichem Verhältnis die beiden miteinander geteilt hatten? Einfach hinfahren und fragen kam natürlich nicht infrage.

Nachdenklich legte Pamela die Anmeldungen wieder in den Korb zurück und drapierte die Rechnungen so darüber, wie sie vorher auch gelegen hatten. Da summte ihr Handy, das sie sich in die Rücktasche ihrer Jeans gesteckt hatte. Sie fingerte es heraus und sah aufs Display.

»Hallo, Bernd«, begrüßte sie ihre neue Bekanntschaft.

»Servus! Ich stör doch nicht?«

»Ich bin auf der Arbeit, aber hier ist grad keiner. Also hab ich kurz Zeit«, teilte sie ihm mit.

»Super! Also, ich bin auch im Büro, mache nur grad eine kleine Pause und dachte so bei mir: Jetzt rufst du mal die Pamela an und fragst sie, ob sie am Samstagabend schon was vor hat.«

Sie grinste. »Hat sie nicht.«

Sein kleiner Triumphschrei brachte sie dann endgültig zum Lachen.

»Leider hab ich erst etwas später Zeit. Da läuft so ein Workshop, an dem ich teilnehmen muss, bei meinem neuen Vorgesetzten.« Er senkte die Stimme. »Ich hab ja die Befürchtung, dass er ein schrecklicher Fachidiot ist, aber man soll die Hoffnung ja nicht aufgeben. Ich könnte also erst so um acht?«

»Perfekt!«

»Wollen wir schick essen gehen?«

Sie überlegte kurz. »Hm, samstags ist immer Mutter-Tochter-Tag. Da gönnen wir uns immer was Leckeres. Also kein guter Tag fürs Auswärtsessen. Aber wie wäre es mit einem gemütlichen Abend in der *Eckigen Kneipe?*«

»Bin dabei!«

»Dann bis Samstag.«

»I froi mi!«

Sie schmunzelte noch, während sie das Handy wieder in der Jeanstasche verstaute.

Als sie sich zur Tür wandte, fiel ihr Blick auf ein Bild, das in einem teuer wirkenden Rahmen am Aktenschrank lehnte.

Das war bei ihrer kurzen Visite zur Büroreinigung am Samstag noch nicht dort gewesen, da war sie sicher. Interessiert trat sie näher und betrachtete es genau.

Auf einem auf Hochglanz polierten, jedoch uralt wirkenden Holztisch mit Astlöchern und wunderschöner Maserung lagen neben einer in einer Messinghalterung brennenden Kerze ein aufgeschlagenes Buch und darauf eine Drahtgestellbrille.

Sonst nichts.

Und trotzdem wirkte das Bild in seiner Ganzheit vollkommen.

Unten am Rahmen klebte ein kleines Schild, auf dem zu lesen war:

Gleich zurück

Peter Neumann

1. Preis

Das war also das Foto, von dem Klappert und Gundula Schneid gesprochen hatten und das Klappert von der Ausstellung in Pusemuckel abgeholt hatte.

Hm. Pamela hatte sich nie eingebildet, etwas von Kunst

zu verstehen. Aber sie musste sagen: Dieses Bild hatte wirklich etwas.

Seufzend richtete sie sich wieder auf. Aber was nutzte der erste Preis dem Fotografen, wenn er jetzt irgendwo in der Gerichtsmedizin in einem Eisschrank lag? Und was nutzte ihr die Erkenntnis, dass Neumann und Nicole Schlierenstein in derselben Straße wohnten, wenn sie keinen blassen Schimmer hatte, was die beiden so miteinander zu tun gehabt hatten?

Während Pamela sich langsam in ihrem üblichen Rhythmus vorwärtsarbeitete, Teeküche, Spülmaschine, Oberflächen, wuchs in ihr nach und nach ein Entschluss. Dieser Entschluss wurde zu einem Plan. Und den, das war ja wohl klar, musste sie dringend mit ihren Freunden besprechen.

...

»Ich bin so aufgeregt, ich mach mir gleich in die Hose«, flüsterte Ahsen.

»Solange wir nicht einfach da reinmarschieren, kann doch nichts passieren«, versicherte Totti ein wenig großspurig.

»Aber genau das habe ich doch vor«, erinnerte Pamela ihn.

Ahsen wimmerte.

Es war Mittwochnachmittag, kurz nach fünf. Sie saßen zu dritt in Tottis heiligem Opel Manta, den er ebenso wie seine Lieblingsmusik und sein Outfit aus den Neunzigern ins neue Jahrtausend gerettet hatte.

Dieses butterblumengelbe Auto war wahrscheinlich nicht die geeignetste Wahl, um jemanden unauffällig zu beschatten. Aber Totti hatte behauptet, Pamelas Wagen sei zu klein für sie alle drei. Und Ahsen besaß keinen eigenen fahrbaren Untersatz, sondern nutzte für notwendige Fahrten eines der Taxis des Familienbetriebs Özdil & Söhne, mit dem ihr Schwiegervater, Tarik und seine Brüder im Stadtgebiet das Monopol innehatten.

»Bist du sicher, dass diese Nicole Schlierenstein nicht doch Mitglied im Fotoklub ist?«, hakte Totti noch einmal nach.

»Ja, genau, kann doch sein. Du könntest einfach den Klappert fragen, und wir müssen hier nicht Kopf und Kragen riskieren«, schlug Ahsen vor, die auf dem Rücksitz immer kleiner zu werden schien.

Pamela schüttelte den Kopf. »Leute, ich hab euch doch gesagt: Heute Morgen hab ich so lange auf das Plakat im Klubflur geglotzt, dass mir schon die Tränen kamen. Sie ist da nicht drauf. Und neu angemeldet ist sie auch nicht. Die Verbindung zu Neumann ist die Straße hier. Sie wohnt da.« Sie deutete auf das Bruchsteinhaus, das erste in der schmalen Siedlungsstraße. »Und Neumann hat da gewohnt.« Es war ein kleines Haus auf der anderen Seite ein wenig die Straße hinunter. »Ich hab heute Morgen extra noch in die Klubliste geguckt wegen der Hausnummer.«

Sie sahen zwischen den beiden Häusern hin und her.

»In Sichtweite«, erklärte Totti dann mit Kennermiene.

Pamela nickte. »Die beiden müssen sich gekannt haben.« Sie vertraute einfach auf ihr Bauchgefühl.

»Aber du kannst doch jetzt nicht einfach da rein und sie danach fragen«, wandte Ahsen ängstlich ein.

»Das tu ich doch auch nicht«, beruhigte Pamela sie. »Dafür haben wir doch den Plan.«

»Und wenn sie dir das nicht abnimmt?«, fragte Totti, jetzt auch besorgt. »Ich sach ma so, was wir uns da ausgedacht haben, das ist doch irgendwie ... unwahrscheinlich.«

»Quatsch! Das kommt nur drauf an, wie überzeugend man ist. Und ich kann sehr überzeugend sein!«

»Stimmt«, sagte Ahsen und kicherte nervös. »Weißt du noch, wie du den Job in der Kanzlei an Land gezogen hast? Die wussten hinterher gar nicht mehr, wieso sie uns nicht schon längst engagiert haben.«

»Siehste.«

»Aber wenn sie dir das nicht abnimmt?«, wiederholte Totti.

»Passt mal auf.« Pamela zog ihr Handy aus der Tasche und öffnete die Kontakte. »Hier. Die Nummer vom Kommissar. Falls ich in ... hm, einer Stunde nicht wieder hier bin ...«

»Eine Stunde?«, quietschte Ahsen. »Da kann die dich schon längst zerstückelt und in Müllsäcken zum Wald rausgeschleppt haben.«

»Aber fünf Minuten wären jetzt auch zu kurz«, meinte Pamela leicht resigniert. Ahsen mochte die weltbeste Fernsehkrimiexpertin sein, aber in der Praxis fehlte ihr der Schmiss.

Totti drehte sich auf dem Fahrersitz zu ihnen. »Der Wald! Das ist die Lösung!«, platzte er heraus. »Der Garten ist doch total verwildert und geht ja quasi in den Wald über. Ahsen und ich schleichen uns von hinten ran. So nah es geht ans Haus. Und du guckst einfach, dass ihr euch irgendwie an 'nem Fenster oder Terrassentür oder so aufhaltet, sodass wir dich die ganze Zeit sehen können. Falls sie auf dich losgeht, sind wir zur Stelle, und ich kann notfalls Alarm schlagen. Gib mal her!« Er wischte über sein eigenes Smartphone und speicherte die Nummer des Hauptkommissars ab.

»Und wenn sie uns im Garten sieht und mit dem Messer auf uns …«

»Ahsen!«, unterbrach Pamela die Freundin. »Denk an unseren Deal bei Winter. Der hat doch auch geklappt, obwohl du vorher so Muffe hattest.«

»Aber nur ganz knapp«, erwiderte Ahsen mit blitzenden schwarzen Augen.

»Manchmal muss man im Leben über seinen Schatten springen«, versuchte Pamela es mit einer Herausforderung.

»Du hast gut reden. Deine Leia ist schon vierzehn, die ist sowieso bald flügge und kann notfalls ohne dich zurechtkommen. Aber meine Kinder sind noch so klein«, wandte Ahsen ein.

»Hey, dir wird nichts passieren. Ich bin doch bei dir«, mischte Totti sich ein. Pamela und Ahsen sahen kurz ihn und dann sich gegenseitig an.

»Eigentlich müsste ich ja wissen, wie das geht. Bei den ganzen Krimis, die ich immer gucke«, lenkte Ahsen ein.

Pamela drehte sich um und drückte ihrer Freundin, die zwischen den Vordersitzen hing, einen Schmatzer auf die Wange. »Na also! Dann los, ihr zwei! Schickt mir eine Nachricht, wenn ihr ein gutes Versteck im Garten gefunden habt.«

Totti stieg aus, klappte den Sitz vor und half Ahsen hinaus.

Ahsen ließ daraufhin seine Hand nicht los. Ob aus Angst vor dem eigenen Tun oder in Anbetracht einer gut durchdachten Tarnung konnte Pamela nicht erkennen. Sie sah den beiden nach, der kleinen, sexy runden Ahsen mit ihrem schwarzen Wallehaar und dem großen, schlaksigen Totti, die wie ein ungleiches, aber frisch verliebtes Paar die Straße hinuntergingen und schließlich im angrenzenden Waldstück verschwanden.

Sie selbst sah immer wieder unauffällig zum Bruchsteinhaus hinüber. Ein kurzer Blick aufs Klingelschild hatte vorhin ergeben, dass Nicole Schlierenstein in der Erdgeschosswohnung wohnte. Doch obwohl keine Gardinen vor den zwei Fenstern hingen, war dort nichts zu sehen. Keine Gestalt, die von peinigenden Schuldgefühlen getrieben auf und ab lief. Und schon gar kein junges Liebespaar, das sich wild knutschend die Klamotten vom Leib riss.

Nach ein paar Minuten wurde Pamela unruhig. Während sie im Kopf immer wieder die Sätze wiederholte, die sie zusammen mit Totti und Ahsen als Gesprächseinleitung ausgedacht hatte, sah sie in immer kürzeren Abständen auf ihr Handy.

Schließlich verkündete ein leises Zwitschern den Eingang einer Nachricht.

Totti schickte das Daumenhoch-Emoji.

Pamela räusperte sich und stieg aus. Ihre Beine fühlten

sich seltsam steif an, und sie hüpfte beim Gehen ein paarmal energisch, um die Muskeln zu lockern.

Am Haus angekommen, drückte sie sofort auf den Klingelknopf neben dem Namen N. *Schlierenstein,* bevor sie es sich anders überlegen konnte.

Innerlich zählte sie bis sieben, dann wurde die Tür geöffnet.

Die junge Lehrerin aus Eisdiele und Wald stand vor ihr.

Sie trug denselben Sommerrock wie am Samstag, eine bunte Bluse und nur eine Spur Make-up mit rosa schimmerndem Lippenstift.

Sie sah tatsächlich aus wie eine wunderhübsche Frischverliebte. Mit einer Ausnahme: In der Hand hielt sie ein gewaltiges Messer. Erfreulicherweise jedoch nicht bedrohlich nach vorn gerichtet, sondern einfach so locker in der Hand, als habe sie gerade etwas damit vorgehabt und nach dem Klingeln einfach vergessen, es irgendwo abzulegen.

»Hallo?«, sagte sie, mit diesem Fragezeichen am Ende, das auf höfliche Art wissen wollte, was Pamela auf ihrer Türschwelle zu suchen hatte.

»Hallo. Ich bin Pamela«, sagte die, und erst mal nichts weiter. Das Messer hatte sie aus dem Takt gebracht. Sie musste sich kurz sammeln, um sich an die richtigen Worte zu erinnern. Dabei hatte sie gerade im Auto noch gedacht, sie könnte die Sätze so auswendig wie früher in der Schule dieses dämliche Gedicht von Schiller.

»Pamela?«, wiederholte Nicole Schlierenstein.

»Ja. Du bist doch Nicole?«

»Ähm ... ja, aber ...?«

»Ich bin Milans Patentante«, setzte Pamela hinzu. »Er hat doch bestimmt mal von mir erzählt?«

Nicole Schlierenstein erblasste so sehr, dass sich ihre Sommersprossen wie kleine Dreckspritzer von ihrer zarten Haut abhoben.

»Ich ... wer? Milan? Nein. Nein, hat er nicht.« Diese Verwirrung war gewollt und erwünscht. Nur wenn Nicole Schlierenstein so durcheinander war, dass sie keinen klaren Gedanken vor den anderen bekam, würde sie auf die Geschichte reinfallen.

»Nicht?« Pamela gab sich enttäuscht. Vielleicht auch ein bisschen traurig. »Hm, na ja, vielleicht war es ihm etwas peinlich, dass wir so ein enges Vertrauensverhältnis haben. Ich meine, ich könnte ja seine Mutter sein. Obwohl ...« Sie sah Nicole Schlierenstein intensiv an, und deren Farbe wechselte von fahler Blässe zu schamhaftem Rot.

»Keine Angst, ich weiß Bescheid.« Pamela tätschelte den nackten Unterarm. »Aber vielleicht sollten wir lieber in die Wohnung ...?« Nicken zur offen stehenden Wohnungstür.

»Oh, ähm ... ja, sicher ...«

Nicole ging voraus, und Pamela schloss die Haustür hinter sich. Mit geübtem Auge sah sie sich in der kleinen Wohnung um. Alles war sehr aufgeräumt und sauber. Kein Staubfitzelchen auf den Oberflächen, keine unnötigen Stehrümmchen, lediglich ein Stapel Klassenhefte lag ordentlich gestapelt auf einem Sideboard. Hier gäbe es für sie nichts zu tun.

Pamela nahm sofort Kurs auf das breite Fenster, das samt Tür zu der kleinen Terrasse und dem wirklich wilden

Garten hinausging. Ihr Blick huschte kurz über die Büsche und Bäume, doch Ahsen und Totti waren nicht zu sehen. Stattdessen wurde ihre Aufmerksamkeit von einer hübsch gedeckten Kaffeetafel auf der Terrasse angezogen. Vier Teller, Tassen, eine einstöckige Porzellanetagere mit einer prächtigen Torte, die aus der Bäckerei ihres Onkels stammte – dafür hatte Pamela ein Auge.

Aha, für die Buttercreme war also dieses Monstermesser bestimmt, das Nicole immer noch in der Hand hielt. Hier stand offenbar ein lustiges Treffen kurz bevor. Verflixt. Gut gelaunte Kaffeegäste, die plappernd in die Wohnung schwirrten, konnte sie jetzt gar nicht gebrauchen. Wenn sie unterbrochen würden, wäre alles zu spät, dieses Gespräch konnte sie nicht auf einen anderen Zeitpunkt verschieben. Denn natürlich würde Nicole gleich Milan nach seiner Patentante Pamela fragen, und die beiden würden aus allen Wolken fallen.

Also beschloss Pamela, ihren Plan den Umständen anzupassen. Der Plan, der vorgesehen hatte, dass sie ihr Opfer erst ein wenig einspinnen wollte, mit freundlichen Worten und vertrauenerweckenden Gesten.

»Milans Glück liegt mir wirklich sehr am Herzen«, fiel sie daher mit der Tür ins Haus. Doch als sie Luft holte, um fortzufahren, kam Nicole ihr zuvor. Vom ersten Schrecken schien sie sich erholt zu haben und wirkte plötzlich viel selbstsicherer als gerade an der Tür.

»Pamela!«, sagte sie und streckte kurz die messerfreie Hand aus, als wolle auch sie Pamela berühren, traue sich im letzten Augenblick aber nicht, diese intime Geste auszuführen. »Es ist alles in Ordnung mit Milan und mir. Wahrscheinlich weißt du es noch nicht?«

»Was denn?«

»Er hat es seinen Eltern gesagt.« Die Worte purzelten so schnell aus Nicoles rosa geschminktem Mund, dass klar war: Es war auch für sie noch eine neue Sache. »Gestern Abend. Und ... tja, es gab natürlich nicht gerade großen Jubel, aber sie haben doch verstanden, dass er und ich ... dass wir ... es wirklich ernst meinen. Wir wollen uns gleich treffen. Sie kommen zusammen her. Sie wollen mich kennenlernen, natürlich. Aber wir wollen auch darüber reden, wie wir mit der Situation umgehen sollen.«

Jetzt war es an Pamela, etwas verdattert zu wiederholen: »Mit der Situation?«

»Ja, Milan ist zwar schon volljährig, aber trotzdem muss ich mit einer Anklage rechnen, wenn unsere Beziehung bekannt wird. Wegen Missbrauchs der Machtposition mit Schutzbefohlenen. Ich versteh mich mit der Rektorin gut, aber sie kann bei so einer Sachlage gar nicht anders, als mich der Schule zu verweisen. Natürlich kann ich um Versetzung bitten, aber das dauert seine Zeit. Über all das wollen wir reden. Und egal, für welchen Weg wir uns entscheiden, es ist so unglaublich erleichternd, zumindest vor unseren wichtigsten Menschen nicht mehr lügen zu müssen. Deswegen bist du doch hier, oder? Weil du weißt, wie sehr Milan darunter gelitten hat.«

Pamela nickte heftig und möglichst überzeugend. »Ganz genau! Genau deswegen bin ich hier! Und ich kann dir gar nicht sagen, wie froh ich bin, dass ihr das auf die Reihe gekriegt habt! So eine Belastung. Kurz vor den Prüfungen«, fabulierte sie ins Blaue hinein. »Mir fällt echt ein Stein vom Herzen.

Nicole sah sie mit weichem Blick an, der davon sprach, dass sie sich gar keine bessere Patentante für ihren jungen Liebsten hätte wünschen können. Pamela fühlte sich fast ein wenig geschmeichelt. Aber die Zeit drängte. Sie musste das Gespräch auf Neumann bringen.

»Nur eine Frage habe ich noch. Eure heimlichen Treffen ...«

»Ach herrje!«, seufzte Nicole und fuhr sich mit dem Handrücken der Hand, die immer noch das Messer hielt, über die Stirn. »Was hätten wir auch tun sollen? Du weißt ja sicher, dass Milan ... also ...«, ein wenig verlegen suchte sie nach Worten, »er hat sich quasi mit dem ersten Tag in mich verliebt, als ich in die Schule kam. So was passiert gar nicht mal selten. Deswegen habe ich natürlich nicht reagiert. Ich meine, er war nicht mal volljährig. Aber dann lernt man sich ja doch näher kennen. Leistungskurs. Exkursionen. Und was ich für eine der üblichen Schülerschwärmereien gehalten hatte, wurde irgendwie ... tiefer, war beständig. Milan wurde achtzehn, dann neunzehn. Er machte nie eine von diesen dummen Geschichten, die verknallte Postpubertäre so draufhaben. Er ist so anders als die anderen. Reifer, klug, erwachsen. Zwei Jahre sind eine lange Zeit, wenn man so oft miteinander zu tun hat. Und dann kam diese einwöchige Exkursion vor den Weihnachtsferien ...« Hier brach sie wieder ab und errötete erneut. Süß irgendwie.

Wie alt mochte sie sein? Gerade Anfang dreißig? »Davon weißt du wahrscheinlich?«

»Na klar«, log Pamela nachsichtig lächelnd. »Aber um noch mal auf eure heimlichen Treffen zu kommen ...«

»Was hätten wir denn tun sollen? Wir konnten einfach nicht anders.« In Nicoles Miene erschien der Anflug von der Verzweiflung, die sie wahrscheinlich empfunden hatte, als ihr klar wurde, dass sie einen Schüler liebte. »Aber genauso war mir bald klar, dass es so nicht weitergehen konnte ... Und ... Und da habe ich die Beziehung wieder beendet.«

Dieser Schatten auf ihrem Gesicht. Pamela war sicher: Da war noch etwas anderes. Etwas, das sie noch auf eine andere Art quälte. Sie schielte auf den Kuchentisch auf der Terrasse. Sicher hatte sie nicht mehr viel Zeit. Na, los doch!

»Du bist eine kluge Frau«, sagte sie. »Dir muss doch vorher klar gewesen sein, dass ihr nicht Händchen haltend über den Schulhof werdet gehen können. Bestimmt hast du doch vorher schon etliche Male darüber nachgedacht, wie so eine Beziehung aussehen würde. Trotzdem hast du dich darauf eingelassen. Und dann nach kurzer Zeit ausgeknipst? Das verstehe ich nicht.«

Mit einem Mal verschloss sich die Miene vor ihr. »Wie meinst du das?«, fragte Nicole mit gepresster Stimme. »Natürlich wollte ich Milan den ganzen Kummer ersparen. Diese Heimlichkeiten vor seinen Eltern, vor seinen Freunden.«

»Gab es da nicht noch einen anderen Grund?«, hakte Pamela vorsichtig nach.

Nicole sah sie an. In ihren Augen schwammen Tränen.

Dieser Tag musste es für sie echt in sich haben. »Ein anderer Grund? Ich … ich weiß wirklich nicht …«

Wie die junge Lehrerin händeringend vor ihr stand, war Pamela mit einem Mal hundertprozentig sicher: Sie war keine Mörderin. Nicole war eine Frau, die von ganzem Herzen liebte und die nur deswegen gehandelt hatte, weil sie den, für den sie so viel empfand, schützen wollte.

Pamela ließ Plan Plan sein und sagte: »Nicole, ich muss dir was sagen: Ich bin zwar Pamela. Aber Milan hat keine Patentante mit diesem Namen.«

Die junge Frau starrte sie an. Langsam hob sie die Hand und deutete auf Pamela. Dass sie dabei immer noch das Messer in der Hand hielt, gab dem Ganzen einen filmreifen Anstrich. Aber sie selbst schien es gar nicht zu bemerken.

»Du bist nicht Milans Patentante?«

»Nein. Ehrlich gesagt kenne ich ihn gar nicht. Ich bin nicht wegen ihm hier, sondern wegen einer ganz anderen Sache … Sagt dir der Name Peter Neumann etwas?«

Nicoles Gesicht verlor erneut alle Farbe. Sie wurde leichenblass.

24. Kapitel

12. Mai, Mittwoch, nachmittags

»Woher weißt du von Peter Neumann?«, flüsterte Nicole erschüttert. »Wer bist du überhaupt?«

»Ich heiße wirklich Pamela. Pamela Schlonski. Ich bin die Reinigungskraft im Fotoklub *Linsenkunst* in Hattingen. Und ich hab Neumann gefunden, an dem Morgen, nachdem er umgebracht worden ist.«

Nicole holte tief Luft und kniff kurz die Augen fest zusammen. Dann riss sie sie wieder auf, und darin stand nichts als blanke Panik.

»Ich hab damit nichts zu tun!«, verteidigte sie sich und fuchtelte dabei wild mit dem Messer herum. »Das musst du mir glauben, ehrlich. Ich hab ihn nicht mal angerührt. Ich wollte doch nur mit ihm sprechen, ihm alles erklären. Das Ganze musste doch ein Ende haben. Und!« Sie hob die Hand mit dem Messer in die Höhe. »Und ich hätte ihm gesagt, dass ich notfalls zur Polizei gehen werde, wenn er nicht aufhört. Das alles war doch vollkommen absurd. Das musste er doch einsehen. Aber als ich ankam, da ...« Sie schluckte. »Da war er schon tot.«

In diesem Augenblick wurde die angelehnte Terrassentür so heftig aufgestoßen, dass sie mit einem gewaltigen Krach gegen den Beistelltisch schlug, der dort neben einem hübschen Ohrensessel stand. Der Tisch fiel um, und die darauf stehende Blumenvase mitsamt dem kleinen bunten Strauß fiel zu Boden.

»Hände hoch! Wir sind bewaffnet!«, brüllte Totti und zielte mit einer Waffe auf Nicole Schlierenstein.

Die kreischte auf und riss die Hände hoch.

»Messer weg!«, donnerte Ahsen mit einer Stimme, die außer ihren springlebendigen Kindern nicht oft jemand zu hören bekam. Mit wild entschlossenem Blick hielt sie einen dicken Ast in die Höhe.

Das Messer polterte aus Nicoles Händen zu Boden.

»Stopp!«, rief Pamela, ebenfalls mit erhobenen Händen. »Es ist alles in Ordnung!«

»Aber das Messer!«, knurrte Totti, wenig überzeugt.

»Sie wollte dich umbringen!«, zischte Ahsen angriffslustig.

»Quatsch! Das ist 'n Tortenmesser. Für die Buttercreme da draußen!« Auf ihren Wink hin sahen alle durch das große Fenster neben der Tür auf die gedeckte Kaffeetafel. »Wir haben uns nur unterhalten. Es ist alles okay. Nicole war das nicht mit dem Neumann.«

Es dauerte eine, zwei, drei Sekunden, bis die Botschaft bei ihren Freunden angekommen war. Dann ließ Totti die Waffe sinken. Ahsen senkte den armdicken Stock. Nicole atmete mit einem fiependen Geräusch aus.

»Du kannst ... ähm ...« Pamela griff nach einem Arm der jungen Frau und gab ihr zu verstehen, dass sie sie runternehmen konnte. Selbst atmete sie ein paarmal tief durch. Ein fröhliches Lächeln sollte ja auch bei Anspannung helfen.

»Tja, da sind wir also«, sagte sie dann munter und deutete auf ihre Leibgarde. »Das sind meine besten Freunde, Ahsen und Totti. Nimm es ihnen nicht krumm, dass sie hier so reingestürmt sind. Das Messer und so ...«

Nicole wagte immer noch kaum, sich zu rühren. Sie starrte auf die Waffe in Tottis Hand.

»Ach so, ähm ...« Ein wenig verlegen hielt er sie in die Luft, und nun war deutlich zu erkennen, dass es sich um eine Wasserpistole handelte. »Verkauf ich in meinem Kiosk. Sieht aus wie echt, oder? Die kommen gut an bei heißem Wetter.«

»Boah, wir dachten echt, hier passiert gleich der zweite Mord!«, platzte Ahsen heraus und lehnte den Ast an den Lesesessel. Erst dann kam sie näher.

»Hallo.«

Nicole nahm langsam die dargebotene Hand.

»Hallo.«

»Ich wink mal nur«, sagte Totti und tat es. »Besser, ich komm nicht weiter rein. Ich bin da draußen in irgendwas reingetreten.« Er zeigte seine eine Schuhsohle her, unter der tatsächlich ein ekliger Brei zu erkennen war. Deswegen stellte er nur vorsichtig die Schuhspitze auf den Dielenboden.

Dann entstand eine kurze Pause.

»Wieso ...?«, begann Nicole dann.

Gleichzeitig fragte Ahsen: »Und du bist ...?«

Und Pamela sagte: »Gut, dass ihr ...«

Sie sahen sich an.

»Du zuerst!«, sagten sie wie aus einem Mund. Lachten auf, verstummten wieder.

Alle sahen Nicole an.

»Wieso kreuzt ihr zu dritt hier auf?«, wollte die mit immer noch zittriger Stimme wissen.

Ahsen und Totti blickten zu Pamela.

»Na ja, ich sach ma so: Der Fall interessiert uns eben«, meinte die.

»Aber wie kommt ihr denn auf mich?«, verlangte Nicole zu erfahren.

»Wir sind so was wie ein Expertenteam«, konnte Ahsen sich nicht verkneifen. Nachdem sie draußen im Auto Aufregungsinkontinenz angekündigt und im Gartengebüsch alle restlichen Nerven gelassen hatte, hatte der bewaffnete Sturm der Gefahrenzone sie offenbar mit Adrenalin geflutet, das sie nun größenwahnsinnig werden ließ. Nicole blinzelte verwirrt.

Pamela ignorierte Ahsens Einwurf und fuhr fort: »Ich hab doch den Neumann gefunden. Und bevor ich ihn da im Studio entdeckt habe, war ich in der Dunkelkammer. Da hab ich einen Fotoschnipsel aufgehoben und eingesteckt. Ich wusste da ja noch nicht, dass der wichtig sein könnte. Jedenfalls, auf diesem zerrissenen halben Foto, da waren eure Beine drauf, deine und die von Milan. Die Polizei war später sehr interessiert an dem halben Bild, hatte aber keine Ahnung, wem die Beine auf dem Foto gehören.«

»Und so wie die Beine aussehen, konnte man sich vorstellen, was da gerade obenrum so passiert«, kommentierte Ahsen, die ihre übliche große Klappe wiedergefunden hatte.

Nicole schluckte und biss sich auf die Unterlippe.

»Diese grauenvollen Fotos«, flüsterte sie. »Er muss mir ständig hinterhergeschlichen sein. Hat an allen möglichen Orten Aufnahmen von mir gemacht, ohne dass ich es wusste.«

»Auf dem abgerissenen Bild waren nur eure Beine drauf. Und du hattest einen Rock an. Dein Tattoo war deutlich zu erkennen, die aufblühende Rose«, erklärte Pamela weiter. »Und die hab ich ganz zufällig letzten Samstag in der Eisdiele gesehen ... Ich wusste, dass du die Frau vom Foto sein musst, und bin dir in den Schulenburger Wald gefolgt. Entschuldige, tut mir echt leid. Das war nicht so nett.«

Nicole sah sie nachdenklich an. »Hätte ich an deiner Stelle wahrscheinlich auch getan. Offenbar bist du schon ganz schön in diesen Fall verstrickt.«

»Na ja, aber nach dieser Geschichte mit Neumann kommt es mir plötzlich echt schräg vor. Er hat dich richtig gestalkt, ne?«, wollte Pamela wissen.

Nicole nickte. »Ich wohne hier seit drei Jahren. Am Anfang dachte ich noch, er ist einfach ein netter Nachbar. Aber dann wurde er aufdringlich, wollte sich mit mir verabreden. Ich habe ihm klar zu verstehen gegeben, dass er bei mir nicht landen kann. Aber er hat einfach nicht aufgehört. Immer, wenn ich aus dem Haus bin, fühlte ich mich irgendwie beobachtet. Die Wohnung ist so schön, und ich war so happy, sie zu bekommen. Aber trotzdem habe ich vor zwei Monaten angefangen, mich nach etwas Neuem umzuschauen, weil ich mich wegen dieser Sache einfach nicht mehr wohlgefühlt habe. Und da bekam ich plötzlich per Mail diese Fotos ...«

Sie brach ab und ballte die Hände zu Fäusten.

»Milan und du?«, mutmaßte Pamela.

Nicole nickte erneut.

»So ein Mistkerl!«, entfuhr es Totti und geriet prompt auf dem einen Bein aus dem Gleichgewicht.

»Wollte er Geld?«, fragte Ahsen, die wie gebannt an Nicoles Lippen hing.

»Nein. Er wollte, dass ich mich mit ihm ... treffe ...«

Kurzes Schweigen.

»Aber das kam natürlich nicht infrage«, entschied Pamela. »Womit hat er dir gedroht, wenn du nicht mitspielst?«

Die Lehrerin schluckte. »Andernfalls würde er die Bilder meiner Schule zuspielen. Und das würde mich meinen Job kosten. Wahrscheinlich auch mehr als das. Ganz davon abgesehen, was es für Milan bedeutet hätte.«

»Was hat er dazu gesagt?«, fragte Pamela.

»Milan? Oh, Gott, er weiß nichts davon. So emotional und impulsiv, wie er ist, wäre er wahrscheinlich bei Neumann aufgekreuzt und hätte ihn zur Rede gestellt. Nein, ich hab ihm nichts davon gesagt. Aber als Neumann keine Ruhe gab, dachte ich, es wäre besser, wenn ich die Beziehung beende. Dass Neumann vielleicht dann aufhört. Milan konnte das nicht verstehen. Er war vollkommen am Boden, es hat mir das Herz gebrochen.« Nicoles Augen schimmerten verdächtig.

»Milan ist impulsiv?«, wiederholte Pamela vorsichtig.

»Was, wenn er doch irgendwie rausbekommen hat, dass Neumann dich zu erpressen versucht hat?«

Nicole schüttelte den Kopf. »Er wusste bestimmt nichts davon. Und er hat auch ganz sicher nichts mit dem Mord zu tun!«, setzte sie energisch hinzu. »Den Abend für das Gespräch habe ich Neumann deswegen vorgeschlagen, weil Milan auf Exkursion mit dem NaBu unterwegs war. In Hessen. Sie waren über Nacht weg.«

Pamela fiel ein Stein vom Herzen. »Und du?«

Nicole senkte den Kopf. »Ich war an dem Abend im Klub. Hatte das Treffen ja selbst vorgeschlagen. Aber ich wollte einen neutralen Ort, ein Café oder so was. Neumann sagte, im Fotoklub sei an dem Abend jede Menge los, und wir könnten uns trotzdem ungestört in seinem Büro unterhalten.«

»Tz, da hat er dich ganz schön reingelegt«, meinte Totti. »Dienstagabends ist da im Klub komplett tote Hose.«

»Ja, das habe ich dann auch gemerkt. Es war niemand da.« Nicole schwieg einen Moment, offenbar in die Erinnerung an diesen Abend versunken. »Ich war zu spät. Milan hatte angerufen, und mir war keine Ausrede eingefallen, um das Telefonat abzukürzen. Er hat gemerkt, dass ich nervös war, und wollte irgendwie gar nicht auflegen. Aber als ich dann am Klub ankam, waren die Haustür und die Tür in die Etage nur angelehnt. Das hatte Neumann erwähnt. Hatte gemeint, ich brauche einfach nur hochkommen. Und dann in diesem riesigen Flur mit den Bildern an den Wänden, da stand die Tür zum Labor offen. Das rote Licht war an und schien in den Flur. ›Herr Neumann?‹, hab ich gerufen. Aber es hat keiner geantwortet. Deswegen bin ich zuerst in die Dunkelkammer.« Sie hob die Hände und verbarg das Gesicht darin. »Da waren so viele Fotos. Dutzende. Alle an den Leinen aufgereiht. Von mir allein. Als wollte er mir irgendwie zeigen, was für tolle Aufnahmen er gemacht hat. Aber auch etliche von Milan und mir. Ich hätte schreien können. Bin wieder rausgestolpert aus dem Raum. Dann hab ich, glaube ich, noch mal nach Herrn Neumann gerufen. Aber wieder keine Antwort. Und weil die Tür auch nur angelehnt war, bin ich dann rüber ins Studio gegangen ...« Ein leises Schluchzen entfuhr ihr. »Und da saß er. In diesem Stuhl. Ich ... ich wusste sofort, dass er tot war. Seine Augen ...« Sie brach endgültig ab.

Pamela wusste genau, was sie meinte.

»Und dann?«, wollte Ahsen gebannt wissen.

Nicole hob die Hände. »Ich wollte einfach nur wegrennen, wollte nur raus da. Aber dann dachte ich: ›Wenn jemand die Fotos sieht!‹ Und da bin ich wieder in die Dunkelkammer und hab, so schnell ich konnte, alle Fotos von der Leine gerissen. Mir war so übel. Ich dachte, ich muss mich übergeben. Bin rausgestürzt, ins Auto und weg.« Verzweifelt sah sie ihre drei ungebetenen Gäste an. »Was hätte ich machen sollen? Wenn ich die Polizei gerufen hätte, wäre doch meine Beziehung zu Milan rausgekommen. Genau das, was wir doch verhindern wollten.«

Ahsen seufzte. »Als wir gerade so alle auf einmal losgeredet haben, wollte ich eigentlich fragen, ob du es auch wirklich nicht gewesen bist. Aber nach dieser Geschichte jetzt ... also, ich glaub dir!«

Pamela sah ihre Freundin an. So war das also mit den festgeschriebenen Regeln in Kriminalfällen, in denen laut Ahsen grundsätzlich diejenigen den Mord begangen hatten, die man selbst sympathisch fand? Hm.

»Und was hast du gerade sagen wollen?«, wandte Ahsen sich an sie, den ironischen Blick offenbar fehlinterpretierend.

Pamela blinzelte.

»Oh, ich glaube, ich wollte nur sagen: Gut, dass ihr nicht die Polizei gerufen habt!«

Ahsens Lächeln verschwand. Sie blickte zu Totti. Der wiederum verzog verlegen den Mund.

»Ich sach ma so ...«, brummte er.

»Nee, ne? Verdammt!« Rasch wandte Pamela sich an Nicole: »Mann, das tut mir jetzt leid.«

»Was denn?«, wollte die wissen.

In dem Moment huschten am Terrassenfenster zwei Gestalten vorbei, und gleichzeitig klingelte es an der Tür.

»Polizei!«, rief jemand. »Geben Sie sich zu erkennen!«

Totti, der als Nächster an der Tür stand, riss die Arme in die Höhe. Ahsen schlüpfte blitzschnell in die Deckung eines dicht belaubten Ficus benjamina, und Nicole sank mit plötzlich weichen Knien auf einen Stuhl am nahen Tisch.

»Hauptkommissar Vogt?«, rief Pamela, die eine der beiden Gestalten in der Terrassentür an der aufrechten Haltung und dem dunklen Haar bereits erkannt hatte. »Alles in Ordnung bei uns. War ein Fehlalarm. Ich bin's, Pamela Schlonski!«

25. Kapitel

12. Mai, Mittwoch, spätnachmittags

Noch vor ein paar Tagen hätte er wohl selbst nicht geglaubt, jemals so froh darüber zu sein, diese immer muntere Stimme springlebendig rufen zu hören.

Als Thilo und er mit gezogenen Dienstwaffen durch die Terrassentür stürmten, bot sich ihnen das Bild von vier Menschen, von denen erfreulicherweise keiner so aussah, als wolle er gerade einen anderen mit einer Machete abschlachten.

Direkt neben ihnen balancierte ein rothaariger Mann mit erhobenen Händen auf einem Bein. Hinter einer der hohen Zimmerpflanzen lugte Pamela Schlonskis Arbeitskollegin hervor, die Thilo und er schon auf Winters Türschwelle kurz gesehen hatten, heute allerdings ohne Kopftuch. Auf einem Stuhl saß großäugig und sichtlich mitgenommen eine Frau Anfang dreißig, wahrscheinlich Nicole Schlierenstein, die Wohnungseigentümerin. Und neben ihr stand: Pamela Schlonski.

Lennard ersparte sich die Frage, was um Himmels willen sie hier tat. Langsam kam ihm der Verdacht, dass er diese Frau einfach würde hinnehmen müssen. Wie plötzlich einsetzenden Starkregen oder wie Ebbe und Flut. Dagegen konnte man einfach nichts machen.

Er wandte sich an Thilo: »Bitte sag doch den Kollegen vor der Tür Bescheid, dass der Einsatz abgeblasen ist.«

Thilo verschwand wieder zur Terrassentür hinaus.

Lennard folgte dem Blick des Rothaarigen, sicherte die Waffe und steckte sie ins Holster. Prompt sanken die Arme hinunter.

»Haben Sie mich angerufen?«, erkundigte Lennard sich bei ihm.

»Thorsten Winkel«, stellte sich sein Gegenüber vor.

Lennard betrachtete das in der Luft schwebende Bein. »Sind Sie verletzt?«

»Was? Oh, nein, nein. Hundescheiße. Ich will hier nichts dreckig machen.«

Pamela Schlonski löste sich aus ihrer Erstarrung und kam mit ein paar großen Schritten durch den Raum auf ihn zu.

»Herr Hauptkommissar, ich trage allein die Verantwortung für dieses Missverständnis«, begann sie energisch. Sie wirkte zu irgendetwas wild entschlossen, was Lennards bisherigen Erfahrungen mit dieser Frau entsprach. Trotzdem machte etwas an ihren großen Gesten ihn jetzt stutzig. Sie deutete auf die Hausherrin und sich selbst.

»Wir Frauen haben uns nur ein bisschen temperamentvoll unterhalten. Und Nicole hatte dieses Messer in der Hand. Für die Torte.« Deuten zum Boden, wo tatsächlich ein beeindruckendes Küchenmesser unter die Heizungsrohre gerutscht war, dann raus zum Kuchen auf dem gedeckten

Tisch. »Und weil Totti und Ahsen draußen im Garten uns nicht verstehen konnten, haben sie ... total irrtümlich gedacht, es würd hier richtig zur Sache gehen. Und da haben sie wohl ein bisschen zu voreilig Ihre Nummer gewählt.«

Lennard hatte schon oft alarmierende Anrufe erhalten. Aber diesmal war ihm wirklich ein Heidenschreck in die Glieder gefahren. Eine Männerstimme hatte heiser geflüstert, dass Pamela Schlonski in Lebensgefahr sei, von Nicole Schlierenstein mit einer Machete bedroht, und hatte dann die Adresse durchgegeben.

Ebenjene Nicole Schlierenstein, die Pamela Schlonski nun durch ihr entschiedenes Vortreten halb vor seinen Blicken verbarg. Natürlich konnte das ein Zufall sein. Doch Lennard glaubte, diese Frau inzwischen gut genug einschätzen zu können, um ihr in jeder Situation schlaues Vorgehen unterstellen zu können. Deswegen fand er ihren Versuch, Frau Schlierenstein quasi unsichtbar zu machen, hoch verdächtig. Und wenn ihn sein Bauchgefühl nicht sehr täuschte, hatte dieser Vorfall etwas mit dem Mordfall Neumann zu tun. Es konnte kein Zufall sein, dass ausgerechnet für diese Adresse ein Notruf von Pamela Schlonskis Freunden einging, nur ein paar Häuser von Neumanns Heim entfernt.

Sein Blick huschte zwischen allen im Raum hin und her. Was war hier vorgefallen?

Die Situation erinnerte ihn vage an die Male, zu denen er in Bremerhaven ausgerückt war, um Familienstreitigkeiten zu schlichten, bei denen es laut Anruf zu erheblichen Handgreiflichkeiten gekommen war. Kaum war er mit seinen Leuten dort eingetroffen, war alles Friede, Freude, Eierkuchen gewesen. Die Messerwunde war ein Missgeschick, alle hatten sich gern. Und hielten zusammen wie Pech und Schwefel. Hier im Raum herrschte eine ganz ähnliche Atmosphäre, die er beinahe mit Händen greifen konnte.

Thilo kam wieder herein und trat neben ihn.

»Nun?«, fragte Lennard. »Möchte mich jemand aufklären, was passiert ist?«

»Hab ich doch gesagt«, sagte Pamela. »Ein echt dusseliges Missverständnis. Totti hat Sie zwar angerufen, aber weil ich den Unsinn gebaut habe, übernehme ich allein die volle Verantwortung dafür.«

Ein paar Sekunden war es still im Raum. Thorsten Winkel setzte rücksichtsvoll nur die Schuhspitze auf dem Boden ab und hakte die Daumen in die Gürtelschlaufen seiner Jeans. Pamelas Kollegin wischte ein paar Staubkörner von den dunkelgrünen Blättern der Zimmerpflanze, hinter der sie sich versteckte. Pamela selbst lächelte in die Runde, als könne sie kein Wässerchen trüben.

Da erhob sich die Wohnungseigentümerin von ihrem Stuhl und trat vor. »Das ist sehr lieb von dir, Pamela. Und auch von euch, Totti und Ahsen, aber ich denke, jetzt sollte ich der Polizei wohl besser die Wahrheit erzählen«, sagte Nicole Schlierenstein. Dann wandte sie sich an ihn: »Ich bin die Frau auf dem Foto.«

...

So eine Befragung hatte er selten erlebt.

Zuerst wollte Nicole Schlierenstein darauf bestehen, dass Pamela Schlonski und Co. im Raum bleiben sollten. Doch dann klingelte es an der Tür. Lennard schickte Thilo hin, der mit einem Ehepaar um die fünfzig und ihrem erwachsenen Sohn wieder hereinkam.

Augenblicklich hingen diverse Fragen und Unausgesprochenes in der Luft. Alle warfen sich teils vielsagende, teils verstörte Blicke zu, die Lennard nicht deuten konnte.

Die Besucher wurden als die Familie Szabó vorgestellt, Vater, Mutter, Sohn Milan. Letzterer wirkte wie ein aufmerksames Raubtier und ließ seine Augen immer wieder zur Wohnungseigentümerin fliegen.

»Frau Szabó, Herr Szabó.« Nicole Schlierenstein ging mit steifen Bewegungen zu den beiden, und man reichte sich unter zurückhaltendem Nicken und fragenden Blicken die Hände. »Ich fürchte, der erste Eindruck ist wohl ruiniert. Aber wahrscheinlich ist es das Beste, wenn Sie dann einfach dabei sind, wenn ich alles erzähle. Das hier sind nämlich ...« Sie sah ihn an.

»Hauptkommissar Vogt, Kripo Hattingen, und Oberkommissar Schmidt«, stellte er sie vor, und Thilo zog sogar seinen Ausweis.

Die Augen ihnen gegenüber wurden noch größer.

»Nicole? Was ist hier los?«, wollte Milan wissen und griff auf eine so vertraute Weise nach ihrer Hand, dass Lennard augenblicklich klar war: Wenn Nicole Schlierenstein die Frau auf dem Foto war, dann hatten sie in Milan Szabó das andere Beinpaar vor sich.

»Tut mir leid, Milan. Wir müssen jetzt reinen Tisch machen. Und ich muss auch dir etwas sagen, was ich bisher nicht ...«

Lennard räusperte sich, und prompt sahen alle zu ihm hin. »Wenn ich einen Vorschlag machen dürfte: Für eine Befragung sind jetzt eindeutig zu viele Zuhörerinnen und Zuhörer da. Ich nehme an, Milan Szabó hat mit der Sache unmittelbar zu tun?«

Nicole Schlierenstein nickte und vermied den Blick zu seinen Eltern, die ausgesprochen verwirrt wirkten.

Lennard wandte sich an Pamela Schlonski und ihre tatkräftige Begleitung: »Dann bitte ich Sie drei, die Wohnung zu verlassen. Frau Schlonski? Darf ich Sie im Anschluss noch kurz aufsuchen?«

Sie schluckte.

»Ja klar.«

Lennard hob die Hände und deutete zur Tür in den Flur.

»Ich geh hinten raus, wegen ...« Thorsten Winkel deutete kurz auf seine Schuhsohle und hüpfte einbeinig hinaus. Pamelas Arbeitskollegin huschte um die Zimmerpflanze herum, drückte sich mit einem verlegenen Lächeln an Thilo vorbei und folgte ihrem Freund.

Nur Pamela Schlonski zögerte.

»Glauben Sie mir, Frau Schlonski, wir kommen ohne Sie klar«, sagte Lennard und erntete von Thilo einen überraschten Blick.

Die Angesprochene setzte sich langsam in Bewegung. Da Familie Szabó den Durchgang in den Flur versperrte, nahm auch sie Kurs auf die Terrassentür. Dabei mied sie Lennards Blick, wandte sich aber noch einmal zu Nicole

Schlierenstein um und hob beide Hände mit in der Faust eingeklemmten Daumen. Dann war auch sie verschwunden.

Lennard unterdrückte einen leisen Seufzer und richtete den Blick auf Nicole Schlierenstein. »Sie sind sicher, dass Sie die komplette Familie Szabó bei der Befragung dabeihaben möchten?«

Die junge Frau hob entschlossen den Kopf. »Ja. Es sollte keine Geheimnisse mehr zwischen uns geben.«

»Nun, dann sollten wir uns vielleicht setzen.«

· · ·

Beinahe eine Stunde später standen Thilo und Lennard wieder vom Tisch auf der Terrasse auf. Sie hatten sogar Kaffee bekommen. Die Torte war nicht angeschnitten worden, sehr zu Thilos offensichtlichem Bedauern, der immer wieder intensiven Blickkontakt mit dem Gebäck gehalten hatte.

»Was für eine Story!«, stöhnte er jetzt, als er sich hinters Steuer des Dienstwagens setzte, während Lennard sich auf dem Beifahrersitz anschnallte. »Das könnte man verfilmen, oder?«

Lennard nickte nachdenklich.

»Glaubst du ihr?«, wollte er von seinem Kollegen wissen. Thilos Urteil bedeutete ihm immer viel. Er hatte ein gutes Gespür für die Natur der Menschen.

»Ja, ich denke schon. Obwohl sie ein wirklich starkes Motiv hatte und an dem Abend am Tatort war.«

Lennard wiegte den Kopf. »Geht mir auch so. Glaubt

man ihr lieber, weil sie eine hübsche junge Frau ist? Oder weil die Liebesgeschichte irgendwie rührend war?«

Thilo klopfte mit den Fingern aufs Lenkrad, während er an der Kreuzung wartete. »Schaffen wir es, diese Beziehung aus dem Ganzen rauszuhalten? Ich meine, Milan ist volljährig, er wird im Herbst zwanzig. Für uns gibt es keinen Grund, sie bei der Schule zu melden.« Er hatte wirklich ein zu weiches Herz für einen Kripobeamten.

»Tatsache ist, dass wir Nicole Schlierenstein noch nicht als Täterin ausschließen können.«

»Genauso wenig wie Gero Winter«, wandte Thilo ein. »Die wiederholten Einwahlversuche beim Fotografenmeeting über den Server kann er fingiert haben. Technisch. Oder mithilfe einer anderen Person. Wir wissen nicht, ob er den Abend wirklich in seinem Haus verbracht hat oder nicht. Die einzige Person mit Motiv und gleichzeitig wasserdichtem Alibi ist Markus Klappert. Der hat seinen Fotolehrer ins Krankenhaus gefahren.«

Lennard schnalzte mit der Zunge. »Ich weiß nicht.«

»Wie? Du weißt nicht? Ich dachte, der Fotograf, dieser Dirk Tracke, hat bestätigt, dass Klappert ihn nach dem Unfall mit der Scherbe ins Bergmannsheil gebracht hat.«

»Ja, stimmt. Aber Tina hat mit dem Personal im Krankenhaus gesprochen. Niemand wusste etwas von einer Begleitung bei dieser Aufnahme. Man könnte natürlich argumentieren, dass die Kräfte in der Notaufnahme dort jeden Tag etliche Menschen zu Gesicht bekommen. Aber eine der Schwestern konnte sich deutlich an Tracke erinnern – aber nicht, dass er eine Begleitung dabeigehabt habe. Sie sagte, sie habe sich gewundert, dass jemand eine Shampooflasche aus Glas besitzt.«

»Hab ich auch«, erwiderte Thilo. »Die kann man nachfüllen. Umweltbewusster.«

»Tracke war nicht gerade überrascht, mich zu sehen«, fuhr Lennard fort. »Die meisten haben doch diesen bestimmten Blick drauf, wenn man ihnen die Dienstmarke hinhält, oder?«

»Bambi im Scheinwerferlicht«, bestätigte Thilo.

»Das war bei ihm anders. Er war ziemlich ... cool. Beinahe, als hätte er damit gerechnet, dass jemand von uns auftaucht.«

Zu dumm, dass Lennard ausgerechnet jetzt Pamela Schlonskis Gesicht unter der Baseballkappe einfiel. Wie sie ihn anlächelte und sagte, sie sei froh, dass Klappert doch nichts mit *der Sache mit Neumann* zu tun gehabt habe.

Thilo gab ein tiefes Brummen von sich.

»Das wäre sehr tricky von Klappert gewesen. Sich erst ganz bewusst ein falsches Alibi durch seine Frau verschaffen, und sobald wir ihm auf die Schliche kommen, ein anderes aus dem Hut zaubern, das uns dann endgültig überzeugt. Schließlich klingt es doch mehr als verrückt, dass jemand aus Scham ein echtes Alibi verschweigen sollte. Also doch nicht so wasserdicht wie zuerst gedacht?«

»Sieht so aus. Wir müssen dranbleiben. Wie es aussieht, haben wir immer noch drei Verdächtige, die alle ein starkes Motiv hatten und möglicherweise auch die Gelegenheit zur Tat«, fasste Lennard zusammen.

»Was ist, wenn Tina recht hatte mit ihrem Gedanken, es

könnten mehrere gewesen sein? Diese drei zum Beispiel?«, überlegte Thilo.

»Wir können nichts ausschließen. Aber mein Bauch tippt auf eine einzelne Person.«

Eine Weile fuhren sie schweigend. Die vorbeifliegende Landschaft kannte Lennard inzwischen fast so gut wie die in Bremerhaven. Zwischen den Siedlungen sanfte Hügel mit Wiesen und kleinen Waldflächen. Im Winter, als es mit Sandra und ihm so richtig bergab gegangen war, hatte die kahle Ödnis da draußen ihm den letzten Nerv geraubt. Aber nun hatte der Frühling mit aller Macht Einzug gehalten. Wenn ihn jetzt jemand gefragt hätte, hätte er zugeben müssen, dass es hübsch aussah, was sich seinem Auge darbot.

Da sagte Thilo mit einem Kopfschütteln: »Boah, Lennard, stell dir vor, wenn das irgendwann das Resümee deines Lebens ist: drei Leute, die alle einen einleuchtenden Grund gehabt haben, dir das Licht auszupusten. Ist das nicht erbärmlich?«

Lennard musste grinsen. »Zeugt nicht von einem gesunden Lebenswandel.«

Thilo lachte. »Nee, gesund bestimmt nicht. Einer dieser Wandel ist ihm gar nicht bekommen, würd ich mal sagen.«

Er bog von der Bredenscheider Straße ab und nahm die Querverbindung nach Holthausen.

»Wohin fährst du?«, erkundigte Lennard sich, der auf den Weg ins Zentrum eingestellt gewesen war.

»Du wolltest doch noch zu Frau Schlonski«, erinnerte ihn sein Kollege.

Ach ja.

26. Kapitel

12. Mai, Mittwoch, frühabends

Lennard stieg die Stufen hinauf und rüstete sich innerlich für eines dieser Gespräche, bei denen er nie sicher war, ob er sich in einem unausgesprochenen Wettkampf befand, und wenn ja, um welchen Preis es eigentlich ging.

Als er oben ankam, stand Pamela Schlonski nicht in der Tür. Die war nur angelehnt, und von drinnen waren Stimmen zu hören.

Er klopfte.

Niemand antwortete.

Er klopfte noch mal.

»Küche!«, rief die ihm inzwischen vertraute Stimme.

Er ging hinein und schloss die Tür hinter sich. Auf der rechten Flurseite lagen zwei Türen. An der einen war ein Schild mit *Ladies* angebracht. Die zweite stand offen.

Er lugte um die Ecke. Die Küche war ein schmaler, länglicher Raum, auf der rechten Seite komplett eingenommen von einer Einbauküche mit den üblichen Großgeräten. Links neben der Tür befand sich ein großer alter Küchenschrank, durch dessen Scheiben Teller und Becher zu sehen waren. Unter dem Fenster vor Kopf stand ein kleiner Tisch,

»Aber wenn ich den Post schon vorgestern gemacht h...
und sie erst heute, dann ist doch klar, wer die Idee zuers...
hatte, oder?«

»Es geht um eine Buchrezension auf Leias Instagram-Account«, erklärte Pamela ihm rasch, weil sie offenbar an seiner ratlosen Miene erkannt hatte, dass er ziemlich auf dem Schlauch stand.

Lennard überlegte. Es war nicht so, dass er vollkommen abstinent war, was die sozialen Medien anging – das hätte er sich schon beruflich nicht erlauben können. Allerdings kannte er sich ausgerechnet in der Szene der Buchblogger nicht gut aus, na ja, eher gar nicht.

»Wer die Idee zuerst hatte, ist nicht ausschlaggebend«, antwortete er vorsichtig. »Ausschlaggebend ist, wer damit als Erstes in die Öffentlichkeit tritt. Bei einem Buch oder einem Song zum Beispiel zählt die Veröffentlichung. Deswegen sollte man als Songtexter besser nicht seine Lyrics bei der Konkurrenz herumzeigen, bevor das neue Album erschienen ist.« Gut, dass ihm das eingefallen war. So einen Fall hatte er vor Jahren einmal in der Bremerhavener Rapszene gehabt. Ein ziemlich scheußlicher Fall von Lynchjustiz.

Leia zog die Stirn kraus und die Nase hoch. Pamela schob ihr eine Packung Taschentücher hin. Ihre Tochter nahm eines, schnäuzte kräftig hinein und wischte sich mit der Hand über die verweinten Augen. Plötzlich wirkte sie verlegen.

»Wenn das so gewesen wäre, dann hätte PrettySandy aber doch mir was von diesem Post erzählen müssen, was sie ganz genau schreiben will und so, und ich wär ihr dann blitzschnell zuvorgekommen?«, fasste sie zusammen.

»So in etwa hätte es ablaufen können«, stimmte Lennard zu.

Die Kleine schüttelte energisch den Kopf. »Aber die schreibt mit mir doch gar nicht. Nicht mal 'ne PN. Ich mein, wieso sollte sie? Die hat über elftausend Follower und ich nur vierhundertzwölf. Ich dachte ja eigentlich, die hat keine Ahnung, dass es mich gibt. Aber dann hat sie heute Morgen plötzlich das hier gepostet.«

Leia griff nach ihrem Smartphone, das auf dem Tisch lag, und wischte so schnell darauf herum, dass Lennard den Profi erkannte.

Innerhalb von wenigen Sekunden hielt sie ihm ein Bild hin. Darauf war ein Buch zu sehen, das in einer Inszenierung aus bunten Kerzen, Blüten und kleinen Figuren auf kuscheligem altrosa Untergrund lag. *Die Schlacht der Königinnen*. Offenbar ein Fantasybuch für Jugendliche, denn die beiden Figuren auf dem Cover waren gewiss nicht älter als zwanzig. Das Foto war wirklich nicht schlecht. Der darüber gelegte Filter suggerierte beinahe, das Buch stünde in Flammen.

»Der Text ist fast Wort für Wort derselbe, den Leia in ihrer Rezension verwendet hat«, sagte Pamela. »Zeig mal dein Bild, Leia.«

Wisch, wisch, tipp, tipp.

Das Foto sah aus wie die hübsche, aber nicht so glamouröse kleine Schwester des anderen. Kerzen, Blüten, Kuscheldecke. Nur der Filter war ein anderer und ließ das Bild weniger pompös erscheinen.

»Aber wenn ich den Post schon vorgestern gemacht hab und sie erst heute, dann ist doch klar, wer die Idee zuerst hatte, oder?«

»Es geht um eine Buchrezension auf Leias Instagram-Account«, erklärte Pamela ihm rasch, weil sie offenbar an seiner ratlosen Miene erkannt hatte, dass er ziemlich auf dem Schlauch stand.

Lennard überlegte. Es war nicht so, dass er vollkommen abstinent war, was die sozialen Medien anging – das hätte er sich schon beruflich nicht erlauben können. Allerdings kannte er sich ausgerechnet in der Szene der Buchblogger nicht gut aus, na ja, eher gar nicht.

»Wer die Idee zuerst hatte, ist nicht ausschlaggebend«, antwortete er vorsichtig. »Ausschlaggebend ist, wer damit als Erstes in die Öffentlichkeit tritt. Bei einem Buch oder einem Song zum Beispiel zählt die Veröffentlichung. Deswegen sollte man als Songtexter besser nicht seine Lyrics bei der Konkurrenz herumzeigen, bevor das neue Album erschienen ist.« Gut, dass ihm das eingefallen war. So einen Fall hatte er vor Jahren einmal in der Bremerhavener Rapszene gehabt. Ein ziemlich scheußlicher Fall von Lynchjustiz.

Leia zog die Stirn kraus und die Nase hoch. Pamela schob ihr eine Packung Taschentücher hin. Ihre Tochter nahm eines, schnäuzte kräftig hinein und wischte sich mit der Hand über die verweinten Augen. Plötzlich wirkte sie verlegen.

»Wenn das so gewesen wäre, dann hätte PrettySandy aber doch mir was von diesem Post erzählen müssen, was sie ganz genau schreiben will und so, und ich wär ihr dann blitzschnell zuvorgekommen?«, fasste sie zusammen.

»So in etwa hätte es ablaufen können«, stimmte Lennard zu.

Die Kleine schüttelte energisch den Kopf. »Aber die schreibt mit mir doch gar nicht. Nicht mal 'ne PN. Ich mein, wieso sollte sie? Die hat über elftausend Follower und ich nur vierhundertzwölf. Ich dachte ja eigentlich, die hat keine Ahnung, dass es mich gibt. Aber dann hat sie heute Morgen plötzlich das hier gepostet.«

Leia griff nach ihrem Smartphone, das auf dem Tisch lag, und wischte so schnell darauf herum, dass Lennard den Profi erkannte.

Innerhalb von wenigen Sekunden hielt sie ihm ein Bild hin. Darauf war ein Buch zu sehen, das in einer Inszenierung aus bunten Kerzen, Blüten und kleinen Figuren auf kuscheligem altrosa Untergrund lag. *Die Schlacht der Königinnen.* Offenbar ein Fantasybuch für Jugendliche, denn die beiden Figuren auf dem Cover waren gewiss nicht älter als zwanzig. Das Foto war wirklich nicht schlecht. Der darüber gelegte Filter suggerierte beinahe, das Buch stünde in Flammen.

»Der Text ist fast Wort für Wort derselbe, den Leia in ihrer Rezension verwendet hat«, sagte Pamela. »Zeig mal dein Bild, Leia.«

Wisch, wisch, tipp, tipp.

Das Foto sah aus wie die hübsche, aber nicht so glamouröse kleine Schwester des anderen. Kerzen, Blüten, Kuscheldecke. Nur der Filter war ein anderer und ließ das Bild weniger pompös erscheinen.

gerade groß genug für zwei Personen. Auf dem einen Stuhl saß Pamela Schlonski und strich mit einer Hand über den Rücken ihrer Tochter, die auf dem anderen Stuhl saß. Wie hieß das Mäken noch gleich? So wie die Prinzessin aus *Star Wars*? Leia!

Leia hatte die Arme auf den Tisch gelegt und das Gesicht darin vergraben. Ihre Schultern bebten, und sie weinte lauthals.

Pamela sah zu ihm und formte mit den Lippen ein Wort, das Lennard als »Tiefpunkt!« interpretierte. Es sah nicht so aus, als könne er die geplante Verwarnung schnell abwickeln.

»Hallo, Herr Vogt, kommen Sie doch rein«, begrüßte Pamela ihn betont freundlich, als seien sie sich nicht vor einer Stunde in einer prekären Situation im Wohnzimmer einer Tatverdächtigen begegnet.

Lennard zögerte. »Vielleicht komme ich besser morgen noch mal vorbei?«, schlug er vor.

Weinende Frauen an sich waren ihm schon unangenehm, weil er nie wusste, wie er sich verhalten sollte. Ignorieren? Trösten? Aber wie? Ein Taschentuch reichen? Schulter tätscheln? Ein weinendes vierzehnjähriges Mädchen war definitiv die Steigerung. Er hatte nicht die geringste Ahnung, wie mit solch verzweifelter Weltuntergangsstimmung umzugehen war.

»Ach was. Das hier haben wir gleich im Griff«, sagte Pamela zuversichtlich und deutet ihm mit dem Kopf an, näher zu kommen. »Vielleicht können Sie uns ja sogar bei dieser

Notlage helfen. Schließlich sind Sie bei der Kripo und auch mit Cyberkriminalität vertraut. Oder?«

Das letzte Wort klang verdammt nach einer dringlichen Aufforderung. Ohne Gesichtsverlust würde er hier nicht rauskommen. Also betrat er die Küche, um drei Schritte weiter neben der Spüle wieder stehen zu bleiben. Viel mehr Platz war nicht, ohne dass er dem unglücklichen Teenager zu nah gerückt wäre.

»Worum geht's denn?«, erkundigte er sich in möglichst sachlichem Tonfall.

»Quasi um Diebstahl«, klärte Pamela ihn auf. »Also, um Diebstahl geistigen Eigentums. So nennt man das doch, wenn jemand eine Megaidee gehabt hat und dann ein anderer sich draufsetzt und so tut, als sei es seine Idee gewesen, oder?«

»Ja, so was gibt es. Bei Texten, bei Musik. Ist durch das Urheberrecht geregelt«, bestätigte Lennard.

»Ist Diebstahl von geistigem Eigentum strafbar?«, wollte Pamela wissen.

Meinte er es nur, oder war das Schluchzen mit einem Mal leiser geworden? Ja, es stimmte. Auch die schmalen Schultern zuckten nicht mehr so heftig. Leia schien auf seine Antwort zu lauschen.

Lennard nickte. »Natürlich ist das strafbar. Ist allerdings nicht immer so leicht nachzuweisen wie ein Ladendiebstahl oder ein Bankraub.«

Der blonde Kopf am Tisch hob sich von den Armen. Das verquollene, tränenverschmierte Gesicht wandte sich ihm zu.

Pamela Schlonski und ihre Tochter sahen ihn gespannt an. Lennard spürte ihre Blicke, obwohl er seinen angestrengt auf den kleinen Bildschirm des Smartphones gerichtet hielt.

»Viel besser!«, entschied er dann und deutete auf das aktuelle. »Irgendwie ... natürlicher.«

In den beiden Gesichtern ihm gegenüber löste seine Bemerkung zweierlei aus: Auf Leias Gesicht wurde der kummervolle, leicht verlegene Ausdruck von einem spontanen Lächeln abgelöst, das ihn mit seiner Leuchtkraft beinahe überraschte, auf jeden Fall aber extrem erleichterte. Eine strahlende Leia war so viel besser als eine weinende.

Auch Pamela lächelte. Aber anders. Irgendwie dankbar.

Lennard stellte mit leisem Erschrecken fest, dass sich in seinen eigenen Zustand der Erleichterung auch eine Spur Stolz zu mischen drohte.

»Meine bisher höchste Zahl von Likes«, sagte Leia da und blickte zur Bestätigung noch einmal aufs Display. »Hundertzwölf.« Doch dann verzog sich ihre Miene von einer Sekunde auf die andere wieder, und ihre Augen begannen, gefährlich zu schimmern. »PrettySandy hat dafür schon über zweitausend.«

Prompt flossen erneut Tränen.

»Ach, Schätzchen. Aber eigentlich sollte es dich doch gar nicht jucken, was diese dusselige PupsySandy schreibt und wie viele Likes sie bekommt. Du kannst so stolz auf deinen Post sein. Der Hauptkommissar findet es auch viel besser«, tröstete Pamela ihre Tochter und streckte erneut den Arm nach ihr aus.

Doch Leia war offenbar über die erste Phase der Verzweiflung hinaus. Wütend wischte sie sich die feuchten Spuren von den Wangen.

»Das ist so arschig von der!«, schniefte sie grimmig. »Mega-arschig! Wahrscheinlich macht sie das mit dem Account sowieso nur, um immer wieder Bilder von sich in ihren neuen Klamotten und voll geschminkt und so zu posten, damit ihr alle sagen, wie toll sie aussieht. Um die Bücher geht's der doch gar nicht. Sie schreibt Kack-Rezis! Und jetzt klaut sie auch noch meine bisher beste einfach so. Die weiß doch gar nicht, wie sich das anfühlt: Wie amputiert fühlt sich das an. Als hätte die einfach einen Teil von mir geklaut und sich selbst angeklebt. Die Arschziege! Boah, ich könnt die echt umbringen!«

»Leia!«

»Is doch wahr!« Das Mädchen sprang auf, am ganzen, noch so zarten Körper bebend. »Nützt mir auch nix, dass die damit das Gesetz bricht. Weil, das interessiert doch eh keinen! Die kommt doch einfach damit durch mit ihren Tausenden von Likes. Und was ist mit mir? Das war mein Jahreshighlight! Und jetzt ... geschissen!« Hilflos vor ohnmächtiger Wut, stampfte sie auf und warf sich herum.

Lennard presste sich an die Küchenzeile, als der aufgebrachte Teenager an ihm vorbeistürmte. Wenige Sekunden später erbebte das Haus unter dem Knall einer zugeworfenen Zimmertür.

Lennard sah Pamela an. »Habe ich damit jetzt helfen können?«, wollte er wissen.

Doch die Mutter der kleinen Dramaqueen hatte den

Kopf weggedreht und blickte nachdenklich aus dem Fenster, hinüber über die Felder.

Als sie nach einer kurzen Weile immer noch nicht geantwortet hatte, räusperte Lennard sich. Schließlich musste er noch seine Verwarnung anbringen, wegen der er eigentlich hergekommen war. Doch als Pamela sich ihm nun zuwandte, ließ der Ausdruck auf ihrem Gesicht ihn ahnen, dass er damit noch warten musste. In den graublauen Augen glitzerte ein gewisser Eifer, der ihm bereits vertraut vorkam.

»Herr Kommissar, ich glaube, wir haben bisher eine Sache noch gar nicht bedacht«, sagte sie und deutete auf den Platz neben sich.

Er setzte sich. Zwar gestand er es sich selbst nicht gern ein, aber er war neugierig, was jetzt kommen würde.

Pamela Schlonski griff nach dem Handy ihrer Tochter, das die dort hatte liegen lassen.

Sie betätigte eine Suchmaschine und rief darüber eine Liste von bundesweiten Fotoausstellungen samt ihrer ausgelobten Preise auf. Schließlich schien sie gefunden zu haben, was sie suchte.

»Hier.« Sie schob ihm das Handy hin.

Darauf zu sehen war ein Stillleben: eine glänzende alte Holztischplatte, eine brennende Kerze in einer Messinghalterung, ein aufgeschlagenes Buch und darauf eine schlichte Drahtgestellbrille.

Lennard hob den Kopf und sah sein Gegenüber fragend an.

»Mit diesem Bild hat Neumann den ersten Platz bei dieser Ausstellung gemacht. Riesentamtam. Presse. Interviews. Preisgeld. Mächtig viel Aufmerksamkeit«, sagte sie. »Das Foto ist auch wirklich schön. Ich hab das Original beim letzten Putzen im Klub gesehen. Klappert hat es vom Ausstellungsort abgeholt, weil Neumann ja nicht mehr konnte, ne? Jetzt steht es da so rum wie ... *amputiert*.«

Sie sah ihn an und schien darauf zu warten, dass bei ihm etwas klingelte. Und tatsächlich lösten ihre Worte in ihm etwas aus. Insbesondere das letzte. Amputiert. Genau das hatte Leia gerade gesagt: *Wie amputiert fühlt sich das an!*

»Ich weiß ja, dass die meisten Mordfälle Beziehungstaten sind und so«, fuhr Pamela fort. »Dass es meistens was damit zu tun hatte, was zwischen Mörder und Opfer abgelaufen ist. Aber der Neumann wurde im Fotoklub umgebracht. Und auf eine Weise, die ziemlich viel mit Fotografie zu tun hat, mit den ganzen Blitzlichtern und so, ne? Was, wenn es bei dem Mord nicht unbedingt so doll um was Zwischenmenschliches ging, als vielmehr um ...«

» ... ein Foto?«, vollendete Lennard.

Sie nickte, immer noch dieses Glitzern in den Augen.

»Ein paar Sachen, die ich in der letzten Zeit so aufgeschnappt habe, hab ich nämlich noch gar nicht erwähnt. Schienen mir einfach nicht wichtig. Aber ich glaube, das sind sie. Sie sind sogar sehr wichtig.«

Lennard verschob die Verwarnung auf später, vielleicht auch sehr viel später.

»Dann schießen Sie mal los!«, sagte er und rückte näher an den Tisch.

27. Kapitel

13. Mai, Donnerstag, frühmorgens

Pamela schloss die schwere eichene Tür auf und ging hinein.

Die große Eingangshalle des Fotoklubs lag menschenleer vor ihr. Nur die auf den Fotos an den Wänden festgehaltenen Gesichter blickten leblos zu ihr her. Trotzdem schienen die Räume auf eine merkwürdig angespannte Weise zu atmen. Leise, heimlich, wie zum Sprung bereit. Ihre Arme überzogen sich mit einer feinen Gänsehaut.

Sie stellte die Putzbox unter der Garderobe ab, wo bereits eine einzelne Jacke hing. Eine lässige Outdoormarke, bequem und praktisch.

Ein paar Putztücher mit den Zipfeln in die Jeanstasche geklemmt, den Schrubber in der einen Hand, begab Pamela sich auf ihre übliche Rundtour.

Weil sie gestern erst hier gewesen war, gab es in der Teeküche nicht viel zu tun. Nur ein paar Tassen, die es von dem Tablett nicht in die Spülmaschine geschafft hatten. Pamela räumte sie ein und ging weiter.

Am Studio hing nach wie vor das Flatterband.

Die Tür zur Dunkelkammer war geschlossen. Sie klopfte und öffnete dann, als keine Antwort kam.

Hier sah alles ordentlich aus. Der stechende Geruch sagte ihr jedoch, dass das Labor vor Kurzem benutzt worden war.

Nicole Schlierenstein fiel ihr ein. Wie musste es sich angefühlt haben, hier hereinzukommen und all die Fotos zu sehen?

Pamela schloss die Tür wieder.

Dann holte sie tief Luft. Die Räume schienen mit ihr einzuatmen. Sie schob die doppelflügelige Tür zum Besprechungssaal ein Stückchen auf.

Der große Raum lag im Dunkeln. Schon von der Straße aus hatte sie gesehen, dass die Rollläden heruntergelassen waren.

Die einzige Lichtquelle stammte von einer einzelnen Kerze, die auf einem der Tische links in der Ecke brannte, der mit einem schwarzen Tuch bedeckt war.

»Jetzt haben Sie mich aber erschreckt«, sagte Thomas Ruh.

Er war gerade dabei gewesen, ein Kamerastativ auf den Tisch mit der Kerze auszurichten.

»Oh, tut mir leid«, entschuldigte Pamela sich. »Ich hab nicht daran gedacht, dass Sie donnerstags immer hier sind.«

Er lächelte nachsichtig.

»Macht doch nichts. Aber was tun Sie hier? Wäre nicht gestern Ihr Tag zum Reinigen gewesen?«

Sie winkte ab. »Ach, Herr Klappert ist da nicht so pingelig. Er meinte, ich kann kommen, wann es mir passt. Hauptsache, am Wochenende, wenn es hier hoch hergeht, ist alles sauber.«

Ruh nickte. »Ja, der Markus. Der lässt allen seine Frei-räume.«

Pamela trat näher und warf einen Blick auf die kleine Inszenierung, die Ruh neben der Kerze drapiert hatte: eine Schale mit überreifem Obst, das bereits diverse braune Stellen aufwies, und eine Vase mit einem welken Blumenstrauß, der schon bessere Tage gesehen hatte.

»Uh, wie morbid«, machte sie anerkennend.

»Gefällt es Ihnen?«, wollte er ungewohnt lebhaft wissen.

»Ist mal was anderes.«

Ruh nickte zustimmend. »Ich hätte gern ein paar Flie-gen, die auf der Birne herumkrabbeln. Oder eine Motte, die an der schäbigen Rose da hängt. Aber leider ist mir bisher nicht eingefallen, wie ich die Tierchen dazu überreden soll.«

Pamela lachte mit ihm zusammen. »Ein Spinnennetz wäre auch schön«, bemerkte sie.

Er legte den Kopf schief und betrachtete die Sachen auf dem Tisch. »Sie haben recht. Es würde eine Verbindung schaffen zwischen der Obstschale und dem Strauß.«

»Die Idee können Sie gern klauen. Aber die Umsetzung ist Ihre Sache.«

Er sah sie eine Sekunde zu lang an.

Pamela tat so, als sei ihr nichts aufgefallen. »Der Ham-mer, wie viel Licht so eine einzelne Kerze machen kann, oder?«, sagte sie und deutete mit dem Kopf darauf.

Ruh wiegte den Kopf. »Für unsere Augen schon. Für eine Kamera sieht es noch mal anders aus. Natürlich muss die Belichtungszeit angepasst werden. Alles muss genau stim-men. Die Kerze muss gleichmäßig brennen. Die Öffnungszeit der Linse muss auf die Millisekunde genau stimmen. Nur dann erreicht man diese perfekte Stimmung.«

Pamela betrachtete das Ensemble auf dem Tisch. »Eine tolle Idee, nur mit Kerzenlicht zu fotografieren«, sagte sie. »Dagegen stinken diese ganzen Bilder mit Blitzlicht doch total ab. Herr Neumann hat das ja auch rausgehabt, ne? Das Bild von ihm, das auf dieser Ausstellung gewonnen hat, war doch auch nur mit einer einzigen Kerze beleuchtet, oder? Ich hab's im Büro gesehen«, setzte sie hinzu, als Ruh sie überrascht ansah. »Also, das jedenfalls find ich wirklich klasse. Ist eine echte Kunst, mit nichts weiter als einem Buch, einer Brille und einer Kerze eine richtige Geschichte zu erzählen.«

Thomas Ruh wandte sich ab und gab vor, den runzeligen Apfel in der Schale ein paar Millimeter zu verrücken.

»Sie kennen das Bild doch auch, oder?«, hakte Pamela nach. »Finden Sie es nicht gut? Ich bin ja nur Laiin, aber Sie sind doch der Fachmann in Kerzenlicht. Ist doch ein Superbild, das von Herrn Neumann, ne?«

Ruh brummte etwas, das mit viel gutem Willen als Zustimmung hätte gedeutet werden können.

»Wenn ich das fragen darf«, wagte Pamela sich weiter vor. »Hat er eigentlich diese Kerzenbilder wegen der Kunst gemacht, so wie Sie? Oder eher wegen seiner Krankheit? Weil er keine Blitzlichter benutzen durfte?«

»Ach, das ist doch Unsinn!«, zischte Ruh, plötzlich ungehalten. »Peter hatte zig andere Möglichkeiten. Als ich ihn kennenlernte, hat er im Studio mit indirekter Beleuchtung gearbeitet. Für seine Bilder funktionierte das ausgezeichnet.

Außerdem hat er auch viel draußen fotografiert. In der Tier- und Naturfotografie brauchte er doch auch keine Blitze, die ihm das Hirn ausschalten würden. Die Beleuchtung allein durch Kerzen wurde bei ihm erst Thema, als er meine Bilder gesehen hatte.«

Die Worte hingen für ein paar Sekunden in der Luft zwischen ihnen.

»Sie wussten also, dass Herr Neumann unter einer bestimmten Form der Epilepsie litt?«, fragte Pamela. »Wegen der er weder Auto fahren noch bei seinem Hobby Blitzlichter einsetzen durfte?«

Ruh blinzelte irritiert. »Ich … ähm …«

»Ich frag nur, weil Herr Klappert neulich erwähnt hat, dass Herr Neumann nicht wollte, dass es jemand weiß. Ist ihm Herrn Klappert gegenüber wohl mal rausgerutscht. Aber wenn man hier so ruhig vor sich hin pusselt«, sie wedelte mit der freien Hand in Richtung Stillleben, »vergessen die anderen manchmal bestimmt, dass man mithören kann, was die so sprechen, oder?«

Ruhs Ausdruck wechselte von verwirrt zu misstrauisch. »Was wollen Sie damit sagen?«

Pamela zuckte mit den Schultern. »Als wir uns neulich mal unterhalten haben, über Hobbys, für die man so richtig brennt, wissen Sie noch?« Er nickte zögernd. »Danach hab ich mir einfach mal vorgestellt, ich würde auch so rasend gern fotografieren. So mit allem Drum und Dran, schnipp und schnapp. Superkamera. Spitzenlaptop, auf dem ich die ganze Bildbearbeitung mache und so. Ach ja, der Laptop …« Sie hielt kurz inne. »Echt knifflig, wenn sich den jemand ausleihen würde, weil er einfach eine simple Mitgliederliste ergänzen will oder so was. Schließlich könnte es passieren, dass derjenige mehr macht, als ein Word-Dokument anzulegen. Vielleicht scrollt er sich auch durch meine Bilddateien und schaut sich an, was ich da im stillen Kämmerlein so für tolle Fotos gemacht habe. Und entdeckt dabei ein Bild, dem er als Kenner gleich ansieht, dass es enormes Potenzial hat. Vielleicht sogar so viel Potenzial, um bei einer bundesweiten Ausstellung den ersten Platz zu machen.«

Pamela legte eine Pause ein.

Ruh stand einfach nur da und starrte sie an.

»Wie würde ich mich fühlen, wenn derjenige das Bild stiehlt?«, überlegte Pamela laut. »Nicht das Original des Bildes – so dumm wäre bestimmt niemand –, aber die Idee! Die geniale Idee, die es dann nur noch umzusetzen galt. Was würde das mit mir machen, wenn derjenige mit diesem Bild den Erfolg einheimsen würde, der doch mir zuständе? Schließlich könnte ich es nicht beweisen. Ich könnte nicht beweisen, dass mein wunderbares Bild einfach kopiert worden ist. Denn das Urheberrecht steht auf der Seite dessen, der als Erster veröffentlicht, oder?«

Thomas Ruh keuchte auf. »Wie können Sie das alles wissen?«

Pamela hob die Brauen. »Der Vorteil des Berufes der Reinigungskraft ist der: Man ist überall, bekommt alles mit, und trotzdem ist man für die Leute so gut wie unsichtbar.«

Ruh nickte zu ihren Worten, beinahe anerkennend. Doch ihr entging nicht, dass er nach dem Stativ griff und scheinbar gedankenverloren an einer Schraube drehte. Das

Stativ sah ziemlich stabil aus, bestimmt wog es mehr als der Schrubber, den Pamela immer noch in der Hand hielt.

»Woher wussten Sie, dass Neumann an diesem Dienstagabend im Klub sein würde?«, erkundigte Pamela sich.

»Es war Zufall«, antwortete Ruh bereitwillig. »Ich kam vom Arzt. Wissen Sie, man ist nicht sicher, ob da nicht vielleicht wieder etwas wächst.« Er griff sich an den Kopf, kurz oberhalb der rechten Schläfe. Von ihren früheren Begegnungen wusste Pamela, dass dort durch sein lichtes Haar die alte Narbe schimmerte. »Und da sah ich Peter über die Straße gehen und im Klub verschwinden. Zuerst hab ich mich gewundert. Ich dachte: ›Nanu. Was will er denn an einem Dienstagabend im Klub? Und dann so rausgeputzt. Da ist doch keine Veranstaltung und nichts.‹ Aber dann kam mir der Gedanke, dass ich die Gelegenheit doch nutzen könnte. Endlich könnte ich ihn zur Rede stellen. Also bin ich ihm gefolgt.«

»Da hatten Sie also noch gar nicht vor, Neumann umzubringen?«, fragte Pamela. Sie hörte selbst, dass ihre Stimme wacklig klang. Doch das schien Ruh nicht aufzufallen.

Überraschend ruhig antwortete er: »Nein, da noch nicht. Aber dann kam ich in den Klub. Peter war in der Dunkelkammer. Im Studio hatte er etwas aufgebaut. Der kleine Requisitentisch mit einem Weindekanter, zwei Kristallgläsern, einer Blumenvase. Und einer Kerze. Für ein Foto war es ein läppischer Aufbau, absolut nichtssagend. Und da wurde mir wieder klar, wie wenig er als Fotograf draufhatte. Jemand, der so stümperhaft vorging, hatte es einfach nicht verdient, für ein Bild so viel Beachtung zu erhalten, dessen

Genialität er niemals selbst hätte entwickeln können. Aber sein Ego war ja sooo groß! Er war der Held, nicht wahr? Der gefeierte Fotostar! Der grandiose Künstler! Mit dem Stempel des ersten Platzes einer der großen Ausstellungen auf der Betrügerstirn.« Er patschte sich mit der einen flachen Hand vor die Stirn, während die andere das Stativ vom Boden hob. Oh ja, schien schwer zu sein. »In dem Moment wurde mir klar, was für ein Dummkopf ich gewesen war. Hatte ich wirklich geglaubt, Peter würde einlenken und öffentlich bekennen, wer der Urheber dieses Bildes wirklich war? Natürlich würde er das nicht! Dazu war er viel zu selbstverliebt.«

»Und … und dann?«, krächzte Pamela.

Ruh sah sie beinahe verwundert an. »Das konnte ich ihm doch nicht durchgehen lassen! Als ich so dastand, sah ich in der Ecke die diversen Stative und Blitzlichter, die Max und Dina ein paar Tage vorher für ihr letztes Kostümshooting benutzt hatten. Eigentlich hätten sie sie wegräumen sollen. Aber … na ja, die jungen Leute, immer irgendwas anderes im Kopf …« Er lächelte auf diese Weise, die Pamela so gut von ihm kannte: nachsichtig, freundlich. Doch dann erschien ein merkwürdiges Glimmen in seinen Augen. »Und da kam mir plötzlich diese Idee. Genial, oder?«

Wie er sie ansah! Da war sie wieder, die Gänsehaut. Es lief ihr eiskalt den Rücken herunter.

»Sie haben sich eines der Stative gegriffen und sich in einer dunklen Ecke versteckt. Als Herr Neumann wieder ins Studio kam, haben Sie ihn niedergeschlagen, an den Stuhl gefesselt und dann einem echten Blitzlichtgewitter ausgesetzt«, vollendete Pamela tonlos.

»Oh ja.« Ruh nickte eifrig und sah zu dem Stativ in seiner Hand. »Wusste vorher gar nicht, was man mit so einer Ausrüstung noch so alles machen kann.«

»Offenbar eine gute Investition«, stimmte Pamela ihm zu und machte einen kleinen Schritt zurück.

Ruh registrierte es. Er tat seinerseits drei oder vier große zur Seite und versperrte ihr so den Weg zur Tür.

»Es tut mir wirklich leid. Ihnen muss doch klar sein, dass ich Sie jetzt nicht einfach gehen lassen kann?«, sagte er bedauernd.

Pamela öffnete bereits den Mund, um etwas zu erwidern, als er viel schneller, als sie ihm zugetraut hätte, vorstürzte und mit dem Stativ ausholte. Sie parierte den kräftigen Schlag mit dem Schrubber.

»Zugriff!«, rief sie, während sie einen neuerlichen Hieb geschickt abfing, der genau auf ihren Kopf zielte. Zu dem Wort hatte Ahsen ihr geraten.

Die Bürotür und die Schiebetür wurden gleichzeitig aufgerissen, und ein halbes Dutzend Männer und Frauen stürzten heraus. Gleichzeitig flammte die Deckenbeleuchtung auf. Zwei der Beamten packten den wild um sich schlagenden Ruh und hatten ihn rasch überwältigt. Einen Arm auf den Rücken gedreht, das massive Stativ am Boden, warf Ruh Pamela einen wilden Blick zu, der nichts mit dem freundlichen, liebenswerten Hobbyfotografen zu tun hatte, als den sie ihn kannte.

»Ich war im Recht!«, keuchte er völlig außer sich. »Er hatte es nicht anders verdient!«

Hauptkommissar Lennard Vogt nickte seinen Kollegen zu, und sie führten Ruh ab.

Tina Bruns, die neben Vogt stand, strahlte Pamela an. »So was von klasse! Sehr, sehr gut gemacht! Der Chef war ja erst nicht so für den Plan. Verständlich, war ja auch durchaus nicht ungefährlich. Aber Sie haben das toll gemacht, haben dem Täter ja ein komplettes Geständnis entlockt. Zugegeben, das können wir vor Gericht nicht verwenden. Aber der tätliche Angriff auf Sie ist nicht zu leugnen und wird seine Zunge bestimmt lockern. Ich würd sagen, wir haben ihn, oder?« Sie schaute zu ihrem Vorgesetzten auf.

Auch Pamela blickte zu Vogt. Meinte sie das nur, oder sah er im Neonlicht ein wenig blass aus um die Nase?

»War spannend«, gab er widerwillig zu.

Pamela unterdrückte ein Grinsen und wusste bereits jetzt, was ihre Mutter zu dieser Reaktion sagen würde: *So sind eben die Norddeutschen, die machen nicht viele Worte.*

»Und jetzt?«, wollte sie wissen. »Ich hab mich vorsichtshalber den Tag bei meinen Kunden abgemeldet. Ahsen übernimmt einen Teil, und den anderen hol ich morgen nach.«

»Sie kommen mit uns«, entschied Vogt. »Wir müssen Ihre Aussage aufnehmen.«

Gemeinsam gingen sie also durch den Besprechungssaal zum Ausgang. Vogts gut aussehender Kollege, der gestern auch in Nicole Schlierensteins Wohnung gewesen war, hob sich die Putzbox unter den Arm und wollte auch den Schrubber übernehmen.

»Danke. Aber den trag ich selbst«, entschied Pamela. »Wenn das gute Stück nicht gewesen wäre, hätt ich jetzt eine ziemliche Beule am Kopf.«

Sie glaubte, den Hauptkommissar leicht zusammenzucken zu sehen.

»Gestern Abend haben Sie doch von einer Verwarnung gesprochen«, erinnerte sie ihn. »Irgendwas, was Sie auf später verschieben wollten. Möchten Sie vielleicht jetzt ...?«

Kriminalhauptkommissar Vogt steckte die Hände in die Taschen seines zerknitterten Blousons.

»Das hat Zeit«, sagte er.

28. Kapitel

13. Mai, Donnerstag, abends

Noch am selben Tag fand abends in einer der Wohnungen gegenüber des Friedhofs Hattingen Holthausen eine kleine Sause statt.

Marlies und Ahsen saßen auf dem einladenden Sofa und schwenkten ihre Proseccogläser. Leia saß mit untergeschlagenen Beinen davor und experimentierte auf dem Couchtisch mit verschiedenen Fruchtsäften, die Totti mitgebracht hatte. Der hatte es sich auf dem Flickenteppich vor der weit offen stehenden Balkontür gemütlich gemacht. Pamela, die gerade mit einem Teller voller Knabbereien aus der Küche kam, ließ ihren Blick über ihre Liebsten schweifen, tiefe Zufriedenheit im Herzen.

»Kriegst du jetzt eigentlich irgendeinen Orden oder so was?«, wollte Ahsen wissen, während Pamela den Teller abstellte und somit den Couchtisch in den Mittelpunkt des allgemeinen Interesses rückte.

»Quatsch«, sagte sie. »Wieso das denn? Kommissar Vogt war an der Aufklärung doch genauso beteiligt wie ich.«

»Ich finde aber, er hätte dir zumindest das Du anbieten können«, meinte Marlies. » So'n schicker Kerl.«

Totti horchte auf.

Doch Pamela winkte ab. »Im Leben nicht, Mama!« Und sie griffen alle nach den Snacks.

Totti deutete mit einem Möhrenstick auf Pamela. »Und der Mörder, dieser Thomas Ruh, der hat dann also gleich gestanden?«

Pamela ließ sich vor dem Korbsessel auf dem Kunstfell nieder. »Das war echt ein Ding. Ich sitz da so im Büro vom Hauptkommissar, und wir nehmen meine Aussage auf, Tina hat gleich alles mitgetippt, da kommt dieser andere Kommissar, dieser Thilo Schmidt, rein ... also, Mama, das ist mal ein Schnuckelchen. Jedenfalls, der hat erzählt, dass Ruh gleich alles ausgespuckt hat. War nämlich genauso, wie wir gedacht hatten: Neumann hat auf dem Laptop, den er sich von Ruh ausgeliehen hatte, dieses Bild entdeckt. Und weil das so genial war, hat er die Idee geklaut und es fast genauso nachgestellt, mit dem Licht und dem Buch und der Brille und so. Und als er dann bei dieser Ausstellung den ersten Platz gemacht hat und das Bild überall rumgezeigt wurde, da hat den Ruh wohl fast der Schlag getroffen. Ich meine, das war für ihn was ganz Besonderes, das perfekte Bild quasi, an dem er jahrelang rumgebastelt hatte.«

»Warum hat er das denn nicht bei dieser Ausstellung zum Wettbewerb eingereicht?«, wollte Marlies wissen. »Das wär ja was gewesen, zwei gleiche Bilder.«

Pamela dachte an den stillen, zurückhaltenden Thomas Ruh. Wie er ihr von seinem Hobby erzählt hatte, für das er so brannte, das zu seinem Lebensinhalt geworden war.

»Vielleicht wusste er nichts von der Ausschreibung. Oder

er hat sich am Ende doch nicht getraut. Der ist nicht so der Typ, der sich auf die Brust trommelt.«

Marlies nickte, als habe sie sich das schon gedacht.

»Das hab ich Pamela immer gesagt«, wandte sie sich an die anderen. »›Nur keine falsche Bescheidenheit!‹, hab ich immer gesagt. Wenn du etwas kannst, dann zeig es auch. Haste nix von, wenn du das hinterm Rücken hältst. Und jetzt guckt ma, da seht ihr es wieder!«

»Echt, Omma? Das hat Mama von dir? Weil, das sagt sie zu mir auch immer«, meldete sich Leia und sog an dem Strohhalm, der in das gelbgrüne Gemisch in ihrem Glas getaucht war, das wesentlich besser zu schmecken schien, als es aussah. »Dass ich mir immer bewusst sein soll, was ich kann, und mich nicht schämen soll, es auch zu zeigen.« Sie hielt kurz inne. Überlegte. »Also, ohne dabei so mächtig auf die Kacke zu hauen, klaro.«

»Klaro«, antworteten alle im Chor.

Pamela musterte ihre Tochter genauer. Mit dem Häufchen Elend, das sie gestern beim Nachhausekommen in der Küche vorgefunden hatte, hatte Leia jetzt nichts mehr gemein. Im Gegenteil, sie sah sogar sehr zufrieden aus.

»Gibt es eigentlich was Neues von PrettySandy?«, erkundigte sie sich behutsam.

»Pretty Wer?«, wollte Ahsen sofort wissen.

»Eine siebzehnjährige Buchbloggerin auf Instagram, die ...«, begann Pamela zu erklären, doch Leia unterbrach sie: »Die hat meinen bisher besten Post geklaut!« Und sturzbachartig ergoss sich die ganze Geschichte auf die kleine Versammlung.

»Kriminell«, meinte Totti mit Kennermiene, als sie geendet hatte.

»Ich würd da am liebsten hinfahren und der einen ordentlichen Tritt in ihren pretty Allerwertesten verpassen!«, knurrte Ahsen.

Pamela hätte beide küssen können. Die unverstellte Entrüstung und wärmende Solidarität taten Leia bestimmt gut.

Nur Marlies blickte ein wenig säuerlich drein.

»Ich versteh nur Bahnhof«, gab sie zu.

Leia öffnete schon den Mund, um die Vorgänge haarklein zu erläutern, doch Pamela fand, es wäre der Unterhaltung förderlicher, alles auf einen verständlichen Nenner zu bringen: »Das musst du dir so vorstellen, als wär Karin Klöckner bei dir eingebrochen und hätte das Rezept für die neue Geschmacksrichtung deiner Baisertorte geklaut. Und auf dem nächsten Muttertagstreffen der AWO ist sie vor dir im Saal und gibt die Torte als ihre Erfindung aus.«

»Das soll sie mal wagen!«, rief Marlies kampfbereit.

Karin Klöckner, Matriarchin der wohlhabendsten Landwirtsfamilie vor Ort, bemühte sich schon seit Jahren nach Kräften, die ewige Gewinnerin des Kuchenwettbewerbs Marlies Ewing von ihrem Thron zu stoßen. Bisher hatte Marlies sie mit immer neuen, spektakulären Kreationen austricksen können, spürte aber oft den heißen Atem des Neides im Nacken.

»Ich sach ma so«, mischte Totti sich ein und biss krachend in einen Streifen Paprika. »Die Frauen bei der AWO würden dir wahrscheinlich glauben, weil sie wissen, wie gut du backen kannst. Aber wenn das jetzt lauter Fremde wären, die dich gar nicht persönlich kennen. Fremde, die von dir noch nie was gehört haben, aber mit der Klöckner schon seit Jahren per Du sind. Dann würdest du ganz schön dumm dastehen, und die Schreckschraube würde mit dem Rezeptklau einfach so durchkommen.«

»Das wollen wir doch mal ...«, schnaufte Marlies. Doch dann fiel ihr ein, dass es sich bei diesem Szenario um ein Fantasieprodukt handelte, dass aber ihre Enkeltochter etwas ganz Ähnliches soeben tatsächlich erlebt hatte. Sie wandte sich Leia zu. »Das darfst du nicht auf dir sitzen lassen, Schätzken! Wehr dich, zeig's der!«

»Hab ich schon gemacht«, sagte Leia grinsend. Sie machte eine Kunstpause, in der alle sie gespannt ansahen. Dann zuckte sie mit den schmalen Schultern. »Als Mama heute Mittag erzählt hat, wie mutig sie war, ich meine: nur mit einem Schrubber gegen einen echten Mörder, Wahnsinn, oder? Also, da dachte ich: Wenn Mama so irre mutig ist, dann kann ich das auch. Wir haben schließlich die gleichen Gene. Und Ommas hab ich auch. Und du lässt dir auch nix gefallen, Omma, oder?«

»Sag schon, was hast du gemacht?«, drängte Pamela sie.

»Nix Besonderes. Ich hab nur in die Story meinen Beitrag gestellt und per Hashtag das Buch markiert, das ich darin besprochen habe. Dann hab ich dazugeschrieben, dass es offenbar eine *pretty Bloggerin* mit elftausend Followern nötig hat, mir kleinem Licht meine Posts zu klauen ... Mehr brauchte ich gar nicht zu machen.«

Ahsen applaudierte. Totti reckte den Daumen hoch. Marlies machte: »Hä?«

Pamela fasste für sie zusammen: »Du hängst an die Pinnwand von Ahmeds Supermarkt 'n fetten Zettel, auf dem steht: *Eine Klöckelnde Nervkuh hat es offenbar nötig, das Rezept für meine neue Torte zu klauen und als ihres auszugeben. Wer will, kann in mein Rezeptbuch gucken, da steht es mit Datum drin.* Im Prinzip hat sie diese PrettySandy also angezeigt. Jetzt wissen alle, dass die Leias geistiges Eigentum gestohlen hat.«

»Meine Enkelin!«, tönte Marlies, zog Leia zu sich heran und umarmte sie fest. Leia grinste breit.

Pamela dachte in etwa etwas ganz Ähnliches, nämlich: *Meine Tochter!* Aber sie sagte: »Und? Hast du schon Reaktionen bekommen?«

»Fast zweihundert neue Follower in den letzten vier Stunden!«, jubelte Leia aus Marlies' Umarmung heraus. »Was aber noch viel besser ist: PrettySandy hat gerade einen echten Shitstorm laufen. Viele finden es total unter aller ... na ja, sie finden es voll doof, was sie gemacht hat.«

Marlies tätschelte Leias Rücken und ließ sie dann wieder los. »Das hat die aber auch verdient!«, schnaubte sie.

Pamela stimmte ihrer Mutter durchaus zu, erwiderte aber: »Trotzdem sollte Leia sich statt auf Schadenfreude lieber auf die tollen neuen Follower konzentrieren, und natürlich auf die, die ihr sowieso schon gefolgt und immer treu geblieben sind.«

»Jaaaaaa«, maulte Leia gedehnt. »Mach ich. Ab Morgen, okay? Heute Abend freu ich mich einfach drüber, dass PrettySandy so richtig Stress hat.«

»Auf PrettySandys Megastress!«, rief Ahsen und hob ihr Proseccoglas.

Alle stießen an und tranken.

»Ich muss aber auch ehrlich sagen, dass ich froh bin, dass die Sache mit dieser Mordermittlung jetzt vorbei ist«, meinte Pamelas beste Freundin dann. »War schon anstrengend, neben dem Job, den Kindern und Haushalt und so.«

»Und gefährlich war es auch«, setzte Totti hinzu.

Pamela sagte nichts dazu. Sie wusste, dass ihre Lieben recht hatten. Und doch war da ein leises Bedauern in ihr. So als habe sie nun mit der Aufklärung der Tat etwas verloren, das sie gerade erst zu schätzen gelernt hatte.

Aber das war natürlich Unsinn.

29. Kapitel

13. Mai, Donnerstag, abends

Dieser Tag hatte es wirklich in sich gehabt.

Die ungewöhnliche und durchaus nicht ungefährliche Aktion am Morgen. Ruhs Geständnis und seine Überstellung in die Untersuchungshaft.

Natürlich hatten die Berichte geschrieben werden müssen. Die Staatsanwältin erwartete die Unterlagen. Stupide Arbeit, die zu seinem Job aber auch dazugehörte.

Aufgrund des herausragenden Erfolgs hatte in der Abteilung den ganzen Tag über Hochstimmung geherrscht. Alle klopften ihm auf die Schulter, wollten ein paar Worte mit ihm wechseln, sich selbst ein wenig im Glanz einer so rasch abgeschlossenen Ermittlung und erfolgreichen Verhaftung sonnen. Die Details hatten alle interessiert. Überdurchschnittlich häufig war von seinem unschlagbaren *Bauchgefühl* die Rede gewesen. Woher sie das wohl hatten?

Wenn er ganz ehrlich war, hatte er den ganzen Rummel doch auch genossen. Zum ersten Mal hatte er das fremde, aber durchaus angenehme Gefühl gehabt, zu dieser Truppe hier tatsächlich dazuzugehören.

Fast wäre in dem ganzen Trubel der Einstand einer

neuen Kollegin untergegangen: Helene Janssen, Staatsanwältin aus Hamburg, zukünftig erste Ansprechpartnerin für die Kripo Hattingen.

Doch im Gegensatz zu ihm vor drei Jahren hatte Helene offenbar keinerlei Schwierigkeiten, sich an die Ruhrpöttler anzupassen. Sie hatte ebenfalls herzlich gratuliert, eifrig Fragen gestellt, den neuen Kolleginnen und Kollegen nebenbei von sich selbst erzählt. Helene Janssen war es sogar gewesen, die vorgeschlagen hatte, ob man den sensationellen Abschluss der Ermittlung – sie hatte wirklich *sensationell* gesagt – und ihren eigenen Einstand nicht ein wenig feiern wolle. Vielleicht am Samstagabend? In einem Laden, den alle kannten und mochten?

Die ganze Abteilung war begeistert gewesen. Und nun war Lennard, ebenso wie alle anderen, am Samstagabend zu einem Umtrunk in der *Eckigen Kneipe* eingeplant.

Es war schon früher Abend, als er endlich seinen Rechner herunterfuhr. Da klopfte es an der Tür.

Ungewohntes Klopfen. Akzentuiert, selbstbewusst, aber nicht zu forsch. Vor allem selten: Es wurde auf seine Antwort gewartet.

»Ja?«

Helene Janssen streckte den Kopf herein.

»Ich wollte mich nur für heute verabschieden«, teilte sie mit einem Lächeln mit. »Ich glaube, jetzt habe ich einen guten Überblick über dein Kommissariat und werde die nächste Zeit hoffentlich nicht zu oft beruflich hierher müssen. Hab einen schönen Abend!«

Lennard lächelte zurück.

»Danke. Wir sehen uns beim Umtrunk.«

Sie legte für einen Augenblick den Kopf schief, schien zu überlegen, ob sie sagen konnte, was ihr vorschwebte. Dann sagte sie: »Schön, dass ich hier nicht das einzige Nordlicht bin.« Dann nickte sie ihm zu und zog die Tür wieder zu.

Lennard starrte auf die abgegriffene Klinke.

Helenes mahagonifarbenes Haar, das sie offen über die Schultern trug, und ihre mandelförmigen dunklen Augen passten zu ihrer Herkunft aus der Weltstadt Hamburg. Was ihn aber viel mehr ansprach, waren ihr Auftreten und der leichte Slang, der sie als *Nordlicht* auswiesen.

Lennard gestattete sich ein versonnenes Lächeln. Es war wirklich schön, plötzlich nicht mehr der Einzige zu sein, der von *da oben* stammte.

Er stand auf und griff nach dem Blouson über der Stuhllehne.

Da wurde die Tür erneut geöffnet.

»Lennard.« Es war Thilo. »Du bist ja auch noch hier.«

»Ich wollte gerade gehen.«

»Dann auf!«

Gemeinsam gingen sie den Flur entlang, nach wenigen Metern bereits im Gleichschritt. Die Szene erinnerte Lennard daran, wie sie vor einer Woche etwa hier so nebeneinanderher gegangen waren. Als er den Fall Neumann gerade frisch auf dem Tisch gehabt hatte. Bildete er sich das nur ein, oder hatte sich seitdem tatsächlich irgendetwas verändert? Irgendetwas fühlte sich anders an. Leichter.

Seltsam.

»Und du kommst am Samstag wirklich zu der kleinen Kneipenparty?«, fragte Thilo.

Lennard zuckte mit den Schultern. »Bleibt mir ja kaum was anderes übrig.«

Thilo grinste. »So läuft das also bei dir? Man muss dich zu Sachen zwingen, einfach festnageln? Und dann bist du auch bei gemeinsamen Aktionen dabei?«

Lennard sah seinen Kollegen fragend an.

»Na, komm schon!«, sagte der. »Du hast nicht umsonst den Ruf des Eigenbrötlers. Ist nicht gerade leicht, dich ein bisschen näher kennenzulernen.«

Lennard verspürte den instinktiven Impuls, sich zu verschließen wie eine Auster. Doch dann fragte er sich plötzlich, wieso eigentlich. Was war schon dabei, wenn er seine doch zugegebenermaßen netten Kolleginnen und Kollegen ein wenig an sich heranließ?

Ehe er noch recht darüber nachgedacht hatte, hatte er es bereits gesagt: »Das stimmt grundsätzlich ganz sicher. Ich bin nicht gerade der Partytyp. Aber in der letzten Zeit hab ich tatsächlich auch einen Grund dafür, mein Privatleben lieber nicht zu thematisieren: Sandra hat mich verlassen.«

Schweigend gingen sie nebeneinander die Treppe hinunter und zum Hinterausgang. Sie traten hinaus in den lauen Frühlingsabend, der schon den nahenden Sommer spüren ließ.

»Mensch, Lennard«, sagte Thilo. »Das tut mir echt leid. Sandra und du. Gibt es da noch Hoffnung? Ich meine, *willst* du noch Hoffnung?«

»Ich weiß es nicht«, erwiderte Lennard, ohne so recht

sagen zu können, auf welche der beiden Fragen das die Antwort war.

Kurz schwiegen sie. Der Abend war warm, gekrönt von Vogelgezwitscher und dem entfernten Lärm einer belebten Innenstadt.

Thilo sah ihn ernst an: »Lennard. Ich weiß, das ist ein ziemlich abgedroschener Spruch, aber meiner Erfahrung nach stimmt er: Wenn sich eine Tür schließt, öffnet sich irgendwo anders eine.«

Er hatte recht. Es war ein abgedroschener Spruch. Aber irgendwie plötzlich auch tröstlich.

»Danke«, sagte er. »Ich werde die Augen offen halten.« Er hob die Hand und bog zur Seite, um den Weg in die Stadt einzuschlagen.

Thilo ging zu seinem Wagen hinüber, wandte sich aber noch einmal zu ihm um und deutete mit dem Finger auf ihn.

»Ach, und bevor du mir wieder durchs Netz schlüpfst: Nächsten Mittwoch. Zwanzig Uhr. Ich hol dich bei dir zu Hause ab.«

»Ähm?«

»Fußballtraining«, erinnerte Thilo ihn. »Jemanden, der sich von gegnerischen Ablenkungsmanövern nicht aus der Ruhe bringen lässt, können wir gut im Team gebrauchen.« Damit hob auch er die Hand und stieg in seinen Wagen.

30. Kapitel

15. Mai, Samstagabend

In der *Eckigen Kneipe* war es gerappelt voll. Ein Nieselregen hatte alle Gäste in den lang gestreckten Raum getrieben.

Pamela und Bernd versorgten sich direkt an der Theke mit ihren Getränken und manövrierten jetzt durch die Menge zu dem gerade frei werdenden Tisch in der Ecke, an dem sie sich vor einer Woche kennengelernt hatten. War das erst eine Woche her? Es war so viel passiert, dass es Pamela eher wie ein Monat vorkam. Xaverl hielt dichten Nase-Waden-Kontakt zu ihr. Offenbar befürchtete er, sie sonst im Gedränge zu verlieren.

»Da drüben ist ja auch dein Bekannter«, stellte Bernd fest und nickte zu der Gruppe Menschen hinüber, die den etwas höher gelegenen Teil des Lokals in Beschlag nahmen.

Pamela schaute hinüber.

»Ach ja«, sagte sie, so als hätte sie Hauptkommissar Vogt nicht selbst schon längst bemerkt.

In diesem Moment löste Vogt den Blick vom Gesicht der hübschen Brünetten, mit der er sich die ganze Zeit angeregt unterhalten hatte – *angeregt! Vogt!* –, und sah zu ihr herüber. Für einen kurzen Moment trafen ihre Blicke sich. Sie nickten beide und sahen wieder weg.

»Woher kennt ihr euch?«, erkundigte Bernd sich, betont nebensächlich.

Pamela musste schmunzeln. Männer waren so durchschaubar.

»Beruflich. Er ist bei der Kripo, und ich war ... na, ich sach ma so, ich war ein bisschen in seinen letzten Fall verwickelt.«

»Wie spannend.« Bernd klang so, als wolle er auf keinen Fall mehr darüber hören.

»War es auch«, erwiderte Pamela, beschloss dann aber, ihn nicht weiter zu quälen. »Jetzt erzähl doch mal: Wie war denn der Einstieg in die neue Abteilung? Hat sich dein Vorgesetzter als der Fachidiot herausgestellt, für den du ihn gehalten hast?«

Bernd berichtete lebhaft von seinen neuen Kolleginnen und Kollegen, erzählte ein paar Anekdoten, und zwar so witzig, dass Pamela mehrmals laut lachen musste. Aber Bernd erzählte nicht nur von sich, sondern stellte auch Fragen zu Pamelas Firma und den verschiedenen Jobs. Er erkundigte sich nach Leia, nahm regen Anteil an deren Instagram-Sorgen und machte den Abend insgesamt zu einer höchst angenehmen Sache.

»Euer Pils ist zwar nicht so süffig wie unseres«, meinte er irgendwann. »Aber es hat es in sich. Ich muss mal für kleine Königstiger.« Damit erhob er sich und schob sich an den voll besetzten Tischen vorbei in Richtung Toilettenräume.

Als er an der heiteren Gruppe rund um Kommissar Vogt

vorbeikam, löste sich dort gerade die Brünette heraus, offenbar mit dem gleichen Ziel. Die beiden stießen zusammen, entschuldigten sich gleichzeitig, lachten laut, und Bernd ließ der Frau gentlemanlike den Vortritt.

Solcherart seiner Gesprächspartnerin beraubt, wandte Vogt den Kopf und sah direkt zu Pamela herüber. Sie winkte. Wieso auch nicht? Schließlich hatten sie erst gestern noch gemeinsam einen Mörder gestellt.

Vogt sah das vielleicht ähnlich, denn er stellte sein Glas ab und kam quer durch den Raum zu ihr herüber.

»'n Abend!«, begrüßte Pamela ihn.

»Moin«, erwiderte er. Irgendwie wirkte er lockerer als sonst. Er trug auch nicht diesen zerknitterten Blouson, sondern über einem Poloshirt und hellen Jeans ein weich fallendes Jackett. Fast schick. Wenn er nicht dazu diese schnieken Schuhe gewählt hätte. Turnschuh hätten in dieser Umgebung viel lässiger ausgesehen.

»Alles paletti bei Ihnen?«, erkundigte Pamela sich und nickte zu seinen Leuten rüber, unter denen sie inzwischen auch die nette Tina Bruns und diesen verflixt gut aussehenden Oberkommissar Thilo Schmidt ausgemacht hatte. »Feiern Sie ein bisschen die Lösung des Falls?«

Er lächelte tatsächlich. »Das machen wir wirklich. Und den Einstand einer neuen Kollegin aus Hamburg.« So wie er es sagte, einfach so dahin, hätte Pamela wetten können, dass es sich bei dieser neuen Kollegin um die hübsche Brünette handelte, mit der Vogt die ganze Zeit geredet hatte.

»Richtig so! Man soll die Feste feiern, wie sie fallen!«, stimmte Pamela zu.

Dann wurde es zwischen ihnen für ein paar Sekunden still. Natürlich nicht wirklich, denn um sie herum wurde gelacht, geredet, bei dem Song aus der Anlage mitgesungen, mit Gläsern und Flaschen geklirrt. Aber Vogt sagte nichts, und Pamela fiel zu ihrem eigenen Erstaunen auch nichts ein, was sie hätte von sich geben können.

Da lehnte Vogt sich plötzlich vor, als hätte er sich für irgendetwas ein Herz gefasst, und stützte die Hände auf dem Tisch ab. »Frau Schlonski, ich habe mich gefragt ...«, begann er.

Pamela war ja gleich bei ihrer ersten Begegnung aufgefallen, was für meergrüne Augen er hatte. Und genau das fiel ihr jetzt auch wieder auf, sehr krass sogar.

»Ja?«

Er räusperte sich. »Ihr Angebot, also, zweimal die Woche zwei Stunden, um in meinem Haus klar Schiff zu machen, steht das noch? Ich glaub, ich bräuchte wirklich jemanden, der sich um das Kuddelmuddel kümmert.«

Natürlich war es lächerlich, über die Anfrage zu einem neuen Job ein derartiges Triumphgefühl zu empfinden. War aber so.

Pamela legte den Kopf schief.

»Klar. Wann soll ich anfangen?«

Er zuckte hilflos mit den Schultern. Wenn es nicht so absurd gewesen wäre, hätte Pamela geschworen, dass er von seinem eigenen Vorstoß irgendwie überrumpelt war.

»Passt nächste Woche? Und soll ich Ihnen vorher meine Unterlagen vorbeibringen, damit Sie mich anmelden können? Oder regeln wir das so? Unter der Hand?« Sie machte eine entsprechende Geste.

Mit einem Mal stand ihm Entsetzen in die grünen Augen geschrieben, und er öffnete bereits den Mund.

» War 'n Scherz«, beruhigte Pamela ihn. »So was mach ich gar nicht. Und ist doch sowieso klar, dass Sie keine Schwarzarbeit bezahlen würden.« Sie zwinkerte ihm zu.

In dem Augenblick erschienen zeitgleich Bernd und Vogts Kollegin wieder im Durchgang zu den Toiletten. Er ließ ihr wieder den Vortritt. Sie bedankte sich mit einem Lächeln und ließ dann suchend ihren Blick über die Köpfe schweifen.

»Ich glaube, Sie werden erwartet«, teilte Pamela Vogt mit und deutete hinüber.

Er sah hin, wirkte verwirrt, strich sich durchs Haar.

»Ja, ähm … dann sind wir uns einig?«

»Vollkommen«, erwiderte Pamela mit einem kleinen Grinsen. »Ich freu mich auf eine weitere Zusammenarbeit!«

Er nickte ihr zu und ging wieder davon. Wahrscheinlich bemerkte er nicht mal, dass Bernd ihn bei ihrer Begegnung in der Mitte des Raums düster musterte.

Wie war das eigentlich?, überlegte Pamela. Wenn sie beim Hauptkommissar klar Schiff machte und sich um sein Kuddelmuddel kümmerte, wie er es nannte, würde sie dann auch das eine oder andere Detail zu einem neuen Fall aufschnappen? Die Aussicht darauf war irgendwie … verlockend.

»Gute Nachrichten?«, wollte Bernd wissen, als er sich neben ihr niederließ.

»Verdammt gute«, sagte sie.

Ich sach mal danke schön und so weiter

Ich fange mit dem »Und-so-weiter« an, denn es gilt ein paar Dinge klarzustellen, was mein Zuhause, die schöne Stadt Hattingen im Ruhrgebiet, angeht:

Institutionen wie die *Eckige Kneipe* mögen vielleicht ihre Vorbilder in unserem Städtchen haben, doch sind sie letztendlich doch meiner Fantasie entwachsen und stimmen nicht mit den Orten überein, die es in Hattingen wirklich gibt. Auch ein Kriminaldezernat gibt es hier nicht.

Alle Figuren der Geschichte, ob handelnd oder nur erwähnt, sind reine Fiktion und haben mit tatsächlich lebenden Menschen nichts zu tun.

Andere Dinge sind tatsächlich der Realität 1:1 abgeschaut: die Ruhr, heute wieder einer der saubersten Flüsse des Landes, die Elfringhauser Schweiz mit dem bezaubernden Wald und den vielen Wanderwegen, das ehemalige Hüttengelände und im Stadtzentrum das Reshop Carré, Deutschlands hässlichstes Einkaufszentrum. Ebenso gibt es die alte Stadtmauer tatsächlich, die wunderschöne Altstadt mit den buckeligen Wegen, dem schiefen Kirchturm und den kleinen Fachwerkhäuschen.

Als Autorin habe ich mir die Freiheit genommen, das Fiktive mit dem Realen zu vermischen, und hoffe, ihr seht es mir mit einem Augenzwinkern nach.

Und nun komme ich zum Dankeschön:

Für jedes Buch gibt es Menschen, die bei seiner Entstehung eine kleine oder große Rolle gespielt haben.

Regina, du bist meine Traumagentin – besonders, weil du Pamela von der ersten Stunde an in dein Herz geschlossen hattest und uns den Weg bereitet hast – wir drei sind ein Superteam!

Einen dicken Knutscher an Danni Kögen – du warst für Pamela eine wahre Quelle der Inspiration und hast mich schon vor Jahren auf die Idee zu dieser Geschichte gebracht. Du bist die Beste!

Annika Harrison, dir danke ich, dass du mir mit hilfreichen Hinweisen zur Seite gestanden hast. So schön, dass wir uns nun schon so lange kennen und dein Name hier steht.

Danke auch an Jana Lukaschek – wie cool, eine Kollegin zu haben, die den Polizeidienst so gut kennt wie du und gerne mal mit Insiderwissen einspringt.

Hier ist auch Zeit für ein Dankeschön an Iris, Mel, Babsi, Koko, Karin, Simone, Sabine, Silke, Petra fürs Probelesen und eure wertvollen Tipps – wenn jetzt jemand vor Seite 300 auf die Lösung kommt, seid ihr schuld.

Ich möchte auch die Gelegenheit nutzen und euch danken, die ihr mir auf Instagram und Facebook folgt, meine Beiträge likt und teilt oder regelmäßig bei mirjam-muentefering.de vorbeischaut, wo ich nicht nur Mirjam Munter, sondern auch »die echte Müntefering« oder Mary E. Garner sein darf. Euer Mitfiebern auf diese neue Reihe hat mich riesig gefreut und angespornt – danke!

Zuletzt aber, und das soll das Sahnehäubchen sein, danke ich der besten Ehefrau von allen: für deine kreativen Ideen, deinen unschlagbar humorigen Blick auf diese Geschichte (und meist auch auf das Leben mit mir) und dafür, dass du mich in meinem immerwährenden Schreibrausch jeden Tag erträgst: KKK.

Diese Familie liebt alle, die sie unter die Erde bringen darf!

»Bestattungen Pabst - nur das Beste für die letzte Ruhe« lautet das Motto des Familienunternehmens in Bielefeld-Jöllenbeck. Leider laufen die Geschäfte immer schlechter, seit im Ort ein Beerdigungs-Discounter eröffnet hat. Da kommt ihnen eine aufwendige Yoga-Bestattung inklusive fliegender Tauben gerade recht. Die Leiterin des benachbarten Esoterik-Instituts ist trotz Schamanismus und Reiki plötzlich verstorben. Betty Pabst, Assistenzärztin an der Charité und auf Heimaturlaub, ist sich mit einem Blick auf die Leiche sicher: Das war kein natürlicher Tod! Doch warum will keiner auf sie hören? Betty hat bald einen furchtbaren Verdacht: Ist vielleicht ihre ganze Familie in den Mord verwickelt?

Paul Lüdicke
Sarg niemals nie
Betty Pabst ermittelt

Taschenbuch
Auch als E-Book erhältlich
www.ullstein.de

ullstein

Mit Schirm, Charme und Häkelnadel – ein Landhauskrimi vor Cornwalls malerischer Kulisse

Seit die pensionierte Bee Merryweather in das beschauliche South Pendrick gezogen ist, genießt sie das ruhige Leben in Cornwall. Endlich kann sie ihrer Leidenschaft fürs Eierwärmerhäkeln nachgehen. Die neuen Nachbarn scheinen nett zu sein, nur der Chorleiter Peter Bartholomew geizt nicht mit barschen Worten. Doch dann wird Peter ermordet, und ausgerechnet Bee stolpert über seine Leiche. Der Fall lässt der Pensionärin keine Ruhe. Wer hatte einen Grund, Peter zu töten? Der Startenor, der keiner ist? Der Pfarrer, der ein ziemlich merkwürdiges Hobby pflegt?

Karin Kehrer
Todesklang und Chorgesang
Ein Cornwall-Krimi

Taschenbuch
Auch als E-Book erhältlich
www.ullstein.de

ullstein

Ein Armbrustschütze als Auftragsmörder? Kein Problem für Elli und Frieda Gint!

Die Hamburger Malerin und Amateurermittlerin Elli Gint löst Probleme radikal und unwiderruflich. Seit sie jedoch Kriminalhauptkommissar Hiob Watkowski kennen und lieben gelernt hat, bemüht sie sich um Kompromisse. Diese Taktik wird auf eine harte Probe gestellt: Ein alter Freund bittet sie, sich des Verbrechers Johnny Christ anzunehmen, der seine eigene Tochter bedroht. Doch Elli bekommt Konkurrenz: Ein professioneller Killer erschießt Johnny mit einer Armbrust vor ihren Augen. Schon ist sie in einen Fall von höchster Brisanz verwickelt. Zum Glück erhält sie tatkräftige Unterstützung von Oma Frieda. Das ungewöhnliche Ermittlerduo tappt von einem Fettnäpfchen ins nächste und macht damit dem Kommissar das Leben schwer.

Zarah Philips
Munteres Morden
Kriminalroman

Taschenbuch
Auch als E-Book erhältlich
www.ullstein.de

ullstein

So charmant, witzig und so very british sind Sie noch nie unterhalten worden

Man möchte meinen, so eine luxuriöse Seniorenresidenz in der idyllischen Grafschaft Kent sei ein friedlicher Ort. Das dachte auch die fast achtzigjährige Joyce, als sie in Coopers Chase einzog. Bis sie Elizabeth, Ron und Ibrahim kennenlernt oder, anders gesagt, eine ehemalige Geheimagentin, einen ehemaligen Gewerkschaftsführer und einen ehemaligen Psychiater. Sie wird Teil ihres Clubs, der sich immer donnerstags im Puzzlezimmer trifft, um ungelöste Kriminalfälle aufzuklären. Als dann direkt vor ihrer Haustür ein Mord verübt wird, ist der Ermittlungseifer der vier Senioren natürlich geweckt, und selbst der Chefinspektor der lokalen Polizeidienststelle kann nur über ihren Scharfsinn staunen.

»Witzig, warmherzig und weise - einer der vergnüglichsten Romane des Jahres« DAILY MIRROR

Richard Osman
Der Donnerstagsmordclub
Kriminalroman

Aus dem Englischen von
Taschenbuch
Auch als E-Book erhältlich
www.ullstein.de

List

Der Tod lauert am schönsten Strand Dänemarks

Als Bestatterin ist Gitte Madsen darauf vorbereitet, dem Tod ins Auge zu blicken. Doch eine Leiche auf der Terrasse ihres Ferienhauses bringt selbst die patente Halbdänin aus dem Konzept. Schon auf der Fähre von Puttgarden ist ihr ein junger Mann aufgefallen, der sich offenbar bedroht fühlte. Dass er noch am selben Abend tot vor Gittes Tür liegt, kann kein Zufall sein. Was hat es mit den Wikingerrunen auf sich, die dem Toten in die Haut geritzt wurden? Und welche Rolle spielt Gittes Vater, der zwanzig Jahre zuvor in Marielyst verschwunden ist? Zusammen mit Ole Ansgaard, dem einheimischen Kommissar, geht Gitte den Geheimnissen des idyllischen Urlaubsortes auf den Grund.

Frida Gronover
Ein dänisches Verbrechen
Gitte Madsen ermittelt

Taschenbuch
Auch als E-Book erhältlich
www.ullstein.de